Wolfgang Hilbig
»ICH«
Roman

S. Fischer

PT
2668
.I 323
I3
1993
July 1997

4. Aufl., 21.–30. Tsd.
© 1993 S. Fischer Verlag GmbH,
Frankfurt am Main
Umschlaggestaltung: Buchholz / Hinsch / Walch
Satz: Dörlemann-Satz, Lemförde
Druck und Einband: Franz Spiegel Buch GmbH, Ulm
Printed in Germany 1993
ISBN 3-10-033617-8

Gedruckt auf chlor- und säurefreiem Papier

Statisch ist der rahmen der öffentlichkeit.
innerhalb dieses rahmens, sich die möglichkeit
einer eigenen dynamik zu verschaffen,
ist das »ich« ein kommissarisches.
Szene-Statement. Berlin 1983

Wie habe ich mein Leben in einem Traume verloren!
sagte er zu sich selbst;
Jahre sind verflossen, daß ich von hier herunterstieg . . .
Ludwig Tieck

DER VORGANG

Jetzt bewege ich mich wieder um meine kalten Ecken. Ich bin wieder auf dem Weg, doch ich werde darüber nicht berichten. Keine kurzen Bewegungen der unteren Gesichtshälfte, diesmal nicht, denn es ist soweit, daß ich sagen müßte, es gehöre zu meinem Wesen, auf dem Weg zu sein. Das Wesen aber läßt man besser aus dem Spiel: wo ich mitspiele, bleibt jeder nur ein Zuträger von Bällen; und es soll auch von der Art des Spiels nur das unbedingt Dazugehörige ins Feld gebracht werden. – Der Weg, straßauf, straßab … unten entlang, oben entlang: zu meinem Wesen gehört eine Vorliebe für die sogenannten kleinen Schritte; ich könnte sagen, ich bin nicht der Mensch, der sich auf Biegen und Brechen durchsetzt. Ich bin nicht eben das, was man als skrupulös diagnostiziert, doch ich wäge die Schritte ab, die ich unternehme, – die meisten jedenfalls, aber dazu noch später.

Dennoch gelingt es mir öfter als gewöhnlich, mit dem Kopf durch die Wand zu kommen. Und es ist mir im Grunde leicht gewesen, das meiste zu erreichen. Frühzeitig hat man mich gelehrt, daß man Vorteile für sich den Machtinhabern dieser Welt am schnellsten entreißt, wenn man es im Bündnis mit ihnen tut. Man muß das begriffen haben: man entlockt ihnen ihr Einverständnis nicht, man zwingt es ihnen ab. Und sie mögen sich davon betrogen oder bestohlen fühlen, noch mehr aber fühlen sie sich geschmeichelt, denn mit jedem Vorteil für sich beansprucht man etwas von ihrem Eigenen. Mit jedem Quentchen eines Vorzugs, den man ihrer Verfügungsgewalt entzieht, erweist man ihrem Besitz eine Ehre, die er vielleicht nicht hätte, würde sich niemandes begehrlicher Blick darauf richten. So fühlen sich die Mächtigen am wohlsten, wenn sie sich bedroht glauben. Und wenn nirgendwo die Anzeichen für eine Palast- oder Straßenrevolte zu erkennen sind, erfinden sie solche.

Lassen Sie mich zum Anfang zurückkehren: Meine Schritte mit dem Kopf durch die Wand benutzten freilich die dafür vorgesehenen Öffnungen, Fenster und Türen; seltener Dachöffnungen oder Kamine, dafür sind es immer häufiger die Keller, die mir den gewünschten Zugang verschaffen. Letztere Möglichkeit ergab sich für mich allerdings erst in Berlin: längere Zeit wohnte ich in einer Straße, die ganz aus den kahlen Reihen rußdunkler Mietskasernen bestand, welche wahrscheinlich von der Jahrhundertwende her stammten. Unter diesen Blocks führte ein einziger durchgehender Kellergang von einer Querstraße zur nächsten, und oft sogar über die Querstraße hinaus bis unter die nächste Häuserreihe. Ganz gleich, welchen Hauseingang man benutzte, wenn man in den Keller kommen konnte, gelangte man immer, unter der Erde, bis in das Haus, in dem man etwas zu suchen hatte oder in dem man Einwohner war, vorausgesetzt, man vermochte anhand der Kellertreppen die Häuser zu zählen, die man unterquerte. – Es gab eine Zeit, da hatte ich die Gewohnheit angenommen, in jedem Hausflur, den ich betrat, zuerst die Tür zum Keller zu suchen und diese nach Möglichkeit aufzuschließen, in der Absicht, die Verfügbarkeit möglichst weniger Ein- oder Ausgänge in der Stadt dem Zufall zu überlassen, – es war zu einer Zeit, in der ich meine Aufgaben noch viel zu ernst nahm. Eine solche Vorsorge zu treffen – in wieviel Fällen war sie vergeblich, weil der nächstbeste ordnungsliebende Mensch, seine Kohleneimer schleppend, die Tür wieder verschloß –, erscheint mir unterdessen als eine Überbewertung des sogenannten konspirativen Elements, das dem Tätigkeitsbereich zwangsläufig eignet, in dem ich mich bewege. Die Müdigkeit solchen unnötigen und anfängerhaften Pedanterien gegenüber ist, nebenbei gesagt, das erste Anzeichen für einen gewissen Aufstieg, den viele von uns, die jahrelang noch glauben möchten, sie seien Neulinge – ein Glauben, mit dem sich eine dürftige, sehr trügerische Hoffnung verbindet –, nicht bemerken können, oder nicht wahrhaben wollen.

Ich streckte also stets zuerst den Kopf durch die Türöffnung hinein und suchte so die Gesamtatmosphäre des Hausflurs mit allen meinen Sinnen aufzunehmen. Ich mühte mich, das Dunkel mit dem Blick zu durchdringen, indem ich das Gesicht ein paarmal hin und her drehte, es war eine fast bohrende Bewegung: der Flur war vollkommen lichtlos, auch das um eine Biegung liegende Fenster auf dem ersten Treppenabsatz ließ keinen Schimmer herein: es mußte also auf einen dunklen Hinterhof führen. Gleichzeitig – während ich mit angehaltenem Atem horchte – roch ich in den Hausflur: ich schnüffelte ... es waren da die üblichen Schwelgerüche von Kohle, die kühle salpetrige Ausdünstung alter Wände, die unter abblätternder Ölfarbe hervorkroch: ich sah den Flur schon vor mir, ehe ich Licht machte. Vielleicht witterte ich auch etwas von unappetitlichen Speisegerüchen, die aus den Wohnungen kamen und hier unten sich mischten wie in einem Trog; und ich bemerkte kein Anzeichen von Zigarettenrauch, seit wenigstens einer halben Stunde hatte niemand auf der Treppe geraucht, was bedeutete, daß ich sehr spät am Platz war. – All dies hatte ich schon wahrgenommen und registriert, wenn mein Körper bis zum Hals noch draußen im Freien war, beide Schultern dem Holz der Türflügel angepreßt, und die gekrümmte Rückseite über das Trottoir gereckt, leicht breitbeinigen Stands, damit ich auf dem Schneematsch nicht den Halt verlöre. – So überwachte ich den Hausflur länger als eine Minute ... und einmal, ich erinnerte mich, wurde ich in dieser Stellung überrascht. Jemand tippte mir mit dem Zeigefinger hart auf die Wirbelsäule, es ähnelte einem Morsezeichen. Ich schrak zusammen, denn ich hatte keinen Schritt gehört. Es war Feuerbach, der sich von hinten angeschlichen hatte und lachend sagte: Alle Wetter ... was ist denn das für eine Haltung? – Alle Wetter! äffte ich ihn nach – ich wußte, daß er gern mit Lektüreergebnissen, besonders mit stereotypen Wendungen aus den Übersetzungen englischer oder amerikanischer Literatur um sich warf –, alle Wetter, sind Sie aber leise angekommen! – Weil ich nicht stören wollte, sagte er, denn Sie sind bestimmt wieder mal den Musen auf der Spur? – Ohne meine Antwort abzuwarten, ging er weiter mit seinem Gang, der lässig schlendernd sein sollte, doch immer ein wenig zu schnell dafür, zu hektisch wirkte, als habe er sich in Gedanken stets über etwas zu beruhigen, das ihm unangenehm war. – Er ist eben doch nur ein Militär, dachte ich, ihm nachstarrend, bis er um die nächste Ecke bog. Und ich überlegte, ob er noch einmal auf mich hergeschaut habe, als er verschwand. – Nein, sagte ich, so wäre er in die Verlegenheit gekommen, noch einmal zu grüßen, denn er ist ein aufmerksamer Mensch, und zweifelsfrei hat er meinen Blick im Rücken gespürt. Und da er jede Art von preußischem Stil zu belächeln pflegt und in der Regel beim Grüßen, ausgesucht lässig, mit zwei Fingern winkt, muß er sich das Zurücksehen in einem Moment wie dem gegenwärtigen verkneifen, – um der lieben Unauffälligkeit willen.

Wenn ich hier ein letztes Mal abschweifen darf: *Feuerbach*, dies ist natürlich ein Künstlername, und man erzählt sich – ich verrate bestimmt nicht zuviel –, daß er eigentlich *Wasserstein* geheißen hat. Dieser Name mißfiel ihm selbst aufs äußerste, gab er doch oft genug zu Spötteleien Anlaß in einem Verein, in dem allerwegen mit Namen gewirkt wird. Dennoch wechselte er ihn aus Trotz nicht, obwohl es vorkam, daß einer der Häuptlinge ihn fragte: Wasserschwein, wie lange wollen Sie Ihre Sippe noch mit dieser Gattungsbezeichnung irritieren? Das ist ja sogar für uns Philosemiten zuviel. Und fängt der BGS nicht zu grinsen an, wenn Sie mal reisen müssen? – Dies war eine definitive Aufforderung, ein Ultimatum fast, wenn man wußte, von wem es kam. Aber Feuerbach soll sich erst gefügt haben, nachdem auf dem Klo eine mit blauem Filzstift geschriebene Warnung entdeckt wurde: *Die Wassersteine bitte nicht in den Mund nehmen!* Man wußte, daß damit jene Stücke einer weißen wachsähnlichen Substanz gemeint waren, die zur Geruchsvertilgung in die Pissoirbecken geworfen werden; es war ein wirklich vollbärtiger Witz, der sich fast wortwörtlich auf den Wänden aller öffentlichen Bedürfnisanstalten wiederholt. Aber man hörte ein langes Gelächter durch die Korridore gehen, und die Inszenierung erfüllte ihren Zweck. Es hieß, daß Feuerbach geknirscht habe: Wenn ich den rauskriege, der macht mir ein Jahr Dienst auf der Klappe! – Endlich aber nahm der so Verhöhnte sein würdiges Pseudonym an.

Ich drückte auf den Lichtknopf und sah, daß mich meine Sinne nicht getäuscht hatten. Die mit düsterem Ocker bedeckten Wände ließen überall den Schwamm durch, dicht über dem schmutzigen und zerbröckelnden Fliesenboden war die Farbe förmlich heruntergespült worden; breite bräunliche Zungen von Nässe zogen sich bis zu der ehemals weißen Stuckdecke empor, sie schienen direkt aus dem berlinischen Sumpfuntergrund zu stammen und drangen besonders in der Nähe der Kellertür herauf. – Langsam begann ich die Treppen zu ersteigen, ganz nebenbei las ich sämtliche Namen auf den Türschildern an den Wohnungseingängen; ich kann behaupten, daß sich mindestens die Hälfte davon meinem Gedächtnis einprägte, und damit lag ich weit über dem Durchschnitt: und es gab auf jedem Stockwerk jeweils zwei Wohnungen. Nur ganz oben in der fünften Etage war eine einzelne Tür, und hier war ich am Ziel. Unterwegs war mir das Treppenlicht ausgegangen, ich hatte es neu einschalten müssen; zuvor hatte ich mich in der Dunkelheit auf das Gesims eines Treppenfensters gestützt, um auszuruhen; ich wollte keineswegs außer Atem bei meinen Gastgebern eintreffen. Von dem Fenster aus blickte ich über das weite wüste Feld der Dächer im Hintergrund der Häuserzeile, wo der Rauch aus den Schornsteinen stieg und sich mit dem Dunst des Himmels mischte. Und ich sah, daß die Nächte über der Großstadt nicht eigentlich dunkel sind, sie stellten nur ein schattiges verwischtes Grau dar, dann und wann rötlich verfärbt vom Widerschein, der von einigen verkehrsreichen Straßen heraufleuchtete. – Während dieser Verschnaufpause entsann ich mich einer kurzen Erzählung von Thomas Mann, die den Titel *Beim Propheten* trägt. Ich dachte daran, wie sich der Autor einen Absatz lang bei einem Treppenaufstieg aufhält: mit welchen Sätzen aber, in denen die Länge und Mühe dieses Emporsteigens so wunderbar deutlich und zugleich ironisch bedeutsam wird. – Was ist das doch für eine Geschichte! dachte ich. Staunenswert, ein Glanzstück der Prosa, vielleicht einfach genial. So etwas werdet *Ihr* nie zustande bringen!

Ich hatte es mit einem sonderbaren Ingrimm gedacht, der mir schon wenig später, als ich oben geläutet hatte und eingelassen wurde, ganz unangebracht vorkam. Man bedeutete mir, ich müsse mich still verhalten, denn die Lesung habe schon begonnen. – Drinnen fand ich mich in einem eher kleinen Raum, der dicht gefüllt war mit einem in, wie mir schien, selbstvergessener Konzentration lauschenden Publikum – kaum jemand drehte den Kopf nach mir um –, das sich auf langen Bänken und zusammengerückten Stühlen aufreihte. Diesem Publikum gegenüber saß an einem winzigen Tisch ein junger, sehr schlanker Mann – ich kannte ihn schon – und las mit leiser Stimme einen Text, aus dem sich ein Getümmel von Wörtern und Sätzen absatzlos und, ich hörte es sofort, auch interpunktionslos in das Zimmer ergoß. Bei meinem Eintritt stockte er keineswegs, in sich versunken und seinen Wortreihen folgend las er ruhig fort, leise und schnell, ohne auch nur einmal die hinter kleinen kreisrunden Brillengläsern liegenden Augen aufzuheben. Ich zog dennoch die vorwurfsvollen oder irritierten Blicke einiger Zuhörer auf mich, als ich mich, so vorsichtig wie möglich, hinter dem Publikum vorbeidrückte und mich auf das äußerste Ende der letzten Bank setzte, die meinem linken Oberschenkel noch Platz bot. Ich murmelte eine Entschuldigung gegen meine Nachbarin, die vergeblich noch einen Zentimeter nach innen zu rücken suchte, wobei sie mir das blasse Gesicht zuwandte und flehentlich einen Zeigefinger auf die Lippen legte. – Der Lesende hinter seiner Tischlampe war nun für mich nicht mehr sichtbar, da zusammengedrängte Schultern und die Phalanx teils gesenkter, teils zurückgebogener Köpfe ihn verdeckten. Aber ich wußte, wer da vorn las, und auch der Text, der hier vorgestellt wurde, war mir, zumindest seinem Wesen nach, schon bekannt. Es war eine unaufhörliche Abfolge von Metaphern, Serien von Metaphern wurden miteinander verknüpft: die meisten davon waren offensichtlich der *Literatur* entnommen, doch selbst einem, der dieses Feld beherrschte, konnte nur ein kleiner Teil davon bekannt sein. So waren viele dieser Zitate womöglich erfundene Zitate, oder sie waren zumindest entstellt, verwandelt, unkenntlich gemacht. Dennoch schien der Schreiber dieses Textes eine Methode entwickelt zu haben, die all seine Zusammensetzungen wie längst bekannte, wahllos aus den verschiedensten Werken – und besonders aus Werken der sogenannten modernen Literatur – herausgeklaubte Fügungen sich anhören ließ. Oder es lag dies nur an der Art seiner Vortragskunst, welche pausenlos, schnell, aber nicht hastig, monoton, aber immer deutlich und präzise war.

Ich hatte einen Teil des »Vorgangs: Reader« vor mir; ich hatte es mit einem Vorgang zu tun, der für mich zu den interessantesten und zugleich ärgerlichsten Vorgängen gehörte, mit denen ich mich habe beschäftigen müssen. Er nahm zuweilen – aber dies vielleicht nur in meinen Augen – den Charakter eines Lauffeuers an, das unvermutet an den verschiedensten Stellen der Stadt auftauchte, und uns in Atem hielt . . . aber vielleicht hielt es nur mich in Atem. Und dies schon über den Zeitraum eines guten Jahrs hinweg: immer wieder schien das Feuer eingedämmt, oder es schien versiegt – es wäre mir rätselhaft gewesen, wer es hätte, und wie, aufhalten können –, doch dann flammte es irgendwo wieder auf. – Freilich gebrauchte ich einen schlechten Vergleich, das Ganze war kein Lauffeuer, sondern eine wohlorganisierte Geschichte, dennoch unterlag ich manchmal dem beängstigenden Eindruck, es habe sich in der Zwischenzeit, in den Wochen, in denen es unsichtbar war, im Unterirdischen fortgearbeitet, in den Kellern der Häuser – die ich längst nicht alle kannte –, in den reich verzweigten und unübersichtlichen Gängen unter dem Pflaster der großen Stadt Berlin: dort sei der Brand langsam, aber stetig weitergeschwelt, düster glimmend im Dunkel, und den Unterboden des Häusermeers mit den gefährlichen Ballungen und Verdichtungen seines Rauchs anfüllend, während oben im Licht so lachhafte Figuren wie der Major Feuerbach ihrem blauäugigen und eitlen Tagewerk nachgingen. – Und ihm, dem Liebhaber amerikanischer Romane, so stand zu vermuten, hatte der Vorgang, dem ich jetzt oblag, natürlich seinen Namen zu verdanken.

Man wußte, daß *Reader*, der Verfasser dieses Textes – welcher nach seinem eigenen Wort ein *unabschließbarer*

14

Text war –, inzwischen über ein ständig wachsendes Publikum verfügte, dessen kleine Gemeinden in vielen Vierteln der Stadt nisteten, ja daß Readers Ruf seit einiger Zeit sogar über die Stadtgrenze hinweg reichte, daß er es aber strikt vermied, eine über die seiner Leseveranstaltungen hinausgehende Öffentlichkeit in Anspruch zu nehmen, wiewohl er dazu beste Chancen gehabt hätte. Freilich war es geschehen, daß irgendein Radiosender von drüben den Bandmitschnitt eines seiner Vorträge ins Programm nahm, da Reader jedoch nicht zu bewegen schien, sich mit den Rundfunkredaktionen oder den Journalisten über sich und seine Absichten näher einzulassen, erlosch deren Interesse bald wieder; es gab genug bereitwilligere Figuren in jener Szene, die man als die inoffizielle Kulturszene im Ostteil Berlins bezeichnen mochte, und es gab dort genügend Ereignisse, die spektakulärer aussahen. Nun hätte eine solche Abstinenz die Medien erst recht reizen müssen ... es war nicht der Fall: und wie es die Regel war, folgte unser eigenes Interesse demjenigen der Medien nach und verharrte auf sehr gemäßigtem Niveau. Vor einem Jahr noch waren wir hellwach, und es schien, als käme augenblicklich das gesamte Spektrum der Aktivitäten zum Einsatz, mit dem man im Zielgruppenbereich ein neu aufgetauchtes Phänomen im allgemeinen zu beglücken pflegt, – es blieb aber nicht dabei, und nicht lange danach hatte ich den wenig erhebenden Verdacht, ich sei als einziger mit einer Nebensache betraut. Niemand schien daran zu denken, meine Neigung zu Konkurrenzgefühlen zu mobilisieren, ein ganzes Jahr lang war auf weiter Flur kein Mensch zu entdecken, den ich hätte um seine Erkenntnisse beneiden können ... und dann glaubte ich zu bemerken, daß Feuerbach die Akte, die über den »Vorgang: Reader« angelegt worden war, vor mir verbarg: schon immer hatte ich gesehen, daß die Akte schmal war, – sie war schwachbrüstig und wollte nicht wachsen! Wenn ich mich am späten

Nachmittag im Büro ausruhte – meist bei Einbruch der Dunkelheit, wenn die Angestellten schon nach Hause gegangen waren, was als eins der letzten Privilegien gelten konnte, die mir noch übrigblieben: allein in Feuerbachs Zimmer sitzen zu können! –, schräg gegenüber dem Schreibtisch des Oberleutnants ... der manchmal auch als Hauptmann firmierte ... auf dem Klientenhocker, den ich an den Fensterstock gerückt hatte – was den Major, ich wußte es, furchtbar ärgerte; aber er schaffte sich nur mit kleineren Bosheiten Luft: Machen Sie meinen zukünftigen Stuhl nicht dreckig, Sie Katakombensau! ... oder so ähnlich –, wenn ich dort also eine oder zwei Stunden hockte ... und ich hockte dort, weil ich gestört sein *wollte*; für ungestörte Stunden hatte ich noch einen anderen Platz ... starrte ich, kettenrauchend und Unmengen von Kaffee trinkend, auf die Vorgangsakte, die im hellgelben Preßspanregal hinter dem Schreibtisch stand: sie war ihnen nicht einmal einen der schwarzgrauen Ordner wert, zwischen denen sie ihr kindisches Rosa versteckte und fast erdrückt wurde, sie war nur ein schmächtiger Schnellhefter, sie war tuberkulös, diese Akte, sie war eine Mißgeburt. – Schon bald nach der Einleitung des Vorgangs hatte ich mich darüber gewundert, wie standhaft sich derselbe im verbalen Bereich aufhielt. Und ich suchte nach Anzeichen für Unzufriedenheit mit diesem Umstand ... einmal – oder gar schon im Wiederholungsfall – hatte ich vor Feuerbach die Lesungen Readers als ein *Phänomen* bezeichnet, ich weiß nicht mehr, ob mit Absicht oder nur in einer Eingebung: das Wort war in unserem Sprachgebrauch ganz undenkbar, scheint es doch ein Problem zu umschreiben, das nicht sofort zu lösen ist, dem vielleicht sogar eine gewisse Undurchdringlichkeit anhaftet. Es war in diesem Moment mein eigenes Wort: Feuerbach tolerierte es mit seinem Grinsen, das eine Mischung von Hinterlist und Großzügigkeit war, doch aus dem Nebenzimmer, zu dem

16

die Tür offenstand, tönte ein ingrimmiger Baß: Sagen Sie doch dem Mann endlich, daß wir es hier mit Aufklärung zu tun haben ... und daß er sein mystisches Geraune gefälligst unten lassen soll in seiner Loge, wo sie ihre Messen feiern!

Darüber dachte ich nach in den Nächten, in denen ich nichts zu tun hatte und lediglich meiner Desensibilisierungstätigkeit oblag. – Dennoch, es war etwas Unbegreifliches um diesen Reader: er las und las, vor einem kleinen, jedoch wachsenden Publikum, in regelmäßigen oder unregelmäßigen Abständen las er in den verschiedensten Wohnungen der Stadt immer denselben Text; es war kein System darin zu erblicken, nur daß er – was mir ziemlich wahllos vorkam – stets mit den Sätzen wieder anfing, mit denen er beim vergangenen Mal geendet hatte, und etwa eine Stunde fortlas, ohne Hebungen oder Senkungen, so daß auch die einzelnen Abschnitte in sich den Charakter von etwas Pausenlosem hatten; und er blickte erst auf, wenn er an den Schluß gekommen war, nahm die Huldigung der Zuhörerschaft entgegen, wobei er bis zum allerletzten Händeklatschen – es war die Regel, daß einige Begeisterte noch sekundenlang nach dem allgemeinen Abebben der Ovation weiter applaudierten – geduldig wartete, sodann verkündete, der Termin seines nächsten Abends werde noch rechtzeitig bekanntgemacht ... es wurde immer seltener, daß er Ort und Datum des nächsten Abends schon vorher wußte; wahrscheinlich war er auf der Suche nach neuen Veranstaltungsräumen, er hatte längst alle zur Verfügung stehenden benutzt, und die Ortschaften begannen sich zu wiederholen ... oder ich wollte darin ein Anzeichen dafür erkennen, daß sich der erste Schwung seiner Produktion erschöpft habe ... und er verneigte sich leichthin, verstaute seine Papiere in einer schwarzen Mappe und verließ unverzüglich den Raum. – Ich ließ es mir nicht ausreden: Reader war ein Phänomen. Er riskierte mit seinem hermetischen Verhalten alles und gewann jedesmal. Er verweigerte sich den Medien mit erstaunlicher Festigkeit, er wollte nicht berühmt werden, obwohl er dazu längst die Möglichkeit gehabt hätte, offenbar genügte es ihm, in den engen Grenzen seiner Szene zu wirken, – ob es diese Wirkung gab, und wie sie aussah, dies zu erfahren war anscheinend das Ziel meiner Recherche. – Übrigens, ich fand es auch erstaunlich, daß die üblichen Medienverbindungen für Reader nicht von unserer Seite hergestellt oder befördert wurden. Seit wann, fragte ich mich, pflegt man so lange zu warten, bis sich die Zielperson freiwillig zu dem Schritt entschließt, den man ihr anlasten kann. Ich konnte mich an kaum ein Beispiel erinnern, wo es so abgelaufen war. Wir hatten doch auch hierbei die unfehlbarsten Mittel bei der Hand, wir konnten eine sogenannte unerlaubte Kontaktaufnahme gewissermaßen todsicher programmieren, – verdankten nicht so viele hilflos in der Szene schwimmende Autoren ihr Bekanntwerden unserer Obhut, die ihnen verborgen geblieben war? Die immer schon abgesegneten Autoren, mit ihren Auflagen im Westen, die Devisenbeschaffer, die Halb- und Dreivierteloppos, die jedenfalls waren uns doch kein Abrunzeln wert! – Oder waren etwa solche Maßnahmen an Readers Standhaftigkeit gescheitert?

Ich wußte nicht, ob ich darin eine Arroganz zu erkennen hatte, die nicht alltäglich war. Oder er hatte etwas anderes im Sinn, das mir noch nicht aufgehen wollte. – Irgendwie wartet er auf den großen Knall! dachte ich. Doch ich schüttelte den Kopf über diesen Gedanken; ich wußte nicht, was für einen Knall ich meinte. Auf einen Knall kann er lange warten, sagte ich, doch ich spürte, daß ich dabei nasse Hände hatte und vielleicht sogar Schweißperlen auf der Stirn. Es war lächerlich, ich hatte mich in den Phantasiebereich der Häuptlinge begeben. Dabei kannte ich mich hier unten besser aus … wir, Feuerbach und ich, kannten uns hier unten besser aus. Und doch, wenn ich genau überlegte, hatte ich auch ihn in letzter Zeit in dieser Richtung schwafeln hören. – Nein, ich war bloß müde ... es war morgens um drei, und ich hockte erschöpft auf den Steinstufen in einem fremden Treppenhaus. Ich war ausgelaugt, und ich sah Gespenster, – als das Treppenlicht erloschen war, hatte ich für Augenblicke überhaupt nicht mehr gewußt, wo ich war, in welchem Viertel, in welcher Straße, in welchem Haus. Es war mir nicht gelungen, die Kellertür aufzuschließen, vor der ich saß ... eine halbe Stunde hatte ich an dem Schloß gefummelt, bei dauernd wieder erlöschendem Treppenlicht, keiner der Nachschlüssel und Drahthaken, die ich bei mir trug, hatte sich als brauchbar erwiesen, und es war schon das dritte oder vierte Schloß, das ich in dieser Nacht nicht hatte öffnen können ... ich hatte gekämpft, alle Rücksicht fallenlassen und das Haus mit widerhallenden Rassel- und Knirschgeräuschen erfüllt. Nur mit Mühe hatte ich ein Wutgebrüll unterdrücken können, dann war mir der Ekel angekommen, und ich war zitternd auf den feuchtkalten Beton der Stufen gesunken.

Sie sind blaß geworden ... was ist, gehts Ihnen nicht gut? – Ich fuhr zusammen; es war die junge Frau neben mir – eigentlich war sie sehr jung, eine Studentin offenbar –, welche die Worte an mich gerichtet hatte. Ich starrte sie irritiert an; ich kannte sie seit einiger Zeit, sie hingegen schien mich nicht zu kennen. Der Vorleser hatte geendet und war gegangen, es kam Leben in die Zuhörer, und die fast verklärten Andachtsmienen fielen von ihnen ab. – Hat er gesagt, wann er das nächste Mal liest? fragte ich die Studentin, die mich besorgt anblickte, mit übergroßen Augen, wie ich meinte. Ihre Augen waren dunkel, und passend dazu war das Haar ebenfalls dunkel, mit rötlichem Schimmer an den Spitzen, die zu einer kurzen Igelfrisur in die Höhe gestellt waren. Ihre Schläfen waren nackt und schneeweiß über den Backenknochen, wo sie flache Gruben bildeten, die dem Gesicht eine überaus schmale Form verliehen. – Es ist gut, murmelte ich, mir war nur ein bißchen übel geworden. Ich glaube, ich muß einen Moment an die Luft.

Unten auf der Straße war es glatt geworden, der Schneematsch hatte sich zu Eis verwandelt, und ein frostiger Glitzer flog mich aus dem Nebel an. Ich ging langsam und vorsichtig, den Blick gesenkt, und stand plötzlich vor einem Haus, das mir bekannt vorkam. Der Eingang war offen, ich trat ein und fand mich im nächsten Moment vor derselben Kellertür, die ich nicht hatte aufschließen können. Ich zog den erstbesten Haken aus der Tasche, und nach einem einzigen konzentrierten Versuch gab der Riegel nach, als wäre seine Feder aus Papier.

Die Kellergänge unter den Häusern von Berlin sind in der Regel sauber, und die Mehrzahl von ihnen ist ausreichend beleuchtet. Und sie waren in diesem Winter warm, der Frost drang noch kaum bis auf ihre Gründe hinab. Es gab Plätze dort unten – besonders einen bestimmten Platz meinte ich, den ich häufig aufsuchte –, wo ich stundenlang gesessen hatte, auf einer Holzkiste, Zigaretten geraucht und dem unfaßbaren Massiv der Riesenstadt Berlin, die mir zu Häupten schlief, gelauscht hatte. Selbstverständlich war es still hier unten, man hörte nichts, höchstwahrscheinlich wären hier unten nur Explosionen zu hören gewesen. Es war nur ein leises Summen in der Stille, vielleicht nur in meiner Einbildung, oder vielleicht summte nur die von der Riesenlast über mir zusammengepreßte Luft in meinen Gehörwindungen. Die Stadt über meinem Kopf war wie ein ungeheurer Generator, dessen unablässige Vibration kaum merklich in allem Gestein war, wo sie jenem feinen, fernher kommenden Summen glich, es war unerklärlich vorhanden in allen Betonfundamenten, die mich umgaben, und in der unvorstellbaren Zahl roter und brauner Ziegel, die zusammengesetzt waren und hinabreichten und das Häusermeer der Stadt Berlin in der Erde verankerten. Seit tausend Jahren – ich wußte es nicht, seit wann – war das Gestein in den Schoß der Erde gefügt, und es war unklar, wieviel tausend Jahre die Stadt noch aushalten konnte, und bestehenbleiben konnte, mit dem unvorstellbaren Gewicht ihrer Grundmauern, die in das Herz Europas gepfählt waren. – Und alles, was wir lernen und begreifen konnten, was wir ermitteln und aufklären konnten, oben und unten und mitten in Berlin, war die Erkenntnis, daß wir enden mußten, – nicht aber der urbane Moloch Berlin . . . daß wir verschwinden mußten wie Kehricht, und daß die ins Erdreich gewachsenen Steine von Berlin über kurz oder lang von unserer Ära nichts mehr wiederzugeben wußten. – Dies war es, was ich in jahrelanger Tätigkeit ermittelt hatte: und ich hatte große Lust, das Ergebnis dem Oberleutnant Feuerbach hinzubreiten.

Seine Antwort kannte ich schon. Sie bestünde in seinem Grinsen – in dem ich zunehmend Unsicherheit entdecken wollte – und in Sprüchen wie: Nicht die Ankunft, sondern der Weg ist das Ziel! – Der Weg! betonte er. Das wissen Sie doch, und wenn nicht, dann können Sie das nachlesen, bestimmt sogar wortwörtlich, beim großen *Le Fou*, den Sie so verehren. Oder bei einem seiner Mitstreiter, die jetzt so begierig aufgenommen werden . . . es gibt da viel zu denken über *das Begehren* und seine Wege, die es geht . . .

Mit *Le Fou* meinte er, das wußte ich unterdessen, den Philosophen *Foucault*, welcher, samt seines Anhangs, tatsächlich immer mehr in Mode gekommen war. Der Oberleutnant entflammte sich leicht für alles, was anspielungsreich war, er liebte Verklausulierungen, grammatische Rätsel und Abbreviaturen, das heißt, er liebte das Beiwerk seiner Pflicht . . . zudem hatte er wohl vorübergehend geglaubt, *le fou* sei das französische Wort für *Feuer*; es war ein Irrtum, der mir ebenfalls hätte unterlaufen können. – Ich hingegen, der ich nur die Titel und ein paar Anfangssätze von Foucaults Büchern kannte, liebte ihn wahrscheinlich nicht. Es mißfiel mir, daß sich in einigen Enklaven, die zur sogenannten Szene zählten, die Daseinsberechtigung darauf gründete, daß man ein begeisterter Leser Foucaults war und daß es in der Folge davon zur Pflicht gerann, auch noch Derrida oder Paul de Man zu lesen, – ich mochte Bücher nicht, die in Fraktur gedruckt waren. Es wäre so weit gekommen, daß ich auch Heidegger hätte lesen müssen ... und dann schließlich noch »Mein Kampf«. – Freilich, dies waren Zwangsvorstellungen von mir, aber zum Mitarbeiter in so verschlungenen Kreisen konnte ich aufgrund meiner Abneigungen immer weniger taugen. Um im Kontext zu bleiben: meine einzige Chance hätte geheißen, mich als das Simulacrum eines Mitarbeiters zu betrachten. Womit ich wieder am Ziel der Wünsche eines jeden von uns gewesen wäre. – Grund genug für Feuerbach, lächelnd – ein wenig drohend inzwischen – zu wiederholen: Sie denken immer nur an das Ziel, Cambert, ich glaube, Sie wollen weit hinauf. Dabei sage ich Ihnen immer, Sie sollen vielmehr an den Weg denken ...

Mein Weg war es weiterhin, mich im Unterbau aufzuhalten. Und ich hoffte, daß man mich dafür noch eine Weile nötig hatte. Nein, ich wollte eigentlich nicht hinauf, partout nicht: manche Entwicklungen in der Sprache, die dort oben grassierte, glaubte ich hier unten ganz im Konkreten wiederzuerkennen, und mir waren Beispiele wichtiger als Thesen. So war es für mich immer erstaunlich, zu sehen, wie sich hier unten Kaverne an Kaverne schloß, ich glaubte, etwas Zwingendes und zugleich auch Statisches darin festzustellen: das fortgesetzte Netz der unterirdischen Zellen zwang mich förmlich, ihm zu folgen, und doch war das Ganze nichts als ein Kreislauf. – Und ich mußte dabei an ein Papier denken, das mir oben einmal in die Hände gefallen war. Es war mit eigentümlich vernetzten Sätzen bedeckt, deren Sinn sich mir nur erschloß, wenn ich mir die Mühe machte, ihnen Schritt für Schritt nachzugehen. – Ich hatte wenig Zeit, ich lasse offen, wer das Schreiben – absichtlich oder unabsichtlich – auf dem Tisch vergessen hatte und mich im Zimmer allein ließ. Ich hatte es sofort gerochen: es war eine Verschlußsache, dergleichen bekam unsereins für gewöhnlich nicht zu Gesicht. – Nehmen Sie die Nase aus Kesselsteins Papieren! hörte ich aus dem Nebenraum die stets ärgerliche Baßstimme, die ich schon kannte, deren Besitzer ich jedoch nie gesehen zu haben glaubte. Ich wußte, ich war im Auge der Kamera . . . und doch hatte ich die Unverfrorenheit besessen, mir schnell ein paar Zeilen zu notieren: . . . *Festlegung der durchzuführenden Zersetzungsmaßnahmen auf der Grundlage der exakten Einschätzung der erreichten Ergebnisse der Bearbeitung des jeweiligen Operativen Vorgangs* . . .

Irgendwann, dachte ich, wird ein solcher Text an die Öffentlichkeit gelangen . . . und niemand wird, wieder einmal, etwas davon gewußt haben wollen, – der Minister hat seine Verschlußsachen nur für sich selber geschrieben. Und alle Geheimdienste der Welt arbeiten mit solchen Mitteln, wird man sagen. – Sehr richtig, nur zu wahr!

Was mich daran interessierte, war eigentlich nur die Monstrosität der Abstraktionsreihe, die ich vor mir hatte. Ich werde solchen Sprachgebrauch bis in alle Ewigkeit wiedererkennen, dachte ich, auch in mir selber . . . er wird für mich künftig ein Signal sein. An ihren wuchernden Genitiven werde ich sie erkennen. An der bis zur Unkenntlichkeit des Ausgangspunktes fortgesetzten Aneinanderreihung von Genitiven, an der Maßlosigkeit des zweiten Falls . . . als ob der sich immer wieder zum ersten Fall aufwürfe, zum Ernstfall. Es war im Grunde ein den Realismus zerstörender Sprachgebrauch . . . einer ungewollt surrealistischen Methode ähnlich, die einen psychotischen Automatismus erzeugte. Vielleicht haben die wirklichen Surrealisten davon bloß phantasieren können . . . von ihnen stammt das berühmte Bild des Würfels aus dem Würfel, in dem wieder ein

Würfel steckt, und darin wieder einer und so fort. – Die Maschine der Genitive macht damit Ernst, dachte ich. Sie unterwandert mit diesem Truggebilde die Wirklichkeit . . . sie ist also die Simulation einer unendlichen Konsequenz.

Wahrscheinlich war eine solche Hysteresis der Genitive in einer anderen Sprache als der deutschen gar nicht möglich. Man konnte in dieser Gedankensprache immer nur einen Schritt auf den anderen folgen lassen, lediglich um festzustellen, daß man noch immer nicht am Ziel war und wieder einen nächsten Schritt tun mußte: wenn es geschah, daß man endlich doch das Satzziel erreichte, fühlte man sich schon so verstrickt, und vollkommen eingereiht in eine Abfolge von Konspiration, und vielleicht *für immer*, daß man nur noch ausgelöscht zurückblickte, und in unendlicher Müdigkeit dorthin, wo man einmal angefangen hatte, – so, als sei man in der Hoffnung auf einen Ausweg immer weiter dem Satzende nachgegangen, doch dieses habe dann erst die ganze Ausweglosigkeit gezeigt.

Wenn ich an dieses Papier dachte, folgte mir die Müdigkeit bis in meine Kellergänge nach. Und ich fragte mich in solchen Augenblicken, ob es nicht nur die Kanäle einer unausweichlichen Sprache waren, in denen ich mich weiterschleppte, ohne noch an Umkehr zu denken, während mir das Ende weiter und weiter vorauseilte. – Hätte ich mir einmal wirklich die Mühe gemacht, dem Lauf meiner Gedanken Schritt für Schritt zurückzugehen, mit aller Genauigkeit, sagte ich mir, dann hätte ich vielleicht auf den Ursprung meiner Müdigkeit stoßen können. Und ich wäre dann wieder in diesen Raum getreten, in dem sie angefangen hatte . . . ich war immer zu müde für diesen Weg. – Ich erinnerte mich, es war ein Moment, kaum von der Dauer einer Viertelstunde, oben in einem der Büros, die es in mehrfacher Ausführung, und in immer täuschend ähnlicher Ausstattung, in der Stadt gab . . . oder nein, es war früher, es war in einem Büro in der Kleinstadt, aus der ich gekommen war, in einem täuschend ähnlichen Zimmer in der Kleinstadt: das schmucklose und neutrale Interieur hatte sich verfinstert, eine Viertelstunde lang schien der braune, lähmende Rauch aus der Stadt eingedrungen ... eine Viertelstunde lang hatte ich alles getan, was man von mir verlangte: es war nicht viel, es war nur der abwesende Zug einer Unterschrift auf ein Papier, das im Halbdunkel lag ...

Seitdem war diese Müdigkeit stärker als ich ... sie ließ es nicht zu, daß ich mich niedersetzte, um sie in Ruhe zu durchdenken, ihren Schatten zu durchwandern, den Riß in ihr zu suchen, den es gab in ihrer Wand, den Spalt, durch den manchmal das Licht fiel ...

Sie war stärker, sie war eine Zäsur, für die mir kein Vergleich einfiel: nur unten in den Kellern gab es Momente, welche die Situation notdürftig beschrieben. Es geschah, daß ich vor den Gängen eines mir noch unbekannten Hauses stand und mich fragte, ob ich auch hier noch eindringen solle. Und vielleicht war es eine Tür, die mir plötzlich den Weg versperrte ... wenn ich mir an ihr zu schaffen machte, war sie meist schon offen, wahrscheinlich hatte ich sie vor einem halben Jahr schon aufgebrochen. Und wenn ich das Licht für das vor mir liegende muffige Gelaß – auch dies war mir selbstverständlich längst bekannt – angedreht hatte, und nun noch einmal mehrere Meter zurück mußte, um das Licht des Gangstücks auszuschalten, das ich soeben verlassen hatte ... dann auf einmal war die Müdigkeit da. – Ich ließ den Schalter nach unten kippen, und die zurückgelegte Wegstrecke erlosch hinter mir, als wäre sie nie ein Segment meiner Wirklichkeit gewesen. Und die Erinnerung an meine Schritte durch diese Wirklichkeit erlosch, das Nichts sank hinter mir in den Gang ... es sank über diesen kurzen Teil meines *Berichtszeitraums*, ich konnte ihn vergessen. Das plötzliche Dunkel ließ mich mein gesamtes

Wesen vergessen, alles, was ich gesprochen, berichtet hatte, und alle denkbaren Konsequenzen meiner Wörter und Sätze, die ich gesammelt und weitergeleitet hatte ... und so hatte jene Viertelstunde, die ihre Finsternis in ein Amtszimmer gekippt hatte, den gesamten *Berichtszeitraum* ins Vergessen gestürzt, der davorgelegen hatte ... über meine Herkunft, über all meine Bindungen aus der Zeit davor war der taube Qualm des Erlöschens gesunken ... und aus dem Gang, den ich hinter mir gelassen und ausgeschaltet hatte, war das Ich verflogen, dem ich gedient hatte, seine Wirklichkeit war verflogen wie das Ergebnis einer Simulation.

Und vor mir lag eine neue Wegstrecke, in der ich mein »Ich« wieder aufrichtete an den Erscheinungen des Sichtbaren im altbekannten Licht. Langsam gewann ich mich zurück, wenn ich an den mir längst geläufigen Wänden vorüberstreifte, durch die der Tau sonderbarer Flüssigkeiten ins gelbe Lampenlicht trat; das Gestein schwitzte die beißenden Gerüche der Fäkalien aus, die je und je nach der Stadtgegend zu wechseln schienen, und oft genug glaubte ich mich daran orientieren zu können. Zumeist hielt ich mich im Schoß unterprivilegierter Schichten auf – das heißt, noch darunter –, und hier, in den Tiefen unter überalterten, dicht zusammengeballten Häusermassen, unter ausgeplünderten Straßen und Hinterhöfen, war das Grundgemäuer porös und durchlässig, und es sonderte die Restbestände menschlicher Daseinsenergie häufiger und nachhaltiger ab. Der Glitzer, der von den Wänden floß, wies auf brachiale Ernährung hin, die Ballaststoffe, versetzt mit ranzigen Fetten und minderwertigen Spirituosen, schienen sengend und unter düsteren Emanationen aus den Ziegelfugen zu tropfen, und scharfe, säurehaltige Urine brannten sich hier immer tiefer ins Erdreich hinab.

In die wohlhabenderen Regionen geriet ich seltener, vielleicht war ich nur in meiner Vorstellung dort, und vielleicht rochen die Keller der mittleren Kader nach Olivenöl oder Vanille . . . es waren nur undurchlässige Wände dort, saubere, einander abgeschlossene Räume von beträchtlichem Ausmaß, Abstellkammern, die leer waren und eher Garagen glichen, ab und zu gab es Fahrräder oder Kinderwagen, leere Rattenfallen, die niemals zuschnappten, denn hier gab es keine Ratten. Und hier drang man nicht weit voran, man mußte immer wieder über die Straße hinweg, wenn man den Neubaublock wechseln wollte, und auch dann waren wieder nur diese gefegten Gelasse, die von hellem Neon erleuchtet waren. – Es war kein Leben unter den Gebäudereihen von Friedrichsfelde Ost oder Marzahn, und tatsächlich, wenn ich einmal in diese Keller gelangte, erinnerte mich der Urinhauch, der blaß durch die Betonkammern wehte, an den Geruch von Arznei. – Gern wäre ich einmal weiter vorgestoßen, bis in die Tiefgeschosse der höheren Kader, denn dort, man hörte es immer öfter, sollten die wahren Orte der Verschwörung zu finden sein. Vielleicht stieß man dort wirklich auf die Werkstatt, wo das Kleinunterseeboot gebaut wurde, von dem man raunen hören konnte, oder auf den Keller, wo man an einem Fesselballon nähte . . . wo sich die Söhne und Töchter der Funktionäre auf den rechtzeitigen Abgang vorbereiteten, denn sie kannten sich aus in den geheimen Bulletins ihrer Väter . . . natürlich war ich für diesen Bereich nicht zuständig: man mißtraute mir zu Recht, man ahnte, daß ich das Versteck einer solchen Werkstatt nicht preisgegeben hätte.

Nein, jene Stadtteile gehörten nicht zu Readers Gebiet, so weit reichte nicht die Einflußsphäre seiner Lesungen, und deshalb bekümmerten sie mich nicht. – Ohnehin war es mein Interesse an seinen Texten, was in letzter Zeit das meiste überwog, mein Interesse am Befinden seiner Texte im Kopf eines Zuhörers zum Beispiel, im Kopf einer Zuhörerin: vielleicht waren gerade in seinen unabschließbaren Wortfolgen die Paradigmen der wirklichen Konspiration, nur fand ich diese nicht heraus. – Immer wieder kehrte ich in die mir besser angemessenen Schächte zurück, wanderte wieder die Reihen der Kellerzellen entlang, tatsächlich, es waren mit Holzlatten oder Maschendraht vergitterte Zellen, voller verrottender Kohlen oder verstopft von Gerümpel...im Grunde genommen sahen all diese Gänge gleich aus, auch wenn ich den Eindruck hatte, daß gegen die Stadtmitte hin Wüstheit und Baufälligkeit zunahmen. – Und auch in dem neuen altbekannten Gang, der sich jetzt vor mir eröffnete, sah ich große Flächen von Brackwasser am Boden stehen, das in der schwächer werdenden Beleuchtung trübe und farbig schillerte wie Benzin oder Öl. Manchmal war es, als ob durch die tiefen Lachen Schlangenlinien huschten, auf mich zu, wie die unheimlichen Spuren von Getier, das vor dem Licht floh, das ich angezündet hatte. Und der Dunst, der von den nassen Böden aufstieg, verwob sich düster mit meinen Sinnen und verschleierte mir den Ausblick nach vorn. Ich erkannte, daß eine Reihe von Ziegelsteinen im Schrittabstand durch die Pfützen gelegt war...ich hatte es selbst getan, um über das Wasser hinwegzukommen; die Steine hatten sich fast widerstandslos dem Gemäuer entnehmen lassen, die Wände waren zermürbt, und nur das Eigengewicht schien sie noch aufrecht zu halten. Ab und zu war Schutt in den Gang gerutscht, als ob hier, vor nicht allzu langer Zeit, Erschütterungen stattgefunden hätten, Erdumwälzungen, Aufbrüche wie von größeren Baumaßnahmen... und hinter den zerbrochenen Wänden sickerte es hervor wie Urin, mit faden Gerüchen, milchig und quecksilbern aus dem fetten Hintergrund der Gewölbewand, und immer mehr Steine lockerten sich in der durchdringenden Jauche: es konnte nicht mehr lange dauern, bis mir dieser Weg versperrt war. – Aber natürlich schützten mich die Trümmer auch ... war ich an ihnen vorüber, hatte ich eine Strecke völligen Dunkels vor mir, ehe ich wieder, nach einem scharfen Knick im Gang, auf einen Lichtschalter stieß: mir mit der in der

sauerstoffarmen Luft nur dünn brennenden Feuerzeug-
flamme helfend, tastete ich mich weiter und glaubte links
und rechts neben mir das Tropfen und Ticken der Exkremente zu vernehmen … dennoch ließ das Rinnen von den
Wänden nach, die scharfen Gerüche schienen sich zu neu-
tralisieren, und eine merkwürdig gereinigte Luft gewann
die Oberhand, – offenbar wohnten nicht mehr viele Leute
über mir, offenbar standen die meisten der Häuser in den
Straßen über mir leer. Ich hielt an und lauschte: es war eine
Stille dort oben … ich hörte auch sonst nichts in den
Kellern, aber diese Art von Stille wirkte wie ausgestorben.
Nur selten war das Rauschen von Flüssigkeit in den defek-
ten Fallröhren zu hören, und wenn die süßlichen Dünste
der Durchfälle zu mir herandrangen, merkte ich auf und
deutete mit dem Zeigefinger in die Höhe: Was für ein Zeug
trinkt er da oben?

Was säuft er da oben? fragte ich mich. Ich glaube, er säuft
Abspülwasser! Tatsächlich, er säuft Abspülwasser, er ernährt sich von den Resten, die von gebrauchten Tellern
gewaschen werden … und was er von sich gibt, ist versetzt
mit Lösemitteln und den doppelt und dreifach gebrauchten
Bratenfetten, die in Chemikalien aseptisch geworden sind.
Und seine Ausscheidungen sind gereinigt, und seine Kör-
perwege durchgespült von Salmiak und Seife … und
ebenso lauwarm und verbraucht ist alles, was er dem Papier
beibringt, und weiterträgt, und von dem Papier wieder ab-
spült und in die geöffneten Ohren seiner Weiterverbrau-
cher klistiert.

Genau hier, sagte ich, gegen die obere Wölbung des Ge-
mäuers zeigend, befinde ich mich unter dem Domizil von
Reader! Und was würde er sagen, wenn eines schönen Tages seine Papiere verschwunden sind? Es müsse mir leicht
sein, hatte ich schon oft gedacht, hinaufzusteigen … leise
an den ausgestorbenen Wohnungen vorbei, an diesen ver-
kalkten verschimmelten Bienenwaben vorbei, und den be-

hausten Verschlag, den ich kannte, zu öffnen, – während er vorliest, irgendwo; es wäre mir leicht, den Zeitpunkt seiner nächsten Lesung zu erfahren, um bei ihm einzubrechen und mir seine Manuskripte zu schnappen. Sie mit herunter in die Tiefe zu nehmen . . . denn auf ungewisse Art gehörten diese Texte hierher. Ich malte mir aus, wie ich mit der Beute durch die Keller rannte, um sie in Sicherheit zu bringen . . . vor wem wollte ich sie in Sicherheit bringen? – Hier unten konnte ich sie lesen, auf meinem Platz, wo ich mich sicher fühlte: und wahrscheinlich feststellen, daß diese Texte – beim genauen Nachlesen, Zeile für Zeile – dem Eindruck, den sie beim Vortrag gemacht hatten, nicht eigentlich standhielten.

Nein, vielleicht durfte ich über diese Texte nicht lästern! Viel eher noch mußte ich mir ihren Beistand herunterholen, und mich an ihnen festigen in meinem Reich unter dem Pflaster, wo ich allein von Zeit zu Zeit einen blakenden Kanal von Licht anbrannte . . . nein, ich war verloren für die Literatur, ich hatte mit ihr nichts mehr zu schaffen, oder sie nichts mehr mit mir, ich hatte nurmehr mit der *Sicherheit* zu schaffen . . . ich verharrte an diesem Ort und dachte an Reader, der hoch über mir in einer Dachwohnung thronte und den ich mir – ich wußte es selbst nicht mehr genau – womöglich, irgendwann am Anfang dieser Geschichte, zum Rivalen ausersehen hatte: Oh! Ich kannte alle seine Texte, ich war sein bester Rezipient . . . das mußte irgendwann auffallen! . . . er indessen kannte nichts von mir, er wußte nichts von dieser Konkurrenz! Das Wesen dieser Konkurrenz war verborgen, tief unter ihm, in den weitverzweigten Speichern unter der Oberfläche der Stadt Berlin, wo so viele tausend Tonnen von Finsternis aufbewahrt wurden.

Dann senkte ich den Zeigefinger wieder und stolperte weiter. In der Dunkelheit kletterte ich über Schutthaufen, tastete mich um Verwinkelungen und kroch durch Maueröffnungen, durch die ein Rauschen drang, und ich stieß auf Gitter im Boden, durch die der erstickende Geruch der Kanalisation quoll ... nachdem ich mich durch eine Verengung gezwängt hatte, wo die Gänge nicht genau aufeinandertrafen, hatte ich endlich wieder das Licht einiger schwacher Glühlampen, die ich einst selber eingeschraubt hatte. Wenn ich meiner Erfahrung glauben durfte, befand ich mich jetzt direkt unter dem oberen Beginn der *Normannenstraße*, die hier in einen kleinen Platz auslief und abwärts führte, zu der breiten, mehrspurigen Magistrale des Stadtbezirks, wo sich die Verkehrsströme wälzten und unter dem Pflaster die U-Bahnen dröhnten. – Noch ein kleines Stück in Richtung Westen, und ich hatte das Ende meines Weges erreicht: ich konnte die Lampen hinter mir ausschalten, zuvor jedoch eine letzte Glühbirne – sie gehörte einem nächsten, mir unbekannten Leitungsstrang an, und sie hing nur lose in der Porzellanfassung – festdrehen und aufleuchten lassen.

An dieser Stelle senkte sich der Beton einer Wand herab, die vergleichsweise neueren Datums war. Es sah aus, als wäre sie als ganzes Stück und mit ungeheurer Wucht in den Boden getrieben worden; abrupt schnitt sie alle hier anlangenden Gänge und Fundamente ab. Man ahnte, daß sie noch viel tiefer in die Erde hineinreichte und so breit war, daß sie den Unterbau ganzer Straßenzüge unterbrach. Und sie mußte von ungewöhnlicher Dicke sein; im Licht meiner Glühbirne sah ich ihr ödes unverwüstliches Grau; es mußte Stahlbeton sein, dem die Feuchtigkeit der Tiefe nichts anhaben konnte. Offenbar verfärbte sie sich nicht einmal ... man hatte diese Betonwand für die Ewigkeit gegossen.

Es waren hier die gewaltigen Areale von Neubauten in das Weichbild der Stadt gesetzt worden, direkt über mir begannen sie in ihrer unübersichtlichen Vielzahl und Verschachtelung: sie waren unzugänglich für beinahe jedermann. – Einmal nur war ich, aufgrund eines mir nicht erklärlichen Umstands, dort hineingeraten. Und freilich hatte ich, durch ein großes tunnelartiges Tor kommend, nur einen geringen Teil der verwirrenden, steingepflasterten Höfe gesehen, die von vielstöckigen, kastenartigen Gebäuden umgeben waren. Nur Minuten hatte ich auf Feuerbach gewartet, der in einem der kantigen Steinklötze verschwunden war ... es war gegen Abend, die meisten der unzähligen Fenster waren schon dunkel, und doch fühlte ich mich beobachtet, und ging gemächlich auf und ab in dem Bestreben, mich möglichst harmlos zu verhalten zwischen diesen vieläugigen Wänden, oder besser so, als hielte ich mich hier ganz gewohnheitsmäßig auf ... hoch über mir verfärbte sich der Himmel zu düsterem Violett, Scharen von Krähen jagten schreiend darin umher, doch diese Schreie drangen nur sehr verzögert bis zu mir herab; es war, als suchten sich die Vögel in den helleren Rechtecken des freien Himmels über den Höfen zu sammeln, als scheuten sie zurück vor den schwarzen Dachrändern, deren lange Geraden das Licht abschnitten ... ich starrte noch immer hinauf – schon viel zu lange mein vollkommenes Desinteresse an den dunklen Gebäuden zeigend –, als Feuerbach mit gehetztem Ausdruck herbeieilte, mich am Ärmel faßte und durch das Tor auf die Straße hinausbugsierte; ich konnte nicht bemerken, ob hinter meinem Rücken ein blitzschneller wortloser und zeichenhafter Austausch zwischen ihm und einem im Finstern hinter Glas sitzenden Pförtner stattfand, zu meinem letzten Schritt hinaus auf das Trottoir fühlte ich mich beinahe gestoßen. – Da fragt man sich sofort, ob man je wieder rauskommt, da drin, sagte ich, wenn man dort ... Ich unterbrach mich, denn ich hatte aus der Art seines Schweigens gespürt, daß er sich über meine Geschwätzigkeit ärgerte. Erst nach Ablauf einer Minute erwiderte er: Halten Sie lieber die Fresse!

Ich will Ihnen etwas verraten, fuhr er nach einer weiteren

Minute fort, in der wir die Straße abwärts gelaufen waren. Man unterhält sich da drin gerade mit einer sehr guten Bekannten von Ihnen. Wissen Sie, was das bedeutet?

Mit einer Bekannten? Kann ich mir gar nicht vorstellen ... was kann es denn bedeuten?

Es bedeutet, daß wir verdammt viel Zeit aufwenden müssen für Sachen, über die Sie uns schon längst berichtet haben müßten. Und das ist doch wohl eine ziemlich ärgerliche Geschichte?

Eine ärgerliche Geschichte! Ich erinnerte mich gefragt zu haben, ob die Sache mit dem »Vorgang: Reader« zu tun habe; er gab nur eine undeutliche Antwort: Alles habe mit dem Vorgang zu tun, oder so ähnlich; ich bemerkte, daß ich ihn bei angestrengter Überlegung störte, und fühlte mich milde beleidigt ... als wir unten an der Hauptverkehrsstraße waren, wies er mit dem Arm nach links – während er selbst nach rechts zu gehen ansetzte – und sagte: Dort in dem kleinen Café, Sie wissen schon, welches ich meine, dort können Sie auf mich warten. Oder haben Sie wieder mal kein Geld eingesteckt? – Selbst wenn ich für die ganze Nacht Geld gehabt hätte, wäre es aussichtslos gewesen, auf ihn zu warten; aber ich wußte, daß ich in dem Café vielleicht in drei Tagen auf ihn warten konnte.

Jedesmal, wenn ich am Ende meiner Kellergänge vor der grauen Betonmauer stand – die ich oben, auf der Etage der Wirklichkeit, schon einmal ... ein einziges Mal ... durchschritten hatte –, fühlte ich mich an diese *ärgerliche Geschichte* erinnert. Und nicht nur deshalb, weil die Mauer hier unten mit einer sehr primitiven, überlebensgroßen Skizze versehen war, die mir das Licht meiner Vierzig-Watt-Lampe erst vor ein paar Monaten offenbart hatte. Wahrscheinlich mit einem Stahlnagel waren, von unbekannter Hand, die Umrisse eines wuchtigen, steil in die Höhe zielenden Phallus in den Beton geritzt worden, und man hatte die Linien sorgfältig mit schwarzem Tintenstift nachgezogen, mit einem dokumentenechten Schreibwerkzeug offenbar, denn darüberlaufendes Wasser konnte den Konturen nichts anhaben. Dem rückwärtigen Ende des Schafts war ein Hoden-Piktogramm ähnlich einer überdimensionalen bügellosen Brille umgehängt; vorn war eine Eichel in der Größe eines Fußballs angedeutet, aus deren Öffnung ein sich verbreiternder Strahl geschleudert wurde, wie aus der Mündung einer altertümlichen Schußwaffe mit hoher Streuwirkung. – Ich hatte keine Ahnung, was die Skizze hier unten zu suchen hatte; es war mir dazu höchstens ein Begriff von Baudrillard eingefallen: *leere Signifikanz* ... doch ohne Zweifel war dort von anderen Zusammenhängen gesprochen worden.

An die ärgerlich genannte Geschichte wurde ich auch deshalb erinnert, weil ich entdeckt hatte, daß die Zeichnung mit einem dickleibigen »C« signiert worden war ... die Signatur war so umfangreich und eitel, daß es mir sonderbar erschien, sie nicht zuerst gesehen zu haben. Dieser Umstand war wohl einer bestimmten Betriebsblindheit zuzuschreiben ... von *Verdrängung* hätte man, oben in den Büros, in ähnlichen Fällen nur einer Neuanwerbung gegenüber gesprochen; einem Langzeitpraktiker wie mir hätte man zumindest nachlassende Wachsamkeit vorgeworfen, eine Art Vorstufe von Hochverrat also ... ich lachte hörbar darüber, und etwas gekünstelt: natürlich war der Buchstabe »C« erst später hinzugefügt worden, und sein Auftauchen unter der Skizze wies darauf hin, daß man meinem Ruheplatz hier unten am Ende der Welt nicht nur einen einmaligen Zufallsbesuch abgestattet hatte, sondern daß er *frequentiert* war; das war ein Begriff, der nach wenigstens zwei Visiten angewendet werden mußte.

Den mir blitzartig zugestoßenen Verdacht, daß ich in dem Zeichen »C« mein eigenes Initial wiederzuerkennen habe, erklärte ich mir schnell als unsinnig ... man rief mich nicht bei einem Namen, in dem der Buchstabe »C«

vorkam, unter normalen Umständen nicht! – Ein viel üblerer Grund für die Annahme, daß ich hier unten besucht wurde – und zwar während meiner Abwesenheit; man besuchte nicht mich, sondern meinen Schatten . . . und der Beweis dafür, daß die Häufigkeit dieser Schattenkontakte zunahm, war das Erscheinen des »C« –, war ein weniger schnell zu vergessender Umstand: man hatte mir eine Sitzgelegenheit fortgeschafft, die mir vorzüglich angepaßt gewesen war, und ich mußte mich aufgrund dessen viel öfter oben in den Büros ausruhen. Und ich war gezwungen, den Verlust mit einer einfachen Holzkiste wettzumachen, die mich in der ersten Zeit viel länger wachhielt, als mir lieb war.

Es war eine stabile Gemüsekiste der größeren Sorte, eine Kartoffelkiste vielleicht, ich hatte sie umgedreht und an die Betonmauer gestellt, so konnte sie mir zu einem leidlichen Sitzplatz dienen. – An die Wand gelehnt und die schmerzenden Füße weit von mir gestreckt, in dieser Haltung dachte ich nach über meine dunklen Wege durch die Stadt Berlin; ich mühte mich, meine Gedanken zusammenzunehmen und möglichst ausschließlich an die Wege zu denken, die ich noch vor mir hatte, oder an die der letzten Tage, oberhalb und unterhalb des Straßenbodens . . . und möglichst nicht weiter zurück, ich war hier, und hier wollte ich bleiben, – mit dem Ohr an dem glattgeschliffenen Beton, so ruhte ich aus. – Manchmal jedoch suchte ich die Geräusche auf der Gegenseite der Mauer zu erlauschen: ich hörte nichts, offensichtlich gab es drüben keine Geräusche. Ab und zu nur bildete ich mir ein, daß da ein sehr leises Klirren gewesen sei; immer war es schon vergangen, mein Gehör schien es nur nachzuholen: es konnte sich ein großer Kühlschrank eingeschaltet haben; danach drang ein dünnes Summen durch die Wand, wenn es abriß, wieder mit dem kaum vernehmlichen Geklirr, fuhr ich aus dem Schlaf hoch. Und in diesem Schlaf hatte ich das Licht hinter der

Wand gesehen: ein warmes helles Licht, das hinter meinen geschlossenen Lidern war, wenn ich im Schlaf an die Zukunft dachte, – drüben auf der anderen Seite, wo die Innenräume hell gekachelt waren und das Licht noch heller zurückgaben; Möbel waren darin, und wahrscheinlich ordentliche Toiletten und Bäder, und vielleicht Vorratsräume, Regale, die mit gefüllten Flaschen vollgestellt waren, und die kleinen Beistelltische davor, mit sauberen Gläsern, die auf Tabletts gestürzt waren ... es spukte mir der Gedanke an den Tunnel unter der Mauer durch den Schlaf, er spukte durch den Schlaf des ganzen Lands, es war womöglich der Gedanke, den ich aufklären sollte ... und es gab dort vielleicht Zimmerpflanzen, dunkelgrüne großblättrige Gewächse südlicher Herkunft, sie gediehen prächtig in der stetigen Wärme und dem strahlenden Licht, denn drüben, in den Kellern auf der anderen Seite, war immer Tag, während hier immer Nacht war.

Oh, wie wünschte er sich hinüber ... dachte ich; es war, als ob ich in Gedanken von einer fremden Person aus meiner Vergangenheit sprach. Nein, überhaupt nicht hinauf in die Büros, unten im Keller wäre es ihm gerade recht gewesen. Wo die Verwaltung der Vorräte ihrem Müßiggang frönte, Sorgfalt an den Tag legte, und sich wiederholte beim Zählen der noch verklebten, übersichtlich gestapelten Kartons und der wie zum Abmarsch aufgestellten Säcke, und gelangweilt und zufrieden die Stückzahlen in ihren Listen verglich; hier ... so hätte er dort drüben gedacht ... ist die Frage nach dem *Mehl*, die an Lenin gerichtete Frage nach dem Mehl, beantwortet: denn hier *kommt* Mehl! Hier geht man durch die Fluchten der Räume, wo die unaufhörlichen Reihen der Reserven ruhen, und man kann bedachtsam die Hände auf die säuberlichen wohlgefüllten Gemüsekisten legen, und man kann in reiner Beschauung an die Sicherheit denken: die Vorräte werden reichen, noch lange, wenn oben über Tag der große Knall schon stattgefunden hat, und die Welt aus den Fugen gerät.

Und er könnte dort drüben vielleicht einen kleinen Schreibtisch haben, irgendwo unter gutem Licht, der nicht genehmigt, aber geduldet wäre, mit seinen vernünftig gestapelten Papieren darauf, – und längst wäre der Inhalt dieser Papiere seinem Vorgesetzten Feuerbach bekannt, der hätte sie heimlich gelesen, doch es wäre egal ... und vielleicht würde der sich sogar einmal dazu äußern: Was Sie schreiben, ist nicht das schlechteste ... Sie würden da hinten, in der Hinterhausszene, eine ausgezeichnete Figur machen! Vor denen bräuchten Sie sich nicht zu verstecken.

Es war merkwürdig, daß mich solche Gedanken beruhigten ... sie wirkten tatsächlich mit einer gewissen Kraft auf mich ein, sie strömten über mich hinweg, trübten mir den Blick, und ich nickte unter ihnen mit dem Kopf, bis mir die Augen zufielen. – Es war beinahe warm unter der Erde, jedenfalls nicht ausgesprochen kalt, ich fror nicht, wenn ich hier eine oder zwei Stunden verschlief. Ich war, dies konnte ich mit Fug und Recht behaupten, abgehärtet genug für den Dienst in der Unterwelt, – wenn dieser Gedanke auch einer Romantik verpflichtet war, der mit unserer Wirklichkeit, mit derjenigen Feuerbachs und meiner, nicht viel zu tun hatte. Feuerbach war ein Schreibtischmensch, immerhin kehrte er einen solchen hervor, und er pflegte jeden Gedanken an irgendwelche Praxis mit weitgespreizten Fingern von sich weg zu halten. Über seine Vergangenheit ließ er nichts verlauten, dennoch wollte ich aus manchen seiner Äußerungen gehört haben, daß er bestimmte Formen der Arbeit an der Basis aus früheren Zeiten kannte ... war er einst die gleichen Wege gegangen wie ich? – Man konnte sich sein übersensibles David-Bowie-Gesicht hier unten in der Dunkelheit nicht richtig vorstellen. Manchmal hatte er mir zu verstehen gegeben, daß er billigte, was ich tat ... es war dies zu einer Zeit geschehen, da mir jede Ermunterung von seiner Seite noch unangenehm und verdächtig war. Er hatte dann gemeint, meine Beweglichkeit innerhalb der Stadt sei geeignet, auch mir eines Tages das Anrecht auf eine Kaffee kochende Vorzimmerdame zu sichern. Die hatte er natürlich selbst nicht... und schon aus einer solchen Bemerkung schien mich der erste Stich aus der umgekehrten Richtung zu treffen: er durfte mich freilich nicht bremsen, dennoch fragte ich mich, ob ich ihm nicht plötzlich zu aktiv geworden sei. Er hatte keine Ahnung davon, daß ich hinter kein Vorzimmer wollte, jedenfalls nicht hinter eines, das mir verordnet war ... er konnte mein Interesse nicht verstehen, dachte ich, er hielt das, was ich aus diesem Interesse tat, für ein Streben nach Aufstieg. – Ich hatte noch die freundlichen Kommentare im Ohr, mit denen er einige meiner Berichte quittierte: Wenn ich Ihre Kunstwerke gegenzeichnen soll, dann müssen Sie sich in Zukunft selber mehr draußen lassen. Er könne zwar begreifen, daß ich, als poetische Natur, einen Hang zum Autobiografischen haben müsse, doch ich solle mir überlegen, daß aus meiner lyrischen Prosa irgendwie amtliche Dokumente angefertigt werden müßten. Persönliche Details sind sehr nützlich, sagte er zum Beispiel. Aber natürlich von denen, über die Sie was rauskriegen sollen. Also denken Sie an den Satz eines viel berühmteren Schriftstellers: Im Mittelpunkt steht immer der Mensch ... – Von wem war das doch gleich, von Gorki? fragte ich. – Die meisten guten Gedanken kommen vom Gegner. Es kommt aber darauf an, sie zu verändern ...

Seit einiger Zeit also ... länger schon, seit gut einem Jahr immer häufiger ... konnte ich Anzeichen für Unzufriedenheit bei Feuerbach bemerken. Womöglich aber verwechselte ich etwas, und es gab diese Anzeichen in mir, und sie waren in meiner eigenen Unzufriedenheit mit dem Verhalten Feuerbachs begründet ... wenn ich es genau bedachte, hatte es angefangen, als die ersten Lesungen Readers unsere Aufmerksamkeit erregten. Ich selbst hatte das »Phänomen« entdeckt und die Nachricht davon – wenn auch mit Verzögerung – vor Feuerbachs Schreibtisch gebracht. Ich hatte Reader zum erstenmal gehört, als ich den Spuren einer jungen Frau folgte – einer Studentin, vermutete ich; sie tauchte bei den meisten literarischen Veranstaltungen in der sogenannten Szene auf, und sie war mir aufgefallen, weil sie sich andauernd Lesungstermine in ein winziges Notizbuch schrieb –, die ich dann jedoch wieder aus den Augen verloren hatte.

Diese Literatur! rief Feuerbach aus, als er meinen Bericht zu Ende gehört hatte . . . den ich ihm mündlich ablieferte: ich hatte sofort erkannt, daß ich einen seiner nervösen Tage erwischt hatte, also faßte ich mich möglichst kurz; die Studentin vergaß ich dabei zu erwähnen . . . und er rief es in einem Ton, als wolle er mir sagen: Fällt Ihnen nichts Besseres ein, als mir immer wieder mit Literatur zu kommen! Etwas ruhiger sagte er dann: Diese Literatur ist doch selbst hier immer wieder für Überraschungen gut. Und Beckett, sagten Sie . . . seine Texte sind wie von Beckett? Ich bin immer noch der Meinung, daß dieser Ire die Literatur der Insel verdorben hat. Und wahrscheinlich die französische auch noch. Und genau dasselbe wird hier passieren. Es war ein schlechter Einfall mit diesen Texten à la Beckett! Aber was können wir schon tun? Ich jedenfalls mag das Zeug von diesem Beckett überhaupt nicht . . .

Wieder hatte ich ein winziges Geräusch zu hören geglaubt . . . unmittelbar hinter der Wand mußte etwas erloschen sein, eine Maschine, ein Aggregat von Maschinen, ein Ticken hatte etwas zum Verstummen gebracht, und in der Stille war ich aus dem Schlaf gefahren. Und mich erreichte einer der seltenen Augenblicke, in dem ich mit ganzem Bewußtsein wahrnahm, wo ich mich aufhielt: angewidert stierte ich in die halbdunkle Ödnis, die mich umgab. Wie konnte ich es hier unten überhaupt aushalten?

Vor mir verlor sich ein schmutziger Gang in die Finsternis, die Gemäuer, die diesen Stollen einschlossen, schienen schon in Fäulnis übergegangen, üble Flüssigkeiten rannen an ihnen nieder und flossen an unsichtbaren Stellen ab; sie sickerten hinunter in die Stadtkloaken, deren bitterer Dunst mich von Zeit zu Zeit überschwemmte. Dies waren die Augenblicke, in denen ich die Flucht ergriff, vom Ekel überwältigt, und mir schwor, nie wieder herabzusteigen. – Und auf meiner Flucht in Richtung Ausgang mußte ich an einer Trennwand vorbei, die einen Nebengang zusperrte. Sie war später eingefügt worden, man sah es ... und deshalb war sie noch brüchiger und verrotteter als das übrige Mauerwerk: ein Teil des Gesteins war herausgebrochen, und dieses Loch in der Mauer – dahinter war die dickste, giftigste Dunkelheit – war es, das mir besonderes Grauen einflößte. Ich konnte mir nicht erklären, warum, ich wagte mich dem Mauerstück kaum zu nähern: nur manchmal hatte ich, wenn meine Neugier überhandnahm – unter dem Loch in Deckung liegend, weil ich eine augenblickliche Gasexplosion befürchtete –, ein paar brennende Zeitungen durch die Öffnung geworfen. Sie fielen nicht tief; die Luft in dem Loch war so sauerstoffarm, daß die Flammen nicht zur Entfaltung kamen. Es war nichts darin außer Gestank und Verwesung ... Die Kohle! sagte ich mir. Die Kohle, wenn sie das Stadium des Verfalls erreicht hat und sich auflöst, sondert diesen wahrhaft organischen Geruch ab. Und nur weit im Hintergrund glaubte ich ein trübes rotes Glimmen zu bemerken. Dies, so vermutete ich, war der Widerschein des abgewrackten, rot bezogenen Schaumgummisessels, den ich mir einst vor die Betonmauer am Gangende postiert hatte. Der Bequemlichkeit halber hatte ich das Prunkstück in fast mörderischer Transportarbeit durch die Keller geschafft: es war mir schon kurze Zeit später entwendet worden. – Ich war frequentiert hier unten, von diesem Tag an durfte ich nicht mehr daran zweifeln. Wer sie auch waren, die mich da beschnüffelten, sie wollten mich vertreiben ... ich fühlte mich überall vertrieben, wo ich nicht allein war. Und dieser Ort hier unten war der letzte, an dem ich mit mir allein gewesen war. Eine einzige Figur war es, die hier unten mit Beobachtung zu rechnen hatte: ich selbst ... beobachtet von mir selbst. Dies gehörte der Vergangenheit an.

Wenn ich an dieser Trennwand vorbei war, mußte ich noch ein beträchtliches Stück zurück bis zu der ersten Tür, die sich auf eine hinauf und nach draußen führende Kellertreppe öffnete. Besonders hier hatte ich stets dafür gesorgt, daß die Tür unverschlossen blieb ... einmal nur, ich dachte mit Schrecken daran, war sie zu und von außen verrammelt mit Gerümpel, das man vor ihr abgestellt hatte. Ich hatte einen Termin, keine Zeit mehr, und ich verlor vollkommen die Orientierung; die halbe Nacht war ich in Panik durch die Gänge geirrt und hatte Beruhigungstabletten geschluckt ... jetzt war die Kellertür offen. Als ich auf der Straße stand, war ich überrascht, daß es schon heller Tag war. Geblendet wie eine Fledermaus starrte ich in das Licht des Wintermorgens, das mir grell erschien, obwohl es trübe war und ein paar Schneeflocken durch die feuchte Kälte flatterten. Der Verkehrslärm umbrandete mich, die Geschäfte waren schon geöffnet, vor den Bäckereien hatten sich die zu dieser frühen Stunde üblichen Käufertrauben gebildet. Übernächtigt und bleich mußte ich an ihnen vorbei, ich fühlte mich schmutzig und übelriechend, mir blieb nur erhobenen Hauptes die Straße hinunterzugehen und ihre Blicke nicht zu beachten.

Unten an der Hauptstraße fiel mir das kleine Café ein, in dem ich schon oft auf Feuerbach gewartet hatte. Es war eher ein Schuppen – der Oberleutnant war rücksichtslos genug, es auch so zu nennen –, geschmacklos eingerichtet und nicht immer sauber; aber es war frühzeitig offen und deshalb eines der seltenen Lokale in der Hauptstadt, die als

Boulevard-Café bezeichnet wurden. Die Einrichtung, sie wurde übrigens später gewechselt, bestand aus nacktem Plastik-Mobiliar in künstlichen, längst schäbig gewordenen Modefarben, die unangenehmen schwarzen Male, von den Zigarettenkippen herrührend, die man auf den fleischfarbenen Rundungen des Gestühls und der Tische ausgedrückt hatte, nahmen unaufhaltsam zu; es war früher ein Nichtraucher-Café gewesen, das Piktogramm, das diese Anweisung vermitteln sollte, war an ungünstiger Stelle aufgehängt und bis zur Unkenntlichkeit mit verschlüsselten Daten und Adressen bedeckt. Jetzt rauchte man hier um so mehr, als Aschenbecher dienten die Unterteller der Kaffeetassen, in Perioden der Ordnungsliebe oder des Neuanfangs – im Gegensatz zum Personal wechselte der Gaststättenleiter ständig – wurden diese Untertassen nicht mehr mit serviert; nun ging man zum Büfett und holte sich selbst eine Untertasse von dem schiefen Stapel. Die Theke war von einem verschnörkelten Eisengitter abgetrennt, auf dessen Sockel sich Zeitungen häuften, die Zeitungen mehrerer Wochen, das Gitter bot gleichzeitig die Möglichkeit, die Garderobe aufzuhängen, dies hatte den Nachteil, daß der Büfettier zumeist unsichtbar blieb, wie auch die Gäste für ihn; wollte man nicht laut nach der Bedienung rufen, was in dem Café verpönt war, mußte man sich um das Gitter herumbemühen, hinter dem fast immer auch der Kellner steckte, wenn überhaupt ein solcher im Café war.

Ich fragte mich schon lange nicht mehr, ob es erstaunlich zu nennen war, daß in diesem Café kaum einmal zwei Personen zusammen an einem Tisch saßen; ein Verhalten übrigens, das sich im Verlauf des Abends änderte... es war deshalb meist sehr leise im Gastraum; es war vorgekommen, daß einer der Kellner, wenn er neu war, eine Musikkassette in den Recorder schob, worauf die Schlager der Saison ertönten, und es begab sich einer der Gäste nach vorn, um das Geräusch zu mißbilligen; die Kassette wurde wieder ausgeklinkt: es war deutlich, daß man hier in diesem Café an der *Arbeit* war. Jede der ausschließlich männlichen Personen an den Tischen – alle waren etwa gleichaltrig, in den undeutlichen Jahren zwischen dreißig und vierzig – schien intensiv mit sich allein beschäftigt, niemand schien den anderen zu kennen, alle aber kannten den Büfettier und duzten sich mit ihm. Und fast alle tranken jenes merkwürdige, mir viel zu teure Getränk, das sich »Herrengedeck« nannte und das aus einem Bier ... unbedingt gehörte dazu ein unter die Mangelware gefallenes tschechisches Pilsner oder, noch besser, ein solches aus Radeberg bei Dresden; Berliner Pilsner wurde regelmäßig moniert ... und einer winzigen Flasche Sekt gemischt wurde. Ich blieb bei einer Tasse Kaffee und Schnaps, selbst im Sommer, denn mehrere Piccolo-Flaschen Sekt schon am Morgen hielt ich noch immer für Luxus. Aus Gewohnheit nahm ich meinen Fensterplatz ein ... den man zu meiden schien, seit ich ihn schon einige Male besetzt gehalten hatte ... wo ich, uneinsehbar von außerhalb, hinter der graugelben Gardine saß – sie enthielt das Nikotin von Jahren, denn in einem Nichtraucher-Lokal mußten Gardinen nicht gewechselt werden –, einen guten Ausblick auf die Straße hatte und den Fußgängerverkehr dicht vor Augen, denn die Gesimse des Fensters lagen mit dem Trottoir fast auf einer Ebene. Und blieben draußen zwei Leute stehen, um sich zu unterhalten, konnte ich durch die große Scheibe sogar mitkriegen, was sie sagten.

Unweit des Cafés befand sich der Ausgang eines U-Bahn-Schachtes, den ich leicht einsehen konnte, wenn ich mich auf dem Stuhl etwas zurücklehnte, die rechte Schulter gegen das Fenster neigte und links hin den Bürgersteig entlangschaute. Es war eine Haltung, die Feuerbach als »Eintriefen« bezeichnete; wenn er hereinkam, pochte er zur Begrüßung mit der Faust übermäßig stark auf den Plastik-Tisch, ich tat so, als ob ich erschrak; gewöhnlich hatte ich ihn schon vom Fenster aus gesehen, er fiel auf, wenn er sich mit seinen ausgreifenden Schritten an die Spitze einer Menschenbewegung setzte, die aus dem Halbdunkel der U-Bahn hervorquoll; oder vielleicht war es auch sein ungläubiges Gesicht, das mir auffällig war, auf unangebrachte Weise hob es ihn für mich aus dem stumpfen Ausdruck der Menge heraus.

In Intervallen von wenigen Minuten stiegen Menschenströme die Treppen des Tunnels herauf, immer dann, wenn unten eine Bahn eingefahren war. Mir schien, ich könne das entfernte Grollen der Züge noch hier oben im Lokal hören, und wahrnehmen am leichten Klirren des Kaffeegeschirrs auf dem Tisch, am kaum merklichen Zittern der Fensterscheibe neben mir: und dann kamen die Leute, aus Richtung Stadtmitte kamen stets doppelt soviel wie vom Tierpark her ... es waren am Nachmittag unfaßbare Massen, die der Tunnel ausspie und die sich auf dem breiten Bürgersteig erwartungsgemäß zerstreuten.

Wie, wenn sie sich plötzlich zusammenballten, sich nicht mehr auflösten, plötzlich die Straße einnahmen? Immerhin waren sie zahlreich genug, sie konnten in ihrer Vielzahl die um sich selbst rotierende Bewegung der Hauptstadt ohne weiteres zum Erliegen bringen ... wie, wenn sie plötzlich das, worum sie sich drehten, das Leben, in seiner fortschreitenden Wertminderung erkannten und es zu ignorieren gedachten!

Und sich nicht mehr zerstreuten? – Ich lebte in einer Welt der Vorstellung ... immer wieder konnte es geschehen, daß mir die Wirklichkeit phantastisch wurde, irregulär, und von einem Augenblick zum andern bestand die Ruhe für mich nurmehr in einer unwahrscheinlich haltbaren Simulation. Dies war kein Wunder, wir lebten schließlich andauernd unter dem Druck, ein Verhalten in Betracht ziehen zu müssen, das womöglich gar nicht existierte. Es war ein Zwiespalt, in dem wir lebten: wir betrieben ununterbrochen Aufklärung, inwiefern sich die Wirklichkeit unseren Vorstellungen schon angenähert hatte . . . aber wir durften nicht glauben, daß unsere Vorstellungen wirklich wahr werden konnten. Nein, wir glaubten unseren eigenen Vorstellungen nicht, denn wir klärten ununterbrochen auf – für uns selber! –, daß es keinen Grund gab, ihnen Glauben zu schenken, den Vorstellungen. Aber es war schwer, aufzuklären ohne eine Vorstellung davon, was durch Aufklärung sichergestellt und gegebenenfalls verhindert werden sollte, möglichst im Ansatz schon verhindert, wie es unser ausdrückliches Ziel war. Darum war es notwendig, zu simulieren, daß die Wirklichkeit im Ansatz unseren Vorstellungen entsprach . . . wann, fragte ich mich, war es soweit, daß wir den Dingen, die wir aufklärten, keine eindeutigen Zuordnungen mehr abgewinnen konnten: ob sie noch in den Bereich der Simulation gehörten, ob sie schon im Ansatz Wirklichkeit geworden waren. Die Wörter »noch« und »schon« drückten die Crux aus: konnte aus der Simulation die Wirklichkeit werden, und wo war der Übergang? Konnte, was *noch* Simulation war, *schon* in Wirklichkeit übergegangen sein, bevor wir es aufgeklärt hatten? Konnte Simulation Wirklichkeit werden, konnte uns die Wirklichkeit mit Simulation antworten. Wenn wir dies bejahen mußten, waren wir wahrscheinlich verloren . . . also durften wir es gar nicht glauben.

Also: wir durften nichts glauben, denn was wir nicht glaubten, das geschah nicht. Es konnte nicht geschehen: aus Unglauben . . . dies wußten wir sicher und fest. Jeder von uns hatte es zutiefst im Bewußtsein, es gab keine tiefere Schicht in unserem Bewußtsein als den Unglauben. Mit unserem Unglauben kamen wir geradewegs und gezielt von der *Aufklärung* her . . . und manchmal ging einer so weit, den Unglauben unseren Glaubensgrundsatz zu nennen. Der Unglaube saß tief, er war der knurrende Kaffeesatz in unseren Gedärmen . . . hah! Vielleicht tranken wir zuviel Kaffee, wenn wir nachdachten, wir seien die besten Kunden von Eduscho, hatte einer gesagt. Und wenn wir zur Überzeugung übergingen, tranken wir Sekt und Bier, das belustigte und stimmte ungläubig.

Also: es gab keinen Gott, es gab keine Phänomene, es gab kein Unterbewußtsein, es gab kein Zurück ... dies waren, wenn wir so wollten, die Klartexte hinter dem Gerede. – Nichts konnte passieren, was wir nicht glaubten, weil wir es nicht glaubten ... und schon waren wir notwendig. Wir hätten vor aller Welt mit den Fingern auf das zeigen können, was nicht passierte ... denn wir glaubten es nicht. Noch einmal: alles, woran wir glaubten, war unser Unglauben. Alle Aufklärung, die wir betrieben, nicht nachlassend, unermüdlich aufpassend, bestand in der Übermittlung des Glaubens, daß nichts passieren konnte, nichts, dafür konnten wir nicht wortreich genug sein. Selbst wenn es jeder schon wußte, wir mußten, im Zuge der Aufklärung, noch einmal übermitteln und versichern, daß die Leute da draußen auf dem Trottoir nichts taten, als aus einem U-Bahn-Schacht herauszukommen, weiterzugehen und in den nächsten U-Bahn-Schacht wieder hineinzusteigen. Wir waren glaubenslos sicher, daß nichts Unklares passieren konnte, daß sie sich auf dem Trottoir nicht zusammenballten, auch wenn sie in Gruppen kamen, in vielen Gruppen, in Mengen, in Massen und Kohorten. – Erst im Winter wurde es anders, die Bürgersteige leerten sich bei Einbruch der Dunkelheit, es gab nur noch die Autos auf den Fahrbahnen ...

Wir hätten mit den Fingern auf die Ruhe und Besonnenheit zeigen können, die unter uns herrschte ... nur manchmal schienen sich die zu oft wiederholten Sätze auf merkwürdige Art umzukehren, und das Café lag mir zu nahe an der U-Bahn. Es kam vor, daß ich stundenlang Gedanken entwickelte, unaufhörlich, fern jeder Schlußfolgerung, mein Auge war starr durch den Gardinenvorhang gerichtet: draußen war alles grau, und ich dachte und dachte an die Leute. – Die Leute ... dachte ich, wenn sich das Straßenbild in meinem Blick wieder schärfte, es werden immer mehr Leute da draußen. – Ich sah mit einem Schwindelgefühl, wie sie schubweise aus dem Tunnel stiegen und sich auf dem Trottoir verliefen; jetzt am Nachmittag war der Zeittakt der einfahrenden Züge äußerst kurz bemessen, und die heraufquellende Menschenmenge riß kaum noch ab. Wie, wenn sie sich plötzlich nicht mehr zerstreuten ... und alle auf einmal hereinkämen in das Café. Was für eine Vorstellung, plötzlich Hunderte von Menschen eindringen zu sehen in das schier aus den Nähten platzende Café! Die Tische leergefegt zu sehen von uns, wir an die Rückwand gedrängt, schon hinter die Theke gedrängt ... gleich würden noch mehr kommen, es fuhr schon wieder eine Bahn ein. Eigentlich haben wir ihnen nichts getan ...

Einmal, ich erinnerte mich, hatte ich den alljährlichen Marsch zur Gedenkstätte der Sozialisten mitgemacht. Das heißt, ich befand mich nicht im Innern der Demonstration, ich war einer von jenen locker an der Seite mitschlendernden Begleitern, und es war mir vorgekommen, als würden diese Begleiter – aus dem Spalier am Straßenrand, wo in sehr kurzen Abständen Doppelposten waren, die niemand erkannte – noch schärfer beobachtet als der ruhig vorwärts wallende Demonstrationszug selbst. Langsam, mir viel zu langsam ging es auf der Hauptstraße voran ... ich fror, es war ziemlich eisig an diesem Januartag, und ich wurde zusehends nervöser, – ich hätte sie antreiben mögen, die lahme Herde, schreiend und stockschwingend hätte ich sie auf Trab bringen mögen ... auf der Höhe des Cafés war es mir genug, ich drängte mich durch die Gaffer am Trottoirrand und kehrte ein in das Café. Sofort traf ich in dem vollbesetzten Gastraum auf Feuerbach, der auch nur einen Stehplatz hatte. – Raus mit dir! fauchte er mich an. Draußen hauen sie inzwischen zur U-Bahn ab, und Sie wollen hier Maulaffen feilhalten! – Was soll ich machen, sagte ich, soll ich sie zurückschicken? – Ich entschwand wieder aus dem Café und sah, daß Feuerbach mir nachschaute, an den Türrahmen gelehnt. Ich kam nicht sofort durch das Spalier auf die Allee und mußte auf dem Bürgersteig weiter. Einige hundert Meter entfernt, am nächsten Ausgang der U-Bahn, sah ich, daß er recht hatte, daß tatsächlich Scharen von Leuten in der Unterführung verschwanden; sie eilten die Treppen hinab, kichernd und mit triumphierenden Gesichtern wie Zechpreller. Natürlich interessierte sich niemand für sie, selbst unsere an der Tunnelwand lehnenden Mannen gähnten gelangweilt. Mir gingen sie auf die Nerven, ich ahnte, daß aus der Kinderei auch Ernst werden konnte, wenn nur genug von ihnen beisammen waren. In der Regel graute mir vor Massenaufläufen . . . wenn ich mir vorstellte, wie sie jetzt im Halbdunkel da unten die Bahnsteige bevölkerten, wie sie auf die einfahrenden Züge losgingen, in ihrem breiigen Gemeinschaftsgefühl, das auf jedem Bahnhof, bis hin zum *Alexanderplatz*, noch Zuschub in Form neuer Massen erhielt . . . ich war froh, daß mich eine lapidare, kaum noch bemerkenswerte Vereinbarung aus ihnen heraushob. Unter Menschenmengen, in der Anziehung, die von ihnen ausging, war es mir im Grunde schwer, die Distanz beizubehalten, die ich brauchte: mein Vermögen, sie richtig einzuschätzen, erlosch regelmäßig dort, wo mehr als zehn Leute beisammen waren, ich nahm die Details nicht mehr wahr, unterschied ihre Stimmen nicht mehr, es dauerte nicht lange, und ich hörte sie im Chor sprechen . . . ja, sie dachten sogar im Chor, ihre Blicke vereinten sich zu einem einzigen Blick, sie bewegten sich bald nur noch in einer Richtung . . . man wurde leicht erfaßt von ihrer Erregung, und schon schloß man sich ihnen wohl oder übel an, und es hatte etwas Befreiendes. Womöglich lag es daran, daß sie nicht durch Befehle, sondern durch die Melodie des Chors zusammengehalten waren.

Ich wand mich durch den Menschenfluß und ging auf dem Trottoir weiter, mich zu langsamen Schritten zwingend, zu der unbeteiligten Miene, die ich eingeübt hatte; mit der Zeit wirkte dies, das nervöse Flackern fiel von mir ab. Am Ende der *Frankfurter Allee*, an der Einmündung zur *Siegfriedstraße*, bog ich nach links ein, um die letztere nach oben zu spazieren, bis zur nächsten Kreuzung, wo sich das *Wagner-Eck* befand, eine billige Bierkneipe, die ebenfalls vollgestopft war von Leuten. Hier gab es niemanden, den ich kannte; hier hatten sich die Arbeiter eingenistet, die dem Demonstrationszug entwichen waren. Ich trank, an der Theke stehend, ein großes Glas Bier, das mir eiskalt in den Schlund rann und mich noch mehr beruhigte. Dann zog ich weiter, nun in die Gegenrichtung, parallel zur Hauptstraße, an der offenen Toreinfahrt zum *Oskar-Ziethen-Krankenhaus* vorbei, wo im Hof die Rettungswagen auf Abruf standen, noch ein paar Seitenstraßen ließ ich hinter mir, dann ging ich wieder abwärts zur Allee. Dort hatten sich unterdessen die Marschformationen verflüchtigt, das kleine Café war wieder leer. Zumindest fand ich meinen Fensterplatz unbesetzt, ich bestellte wie gewöhnlich Kaffee und Weinbrand. Als mir der Kellner das Gewünschte brachte, sagte er zu mir: Ein Bekannter von Ihnen hat hinterlassen, Sie sollen hier auf ihn warten!

In beinahe allen ähnlichen Fällen wartete ich umsonst. Und mir war klar, daß ich umsonst warten sollte . . . damit er mir bei Gelegenheit vorwerfen konnte, daß ich nicht auf ihn gewartet habe. Auch das schob ich auf die allgemeine Simulations-Praxis, die wir auf alle Bereiche ausdehnten und in der es keine Pause gab. Es gehörte zu den Eigenheiten unserer Funktion, daß wir in jeder Hinsicht unzuverlässig waren . . . dies schloß nicht aus, daß wir überall standen wie ein Mann und stets vollkommen zuverlässig waren. Die Simulation machte es möglich, daß wir in Momenten angespanntester Wachsamkeit einen Fehler nach dem anderen begingen, aber gerade dann – es war wie im Kino –, wenn alles aus dem Ruder zu laufen drohte, waren wir scharf wie Schießhunde und sahen zu, daß wir alles im Griff hatten. Unser Leben war ein einziges Training, und das war nicht schlecht. – *Scharf wie Schießhunde!*, dies war einer der Spezialausdrücke Feuerbachs; er mißfiel mir, doch immer öfter begann ich ihn ebenfalls zu verwenden. Und ich hatte die Phantasie, daß unsere Augen am schärfsten waren, wenn sie geschlossen waren. Mit geschlossenen Augen sahen wir tatsächlich beängstigend weit voraus. Fragen Sie mich nicht, wie das möglich ist.

Wenn Feuerbach zu einer Verabredung nicht kam, konnte ich am nächsten Tag oder in drei Tagen mit ihm rechnen. Es war schon oft geschehen, daß er mir durch den Kellner einen Termin hatte ausrichten lassen, und einen Monat später fragte er mich, warum ich an dem oder jenem Tag nicht erschienen sei. Auf solche Fragen reagierte ich gar nicht, weil ich wußte, daß ihm dies am liebsten war. – Sie haben nicht auf mich gewartet und damit eine ganze Reihe von Treffs durcheinandergebracht, sagte er zu mir. Durch Sie müssen wir wieder von vorn anfangen, ich muß Sie unbedingt aufsuchen. – Wieder von vorn? sagte ich. Das ist gut für das Training. – Sie werden schon sehen, sagte er, wir sind fit bis zum Gehtnichtmehr!

Ich muß Sie sehr spät aufsuchen, sagte er, ich werde in Ihre Wohnung kommen. – Er wußte, daß ich mich von seinen Wohnungsbesuchen bedroht fühlte, gerade darum fing er immer wieder davon an. Freilich wartete ich auch dort fast immer vergebens; konkret konnte ich mich nur an zwei oder drei seiner Besuche erinnern. Nachts war er ohne Ankündigung aufgetaucht, es war mir ein Rätsel, wie er durch die verschlossene Haustür gekommen war. Einen durch die Keller wandernden Feuerbach konnte ich mir einfach nicht vorstellen. – Ich sah ihn noch, wie er an meinem Schreibtisch stand, hinter dem ich soeben gesessen hatte, wie er mit der linken Hand nachlässig und abwesend – seine Bewegungen erschienen mir wegwerfend – meine Papiere durchblätterte, ohne eigentlich darin zu lesen; in den spitzen Fingern der anderen Hand hielt er in Kinnhöhe eine Zigarette ... obwohl er normalerweise Nichtraucher war ... wenn er, ohne zu fragen, meiner Packung eine Zigarette entnahm und sie nervös anbrannte, simulierte er wachsende Aufmerksamkeit ... und er paffte den Rauch verachtungsvoll von sich. Er war ein gutaussehender Mann, dieser Feuerbach ... im Gegensatz zu mir, dachte ich ... er war größer als ich, mit einer blonden Frisur, grau durchwachsen, die auf raffinierte Weise ungepflegt aussah; meist war er nicht sehr gut rasiert, was den leicht verwegenen Ausdruck seines bleichen, jünger erscheinenden Gesichts unterstrich, in dem eine wohldosierte Mischung von Naivität und Abgebrühtheit war. Vielleicht wirkte er manchmal geheimnisvoll ... auf mich machte er, in der Erinnerung, sogar einen etwas dämonischen Eindruck, das Licht meiner Schreibtischlampe beschien sein Gesicht von unten, seine gleichmütigen grauen Augen blieben unsichtbar, weil der Schatten, den die Hand mit der Zigarette bildete, Nase und Stirn bedeckte. Wie immer hatte er mir nicht viel zu sagen, ich vergaß es ... einmal, bei einem dieser Besuche, murmelte er etwas von einem Foto, das er benötige. – Oder er fragte mich: Sie haben wohl nicht zufällig bemerkt, was die junge Dame, die hinter dem Reader herrennt, für Zigaretten raucht? Es sind Westzigaretten ... – Na und? sagte ich. – Gut, sagte er. Aber Sie haben nicht die Banderole auf diesen Westzigarettenschachteln bemerkt, die mit dem Bundesadler! Sie bemerken nicht, daß diese Schachteln drüben gekauft worden sind. Die junge Dame ist aus Westberlin ... und das merken Sie nicht! – Ebenso unvermittelt und geräuschlos, wie er gekommen war, verschwand er wieder. – Er hat mir die Papiere absichtlich durcheinandergeworfen, dachte ich voller Wut, als er gegangen war.

Inmitten der Menschenmenge, die den U-Bahn-Schacht verließ, hatte ich sie plötzlich zu sehen geglaubt; es war die Studentin, die mir unter dem Publikum der Küchen- und Wohnzimmerlesungen in der sogenannten Szene aufgefallen war. Oder war sie es nicht ... ich hatte sie bisher zuwenig beachtet, sie hatte ein etwas zu glattes, ausdrucksloses Gesicht, ein offenes Gesicht, das aber gleichzeitig distanziert und schwer zu erreichen war; ich hatte zu dieser Generation überhaupt noch keinen Zugang: es war etwas in dieser Generation, das weder Männchen noch Weibchen war. Sie war schon an dem Fenster des Cafés vorüber, als ich mich zu erinnern glaubte, daß ich mit ihr schon ein paar Worte gewechselt habe: freilich nur belanglose Redensarten ... es war ihr wohl aufgefallen, daß ich nicht den Berliner Dialekt sprach, sie hatte mich daraufhin angesprochen ... jetzt meinte ich, daß jemand, der in Ostberlin wohnte, mich nach einem solchen Umstand kaum befragt hätte, jedenfalls in der Berliner Szene nicht, wo alle Himmelsrichtungen vertreten waren: es war eine typisch Westberliner Frage!

Ich faßte die Idee, hinauszulaufen und sie anzusprechen; sie war langsam gegangen, ich konnte sie noch einholen. Ich war schon draußen, noch ehe ich meine Einwände gegen den Gedanken ganz unterdrückt hatte; in einiger Entfernung erkannte ich sie an den kleinen sicheren Schritten, mit denen es ihr gelang, schnurgerade durch das hektische Menschengewühl zu schreiten. Wie in einer Eingebung drehte sie sich halb nach mir um, ich winkte ihr zu, doch sie wandte den Kopf zurück und setzte ihren Weg fort, vielleicht ein wenig schneller werdend. Ich zögerte, jemand, ein Fußgänger, prallte mir in den Rücken, durch den Stoß wieder in Bewegung gesetzt, lief ich und holte sie ein; sie reagierte nicht, als ich sie am Ärmel berührte – es war kaum eine Berührung, aber sie mußte mich bemerkt haben –, nun überholte ich sie im Bogen, um nicht zu abrupt vor sie hinzutreten . . . und natürlich glaubte ich im selben Moment wieder an eine Verwechslung. Offenbar war sie wirklich eine Studentin, denn sie rauchte während des Gehens mit der linken Hand; sie war dunkel gekleidet, mit knielangem Rock über dunklen Strümpfen, die mit einem Muster durchwebt waren. Oben trug sie eine leichte schwarze Lederjacke, einen dünnen roten Schal unter dem kragenlosen Strickabschluß . . . an Feuerbach hätte ich eine so dürftige Beschreibung nicht liefern können, ich wäre seiner giftigsten Blicke sicher gewesen. Ihr Gesicht war weiß, anders war es nicht zu bezeichnen, blütenweiß, und besonders in den sanft nach innen gewölbten Flächen der Schläfen von durchscheinender Blässe, unter der ich das Pulsieren jeder Empfindung hätte sehen können, – jetzt, bei meinem Anblick, erschienen mir diese Schläfen voller Erregung, und die engstehenden Bogenlinien ihrer Augenbrauen zogen sich dichter zusammen, ehe ich noch ein Wort gesagt hatte. – Vielleicht wissen Sie, wann die nächste Lesung stattfindet? sagte ich . . . ich hatte ein Gefühl, als ob mir die Stimme fremdartig, überlaut aus der Kehle brach; meine harmlose Frage kam mir später wie eine Verhörfrage vor. – Nein, das weiß ich nicht, sagte sie, es klang, als habe sie wirklich keine Ahnung, was ich meinte. – Die Fortsetzung der Lesung vom letzten Monat, in der S. Straße . . . können Sie sich nicht erinnern? – Ich nannte den Namen des Inhabers der Wohnung in der S. Straße, wieder glaubte ich in ein mir völlig fremdes, ausdrucksloses Gesicht zu blicken. Sie schüttelte den Kopf und machte den Versuch, weiterzugehen. – Wir haben uns noch kurz unterhalten, Sie müssen es doch noch wissen, sagte ich. – Nein, ich weiß nicht, sagte sie, ich wüßte nicht, daß wir uns kennen. – Aber von der Lesung wissen Sie doch! Wir haben uns dort gesehen, Sie müssen sich doch erinnern . . . Sie wollen sich nicht erinnern! – Lassen Sie das! sagte sie, es klang nur zum Schein sanftmütig. Lassen Sie das, dafür müssen Sie sich eine andere aussuchen . . .

Ich konnte sie nicht aufhalten . . . Ich heiße Cambert, wissen Sie das nicht mehr! rief ich ihr noch hinterdrein . . . jedenfalls hatte ich die dunkle Ahnung, daß ich ihr *diesen* Namen nachgerufen hatte: und ich wußte nicht mehr, ob ich ihr auf der Lesung im letzten Monat diesen oder einen anderen Namen genannt hatte! – Die Sache mit dem Namen war ein grober Fehler, ich hatte überhaupt alles falsch gemacht . . . ich wollte mich wieder in das Café setzen, dann plötzlich entschied ich mich anders. Ich folgte ihr in gebührender Entfernung, doch sie spürte oder ahnte es, sie tauchte in den nächsten U-Bahn-Tunnel ein, in denjenigen, der sie, nur von der anderen Seite her, zum selben Bahnhof wieder zurückführte, von dem sie gekommen war; damit benutzte sie wohl die Bahn der gleichen Linie noch einmal, aus der sie vor einer Viertelstunde gestiegen war. Ich setzte mich ebenfalls in die U-Bahn und fuhr bis zur Endstation durch . . . die Studentin hatte ich natürlich verloren.

Obwohl ich mich schon länger in Berlin aufhielt – waren es zwei Jahre . . . ich wußte es einfach nicht mehr genau –, waren mir die Wege unter dem Bahnhof *Alexanderplatz* bei weitem noch nicht überschaubar, immer wieder geleiteten sie mich durch andere Ausgänge ans Tageslicht, immer wieder durch einen, der dem von mir gesuchten gerade entgegengesetzt lag, und oben mußte ich mich stets erst neu orientieren. Dann stieg ich meist wieder hinab, um den richtigen Ausgang zu suchen, was mich regelmäßig noch mehr verwirrte. Geistesabwesend durchstreifte ich die weiträumigen, verzweigten und überlagerten Unterführungen, in denen das Dröhnen der Bahnen, ja, das Dröhnen der gesamten Stadt war . . . noch immer ließ mich die Sache mit dem Namen nicht los, noch immer fragte ich

mich, ob mir wirklich die *Studentin* begegnet war. – Als ich
ins Freie kam, wieder völlig abseits, in der Nähe der *Alex-
anderstraße*, wie ich glaubte – erstaunt sah ich auf den
machtvollen Kaufhausblock hin, der ein paar hundert Meter entfernt die S-Bahn-Brücke überragte –, begann es schon
zu dunkeln. Über dem Kasten des Warenhauses und dem
Glasdach der S-Bahn herrschte ein graues verschwim-
mendes Licht, hinter mir hatte der von den Dächern durch-
brochene Himmel schwarze gewittrige Flächen. Es wurde
schon Frühling ... ich war noch vollkommen winterlich
gekleidet; das Wetter überholte meine zurückhängenden
Gedanken. An diesem Abend allerdings schien es noch
einmal kühl zu werden ... ich ging über einen Teil des
Platzes hinüber zur Buchhandlung »Das gute Buch«, um
mir die Schaufensterauslagen anzusehen; sie waren in der
Dämmerung nicht mehr gut zu erkennen. Dabei war mir in
den Sinn gekommen, wie imaginär das Leben war, das ich
führte ... nach außen hin, oder vielleicht auch in meiner
vor der Außenwelt verborgenen Wirklichkeit? Immer wieder flossen mir Erinnerung und gegenwärtige Realität zu
einem diffusen Zeitgemisch zusammen, und ich überlegte,
ob dies nicht zu einer Gefahr für mich werden konnte:
wann würde es geschehen, daß es auch meinen Informationen widerfuhr, die ich für meinen Dienstbereich aus-
wählte?

Vielleicht war es mir längst geschehen ... ich mußte
diesen Gedanken nur denken, um mich überhaupt nicht
mehr auszukennen. – Das Licht über der Stadt wurde in der
Tat immer schwächer ... die Zeit, in der ich lebte, war
verschwommen wie die Stadt selbst, deren Hintergrund
sich in den Glaswänden der Schaufenster undeutlich spiegelte; er schien zu verdunsten, dieser Hintergrund voller
grauschwarzer Wolkenbänke, die quer über die durchsichtigen Abbilder der Hochhausfassaden hinwegzogen,
und manchmal waren schon Lampenblitze inmitten der

Wolkenabbilder entzündet, und hinter all diesem Schattenwerk ruhten die dunklen unleserlichen Titel der Bücher, durcheinandergewürfelt wie Pflastersteine, die in Aufruhr geraten waren.

Welch eine Simulation war doch diese Wirklichkeit! Wie lange schon waren mir ihre Zusammenhänge verloren: wie lange schon waren mir gerade die Dinge verlorengegangen, über die ich *nicht* berichtet hatte. Und es gehörten dazu Ausflüge wie der jetzige: Jagdausflüge oberhalb der Straßendecke, die ich ganz ohne Bewußtsein unternahm, und die vollkommen vergeblich waren: vielleicht nur unternommen, um das Licht dieser Stadt einzuatmen: ein Licht, in dem so bleiche ausdruckslose Gesichter gediehen, daß mir schien, sie könnten dem Ausdruck meines Wesens noch zugänglich sein. Und vielleicht unternahm ich nur noch Suchexpeditionen auf den Spuren der *Studentin*, oder auch nach anderen weiblichen Erscheinungen, die sich in meiner Vorstellung mit ihrer leichten und unbeschriebenen Gestalt verbanden . . . es waren Vorstellungen und Gestalten, von denen Feuerbach nichts erfuhr. Oder nur sehr wenig erfuhr . . . von diesen meinen Gedanken wußten meine Vorgesetzten nichts! Und dies schien zur Folge zu haben, daß ich selber immer weniger davon wußte.

ERINNERUNG IM UNTERGRUND

Ich hatte mich wieder einmal geirrt, – wie einen Geist, der durch Wände ging, sah ich den Oberleutnant Feuerbach plötzlich aus den sich überlagernden Spiegelbildern der Hochhausfronten hervorschreiten, sein helles Gesicht trat deutlich vor den Dämmer der Wolken, zu spät, ich entkam ihm nicht, er zupfte mich schon am Ärmel. – Diesmal war ich es, der am Arm gepackt wurde, mit weit weniger Behutsamkeit, als ich es kurz zuvor noch versucht hatte . . . mich packte die Realität beim Ärmel, der Abend verdüsterte sich im Augenblick noch mehr; als ich mich umdrehte, ahnte ich schon Feuerbachs Lächeln, an dem seine Augen keinen Anteil hatten. Aber sein Mund grinste diesmal nicht, seine Stimme klang versöhnlich, als er mich fragte: Warum haben Sie die junge Dame von vorhin nicht ins Café eingeladen? Sagen Sie bloß, Sie haben nicht bemerkt, daß ich genau hinter Ihnen reingegangen bin, haben Sie nicht gesehen, daß ich direkt am Fenster saß? Wir hatten doch in dieser Richtung etwas ausgemacht, wenn ich nicht irre? Haben Sie es wieder mal vergessen? Ich hätte mich sehr gefreut über die Gesellschaft der jungen Dame.

Sie wollte nicht, sagte ich mühsam. Sie wollte nicht, weil draußen vor dem Café keine Tische aufgestellt sind. Jetzt im Frühling, hat sie zu mir gesagt, geht sie nicht rein in eine verräucherte Gaststube.

Meine schnelle Antwort überraschte ihn; er sagte: Wahrscheinlich wirds diesmal im Sommer gar keine Tische draußen geben, sie kriegen, wie ich gehört hab, nicht wieder die Kellnerin für den Straßendienst ... die will auch nicht mehr in den Schuppen.

Übrigens bin ich ohne zu bezahlen fortgegangen, sagte ich. Können Sie es für mich auslegen? Sie gehen doch bestimmt fast jeden Tag hin? Dann zahlen Sie doch meine Rechnung ... vielleicht sind auch ein paar Rechnungen noch offen, ich glaube, keine besonderen Beträge.

Gutgut! sagte Feuerbach. Meinetwegen ... lassen Sie uns über andere Dinge reden ...

Eigentlich sieht es nur so aus, als ob ich viel Zeit hätte, wehrte ich ab.

Sie sind hinter ihr her, erwiderte Feuerbach, geben Sie es nur zu. Glauben Sie wirklich, daß sie Ihnen heute abend noch über den Weg läuft?

Er hatte recht, es war wirklich nicht mehr zu erwarten; ich war ganz umsonst, und zu einer völlig unnützen Zeit, in das Zentrum gefahren, und daß ich ihm über den Weg gelaufen war, bescherte mir einen jener peinlichen Augenblicke, in denen ich mich als ein Mensch ohne jede Funktion fühlte ... was mir für mich allein nicht geschehen wäre. In der Szene war nicht viel los, das wußte ich, und ich stand mitten in der Stadt wie ein Kaspar Hauser ... Feuerbach hielt mich noch immer am Arm. Fast immer schon hatte ich mich so gefühlt auf den großen belebten Plätzen Berlins, und hatte sie deshalb nach Möglichkeit zu vermeiden gesucht; in letzter Zeit aber gab es etwas, das mich gerade an diesem Gefühl reizte.

Es war mir unheimlich an den Orten, wo ich dem *Volk* begegnete, wo unübersichtliche Scharen von Müßiggängern sich tummelten ... und diese wiederum durchquert waren von den hastigen Menschenströmen, die sich aus den übervollen S-Bahnen ergossen; und wenn ich sah, daß die Reihen der letzteren sogar Mühe hatten, sich durch dicke Gruppen Herumstehender zu kämpfen, daß sie gebremst wurden von der Lethargie jener, die sich nur von einem Imbißstand zum nächsten bewegten, wurde ich nervös. Und schließlich schien es, als ob die Eiligen den Gaffern und Streunern erlagen und sich ebenfalls aufzuhalten begannen ... übergangslos in Touristen verwandelt, in plaudernde Schwätzer, die scheinbar pflichtvergessen ihre Blicke über die Fassaden schweifen ließen, über die Monumentalquadrate der Metropolen-Architektur, über Fernsehturm und Rathaus, an den kleinen, zwischen den Betonmassiven versunkenen Kirchen vorbei, jetzt im Frühling, wo die ersten Bäume in den gerade geharkten Grünflächen schon zu blühen anfingen ... all dies war mir verdächtig, mehr noch, ich fühlte mich beobachtet: immer spürte ich an der Seite einen argwöhnischen Blick und die Frage, ob mir das Treiben auf den Plätzen auch stets verdächtig genug sei. Immer wieder fühlte ich die Frage von der Seite und halb von hinten, ob ich einen Menschen ausgemacht habe, der nicht bleiben wolle ... es gab Momente, in denen mir diese ewige Frage wirklich übel ankam. – Unfähig, meinen Ärger zu verbergen, hatte ich Feuerbach stehenlassen und mich in Richtung des S-Bahnhofs in Bewegung gesetzt, es war mir plötzlich gleichgültig, ob ich ihn damit brüskierte. An diesem Abend, der trübe und kalt war, sah der *Alexanderplatz* zu beiden Seiten der S-Bahn ziemlich unbelebt aus, das häßliche Wetter verjagte auch die letzten Fußgänger; dunkler Rauch fiel aus den ebenso dunklen Wolken zurück und vermischte sich mit der nebligen Dämmerung, die sich von der Mitte der Plätze verzog und an den Gebäuden wieder in die Höhe kroch. Nur in dem Halbdunkel dort gab es noch ein paar Leute ... mitten in die freien Flächen peitschten die ersten Regensträhnen, versetzt mit Rußflocken klatschten sie auf das Pflaster, der Regen hörte wieder auf, es wurde noch dunkler, der Fernsehturm schob sich hinauf in eine dicke dunkle

Suppe. Ich nutzte den Moment, um hinüber zum Bahnhofs-
eingang zu kommen, aber schon regnete es erneut, fette
schwarze Schauer prasselten auf den Beton. Wegen dem
Oberleutnant, den ich hinter mir spürte, vermied ich es, in
Laufschritt zu fallen, und schmutziges Wasser lief mir in
die Stirn, als ich den Bahnhof endlich erreicht hatte.

Warum hauen Sie ab! hörte ich ihn keuchen, als ich
schon auf der Treppe zum Bahnsteig war ... offenbar war
es mir endlich gelungen, ihn zu beleidigen, aber er zeigte es
mir nicht. Er hielt sich eine Stufe hinter mir und blieb auch
in meinem Rücken, als wir auf dem Bahnsteig standen.
Während ich die wartenden Leute betrachtete – es waren
verhältnismäßig wenige, es war schon Abend –, spürte ich
seinen Atem am Ohr: Warum sind Sie eigentlich so überempfindlich ... also, ich kann Ihnen nur raten, das zu
lassen!

Wollten Sie etwa naß werden? fragte ich.

Wissen Sie was, begann er wieder, Sie sind einfach zu
empfindlich in bestimmten Dingen. Und da es nun einmal
Leute gibt, die immer ein bißchen für uns mitdenken ...
jaja, wir haben da eben so unsere Sachverständigen ...
könnte das Ihr Schaden sein. Weil diese Leute dafür sozusagen den siebten Sinn haben. Menschen, die zu empfindlich sind, so denkt man in der Regel bei uns, sind unzuver-
lässige Menschen, weil irgendwann der Moment kommt,
wo sie sich von ihren Empfindlichkeiten leiten lassen.

Was für Dinge, fragte ich, sind das, bei denen ich Ihrer
Meinung nach zu empfindlich bin?

Nicht meiner Meinung nach, ich kann das verkraften!
Aber zu Ihrer Frage ... ich habe es Ihnen schon mal angedeutet, Sie erinnern sich bestimmt. Ich habe gesagt, daß Sie
über manche Dinge einfach nichts verlauten lassen. Und
wir haben Schwierigkeiten, bestimmte Sachen auseinan-
derzuhalten, Sie wissen schon, was ich meine. Es sind meistens sogenannte Weibergeschichten, Sie machen uns da

etwas vor. Und zwar aus Überempfindlichkeit ... es scheint für Sie eine Katastrophe zu sein, wenn Sie mal irgendeine Lady nicht aufs Kreuz legen konnten ... davon sagen Sie nichts, nein, Sie scheinen sogar zu glauben, daß es passiert ist, das scheinen Sie sogar zu *glauben*! Und wir hängen dann und müssen uns die Dinge zurechttüfteln. Zum Beispiel gab es da mal eine ziemlich dumme Vaterschaftsgeschichte ... können Sie sich erinnern?

Dunkel ... sagte ich, dunkel kann ich mich erinnern, es war überhaupt eine dunkle Geschichte. Ich fühlte mich gar nicht angesprochen, es war wohl etwas, wozu ich nicht fähig war. Ich empfand es überhaupt als eine Zumutung ...

Genau das ist es, sagte er, Sie kehrten wieder mal den empfindlichen Typ hervor. Sie konnten nicht sagen, es war nichts gewesen ... und Sie haben für das Kind unterschrieben ...

Nein, sagte ich, dafür habe ich nicht unterschrieben!

Vielleicht doch! Und wir haben jetzt Schwierigkeiten mit Ihrer Unterschrift ... die übrigens ziemlich unverkennbar ist!

Als ich endlich in der S-Bahn saß, als einziger Fahrgast in einem ganzen Wagen, lag mir Feuerbachs halblautes Dreinreden noch immer im Ohr. Woran versuchte er mich die ganze Zeit zu erinnern? Seit Monaten schnitt er dieses Thema immer wieder an, periodisch fast, aber stets überraschend für mich, so daß ich diese Augenblicke langsam zu fürchten begann. Aber er ging über Andeutungen nicht hinaus; und jedesmal ließ er mich mit dem unangenehmen Gefühl zurück, daß man oben, in den sogenannten höheren Etagen über uns, mehr von mir wisse als ich selbst. Aber wahrscheinlich war ich einfach zu empfindlich, denn selbstredend gehörte dies zu ihrer Taktik, es war billigste Polizeiroutine; man geht aus jeder Vernehmung mit diesem Gefühl hervor, ich mußte dem nicht auch noch Glauben schenken . . . was mich störte, war nur, daß Feuerbachs Anspielungen so lang anhaltend auf mich wirkten. – Und gerade in den Nächten, in denen ich unten im Keller vor der graugelben Betonwand auf meinem Ruhesitz hockte, gerade, wenn ich unerreichbar war für ihn, geschah es, daß sein Gerede an meinen Nerven sägte . . . das Klingelzeichen des Kühlaggregats hinter mir, das ich mir nur einbildete, das Schlüsselklirren hinter mir, das ich mir nur einbildete, lösten diese Beunruhigung in mir aus. Ich ging seine Andeutungen von vorn bis hinten durch . . . sie erschlossen sich mir nicht; eher noch geschah es, daß sie sich vor meine dünnen Erinnerungen schoben, als verbale Barrieren gleichsam, ihre Auflösung lag in einem Knäuel unguter Empfindungen hinter dieser Sperre . . . Feuerbachs Sätze waren unentwirrbar, weil mich der Grund für sie bis in jene Zeit zurückführen mußte, die vor dem Beginn meiner Gespräche mit Feuerbach angesiedelt war. Es war fast, als solle ich an Dinge denken, die vor meiner Geburt lagen.

Die Zeit vor Feuerbach lag für mich völlig im Dunkel des Vergessens . . . sie war mir ganz entglitten, so weit ins Abseits geraten, daß ich sie meinem wirklichen Leben kaum noch zurechnete; es hing über ihr ein graues, hektisch gewebtes Netz von Sprache, das ich tatsächlich als ein undurchdringliches Gewebe von Simulation bezeichnen konnte. Oder es war alles Simulation, was jenseits dieser grauen Lagen war . . . dahinter war meine Mutter, es war wie bei *Beckett*, ich wußte kaum noch, wie sie ausgesehen hatte . . . und ich hatte damals einen anderen Namen gehabt, dies war mir natürlich erinnerlich . . . aber nur, weil er jetzt zu einer Art Decknamen für mich geworden war.

Heute hatte Feuerbach wieder von diesem »überempfindlichen Typ« gesprochen . . . damit sollte *ich* gemeint sein, es konnte nur der Typ aus der Zeit vor dem Beginn meiner »Kontakte« gemeint sein. Und wenn ich mich richtig erinnerte, hatte er mich dabei sogar bei meinem früheren Namen genannt ... ich konnte mich täuschen, aber es war ihm zuzutrauen: indem er mich sonst mit dem Decknamen nannte, übertrat er die Geheimhaltungsvorschrift ... er zerstörte zwischen uns den konspirativen Konsens ... und machte mich damit immer abhängiger von sich! – Es hatte Fälle gegeben, da hatte Feuerbach meine Empfindlichkeit sogar als »neurotisch« bezeichnet ... ich hatte ihn daraufhin gefragt, ob er auch einen Menschen wie *Thomas Mann* als neurotisch bezeichnen würde. – Er hatte mich angegrinst und gesagt: Ausgezeichnet! Ziehen Sie sich nur immer auf die Literatur zurück ... wir können stolz sein auf solche Leute in unseren Reihen ...

Die S-Bahn war in den Bahnhof *Warschauer Straße* eingefahren und bewegte sich nicht mehr vom Fleck. Wahrscheinlich hatte ich überhört, daß man die Fahrgäste aufgefordert hatte, in einen anderen, schon wartenden Zug umzusteigen, was hier oft genug vorkam ... ich saß ganz rechts auf der dem Bahnsteig abgewandten Wagenseite, Regenfluten wurden neben mir gegen die Fensterscheibe gejagt, der Innenraum war vom Rauschen des Unwetters erfüllt, das auf dem Wagendach war, auf der Bahnsteigüberdachung und in der Luft, die undurchdringlich finster war und nur von den Blendlichtern einiger Lampen unterbrochen, die draußen von dem niederstürzenden Wasser verschleiert wurden. Ich hatte den Kopf zurückgelegt, ließ ihn auf der Banklehne ruhen ... ich lauschte dem monotonen Lärm des Regens, und wie dieser Lärm schwächer wurde in meinem Gehör und schließlich dem Summen glich, hinter der Betonwand im Keller, diesem Maschinengeräusch, das sich leicht klirrend auf andere Touren schaltete und sich in jenseitigen Regionen verströmte, – das Summen, das dennoch weiterging: dem er nur mit größter Anstrengung nachzulauschen imstande war, das es vielleicht gar nicht gab, das nur in seiner Einbildung rauschte, wenn er einnickte auf seiner Holzkiste, den Kopf rückwärts gegen die Mauer gelehnt.

Früher . . . das war eine Zeit, die vollkommen unwirklich war, die ihm entglitten war wie ein unhaltbares Gespinst aus überspannten Vorstellungen und Selbsttäuschungen. Fetzen für Fetzen war sie aus seinem Bewußtsein geschwunden, es war eine Unzeit. Die Realität, die eines Tages begonnen hatte, die ihn nach und nach eingenommen und überwältigt hatte, war schließlich allein in ihm zurückgeblieben: und jene abgeschlossene, Stück für Stück ausgelöschte Zeit kam ihm nun wie eine Fiktion vor. Dazu gehörte ein Drittel seines Lebens, viel mehr noch, fast schon die Hälfte . . . und es war ihm, als habe er sich diese Zeit verspielt, und er wußte nicht mehr ihren Inhalt. In der Tat, er hatte damals – für sich selbst! – dieses Stück Leben *simuliert*, er wußte nicht mehr, wie es ihm hatte möglich sein können, es war ein Leben, in dem jeder Befehl . . . so mußte man es ausdrücken . . . der es antrieb, von seiner eigenen Person gekommen war: doch war er in diesem Spiel wohl nie eine *Person* gewesen! Nun war es umgekehrt: er empfing alle Befehle von außen, und er war eine Person . . . der Beweis dafür war, daß Befehle an ihn ergingen, denen deutlich anzumerken war, daß sie auf bestimmte Eigenheiten seiner Lebensweise zugeschnitten waren.

Früher also hatte er sein Leben simuliert . . . und er hatte also Erfahrung mit der Simulation, und es war diese jetzt zur Notwendigkeit geworden! – Wann war er eigentlich in dieser Realität erwacht . . . wann war er geweckt worden? Selbst dies war ihm unklar, – und er dachte an die lange Zeit des Schlafs, die ihm verordnet worden war . . . niemals hatte er gewußt, daß sie ihm verordnet worden war, er hatte weder ihren Beginn wahrgenommen, noch hatte er ihr Ende auch nur einmal vorhersehen können. Immerhin war es eine Zeit, an die er mit einem Anflug von Stolz dachte: er hatte diese Jahre einigermaßen ungebärdig verlebt, zumindest hatte er es gedacht, unkonventionell, ein bißchen, sagte er, die Vergnügungen, die ihm möglich waren, nicht ausgelassen, und dabei war er einer rauhen, manchmal schmutzigen Arbeit nachgegangen, hatte Kohlen geschaufelt, Kohle über Kohle; all dies hatte ihn kaum ernstlich in Anspruch genommen, denn er hatte sich in dieser Zeit immer mit Literatur beschäftigt, auf sie nur hielt er sein Augenmerk gerichtet: in seiner freien Zeit – abzüglich seiner Vergnügungen – war er andauernd in Schreibversuche verstrickt... verstrickt, sagte er ... in Unmengen von Entwürfen, die er immer wieder verschieden begann oder variierte und mit denen er sich umgab wie mit einem unsichtbaren Schirm, hinter dem er eine abwesende und starrsinnig-undurchlässige Figur war. Er lebte in einer Art Gedanken-Kaverne, und diese schleppte er immer mit sich herum. Er dachte daran, sich eines Tages als Schriftsteller in der Öffentlichkeit zu arrangieren: ob er wirklich an eine solche Möglichkeit glauben konnte, wußte er selbst nicht. Dennoch schrieb er beinahe ohne Unterlaß ... ein Teil dieser Versuche waren der einzige Besitz, den er sich aus der Zeit seiner Simulation herübergerettet hatte.

Ein Kind muß doch einen Vater haben! hatte man ihm gesagt. Diese Feststellung war ihm nicht neu, aber natürlich hatte man gemeint, daß jenes Kind ... ein ganz bestimmtes Kind ... einen Vater brauche, weil kein solcher zur Verfügung stand. Diese Meinung nun teilte er überhaupt nicht, er selber war zeitlebens ein vaterloses Kind gewesen, und das war ihm scheinbar ausgezeichnet bekommen. – Aber er hörte sich die Geschichte an ... mit diesem Satz hatte sie begonnen, und fortan war er in jene Gespräche verwickelt, die er des öfteren seine Gespräche mit der Realität nannte. Von diesem Satz ausgehend – es war nicht Feuerbach, der ihn gesagt hatte, noch irgendein anderer Mensch, den er wieder zu Gesicht bekommen hatte – entwickelten sich die Gespräche fort ... als sich das

Problem, das jener Satz aufwarf, aus den Gesprächen verflüchtigt hatte, glaubte er sich schon nicht mehr entziehen zu können. Was war der Punkt, der seinen Glauben an einen Rückzug sogar in seiner langen Schlafphase verhindert hatte? Noch ehe er wirklich begriff, daß er nicht mehr ausweichen konnte, hatte er jeden Gedanken an sein Eingesponnensein stupide verdrängt: dies hatte zweifellos in ihrer Absicht gelegen. Sie hatten ihn so lange in Ruhe gelassen, bis er sich die Frage, ob, und auf welche Art, er noch fort könne, ganz einfach nicht mehr stellte ... er mußte nicht fort, denn eigentlich waren es nur Gespräche, nicht einmal, daß man etwas auszusetzen hatte, weil er sie so schlafwandlerisch führte. – Und dann war es geschehen, daß sie den Begriff *Realität* plötzlich massiv ins Spiel brachten ... auch dies kam nicht aus dem Mund Feuerbachs, auch an diesen Menschen konnte er sich nicht erinnern, er hörte nur eine ziemlich eindringliche Baßstimme, er wußte auch nicht mehr, ob dieser Mensch in Uniform gewesen war, und er wußte nicht, ob es in Berlin gewesen war oder noch in A.

Er besann sich auch nicht mehr auf den Wortlaut des Gesagten, der Grundtenor der Sätze war außerordentlich simpel, sie gehörten in die endlose Reihe der Allgemeinheiten, die eigens erdacht waren, den bloßen Versuch eines Gegenarguments von vornherein ins Reich des Bösen zu verweisen, oder zumindest in das des Unfriedens. – Herr W., so der Mann hinter dem Schreibtisch, damit Sie es endlich mal deutlich hören! Einmal muß Schluß sein mit dem Leben, das ein einziger Rückzug aus der Wirklichkeit ist. Niemand kann sich von seinem Platz in der Gesellschaft davonstehlen. Wir alle haben eine Verantwortung der Realität gegenüber, wer sich vor ihr drücken will, den holt sie eines Tages ein ... und hoffentlich nicht erst, wenn es zu spät ist. Denn dann kann es bitter für Sie werden, die Realität kennt keine Verwandten!

Später wußte W., daß diese Worte den Abschluß seiner Schlafzeit signalisiert hatten. Als er sie hörte, fühlte er sich augenblicklich von einem so schweren Anfall von Müdigkeit überrannt, daß er auf dem Stuhl schräg vor dem Schreibtisch zu wanken begann. Er fühlte sich von einem übermächtigen Drang nach Ruhe beherrscht... Kein noch so bedeutungsloses Wort, war sein einziger Gedanke, das ich hier noch ertragen kann! – Er wäre in diesem Moment zu allem bereit gewesen, nur für den Wink, der ihn von seinem Sitz entließ, der ihm gestattete, aus diesem Büro zu gehen. Die Lider sanken ihm über die Pupillen, als habe er schon Tage hier auf diesem Stuhl verbracht, – es war kaum mehr als eine Viertelstunde. Und der Raum verschwamm in kreiselnden Dünsten, ursprungslose Dunkelheit schien sein Gegenüber verhüllt zu haben, Zunge und Stimmbänder waren ihm von unbegreiflicher Lähmung befallen, er sah nichts mehr ... vielleicht hatte sich der Herr hinter dem Schreibtisch für eine Minute hinausbegeben: kopfschüttelnd unterschrieb er den Papierbogen, der auf dem Schreibtisch lag, mit einem kaum leserlichen Kritzel. In der gleichen Sekunde war der Herr wieder im Zimmer und begann begütigend auf W. einzureden, während er das Papier eilig verschwinden ließ. – Jetzt, hatte der Mann gesagt, jetzt sei alles in Butter ... Es war ein Ausdruck, an den W. später mit Ekelgefühlen zurückdachte ... Jetzt könne eigentlich nichts mehr passieren, dies sei der richtige Schritt gewesen! – W. fragte sich später, wem nichts mehr passieren konnte: dem Offizier hinter dem Schreibtisch oder ihm: W., dem Unterzeichneten. Seine Unterschrift auf dem Zettel war vollkommen unleserlich gewesen ... und später hatte er seinen Namen von sich aus geändert: er erfand einen Namen, den man zur Not aus der Kugelschreiber-Hieroglyphe unter jener Erklärung herauslesen konnte.

Einige Zeit noch hatte er versucht, sich über die Tragweite dieser Unterschrift klarzuwerden. Auf seinem Sitz im Keller suchte er sich zu erinnern, was ihr vorausgegangen war, suchte nach der Ursache für das schlagartige Verschwinden der Wirklichkeit aus dem Raum, in kaum noch zu atmender Luft habe er gesessen, inmitten von Schatten, die sich materialisiert hatten, die von den Wänden des Zimmers nicht mehr eingegrenzt wurden ... Ohne Wirklichkeit gibt es nicht den geringsten Grund, die Unterschrift weiterhin zu verweigern! hatte er gedacht. Gleich nach der Unterschrift war die Wirklichkeit zurückgekehrt, er hätte nicht sagen können, in welcher Weise sie verändert war. Das winzige Triumph-Leuchten in den Augenwinkeln seines ihn scharf abschätzenden Gegenübers, dies war nicht als Veränderung zu werten. Und er konnte sich getäuscht haben, der Mann hinter dem Schreibtisch hatte die gelassenste Miene aufgesetzt, seine Worte waren beruhigend, seine Bewegungen wegwerfend, als wolle er jeden Hauch von Mißstimmung, von Irritation durch sein überzeugendes Beispiel beseitigen ... W. hätte nicht sagen können, ob das auf ihn gewirkt hatte.

Und später verdrängte er jede Vorstellung von den Folgen, die ein solches unterschriebenes Papier haben konnte, und offenbar war dies ganz in Feuerbachs Sinn. – Als er seine Unterschrift einmal erwähnte, ganz nebenbei und doch mit Spannung auf den Oberleutnant blickend, hatte dieser gesagt: Vergessen Sies ... in diesem Geschäft flattert so viel Papier durch die Gegend, daß wir ganze Altpapiersammelstellen nur für uns brauchen. Haben Sie noch nicht gewußt, daß wir die beste Rohstoffbasis für Toilettenpapier sind? Ja, wir sind ein unverzichtbarer Faktor der Volkswirtschaft ...

W. vergaß die Unterschrift nach und nach ... wenn sie ihm, immer seltener, noch in den Sinn kam, sagte er sich, daß er vielleicht wirklich eine Vaterschaftserklärung unterzeichnet habe ... langsam stimmte er sich auf die Art von Witz ein, die in seiner neuen Firma an der Tagesordnung war. Allerdings war es eine völlig folgenlose Vaterschaftserklärung: eine Unterhaltssumme, in Relation zu seinem Einkommen stehend, mit der er monatlich für ein Kind zu sorgen habe, das er nicht kannte – oder das er kaum kannte, so mußte er präzisieren –, wurde niemals festgelegt. Und freilich gab es kein Einkommen, das dafür als Maßstab hätte dienen können, denn W. ging seit Jahren keiner geregelten Arbeit mehr nach. – Er lebte gleichsam auf der Nullinie, die sein Kontostand bildete: er hatte das Gefühl eines zu Tode erschöpften Langstreckenschwimmers, wenn er an diese Linie dachte: nie tauchte er unter ihre Oberfläche hinab, obwohl es seit langem nicht mehr weiterging, – es war dies eine der Merkwürdigkeiten seiner Existenz, welche sogar von Feuerbach als *Phänomen* bezeichnet wurde. Dieser meinte damit das Leben, das eine ganze Reihe sogenannter freischaffender Schriftsteller im inoffiziellen Kulturbetrieb von Berlin führte. Fortwährend waren sie davon bedroht, daß ihr wahrer Status benannt und zum Vergehen erklärt wurde: es war der Status von Asozialen, welche ehrlicher leben mußten als jeder wohlbestallte Bürger, denn der geringste Fehlgriff konnte die gesamte Gesetzgebung gegen sie aufbringen, dieser Fehlgriff mußte nicht erst ein Diebstahl in der Kaufhalle sein, es genügte schon ein versehentlicher Kontoüberzug. Feuerbach bewunderte diese Balanceübungen auf seine feixende Art und Weise, hinter der stets auch das Wissen steckte, daß er in den meisten dieser Fälle das Zünglein an der Waage sein konnte. – Mich aber bewundert er nicht, sagte sich W. und grinste ebenfalls, denn die Unerschütterlichkeit meines Kontostands hängt vermutlich mit der Vaterschaftserklärung zusammen. Irgendwann werde ich den Führerschein machen und ein Auto kaufen! Dann wollen wir sehen, ob die Linie immer noch hält. – Er hatte also mit seiner Unterschrift irgendeinen

Jemand als Vater anerkannt! Er wußte natürlich nicht, wen ... Feuerbach hätte es weit von sich gewiesen ... Ich bin nicht Ihr Vater, ich bin ein auswechselbarer Zwischenmensch, etwas wie ein Redaktionssekretär mit Ärmelschützern, der auf ihre Chronologien angewiesen ist, mein Lieber! so hätte er sich geäußert. – Es war nebensächlich, jedenfalls hatte W. einen Vater, der dafür sorgte, daß sein Konto nicht ins Bodenlose abstürzte, soviel er auch davon abhob.

Er hatte früher sogar einen Sessel hier unten gehabt, doch eines Tages war ihm dieser verschwunden. Es war ein roter Polstersessel gewesen, an vielen Stellen schon speckig glänzend, aber bequem und breit, als wäre er für zwei Leute gebaut worden: er war das einzige Stück eigenen Mobiliars und stammte aus einer Kleinwohnung im Stadtrandgebiet, die er wirklich bewohnt hatte, manchmal sogar ausschließlich bewohnt hatte oder noch bewohnte ... es war eine unklare Geschichte mit seinen Behausungen: manchmal hatte er mehrere Adressen gehabt, die meisten aber nur auf dem Papier. Den Sessel hatte er in der S-Bahn in Richtung Stadtmitte transportiert, im Spätfrühling, als in Berlin schon Urlaubsvorbereitungen in Gang kamen, und es hatte in der übervollen Bahn fast einen Aufstand gegeben. Zum Einschlafen am Nachmittag war der Sessel wie geschaffen, doch dann hatte er ihn im Keller aufbewahrt, weil er ihm in der Wohnung – in der Hauptwohnung – zu einem Unsicherheitsfaktor geworden war. – Und der Sessel hatte ihm dann zum Ruhesitz vor der kühlen Betonmauer gedient, wenn er sich aus der Sommerhitze schon frühzeitig hinabflüchtete und in dem trüben Licht die Stille auf sich wirken ließ. Er pflegte sich dann förmlich auszubreiten, hielt die Arme auf den dicken Seitenstützen von sich gestreckt, hatte die Füße auf eine Gemüsekiste gelegt; sein Rücken paßte wie angegossen in die halbrund ausgeformte Lehne, die oben einen schwärzlich verfärbten Eindruck von seinem Hinterkopf aufwies ... und von dem Hinterkopf, der vor ihm dagelegen hatte ... dieser Schmutzstreifen war die Marke, an der Hinterkopfgedanken stattfanden, über dem aufrechten und völlig entspannten Genick, das sich gefahrlos lagerte ... so saß er auf einem Thron, die Kellerluft durchfloß ihn und schien ihn zu stärken, als säße er direkt an der Quelle des Sauerstoffs. Und so machte er sich Gedanken über den Sauerstoff ... es schien ihm, er atme, was in ihm war, und was aus ihm hinausströmte, das nahm er wieder auf, und so war er eins mit der Atmosphäre, die ihn umgab ... er schlief ein und wachte wieder auf, und wachte, um wieder einzuschlafen, hier unten, wo die Zeit stagnierte und wie mit einem Summen um ihn kreiste, und es war, als entatme er aus seinen Lungen auch die Zeit. Eine Zeitlang war er der Patriarch der Unterwelt hier unten, der Alleinherrscher über ein unbekanntes halbdunkles Reich, unangefochten ruhte er, und alle Gedanken waren so ferne, ermüdende Gründe für das Leben oberhalb, daß er sie, kaum daß sie ihn berührten, leicht wieder fallenlassen konnte. – Dies dauerte an, bis eines Tages der Riesenphallus an der Betonwand aufgetaucht war ... oder war es das Auftauchen des Signums »C« unter der Riesenskizze, die Zeiten waren wirr! Kurz darauf wurde ihm der Sessel mit Messern aufgeschlitzt und dann gestohlen; er mußte mit der Gemüsekiste vorliebnehmen: hatte er sich eigentlich erst von diesem Tag an hier unten überwacht und bedroht gefühlt ... im Rückblick mußte er es verneinen. – Es war wie der Einbruch der Realität in einen erfundenen Zustand ... plötzlich war er darin nicht mehr allein. Womöglich mußte er sich mit denen in Beziehung setzen, die gleich ihm hier unten anwesend waren, vielleicht mußte er sein *Ich* mit anderen vergleichen, die vielleicht ebenfalls *ich* sagten, hier unten. Vielleicht mußte er daraufhin feststellen, daß sein eigenes Ich hohl und phantastisch war; jedenfalls nicht mehr unabhängig, jedenfalls nicht

71

mehr ganz nach Belieben zu vergessen oder aus dem Vergessen heraufzurufen ...

Es blieb ihm völlig unerfindlich, wie es hatte geschehen können, ein eigentliches Motiv für den Diebstahl des roten Sessels gab es nicht, es konnte nur Terror sein. Wer konnte ein solches Monstrum überhaupt transportieren, unwahrscheinlich, daß jemand den komplizierten Zugang kannte, über den er das Stück hereingeschafft hatte; und er hatte diesen Zugang sorgfältig wieder verschlossen und verbaut. Wer konnte ihm hier unten über den Weg laufen, wer beobachtete, verfolgte ihn, wer machte ihm hier unten seinen Platz streitig? Wahrscheinlich waren es sehr müßige Fragen.

Immer schon, sagte er sich, habe es ihm in höchstem Maß widerstrebt, etwas nicht zu wissen! Ein Widerwille jeder Art von Unkenntnis gegenüber sei ihm immer leicht an den Rand einer Neurose geraten. Er neigte zu paranoischen Reaktionen, wenn sich Dinge ereigneten, die er nicht überblickte ... damit war er ein Charakter, der seiner Aufgabe bestens entsprach. Sie war eine geradezu glückliche Fügung, diese Eigenschaft, sie war in seinem Fall beinahe ein Talent zu nennen. Was auf jedem anderen Gebiet als ein, behutsam ausgedrückt, sonderbarer Tick gegolten hätte, blieb in seinem Fall eine zähe und zuverlässige Begabung, auf die kaum zu verzichten war. Man hätte seine Neigung zu kleinen, aber zielbewußten Schritten viel besser würdigen müssen, schließlich konnte es nur so gelingen, sich ein Netz von Aufschlüssen in der ganzen Stadt zu verschaffen, ein Netz von *Aufschlüssen* ... irgendwie hatte nur Feuerbach eine Ahnung davon gehabt. Aber Feuerbach war nur eine Art Sekretär, und irgendwas verdarb ihn immer mehr ... seine Aversion gegen jedwedes Zielbewußtsein kündete zweifellos von irgendeiner Verderbnis ...

Warum hatte man auf einmal irgendwelche dunkle Typen auf ihn angesetzt? – W. vermochte zu keinem anderen

Schluß zu kommen, als daß die Zerstörung und der Raub des roten Sessels auf das Konto jener Stoßtrupps ging, die seit gewisser Zeit aufgestellt worden waren ... und die nun in sein Refugium eingedrungen waren. Es waren also Typen der Sorte, die nichts anderes zu tun hatte, als primitive Unsicherheit hervorzurufen. Längst wußte man, daß jede Menge solcher Grüppchen existierten, die man in den Kneipen an der Peripherie oder am Rand von Fußballfeldern aufgegabelt hatte. Sie wurden immer öfter wohl auch kurzfristig eingekauft, gewissermaßen für Einzelaktionen, sie hinterließen nichts als Trümmer und heillose Verwirrung und verschwanden wieder. Es waren Randexistenzen – Lederjackenleute, Angehörige von Motorrad-Banden –, die ihre immerwährende Freizeit mit Alkohol und Randalieren ausfüllten, nicht selten erkannte man sie an ihren geschorenen Häuptern. Diese Jungens holte man sich und sagte ihnen, sie könnten ihrem Hobby weiter nachgehen, nur werde ihnen das »Objekt« ausgesucht. Und sie könnten sich noch eine Mark dabei verdienen ... andernfalls werde man mit ihnen aufräumen, und ihre geballte Kraft, die immerhin wertvoll sei, werde bald hinter eisernen Gittern dahinschmelzen, – es war im Grunde das gleiche Prinzip, mit dem man jeden einfing. Nun nahm die Verbreitung dieser Stoßtrupps zu, es gab solche, die zum festen Bestand gehörten, und andere, die man sich für einmalige Aktionen aus den Sandwüsten am Rand der Neubaugebiete holte. Das Unangenehme an letzteren war, daß sie nicht integriert waren, sondern allerorts auf Abruf lauerten ... man wußte nie, ob sie auftragsgemäß handelten oder nicht, man wußte nicht, ob man sich mit ihnen einlassen durfte oder nicht, man wußte nicht, auf welcher Seite sie gerade waren. – Es war wohl nicht falsch gedacht, wenn W. diese Zustände als Ermüdungserscheinungen ansah, als ein Nachlassen der intelligibleren Vorgehensweisen zugunsten der Zerstörungsgewalt ... die im Grunde nicht mehr an ein *Ziel* glaubte. – *Zersetzung*, das Wort stand seines Erachtens immer öfter auf der Tagesordnung im Sprachgebrauch der Diensteinheiten ... nein, wenn er sich nicht täuschte, wurde es immer häufiger sogar durch das Wort *Zerschlagung* abgelöst.

So sah er also die Anarchie kommen, – und er fragte sich, ob dies nicht notgedrungen zum Zusammenbruch des ganzen Systems führen müsse. Wahrscheinlich war es zu bejahen ... und er wußte, daß er sich mit solchen Gedanken auf dem Glatteis befand. Mit solchen Gedanken forderte er geradezu heraus, daß ihm nähere Aufmerksamkeit zuteil wurde. Dabei war es gleichgültig, daß diese Gedanken keinem außer ihm selbst bekannt waren: er dachte sie nur hier unten im Keller, niemals hätte er sie oben bei Licht gedacht ... das Sonnenlicht, so schien ihm, mußte die Erregung, die auf eine solche Idee folgte, zwangsläufig auf seine Stirn rufen, der Gedanke mußte sich sprechend in der tief abfallenden Form seiner Mundwinkel abbilden, oder es wäre, als könne der Schweißfilm auf seiner Gesichtshaut nur einen Schluß zulassen: er hatte an das *Ende* gedacht ... und nicht an den Anfang, wenn er sich blind wie ein Maulwurf hinauf an den Tag wagte.

Vielleicht aber hatte es gar keine Bedeutung, wenn ein solcher Gedanke ruchbar wurde? Eigentlich mußte er zugeben, daß der Dienst, dem er unterstand, dergleichen Überlegungen ganz folgerichtig hervorbrachte. Und es schloß sich daran konsequent die Notwendigkeit ... unbedingt sogar die erstrangige Notwendigkeit ... die Mitarbeiter bei diesem Dienst zu überwachen: Sicherheit war die Einhaltung einer unendlichen Konsequenz! Die Diensthabenden in der Ausübung ihrer Funktion zu überwachen, die Überwachenden zu überwachen, die Wachsamkeit gegenüber den zwangsläufig auftretenden Eigengedanken der Überwacher aufrechtzuerhalten durch das Wissen, daß sie überwacht waren ... den Schlaf zu überwachen ... zu überwachen, daß im Schlaf nur das *Ich* eingeschlafen war, während die Überwachung ihrer Konsequenz folgte.

Ziel des Dienstes war es, alle . . . Ich sagte: *alle*! dachte er. Ausnahmslos alle . . . zu Mitarbeitern des Dienstes zu machen, auch wenn dieser Gedanke wahnsinnig klang. Damit alle von allen überwacht werden konnten, – das war die Sicherheit, die ihren Namen verdiente. – Nein, der Gedanke war nicht neu . . . allein damit aber war der Dienst nicht nur für den einzelnen da, sondern er war Dienst für alle. War dies nicht das unausgesprochene Ziel aller großen Utopien, von Platon über Bacon bis Marx und Lenin? Daß jeder jeden in der Hand hatte, vielleicht war dies das letztendliche Ziel des utopischen Denkens . . . und daher das geheime Verlangen der Utopisten nach Anarchie, die den Gedanken an den Zusammenbruch zutage fördert und den Dienst an der Überwachung der Gedanken erst notwendig macht. Im Grunde hätten sie einverstanden mit ihrer eigenen Überwachung sein müssen, die Utopisten . . . und waren sie es am Ende nicht auch?

Feuerbach war vollkommen im Recht, wenn er, wie so oft, gesagt hatte: Ich kann Ihnen ansehen, daß Sie schon wieder abheben. Sie sind mit Ihren Gedanken schon wieder beim großen Ziel. Aber das ist nicht unsere Sache, wir sind die Männer, die im Alltag stehen, in der Mitte der Bewegung, wir müssen den Weg besetzt halten, wir werden am Ziel garantiert nicht mehr dabei sein. Wir müssen auf dem Teppich bleiben. – Dies waren große Worte, sie brachten ihn durcheinander . . . auch wenn er sie vielleicht nur selber formuliert hatte, in dem Versuch, die Andeutungen Feuerbachs ins reine zu sprechen. Der Major erging sich beinahe nur in Andeutungen; es hieß, er habe ein paar Jahre Philosophie studiert, was einer der Gründe dafür war, daß W. sich seinem Führungsoffizier stets etwas unterlegen fühlte . . . jeder Versuch, die hingeworfenen Sätze Feuerbachs zu Ende zu denken, schien ihm dabei zum bloßen

Kurzschluß zu geraten, und Kurzschlüsse schnitten ihm die eigenen Überlegungen abrupt ab. Damit blieben die Relationen ihres Zusammenhalts gewahrt: Feuerbach war der Vorgesetzte ... Wenn ich es genau nehme, denke ich wie mein Vorgesetzter, sagte sich W.; und dabei blieb es.

Ich kann es Ihnen förmlich ansehen, daß Sie immer alles bis zum Schluß durchdenken und ausbrüten müssen, sagte Feuerbach. Was haben Sie nur damit? Können Sie nicht glauben, daß andere vor Ihnen das schon viel besser getan haben. Wenn Sie immer nur Schlüsse ziehen, und noch mal Schlüsse aus den Schlüssen ziehen, kommt es da nicht vor, daß Sie gar nicht wissen, was der Anfang war?

Auch in diesem Punkt hatte Feuerbach recht, auch hier dachte W. dasselbe und ließ sich allzu bereitwillig aus seinen Grübeleien werfen und hörte statt dessen auf die Stimme seines Herrn. – Es war tatsächlich gescheiter, sich endlich niederzusetzen, sich zurückzulehnen, meinetwegen mit geschlossenen Augen, damit die Realität draußen blieb, und herauszufinden, wie die ganze Geschichte angefangen hatte. Was ihn auf diesen Weg gebracht hatte, dessen Ziel so fern war, daß es bis dahin Generationen und nochmals Generationen brauchte. – Es war eine Frage nach dem denkbar Selbstverständlichsten, es war eine so überflüssige Frage wie die nach den Ursachen seiner Geburt. Und jedesmal in diesem Moment gewann seine Müdigkeit die Oberhand ... und er hörte Feuerbachs Stimme noch weiter dozieren, als er schon abwärts schwebte in der grauen Welt des Schlafs, in der er von allen Zusammenhängen frei war.

Feuerbach sagte: Wissen Sie was, wir dürfen das Ziel gar nicht erreichen, denn wir irren uns nicht. Wir dürfen nur so tun, als ob wir das Ziel erreichen wollen. Sie werden gleich aufschreien, aber ich sage Ihnen trotzdem, wir *sind* im Besitz der alleinigen Wahrheit. Und gerade deshalb dürfen wir nur so tun, als wären wir im Besitz der alleinigen Wahrheit. Wissen Sie, wir dürfen es nicht einmal denken. Nein, dürfen wir nicht, da jede Wahrheit nur durch ihr Gegenteil existiert. Wir würden den Beweis für die Wahrheit abschaffen, wenn wir recht behielten und die alleinige Wahrheit wirklich nur bei uns wäre. Deshalb dürfen wir nur so tun, als ob wir daran glauben ... sonst würden wir vielleicht sogar die Wahrheit abschaffen. Wir wären sofort nur noch ein hohler Bluff, wenn wir den Zustand der alleinigen Wahrheit erreicht hätten. Vermutlich wäre die klassenlose Gesellschaft das fürchterlichste Gemetzel, das man sich ausmalen kann. Lassen Sie es uns lieber nicht erst versuchen. Lassen Sie uns lieber weiter mit unseren mickrigen Pfunden wuchern ... und die Leute weiterhin dafür, daß sie an unser bombastisches Geschwätz nicht glauben wollen, in den Knast stecken. Denn da gehören sie alle hin ...

Das heißt also, Sie glauben grundsätzlich kein bißchen an das Gute im Menschen?

Wo denken Sie hin? Wir müßten ja sofort an die Richtigkeit jeder Aussage glauben, die wir auf den Schreibtisch geblättert bekommen. Wir müßten doch auch Ihre ausgewählten Werke, die Sie bei uns abliefern, alle für bare Münze nehmen, und ebenso alle anderen ausgewählten Berichte. Wenn wir zum Beispiel die Einschätzung auf den Tisch kriegen, daß jemand ... sagen wir mal, zum Beispiel Sie ... daß dieser Jemand, also einer wie Sie, weniger intelligent ist oder ungefährlicher sein soll als seine Freundin, mit der er verkehrt, dann wissen wir, daß wir uns an das Gegenteil dieser Charakteristik zu halten haben. Aber das schließt nicht aus, daß wir uns auch an den Wortlaut des Berichts zu halten haben.

Ich habe überhaupt keine Freundin, sage ich jetzt völlig unempfindlich, erwiderte W.

Immer müssen wir uns an das Gegenteil einer solchen Aussage halten. Und dann auch wieder an das Gegenteil des Gegenteils ... an dieser Kunst haben wir lange gearbeitet, das haben wir förmlich trainiert. Sie sollten sich auch etwas mehr für die Dialektik interessieren, das nämlich ist die Wissenschaft, die wir brauchen, solange wir auf dem Weg sind ... und bei Ihnen ist davon leider nicht viel zu merken ...

Die Schlußsequenzen Feuerbachs waren immer besonders eindrucksvoll. Diese und viele andere Sätze aus dem Mund seines Führungsoffiziers hatten sich mit der Zeit in W.s Gedächtnis angesammelt, und es geschah fast ohne sein Zutun, daß sie sich während seiner Mußestunden im Keller in seinem Gehirn abspulten; die Feststellung war nur zu berechtigt: W. dachte seit langem ganz wie sein Vorgesetzter. – Befriedigung aber erfuhr er aus diesen Gedanken nicht.

Alle Hinweise darauf, wie seine Laufbahn begonnen hatte, waren aus seinen Gesprächen mit dem Major ausgespart geblieben ... W. meinte seine Laufbahn als Mitarbeiter der »Firma« (es war dies der allgemein gebräuchliche Ausdruck, den die Angehörigen der Institution anscheinend selber in die Welt gesetzt hatten) ... er hatte sich schon immer gefragt, ob Feuerbach davon überhaupt etwas wußte. Er selbst hielt diese Gedächtnisschwäche für ein Ergebnis seiner überlangen Schlafphase; diese Zeit wurde offenbar genau deshalb so bezeichnet, sie diente dazu, alle Gründe für das Dasein als »Mitarbeiter« zu verwischen, und zwar so vollkommen, daß es aussah, als habe man diese Position im Traum gewonnen ... also, nach Freud, im Ergebnis einer Wunscherfüllungs-Phantasie. – Es war schwer zu sagen, auf welche Weise dies geschah: Scheinbar mußte es in der Vergangenheit jedes angehenden Mitarbeiters Momente geben, die er glaubte verschweigen zu müssen, weil sie ihm wie irreparable Fehlhandlungen vorkamen; es mußte ein Fehler sein, der geeignet war, zu lang dauernder Reue zu veranlassen. Wenn die Folgen nun in keinem Verhältnis zu ihrer Ursache standen und dem Patienten sein Vergehen, oder seine Verfehlung, als eine Art Lebenskatastrophe erschien, mit der er nicht gut leben zu können glaubte, so war die ideale Voraussetzung für eine Abhängigkeit von der Firma gegeben ... notfalls galt es sie erst zu erreichen, indem man das Schuldbewußtsein des Patienten schürte. Der Schlaf des Patienten diente nun der Heilung von seiner Gewissensnot, er erwachte mit dem Glücksgefühl, ein wertvoller und schuldloser Mensch zu sein ... und nach Beendigung dieser Phase umgab ihn ein hermetischer Raum tiefsten Schweigens über seine Tat. – War es in W.s Fall überhaupt eine Tat? Eben dies zu erfahren, verhinderte das hermetische Schweigen.

Kein Wunder, daß er auf die Idee kam, all jene Katastrophen im Vorleben der Firmen-Angehörigen seien minutiös geplant und sorgfältig aufgebaut worden. Die Firma war die moralischste Institution der Welt, sie registrierte pedantisch jede Verfehlung, die sich entwickeln ließ. Und wenn W. genau überlegte, kam er auf den Gedanken, daß darin ihre einzige und alleinige Funktion zu finden war: im Sammeln strafwürdiger Faktoren, oder solcher, die so aussahen, für jedes von ihr ausgesuchte Subjekt. Und da praktisch jedes Subjekt für den Dienst als Mitarbeiter in Frage kam, war es die nicht-enden-wollende Aufgabe des Apparats, Verhältnisse herzustellen, in denen prinzipiell für *jedermann* ein Reservoir strafwürdiger Faktoren bereitstand. Und wenn der utopische Zustand eintrat, in dem keine Vergehen mehr vorkamen, oder kaum noch welche, dann mußte das Limit auf ein immer niedrigeres Maß gedrückt werden, so daß schließlich fast jede Handlung als ein Vergehen gewertet werden konnte. Was würde, wenn diese Ordnung einmal zu Ende war, aus ihrem Boden für eine Saat von Vergehen aufschießen ... ich mochte nicht daran denken: jedenfalls waren wir schon aus diesem Grund notwendig.

Es konnte natürlich keinesfalls um die Bestrafung von

jedermann gehen, es ging um die Dienstverpflichtung von jedermann. Nur so war die Frage nach dem Ziel jedes der *Vorgänge* zu beantworten, nur aus diesem Grund waren sie installiert worden ... jeder Vorgang hatte nur das Ziel, eine möglichst lange Reihe (am besten eine unendliche Reihe) weiterer Vorgänge nach sich zu ziehen, – und jeder Vorgang mußte mit der Einreihung in den Dienst der Organisation enden.

Die Wirklichkeit dieses Apparats ist der Versuch, einen Staat von Mitarbeitern zu schaffen, dachte W.; er dachte es in den trägen, verworrenen Momenten, in denen er aus dem Halbschlaf auftauchte. Und wenn man die ganze Geschichte auf diesen Nenner bringt, dann klingt es überhaupt nicht besonders gefährlich.

Mit welcher Katastrophe hat es denn bei mir angefangen? – Entweder gab es bei ihm keine, oder es hatte noch wenig Veranlassung gegeben, daß er daran erinnert werden mußte. Denn das hermetische Schweigen war natürlich unheimlich, je tiefer es wurde, um so mehr machte es den Anschein einer Ruhe vor dem Sturm; wenn man nicht spurte, konnte die Katastrophe jeden Augenblick wieder auftauchen ... aus dem Halbschlaf, und dann war sie sicherlich ausgebaut zur nicht wiedergutzumachenden Katastrophe. Diese Überraschung behielten sie sich immerhin vor. – Das bedeutete also in seinem Fall, daß er bisher gespurt hatte ... es war ein Lieblingsausdruck in der Firma: er hatte gespurt, er war gut gewesen in der Spur, ein guter Spürhund! – Wenn er seine Katastrophe also kennenlernen wollte, so mußte er künftig ein bißchen gegensteuern, ein bißchen links und rechts von der Spur schnüffeln, nicht immer nur blind und geil in Richtung Ziel stürzen, das wollten sie sowieso nicht, sie schwatzten doch ununterbrochen von Wachsamkeit ...

Andererseits war ihnen auch zuviel Wachsamkeit nicht geheuer ... die Wachsamkeit mußte spuren. Es gab da einen oft erzählten Witz in der Firma: Ein einziger aus dem Zuhörersaal auf einem großen Parteitag wird plötzlich verhaftet. Warum ausgerechnet der? Weil wir es schon immer gesagt haben: Der Klassenfeind schläft nicht!

Lassen Sie sich nicht ablenken ... das meiste, was man lernt, lernt man vom Gegner! Dies hätte Feuerbach gesagt haben können. – Eine Zeitlang war er entschlossen, den Major zu fragen, wen er mit jener weiblichen Person gemeint habe, über die er, W., nur nachlässig oder gar nicht berichtet haben sollte, so daß »verdammt viel Zeit« habe aufgewendet werden müssen, die fehlenden Informationen nachzuholen. – Allerdings ahnte W., wer gemeint gewesen war; wie lange wohl schon versuchte man sie – »eine sehr gute Bekannte« von W. – auszuquetschen da oben in den höheren Etagen ... ob es dabei auch um die Dinge ging, die seine Katastrophe zu nennen waren? – Er hatte sich immer gesagt, es sei die Katastrophe, daß es in seinem Vorleben keine Katastrophe gegeben hatte ... seine Unterschrift war nur das Ergebnis einer Ermüdungserscheinung ... diese war nun mit einem weiteren Panzer von Müdigkeit umhüllt worden. – Trotzdem, was seine schwachen Erinnerungen betraf, so waren diese nicht sehr angenehm: es handelte sich bei dieser sehr guten Bekannten um ein Wesen, das auf den exotischen Namen *Cindy* hörte (was nicht bedeuten mußte, daß sie wirklich so hieß); sie war zu jener Zeit der allgegenwärtige Anhang eines Kreises junger Männer in der Kleinstadt, in der W. lebte. Er hätte nicht sagen können, welche Vorzüge ihm Zugang zu diesem Kreis verschafft hatten ... aber dieser Zugang, dies wußte er jetzt, wurde ebenfalls als ein Vorzug angesehen, der ihm einen weiteren Zugang verschaffte: zu einem höheren Kreis ... dort wiederum eröffneten sich Zugänge hinauf nach Berlin, dies glaubte er *jetzt* zu wissen. Es lag eine Reihe von Jahren zurück ... Feuerbach, sagte sich W., erinnerte sich wahrscheinlich besser daran als er, obwohl der Major sicherlich noch nie in A. gewesen war und vor seiner Bekanntschaft mit W. gar nicht gewußt hatte, daß es diese Kleinstadt gab ... daß es in der Republik Kleinstädte gab, in denen der Alkohol die einzige Überlebenshoffnung für Bürger jüngerer Jahrgänge darstellte ... oder die Hoffnung auf Flucht. W.s einzige Gemeinsamkeit mit den jungen Männern bestand in der Neigung zum Alkohol, im häufigen Besuch derselben Lokale, deren Auswahl in der Stadt freilich klein war. Es waren nicht die Gaststätten, in denen W.s Arbeitskollegen verkehrten, sondern eher solche, wo sich das leicht dubiose Publikum traf, dessen Regelmäßigkeiten sich vorzüglich aus Vermeidungsstrategien zusammensetzten: aus der Vermeidung geordneter Alltage und der Abtrift von den Brennpunkten der sozialistischen Produktionsfront. Es waren also Leute, denen aufgrund ihrer Abstinenz von geordneten Arbeitsverhältnissen der feine Instinkt des Werktätigen verlorengegangen war, der ihnen hätte signalisieren müssen, daß W. ein Fremdkörper in ihrem Kreis war. Die gegenteilige Erfahrung machte er immer häufiger bei seinen Arbeitskollegen: sie wußten, in welchen Kneipen er ein- und ausging, ihnen mußte man es nicht erklären, sie rochen es ... und W. glaubte an ihren gerümpften Nasen einen Geruchssinn zu erkennen, welcher demjenigen mehr bürgerlich gehobener Nasen in nichts nachstand. Sie erspürten den Außenseiter sofort: es wäre ihm noch recht gewesen, wenn sie ihn für einen Möchtegern-Intellektuellen gehalten hätten, den nur der Snobismus in die trüben Spelunken trieb. Damit hätte er sich die Sache selbst erklärt, denn der Schriftsteller mußte Lokalkolorit von Tünche unterscheiden können. Und das schloß nicht aus, daß er von Zeit zu Zeit Verständnis und Sympathie für diejenigen entwickelte, die nach unten aus der Gesellschaft gefallen und in einem Teich von Alkohol wieder aufgetaucht waren: sie zeigten ganz einfach, worauf diese Gesellschaft schwamm. Sooft und solange er in jener lockeren Gruppe mitging, es war in seinem Kopf doch immer ein Fluchtweg offen, und sein Hang zu kühler Beobachtung hinderte ihn an völliger Eingewöhnung in den Kreis, wo alle Differenz in dem verwischten Dunst von Bier unterging ... der kühle Beobachter ist doch überall ein Heimatloser, so tröstete er sich. – In dieser lockeren Gruppe flatterte Cindy unermüdlich hin und her, genauer gesagt, sie ging von Hand zu Hand, jedenfalls war dies sein Eindruck. Dabei sagte er sich, es bedürfe keines großen Aufhebens davon, daß die Reihe niemals an ihm war, obwohl Cindy den Kreis mehrmals durchlaufen hatte ... immer dann, wenn er dachte, seine Stunde sei herangerückt, kam ihm ein gewisser Harry dazwischen ... es war auch kein Wunder, denn dieser Harry war so dünn und glatt wie ein Fisch ... zudem war es ein Punkt, der seine Außenseiterrolle immer wieder herstellte, und diese wollte er eigentlich verankert wissen. Sein Verhältnis zu Cindy war bei alledem keineswegs schlecht, im Gegenteil, gerade dadurch bahnte sich eine Art Vertrauen zwischen ihnen an, jedenfalls war dies auf Cindys Seite so: er beschränkte sich mehr auf die Rolle ihres geduldigen Zuhörers. Auf diese Weise erfuhr W. in kürzester Zeit fast alles über die männlichen Mitglieder der Kneipengemeinschaft; es waren in der Regel unrühmliche Dinge, die er zu hören bekam; es blieb ihm ein Rätsel, weshalb Cindy, die jede Menge Peinliches und einiges Erschreckende zu berichten wußte, ihr Herz nicht viel mehr an ihren Beichtvater hing, welcher doch, da er ihr in allen Dingen uneingeschränkt beipflichtete, das mit Abstand geringste Übel in dem Kreis zu sein schien ... übrigens kam gerade dieser Harry bei ihr nicht gut weg, wenn auch ihre Erzählungen über ihn etwas vorsichtiger klangen ... als ob sie vor ihm eine bestimmte Angst habe. – Eines Abends erfuhr W. von ihr, daß sie eine Haftstrafe antreten müsse. Er saß allein in der Gaststätte, die Tür ging auf, und Cindy steuerte geradewegs, als habe sie ihn gesucht, auf seinen Tisch zu; es war der Moment, der ihm stets einige Überwindung kostete, denn sie war eine auffällige Erscheinung in der Kleinstadt: sie war groß und wirkte kraftvoll, während sie mit ausgreifendem Schritt ging, klapperte stets eine mit metallenem Zierat reich behängte Handtasche an ihrem Unterarm, auf ihrem Kopf sträubte sich die rot oder schwarz gefärbte Frisur aus künstlichen Kräusellocken, die man Afro-Look nannte, ihre Augenpartie war stets heftig bemalt, und die etwas aufgeworfenen Lippen strahlten . . . Sie ist fast eine Zigeunerin, dachte W. – Diesmal strahlten ihre Lippen nicht, ihr Mund war merkwürdig verkleinert. Sie setzte sich und suchte den sehr engen Rock in Richtung Knie zu ziehen, dann begann sie ohne Umschweife über ihre nächste Zukunft zu sprechen; W. glaubte zu bemerken, daß ein leichtes Zittern in ihrer Stimme war. Sie mußte sich am folgenden Vormittag bis elf Uhr zum Vollzugsantritt gemeldet haben; wegen einer Reihe kaum nennenswerter Fehlgriffe, die ans Licht gekommen waren, hatte man sie – schon vor einem Jahr – zu einer Strafe von sechs oder acht Monaten verurteilt (eine Bagatellstrafe, deren exaktes Maß W. vergessen hatte; ebensogut konnten es sieben oder neun Monate gewesen sein) . . . und nun sei ihre Zeit herangerückt! – Sie fiel unter die Kategorie der sogenannten *Selbststeller*, es waren wegen kleiner krimineller Delikte Verurteilte, die abwarten mußten, bis für sie ein Platz in den überfüllten Gefängnissen frei wurde; es war eine Festlegung, die von den meisten Betroffenen als zusätzliche Schikane empfunden wurde.

Es traf auch für Cindy zu; bleichen Gesichts und den Tränen nahe, die sie tapfer bekämpfte, sagte sie: Das können sie nur machen, weil über ihre Grenzen niemand abhauen kann.

W. stimmte ihr zu; er hätte sie allerdings für abgehärteter gehalten, denn es war kaum das erste Mal für sie, zudem war die Strafe wirklich minimal. Er erklärte es sich damit, daß sie mit der unguten Aussicht ein ganzes Jahr hindurch gelebt haben mußte. Nun glaubte er den etwas verbissenen Ausdruck verstehen zu können, den er in der letzten Zeit in ihrem sonst eher mädchenhaften und weichen Gesicht bemerkt hatte. Jetzt war ein Flackern in ihren Augen hinzugekommen; mit dem Rauch ihrer Zigarette zog sie die Luft hörbar zwischen die Zähne, dann biß sie die Lippen aufeinander, was ihr einen scharfen, entschlossenen Ausdruck verlieh. Mit geröteten Augen starrte sie W. an.

Der wich dem Blick aus und fragte möglichst gelassen: Ist es denn das erste Mal, daß du da reingehst?

Natürlich, sagte sie, was denkst du denn? Aber auch wenn es nicht so wäre, ich weiß, wie es bei Harry ist ... bei dem wirds von Mal zu Mal immer schlimmer ...

Du mußt ihm ja nicht gerade nacheifern! sagte W.

Im übrigen glaubte er ihr nicht, denn soviel er gehört hatte, war es nicht üblich, daß man auch Debütanten auf den Beginn ihrer Haftzeit warten ließ, da ein solcher unfreiwilliger Aufschub mit schwer kalkulierbaren Risiken verbunden war; Selbststeller waren in der Regel einschlägig Vorbestrafte, mit deren Verhalten man schon Erfahrung hatte.

Im Verlauf dieses Abends tranken sie viel Alkohol, und W. war nervös geworden, als es ans Begleichen der Rechnung ging. Um Cindy zu trösten, brachte er sie später nach Hause. Sie wohnte am anderen Ende der Stadt, ihre Straße lag der seinen gerade entgegengesetzt; sie nahm seine Begleitung durch die eiskalte Nacht ebenso gleichmütig hin, wie sie dem Bezahlen der Zeche zugesehen hatte, auf dem Weg war sie schweigsam und gedankenverloren. W., der nicht ohne eigennützige Gedanken mitgegangen war, wurde abermals enttäuscht. – Sie habe noch einiges zu packen und keine Zeit, sagte sie vor ihrer Haustür und verweigerte ihm sogar den obligaten Abschiedskuß. W., der sie bei den Hüften gefaßt hatte, zögerte, er fühlte sich zurückgestoßen. – Du würdest es nur bereuen, sagte sie; und die Worte, die sich anschlossen, waren ihm seltsam erschienen, doch er schrieb sie ihrer angespannten Situation zu: Du würdest eine Ewigkeit daran denken und nichts davon gehabt haben, du würdest es nur bereuen. Laß lieber die Finger weg von mir . . . ich habe was anderes im Kopf. Du bekommst nur Ärger, an deiner Stelle wäre ich von hier schon lange verschwunden.

Er war nicht der Mensch, der sich gegen den Willen anderer durchsetzte, er machte sich auf den Heimweg. – In den folgenden Monaten verlor sich seine Verbindung zu dem Kreis der Kneipenbrüder fast ganz, er mußte sich sagen, daß ihn eigentlich nur noch Cindy in dieser Gesellschaft gehalten habe, und nicht zuletzt warf er sich wieder auf die Literatur, er las eine Reihe von Büchern, jeweils bis zur Hälfte, den Rest legte er sich auf später zurück, und er schrieb weiter an einem Konglomerat von Texten, von dem er nicht wußte, was es werden sollte. Er hatte sich mit diesem Werk – es war eher eine Sammlung von Bruchstükken – schon über Jahre hinweg beschäftigt, doch hatte er meist nach einem Versuch von der Dauer einer Woche wieder aufgegeben. Diesmal hielt er vom Frühjahr bis zum Herbstbeginn daran fest, ohne allerdings zu einem befriedigenden Ergebnis zu gelangen. Der Text oder die Texte – es war wirklich nicht zu entscheiden – waren ein uneinheitliches Gemisch von hypertropher Selbststilisierung (eines erfundenen Selbst) und der nüchternen Beschreibung von Alltäglichkeiten aus seinem wirklichen Dasein. In seinen »Fiktionen« war ihm sein Ich oftmals so weit in phantastische Bereiche entwichen – in entlegene Zeiten oder ausgedachte Landschaften –, daß er es mit den Einschüben aus seiner langweiligen Wirklichkeit zurückholen mußte: um es nicht gänzlich zu verlieren! – Es waren zumeist Beschreibungen seiner Kneipenabende, der dabei konsumierte Alkohol diente ihm zu dem Vorwand, unter dem er sein Ich der Wirklichkeit entrückte.

Während des gesamten Sommers hielt er sich hauptsächlich in den Lokalen auf, in denen seine Arbeitskollegen den Feierabend zubrachten, – als ob ihm auch dies eine Orientierungshilfe in einer Zeit hätte sein können, in der er mit Realitätsverlusten zu kämpfen schien. Und er bekam dabei zu spüren, wie weit das Mißtrauen gegen ihn schon gediehen war. Es hatte sich eine Distanz aufgebaut, die er während der Arbeit im Betrieb so deutlich gar nicht wahrnahm: jetzt bemerkte er plötzlich, daß er ihnen suspekt geworden war ... zweifellos, vermutete er, durch seinen Umgang mit Leuten, die nach Meinung seiner Kollegen ein geregeltes Arbeitsleben verachteten: seine Kollegen also fühlten sich von einigen Kneipenhockern verachtet, und sie straften dieselben dafür mit doppelter Geringschätzung! Früher hatte sich W. die Sticheleien seiner Kollegen hauptsächlich dann anhören müssen, wenn er sich Ausfälle zuschulden kommen ließ, die auf seine alkoholdurchtränkten Nächte zurückzuführen waren (gleichzeitig hatte er die Witze seiner Trinkkumpane ertragen müssen, wenn er sich von ihnen trennte, weil er anderntags früh am Arbeitsplatz sein wollte, was ihm längst nicht jedesmal gelang) ... jetzt waren die Anwürfe ihm gegenüber konkreter geworden, – sie wurden immer ärgerlicher, je weniger begründet sie waren. – Einmal wurde er gefragt, ob er sich Notizen nur darüber mache, was im Betrieb los sei, oder auch darüber, was sie – seine Kollegen – hier in der Kneipe redeten. Er war erschrocken, und kopfschüttelnd entfernte er sich für den Abend. – Dann war ihm eingefallen, daß er im Betrieb einmal beim Aufschreiben einiger Gedanken, die er nicht vergessen wollte, in sein literarisches Werk einzufügen, beobachtet worden war. Dabei hatte er in dem leeren Aufenthaltsraum gesessen, der ein größeres Kellerzimmer neben der Werksküche war; über ihm in Kopfhöhe befand sich ein ebenerdiges Fenster, dessen Lichteinfall sich plötzlich verdunkelt hatte; als er nach oben schaute, gewahrte er die betreten grinsenden Gesichter einiger Zuschauer, die sich entfernten, als sie entdeckt waren.

Also war es nicht nur der Mißkredit, den W. wegen seines Umgangs mit einem Haufen von sogenannten Arbeitsscheuen erntete. Auf einmal sah er sich mit Verdächtigungen konfrontiert, welche die Arbeiter einem Menschen entgegenbrachten, der geheimnisvolle Sätze niederschrieb, in die er ihnen keinen Einblick gewährte.

Er, der angestrengt Formulierungen aufs Papier zirkelte . . . und sie mußten es ihm deutlich angesehen haben, wie er die unpassenden Wörter preßte, wie er an ihnen würgte; fast konnte man ihn mit angehaltenem Atem stöhnen hören . . . wen beschrieb dieser Mensch mit der verbissenen Miene, und wen hatte dieser ergriffen aufblickende Notar soeben denunziert? Wen täuschte er mit seiner ölfleckigen und verrußten Verkleidung, wenn nicht seine Arbeitskollegen . . . über was erhob er sich, wogegen hetzte er? Man konnte es an ihm riechen, wie er sich an der Unvollkommenheit der Gemeinschaft begeilte, in die er sich eingeschlichen hatte . . . wenn er jetzt auch noch unten in seinem Loch hockte, so war er doch längst emporgekommen und gehörte einem anderen Stand an. Er selbst mußte es noch nicht gespürt haben, doch jeder der von ihm im Stich gelassenen Kollegen merkte es ihm an. Jeder roch es . . . es war der Geruchssinn der Klasse . . . die Arbeiter hatten die ganze Tragweite seines Tuns sofort erfaßt. – Aller Argwohn war nur zu berechtigt gegen einen, der den ersten Federstrich getan hatte. Ihre sprachlose Weisheit erkannte den Bruch auf der Stelle: er hatte eine Wand von Buchstaben zwischen ihnen aufgerichtet . . . und fortan war er ein Mann der Partei. Anders konnte es nicht sein! Womöglich war er auch der Mann einer Gegenpartei . . .

gleichviel, getreu dem Buchstaben des Gesetzes, wie es hieß, war er nun dabei, in Bereiche aufzusteigen, in denen sie, die Arbeiter, nichts waren als wohlfeiles Propagandamaterial. Und damit war dieser Schreiber ein noch weit übleres Subjekt, sie hatten es immer vorausgesehen, als diese Trinker, mit denen er aus dekadenten Gründen Umgang pflegte, – damit war er einer von den Lumpen, die für den Untergang der Welt schrieben . . .

Kein Zweifel, daß er hiermit in der Nähe dessen war, was sich in den Köpfen der Arbeiterklasse in diesem Land abspielte . . . jede etwas mildere Vermutung wäre ein faules Ausweichen gewesen (Feuerbach übrigens wußte es zu schätzen, wenn man sich keiner Illusion hingab über das Verhältnis zwischen Geistesschaffenden und Werktätigen in dieser Republik; er war überzeugt davon, daß an einer bestimmten Legende etwas Wahres war: in der Firma wurde oft und gern behauptet, daß man zu denen, die in der Produktion ihren Mann stünden, gute Beziehungen habe, bessere auf alle Fälle als zu den Künstlern und Schriftstellern . . .)

Lassen Sie das ruhig dahingestellt sein. – Von einem Kollegen – von demselben, der seinerzeit nach W.s Notizen gefragt hatte – erfuhr er eines Abends in der Gaststätte, es war schon spät im September, daß nun bald die »Rotgefärbte mit der Negerperücke« zurückkäme, aus dem Knast, wenn sie nicht schon da sei, nun würden wohl die Puppen wieder tanzen in der *Ecke* oder in der *Lunte*, womit zwei der Lokale gemeint waren, die W. den Sommer über kaum noch besucht hatte. – Schwer vorstellbar, wie dieser Kollege den Zeitpunkt erfahren hatte, in einer Kleinstadt blieb nichts verborgen. W. selbst hatte an Cindy kaum noch gedacht . . . er war mit seinen Schreibversuchen beschäftigt gewesen: eigenartig war vielleicht nur, daß die weiblichen Figuren, die in seinen Texten vorkamen, alle rothaarig waren, – Gesichter hatten sie nicht, ihre Gesichter waren gleichsam weiße Blätter geblieben, auf deren Flächen jede Prägung noch möglich war.

Da W. von den Anwürfen seines Kollegen genug hatte, ging er fort und suchte, ein paar Straßen weiter, die berüchtigte *Bier-Ecke* auf, was eins der Lokale war, in denen die andere Fraktion seiner Bekannten verkehrte. Dort traf er auf Harry, der zu dieser Gruppe gehörte, allerdings zählte W. ihn auch nicht zu seinem angenehmsten Umgang, da er ziemlich lästige Eigenheiten hatte. Erstens pflegte er seine Getränke niemals selbst zu bezahlen, zweitens neigte er dazu, sich nächtelang an jeden Zuhörer zu klammern, der willens oder wehrlos genug war, sich seine unermüdlichen Berichte über die Gefängnisaufenthalte auftischen zu lassen, denen Harry sich hatte unterziehen müssen; diese waren durch endlose Wiederholungen so in die Länge gezogen, daß W. – anfangs waren sie ihm noch durch die intime Kenntnis aller nur denkbaren Anstalten interessant erschienen – sie inzwischen als unerträglich empfand; außerdem war ihm der Verdacht gekommen, daß Harry aufgrund seines Alters nur den kleinsten Teil davon wirklich gesehen haben konnte. Für W. war Harry stets eine besonders schillernde Gestalt gewesen – wenn er auch Momente des Mitleids, ja der Zuwendung ihm gegenüber gekannt hatte –; er war ein sehr dünner, beinahe fadenscheiniger Mensch von verhuschtem, überstürztem Äußeren, der das weißblonde Haar noch immer bis auf die Schultern trug, obwohl dies längst außer Mode war, sein Gesicht war fahl und verschwitzt, er hatte sich in dem überheizten Gastraum seiner hellblauen, verwaschenen Jeans-Jacke entledigt und zeigte die von kunstlosen Tätowierungen übersäten Oberarme. Als er W. sah, fuhr die Röte freudiger Erregung von seinem Gesicht aus den dünnen sehnigen Hals hinunter bis in diese Oberarme; seitdem ihm W. ein paarmal geduldig sein Ohr geliehen hatte, hielt Harry große Stücke auf ihn und rühmte sich seiner Freundschaft

mit der gleichen Ausdauer, wie er es mit seiner Bekanntschaft von Strafanstalten tat. W. wollte sich zurückziehen,
als er den Weißblonden sah, wurde aber festgehalten und
erfuhr – nach einem Schwall begeisterter Worte über das
endliche Wiedersehen nach langer Zeit –, daß er genau im
richtigen Moment gekommen sei, übrigens wie immer,
denn es werde gerade eine Verabredung ausgemacht, die
ohne ihn gar nicht möglich sei, es sei eine Verabredung zu
viert, und W. müsse unbedingt teilnehmen. Also setzte sich
W., sie tranken Bier, Harry hüllte sich in bedeutungsvolles
Schweigen – es mußte wirklich ein *Ereignis* bevorstehen,
wenn er sich so benahm – und zwinkerte nur ab und zu mit
den weißen, fast haarlosen Wimpern. Manchmal verschwand er und schien in der Tat an der Theke etwas zu
regeln. Bei Ausschankschluß wurde W. – er bezahlte die
Zeche – auf den nächsten Tag vertröstet, – wieder in der
Ecke, er dürfe es keinesfalls vergessen! – W. ging tags darauf aus bloßer Neugier hin, Harry schien von der Verabredung nichts mehr zu wissen. Erneut kurz vor Schluß
tauchte er plötzlich mit einem jungen, leicht verwilderten
Mädchen auf und erklärte, man könne jetzt *auf die verspro-
chene Bude* gehen. Die Kleine stellte er als *Herta* vor, sie
war völlig unscheinbar, für die Herbstnacht viel zu dünn
angezogen und sagte die ganze Zeit über nicht ein Wort, sie
blickte so verständnislos und abwesend aus den braunen
Augen, daß W. auf die Idee kam, sie sei entweder taub-
stumm oder schwachsinnig. – Nur müssen wir ein paar
Flaschen mitnehmen, sagte Harry; und W. ging zur Theke
und kaufte auch noch diese Flaschen.

Kurze Zeit später klingelte Harry stürmisch an Cindys
Haustür; es dauerte unglaublich lange – das Mädchen neben W. fror erbärmlich in der schon empfindlich kühlen
Luft –, bis in dem Treppenhaus das Licht anging. – Cindy
stieg vor W. die Treppe hinauf, er hatte sie kaum wiederer-
kannt. Sie war fest in einen riesigen, über die Stufen schlei-

fenden Bademantel gewickelt, dessen frühere Farbe nicht mehr zu erraten war ... auch ihr Haar war auf eine Weise verfärbt und verdorben, daß W., der sie beim Hinaufsteigen mit den Augen abschätzte, einen Schauer nicht unterdrükken konnte. Scheinbar war sie vor nicht langer Zeit kahl geschoren worden, nun waren die Haare in ungleichmäßigen, quer abstehenden Büscheln wieder hervorgesprossen, dazwischen waren noch kahle Stellen zu sehen, die wie Anzeichen von Gewalteinwirkung oder wie die Male einer Hautkrankheit wirkten. Mit offenbar unzulänglichen Mitteln war versucht worden, die einzelnen Haarsträhnen zu färben, es war ein mißglücktes Wirrwarr unansehnlicher Schattierungen, zwischen denen weiße kahle Flecken leuchteten; auch sonst waren an Cindy die Spuren von Verunstaltungen zu erkennen: auch ihr Gesicht trug Schorfstellen, Schwellungen, die noch nicht zurückgegangen waren, zeigten sich dunkel unterlaufen. W. wollte fragen, was mit ihr geschehen sei, doch dann bemerkte er den schier grauenerregenden Anblick, den ihre Wohnung bot. Wohin er auch blickte, war irgendein undefinierbarer Brei, von grauweißer bis gelblicher Farbe, verschüttet ... oder abgelagert worden. Die Substanz war einem sonderbaren Auswurf ähnlich, und zum Teil war sie schon vertrocknet, wie Gips häufte sich der Brei in allen Winkeln des Fußbodens, Eimer, Töpfe, Pappkartons waren mit ihm gefüllt und quollen über; ein süßlicher Fäulnisgeruch beherrschte die Küche, dessen Ursprung nur diese helle Masse sein konnte, die sich allerorts mit braunen Gärungsflecken überzog ... W. sollte sofort den einstigen Zweck dieser Substanz erfahren: Harry war mit dem unscheinbaren Mädchen ohne zu zögern in dem einzigen Nebenzimmer verschwunden ... Cindy, mit unwirscher Bewegung, zerrte einen Kinderwagen aus dem Verschlag hervor, als müsse dieser vor dem Pärchen gerettet werden. In dem Wagen war ein Kind, – es fing zu schreien an, Cindy nahm es heraus

und wiegte es mit schlaffen, resignierten Bewegungen vor
der unter dem schmuddligen Bademantel verborgenen
Brust, und das Kind wurde nach einer Weile tatsächlich
ruhig ... Aus Schwäche allerdings, dachte W.; und nun
erkannte er in dem weißlichen Brei, der überall zu sehen
war, die unverbrauchte Kindernahrung; es war sogenannte
Fertignahrung, wie sie aus einem gekörnten Pulver mit
Milch oder Wasser zu flaschenfertiger Trinkflüssigkeit an-
gerührt wurde; jetzt sah er auch die leeren Papierhüllen der
Handelspackungen, von denen die Küche ebenfalls übersät war. Das Kind hatte die Einnahme dieser Nahrung
offensichtlich verweigert, nun füllte die Flüssigkeit, in den
verschiedensten Stufen des Verkommens, ja der Versteine-
rung, jedes verfügbare Gefäß, nun wälzte sie sich auf dem
Fußboden und staute sich in den Winkeln der Wohnkü-
che; auf dem Herd, auf drei Vierteln der Tischplatte, auf
den unbenutzten Stühlen türmten sich Töpfe, Pfannen,
Flaschen und Gläser, allesamt halb oder ganz gefüllt mit
dem Brei, der, in Gärung oder Verfestigung begriffen, Blasen warf und, ehe er erstarrte, alles in ein unauflösliches,
süß stinkendes Chaos verwandelte. Das Abflußbecken der
Wasserleitung war voller Brei, und darin versanken Ge-
schirrberge und Papptüten, ebenfalls voller Brei ... den
grauenvollsten Anblick aber bot der Ofen, aus dem der
randvoll mit Brei gefüllte Aschebehälter ragte; die Ringe
der Herdplatte waren herausgenommen worden, in ver-
zweifelter Nachlässigkeit war der wochenlang umsonst ge-
kochte Brei in den Ofen geschüttet worden, nun troff er aus
den Ritzen der Feuertür, sickerte aus allen undichten Stellen der Schutzbleche wieder hervor und sammelte sich auf
dem Fußboden. Dort war die dickflüssige, sich ausbrei-
tende Lache mit Kinderwindeln eingedämmt worden: aber
der Deich aus Windeln, aus teilweise schon verwendeten
Windeln, hatte das Überfließen der Flut nicht hindern können; sie war durch die schon versteinerten Windeln gekro-

chen, und darüber hinweg, hatte sich an den kotbefleckten Stoff- und Papierwällen verfärbt, und strebte in bräunlichen Rinnsalen übelriechend der Mitte der Küche zu.

Allem Anschein nach war jeder Versuch, dem Säugling diesen Brei zu verabreichen, fehlgeschlagen . . . und W. sah das winzige schmächtige Geschöpf leblos in Cindys hilflosen Händen hängen, er hörte es die kaum stimmhaft zu nennenden Schreie ausstoßen, sie waren so leise und röchelnd, daß nicht zu entscheiden war, ob es nur die kurzen, schnellen Atemzüge waren, die aus dem bläulichen und welken Gesichtchen tönten. Im ersten Moment war W. hinaus auf die Toilette geflohen, doch er sah auch diese vollgeschüttet mit dem Brei, verstopft von Windeln, die wieder überspült waren mit Brei . . . als er von dort zurückkam, tauchte Harry – es war noch keine halbe Stunde vergangen – aus dem Nebenzimmer auf, er hielt sich nur eine Unterhose ohne Hüftgummi über den flachen Bauch, der ebenso tätowiert war wie die fast schwindsüchtige, rosarote, mit weißem Flaum bedeckte Brust; er deutete durch die offene Tür in das lichtlose Gelaß: Geh rüber, wenn du willst . . . ich bin fertig, und du kannst rüber, wenn du willst!

W. schüttelte den Kopf, er suchte nach einer Möglichkeit zu verschwinden. – Gibt es noch eine offene Kneipe? fragte er. – Vielleicht kommt man noch hinten rum in die »Lunte« rein, sagte Harry. Aber warum willst du nicht erst da rüber gehen, du hast schließlich die Weinflaschen bezahlt. – Aber nicht mit mir! fuhr Cindy dazwischen. – Nein, sagte W., ich gehe doch lieber . . .

Als er schon im Hausflur war, legte Cindy das Kind dem auf dem Kanapee sitzenden Harry in die Arme und folgte ihm nach. Sie hielt W. an der Schulter zurück und drängte ihn mit ihrem Körper gegen das Treppengeländer, bis er, die Holzbrüstung im Rücken, von ihrem sehnigen schlanken Leib festgeklemmt war. Er atmete den Geruch des verklebten, schorfigen Bademantels und legte den Kopf zurück; sie schlang ihre Arme um seinen Hals und starrte ihm ins Gesicht, ihre nur noch Zentimeter entfernten Augen blitzten ihn an: Warum willst du nicht über die kleine Herta rüber, sie wartet vielleicht auf dich?

Als W. keine Antwort gab, sagte Cindy: Weil du nur mit mir willst, stimmts? Du bist nur wegen mir gekommen, du willst nicht mit ihr, du willst nur mich, hab ich recht?

Kann sein, sagte W.

Na gut . . . aber es geht nicht mit mir, es geht nicht, denn Harry ist jetzt da . . .

Seit wann hast du denn das Kind, fragte W., hast dus im Gefängnis bekommen?

Na klar, im Knast, das hat mir ein paar Tage Ruhe verschafft. Warum fragst du, das mußt du doch wissen . . .

Und wer ist der Vater? Ist Harry der Vater?

Schon möglich, sagte sie, da kannst du recht haben. Auf jeden Fall ist er jetzt hier, und darum geht es für dich heute nicht. Ob ich will oder nicht . . . du mußt warten, auf später, denn der Harry geht bald wieder in den Knast. Es dauert nicht lange . . .

Weiß denn der Harry, daß er der Vater ist, will er es überhaupt wissen?

Er geht bald wieder rein in den Knast, sagte sie. Was nützt dem Kind so ein Vater?

Geht er als Selbststeller, muß er sich wieder selber melden . . . fragte W., gibt es überhaupt keinen Ausweg aus diesen Geschichten?

Ja, er muß sich selber melden . . . und mir kanns auch bald wieder passieren. Einen Ausweg . . . nein, wir können uns hier eben nicht verstecken . . .

Einige Wochen nach diesem Abend erhielt W. ein Schreiben vom *Rat der Stadt*, Abteilung *Kinder- und Jugendfürsorge*; er wurde zu einem Sprechtermin geladen, verbunden mit der Aufforderung, eine Bescheinigung sei-

ner Arbeitsstelle über die Höhe seines letzten Jahresein-
kommens vorzulegen. Das Schreiben enthielt den Ver-
merk, daß ein unentschuldigtes Nichtbefolgen der Aufforderung strafrechtliche Maßnahmen nach sich ziehen
könne. Ahnungslos ging er zu der festgesetzten Zeit hin,
ohne allerdings die gewünschte Lohnbescheinigung zu
besorgen. Eine Beamtin unbestimmbaren, ewig mittleren
Alters – seltsam abwesend, denn sie hatte lediglich einen
von vielen Fällen zu bearbeiten, die immer nach völlig
gleichem Muster abliefen und deshalb nur eine festste-
hende Anzahl von Redewendungen erforderten; wodurch
sie schon im Ton stereotyper Mahnung redete, als sie noch
nach W.s Personalien fragte – unterbreitete ihm, er sei als
der Vater eines Kindes, männlich, geboren am ... (es
folgte ein Datum, auch dies alles in halb entrüstetem, halb
resigniertem Tonfall, der aus Routine bis in das Nachmur-
meln der in die Schreibmaschine zu tippenden Silben
fortgesetzt wurde) von der Kindesmutter ... es folgte wieder ein Name ... angegeben worden. Den Namen der
Kindesmutter hatte W. nicht verstanden. Er werde hiermit
gerichtlich dazu bestimmt, seiner Pflicht zur Zahlung eines
monatlichen Unterhaltsgeldes, abhängig von seinem der-
zeitigen durchschnittlichen Jahreseinkommen, für das
Kind bis zu dessen Vollreife an die Kindesmutter nachzu-
kommen. – Wir müssen jetzt, sagte die Frau, den gesetzlich
vorgeschriebenen Betrag festlegen, den Sie nach eigenem
Gutdünken, zum Wohl Ihres Kindes, freiwillig erhöhen
können. – W. verneinte alles, was er gehört hatte, in völlig
richtungsloser Art und Weise; er erkannte sofort die
Zwecklosigkeit jedes Worts, das er sagen konnte ... Ich bin
reingefallen! war sein einziger Gedanke, den man ihm
wahrscheinlich ansehen konnte. – Sie können das anfech-
ten, sagte die Frau. Aber Sie wären in meiner Laufbahn der
erste, der damit Glück gehabt hätte. – Sie zog den Papierbogen aus der Maschine und legte ihn vor W. hin, – er kannte

den Namen nicht, der in der Rubrik *Kindesmutter* zu lesen stand, doch er ahnte sofort, daß er hier auf Cindys richtigen Namen gestoßen war. – Das muß ein Irrtum sein! sagte W., die Stimme mußte ihm dabei völlig unhörbar geblieben sein. – Er wurde darauf aufmerksam gemacht, daß er die Folgen zu tragen hätte, genauer, für die Unkosten einer gerichtsmedizinischen Untersuchung aufkommen müsse, wenn sich herausgestellt habe, daß er seine Vaterschaft verleugne, um sich vor seiner gesetzlichen Unterhaltspflicht zu drücken . . . Sie sind da leider keine Ausnahme, eher im Gegenteil, sagte die Frau. Und Sie sollten sich das sparen.

Es war möglich, daß jener letzte Satz schon während seines zweiten Vorladungstermins gefallen war, zu dem er nach kurzer Zeit erneut einbestellt worden war . . . nach dem Schock des ersten hatte er überhaupt nicht mehr reagiert und darauf gewartet, daß sich der Irrtum aufkläre. Nach einem kurzen Wortwechsel mit der Beamtin wurde er in ein anderes Büro gebeten; der Raum mutete überraschend freundlich an, zumindest war er nicht, wie der vorherige, gleich hinter der Tür durch ein Gitter mit in Brusthöhe aufsitzender Schreibplatte gegen Bittsteller oder Vorgeladene abgegrenzt. W. wurde in einen Sessel genötigt, schräg vor einem Schreibtisch, der bis auf einen riesigen Blumentopf und eine gebrauchte Kaffeetasse leer war. Dahinter saß ein Mann in grauem Anzug (W. fragte sich, ob es in dem Land überhaupt Anzüge in anderen Farben gäbe), erneut zwischen vierzig und fünfzig, mit schon graumeliertem Haar an den Schläfen; er sah nicht aus wie ein Angestellter des untergeordneten Verwaltungsbereichs, in welchem Kindergeldforderungen bearbeitet wurden. W. hatte gedacht, für diesen Herrn müsse die Bezeichnung »salopp« zutreffend sein . . .

Nein, es war nicht Feuerbach, W. schüttelte gedankenverloren den Kopf; der Oberleutnant war erst später in

Erscheinung getreten ... dennoch, jener andere verkörperte einen ebenso alterslosen Typ ... Feuerbach hätte sehr gut schon zu dieser Zeit auftreten können, und jener andere hätte dann sehr gut auch in Berlin auftreten können. – Einmal war ein weiterer Mann im grauen Anzug, wieder im etwa gleichen Alter, in das Zimmer gekommen, hatte zwei, drei Worte gesagt und war wieder gegangen ... W. fragte sich, ob er in diesem Moment zum erstenmal die Baßstimme gehört habe, die ihm aus Feuerbachs Nebenzimmer (aus dem Hinterzimmer, aus dem Hauptzimmer?) bekannt war. – Er konnte sich nur einigermaßen deutlich an die ersten Sätze erinnern, die der Mann am Schreibtisch sprach: Na endlich habe ich Sie mal in Person vor mir stehen! Sie könnten mir eigentlich zum Geburtstag gratulieren, wenn Sie wollen, aber leider ist der Kaffee schon alle ... Er wartete ein wenig, um zu sehen, was die in verbindlicher Ironie gesagten Worte bei W. anrichteten ... Unsinn, setzte er dann hinzu, Sie können sich selbst gratulieren!

W. hatte noch die Hoffnung gehabt, einen Staatsanwalt vor sich zu sehen ... es war unwahrscheinlich, daß eine Instanz, die für das Schlußwort in einer Kindesunterhaltssache zuständig war, schon jetzt in Erscheinung trat ... Wer sind Sie, fragte W.; er hätte es nicht tun müssen, er wußte es. Was er zu hören bekam, hielt er später für schlechterdings unglaubwürdig, die Unterredung schien in einem Krampf aus Widersprüchen befangen, sie war ein ärgerlicher unaufklärbarer Irrtum, in dem beide Seiten auf verschiedene Weise verrannt waren ... W. hatte später den Eindruck eines Alptraums. Dieser Eindruck verstärkte sich noch dadurch, daß die Sache, um die es eigentlich zu gehen schien, nach kurzer Zeit vergessen war ... nachdem er noch zwei- oder dreimal von dem saloppen Herrn vorgeladen worden war (selbst die Anzahl dieser Gespräche schwand ihm nach wenigen Wochen aus dem Gedächtnis), brach die ganze Geschichte scheinbar ergebnislos ab. W., der nur sehr bedingt an eine Kongruenz seiner Wahrnehmungen mit der Realität glaubte, zweifelte immer öfter an der Richtigkeit seiner Erinnerungen.

Der Mann im grauen Anzug hatte ihm eröffnet, daß man ihm für ein paar sehr wertvolle Informationen sehr dankbar sei . . . man habe eine so schnelle Hilfe gar nicht erwartet . . . – W. fühlte sich nicht angesprochen, glaubte sich verwechselt . . . Wer ist »man«, fragte er. – Der andere ging auf die Frage gar nicht ein: Was diesen Kreis angehe, in dem dieser *Harry Falbe* immer wieder seine Rolle zu spielen versucht, da sei man leider laufend ins Dunkle getappt, man habe diese Leute immer weniger überblicken können . . . Wir kamen gar nicht auf den Gedanken, daß Sie ein wertvolles Verbindungsglied zu diesem Kreis darstellten, sagte der saloppe Herr, an diese Idee wagten wir gar nicht zu denken. – Sie wagten an diese Idee gar nicht zu denken . . . wiederholte W., wer ist »man«? – Eine andere Sache . . . der Herr schien das Thema zu wechseln. Was Ihre Unterhaltsverpflichtungen für Ihren kleinen Sohn betrifft . . . Sie haben wohl schon bemerkt, daß der Staat dafür aufkommt. Pünktlich und in voller Höhe jeden Monat . . . ja, eigentlich können Sie sich auch dazu gratulieren. Haben Sie denn das Kind mal besucht in der letzten Zeit? – Es gibt kein Kind, für das ich zu zahlen hätte, sagte W.; es erschien ihm wie die erste konkrete Aussage dieses Gesprächs, – offenbar verpuffte sie deshalb ohne Rest im Nichts. – Er sei nicht einmal bereit gewesen, sein Durchschnittseinkommen anzugeben . . . nun, so habe man auch dieses für ihn ermittelt. Zu zahlen sei keine große Summe, nicht viel . . . deshalb sei es auch nicht viel an Gegenleistungen, an die man gedacht habe!

Erstaunlich ruhig hatte W. geantwortet: Niemals! Es wird von mir keine Gegenleistung geben, und der Staat muß für mich keinen Pfennig zahlen. Es gibt kein Kind . . . das ist eine Erfindung!

Es gibt kein Kind ... ach so! Also gut ... wenn Sie es sagen! Als der graue Herr fortfuhr, suchte W. eine Regung, die er irgendwie deuten könne, aus seinem Gesicht zu lesen, – es gab keine Regung. – Wissen Sie, wir können uns denken, daß Sie nicht viel verdienen, und erst recht nicht, nachdem Sie sich ins Kesselhaus haben umsetzen lassen, aus der Montagehalle, das ist ein Einbruch. Da ist man empfindlich, wenn man plötzlich noch Alimente zahlen muß, deshalb machen wir uns Gedanken. Und wir wissen auch, daß Sie als Schriftsteller mehr leisten könnten als dort im Kesselhaus ... (W. überlegte, ob der Mensch gesagt hatte: Mehr leisten für die Gesellschaft ...)

Wertvolleres als dort unten im Kesselhaus, fuhr der Herr nach einer Pause fort. Aber dabei würden Sie natürlich noch weniger verdienen, in der ersten Zeit bestimmt. Die Zahlungen, Sie werden es bemerkt haben, haben natürlich längst angefangen ...

Noch einmal, unterbrach ihn W., der wie in einen schalldichten Raum sprach, noch einmal, der Staat muß mir keinen Pfennig zahlen ...

Natürlich nicht, sagte der Herr, er muß nicht, was denken Sie denn? Meinen Sie wirklich, das haben wir nicht bedacht? Sie kriegen natürlich keinen Pfennig, die Zahlungen gehen de facto an die Kindesmutter. Aber die ist, wie Sie wahrscheinlich wissen, beim Staat hoch verschuldet ... und auch kein unbeschriebenes Blatt! Aber von ihr bekommen wir schon, was wir brauchen! Es gibt also praktisch gar keine Geldbewegungen, verstehen Sie, nur die Quittungen müssen florieren. Und was Ihre Gegenleistungen anbelangt, die einzige wäre ...

Es gibt von mir keine Gegenleistungen, es gibt keine!

Das ist ja das einzige, was wir verlangen. Verstehen Sie nicht, die einzige Gegenleistung ist, daß Sie darüber schweigen sollen. Daß Sie wirklich über die Sache schweigen ... zu keinem ein Wort von diesem Kind! Daß Sie sich wirklich so verhalten, als hätten Sie keins . . . damit verhalten Sie sich genau in unserm Sinne.

W. hätte nicht geglaubt, daß in ihm noch etwas wie Verblüffung möglich war: Was soll ich nach Ihrer Meinung nun wirklich, soll ich das Kind nun anerkennen, oder soll ich darüber schweigen?

Der Herr seufzte, als sei er überfordert von der Schwierigkeit der Erklärung, die er abzugeben hatte: Es ist das beste, Sie verhalten sich ganz wie immer . . . wirklich, es ist das beste!

Nein . . . sagte W.

Doch . . . sagte der Herr, es ist nicht so schwer, tun Sie so, als wären wir gar nicht vorhanden!

Nein, sagte W., Sie sind für mich wirklich nicht vorhanden!

Wunderbar! sagte der Herr.

Sie sind nicht! Es ist nicht so, als wären Sie nicht vorhanden, sondern es ist so, daß Sie nicht vorhanden sind! sagte W.

Was für ein feiner Unterschied! Macht man sich nicht lächerlich, wenn man darüber so ernsthaft diskutiert? Ich werde darüber nachdenken, ich werde Ihnen das Ergebnis sagen, wenn wir uns das nächste Mal sehen, vielleicht hier auf Zimmer siebzehn, vielleicht anderswo . . .

Nein, sagte W., denken Sie nicht, daß ich mich mit Ihnen einlasse. Das Thema ist für mich beendet!

Das ist völlig in Ordnung, sagte er, beenden wir es endlich. Ich werde mich mit Ihnen viel lieber über Literatur unterhalten, das ist im Grunde mein Thema. Die Sache ist beendet, weg mit dem Thema Kind, weg mit Harry Falbe . . .

Ich werde jetzt gehen . . . wenn es Ihnen recht ist!

Es ist in Ordnung, sagte er, ich wollte Sie nicht aufhalten, Sie haben zu tun. Uns gegenüber werden Sie allerdings manchmal so tun müssen, als wären die Dinge, die nicht existieren, wirklich vorhanden.

Als sich W. aus dem Sessel gestemmt hatte und zur Tür ging, hielt ihn der Mann hinter dem Schreibtisch noch einmal zurück: Noch eins! Ich werde Ihnen jetzt im Treppenhaus etwas hinterher rufen, das dürfen Sie nicht mißverstehen. Am besten, Sie verhalten sich, als hätten Sie es gar nicht gehört. – W. ging grußlos hinaus; als er die Treppen hinabstieg, flog oben eine Tür auf; er beschleunigte den Schritt, entging aber der Stimme nicht mehr, die durch den Wandelgang des Rathauses brüllte: Für uns sollen Sie gar nichts tun, alles nur für Ihr Kind! Und für sich selber sollen Sie was machen, denken Sie dran!

Die Sache war für diesen Tag noch nicht zu Ende. Bis in den Abend hatte er versucht, mit dem Gespräch vom Vormittag fertigzuwerden ... die Geschichte war ein Alptraum! Danach war er nicht mehr zu seiner Arbeitsstelle zurückgekehrt, bis weit nach Beginn der Dunkelheit hatte er, unzugänglich für die vorsichtigen Fragen seiner Mutter, in der Wohnung gesessen und sich bemüht, ein Empfinden davon wiederzugewinnen, daß er sich in der Realität aufhalte ... Mit wem hat dieser Mensch heute vormittag eigentlich geredet? Mit mir bestimmt nicht ... in solchen Fragen steckte seine einzige Hoffnung. Die ganze Geschichte betrifft nicht mich ... die Sache ist beendet, weg mit dem Thema Kind, weg mit Harry Falbe ... weg mit diesem Zimmer siebzehn. – Er schien erst wieder zu sich gekommen, als es vor den Küchenfenstern finster geworden war und das Einströmen der Straßengeräusche abebbte. In der Dämmerung noch, durch den heraufziehenden Herbstnebel, war ihm das Rollen und Schrillen der Gefährte auf der Straße seltsam vordringlich und theatralisch vorgekommen, wie das Lärmen schon schläfriger Kinder, die ihren Übermut aus Müdigkeit besonders deutlich zeigen zu müssen glaubten ... was für ein merkwürdiger Vergleich. Nun entfernte sich der Krach nach dem Stadtzentrum hin; seine Mutter hatte ihn endlich in Ruhe gelassen und war zu Bett gegangen in dem Glauben, er wolle sich noch mit seinen Schreibarbeiten beschäftigen; schon den ganzen Sommer über war er aus solchen Gründen von ihr abgerückt und mit den Gedanken kaum noch anwesend erschienen.

Er hatte an diesem Abend denselben versunkenen und unansprechbaren Eindruck gemacht ... als es nun klingelte, wußte er sofort, daß sie wieder da waren. – Der hochaufgeschossene junge Mann, der draußen stand, mußte noch ein Neuling sein, denn auf den ersten Blick wirkte er nur wenig selbstsicher. Er lehnte in seiner ganzen Länge am Türpfosten, so daß er sich leicht über W. hinweg beugte, dennoch schien er ihm nur halb zugewandt, sondern blieb in Kommunikation mit einer weiteren Person begriffen, die weiter unten, einen Treppenabsatz tiefer, unsichtbar für W., warten mußte. Nur am leisen Geknister der hölzernen Stufen war das Dasein dieser Person zu spüren ... und der junge Mann am Türpfosten – der andere unten mußte die Worte vernehmen können – sprach lauter als nötig, so daß W. Angst hatte, seine Mutter werde es hören. Er wurde aufgefordert, in zwei Tagen noch einmal im Rathaus, wieder auf Zimmer siebzehn, vorzusprechen, wieder vormittags, wenn es recht sei ... Merken Sie sich: Zimmer siebzehn! Und wenn nicht, dann sollen Sie einfach nach dem *Chef* fragen.

Es ist mir nicht recht, sagte W., ich werde mich mit Ihnen überhaupt nicht mehr unterhalten. Es ist das letzte Mal jetzt, ich weigere mich ... wenn Sie reinkommen, dann biete ich Ihnen einen Kaffee an, dann können wir leiser reden. Und Sie erklären mir die Sache ... ich sage Ihnen meinen Standpunkt, Sie kriegen ihn schriftlich, wenn Sie wollen. Danach sind unsere Gespräche beendet.

Unsinn, sagte der junge Mann, mit mir haben Sie überhaupt noch nicht gesprochen!

Im Hausflur erlosch jetzt das Treppenlicht; W. schaltete

es wieder ein, mit der Hand am Unterarm seines langen Besuchers vorbei den Schalter suchend; als das Licht wieder brannte, sah er den Langen lächeln, als wolle er um Nachsicht bitten für die Umstände, die er W. zu bereiten gezwungen war – oder als täten ihm die Umstände leid, die W. sich selber bereitete –, und dabei hatte er, wie absichtslos, einen Fuß zwischen die Schwelle und die halb nach innen geöffnete Tür gestellt.

Es ist Unsinn, sagte er, wenn wir es wollen, dann *müssen* Sie kommen . . .

Gut, sagte W., dann zwingen Sie mich, wenn Sie wollen, aber ich komme niemals freiwillig!

Nein, Unsinn! rief eine Stimme von dem unteren Treppenabsatz (W. hatte vergeblich versucht, sie als die Stimme des saloppen Herrn vom Vormittag zu identifizieren). Sagen Sie ihm, wir machen das keinesfalls in seiner Wohnung! Er kann doch nicht wollen, daß seine Mutter von dieser Kindergeschichte erfährt. Wollen wir etwa, daß sie dabei ist, wenn wir ihn fragen müssen, wann er das letzte Mal mit dieser sogenannten Cindy . . . nein!

Obwohl wir das eigentlich wissen, sagte der junge Mann neben W.

Das können Sie mir niemals nachweisen! sagte W. Ich habe nie . . .

Er wurde durch ein Riegelschnappen unterbrochen, oben, ein Stockwerk höher, hatte sich eine Tür geöffnet, jemand wollte auf den Flur; es gab nur noch eine alte Frau, die dort oben wohnte. – Gehen Sie sofort wieder rein! befahl eine Männerstimme in der zweiten Etage; W. mußte erkennen, daß oben ein weiterer Posten aufgestellt war. Rein mit Ihnen! Verlassen Sie Ihre Wohnung nicht, wenn wir hier sind. Erlauben Sie sich nicht noch mal, an der Tür zu lauschen! – Das hastige Schlurfen der alten Frau war zu hören, die Tür schloß sich wieder.

Was heißt hier nie! sagte der Mann auf dem unteren

Treppenabsatz unnötig laut. Glauben Sie wirklich, wir könnten Ihnen das Kind nicht beweisen? Das können wir, selbst wenn Sie in Ihrem Leben noch nie eine Frau niedergemacht haben.

Also gut, sagte W., bis in zwei Tagen . . . ich werde kommen!

Der lange junge Mann löste sich daraufhin vom Türpfosten, blieb aber noch stehen und blickte wortlos auf W., bis dieser begriffen hatte, daß er verschwinden sollte. Er tat es, spähte aber durch den Briefschlitz hinaus; erst als das Treppenlicht erlosch, näherten sich die Schritte aus der oberen Etage; vor dem Haus war mittlerweile ein Auto angelassen worden, es war noch einmal ein Türenklappen, dann fuhr der Wagen aufheulend aus der Straße hinaus: das Ganze war in jeder Hinsicht die Geräuschkulisse eines trivialen Films.

Danach war es zu noch weiteren Vorladungen gekommen, die Einzelheiten wiederholten sich ermüdend, er hielt die Treffs (diese Bezeichnung für sein Erscheinen im Rathaus hatte sich plötzlich eingeschlichen) längst nicht mehr auseinander, auch nicht dadurch, daß er immer wieder auf einen anderen graugekleideten Herrn traf . . . alle waren sie annähernd gleichen Alters . . . nein, es konnte auch jedesmal derselbe gewesen sein. Die Treffs verwoben und vernetzten sich, die dort geführten Gespräche wurden immer banaler und unerheblicher . . . Ersparen Sie mir die Einzelheiten!

Der Nebel der grauen Herbst- und Wintertage, der sich verwaschen dreinsenkte über seine Gänge zum Rathaus und zurück, lag bald für immer über der Stadt . . . und sie verlor sich für ihn in diesem Dämmer. In dem drückenden Dunstlicht erkannte er bald nur noch Schatten, die sich begegneten, oder deren Wege sich nur kreuzten, die einander über die Schulter zunickten, die konspirative Handberührungen austauschten, wenn sie aus den Türen kamen, in die Türen hineingingen, und sich unter schlecht gespielten Hustenanfällen verstohlene Worte zuwarfen. Einer dieser Schatten war er selbst, bald wußte er nicht mehr, welcher Schatten ... welcher ins Rathaus gegangen war, um dort zu plaudern, welcher aus dem Rathaus zurückkam, ärgerlich von Sätzen, über die dort geplaudert worden war ... und er war ärgerlich über seinen im Rathaus zurückgebliebenen Schatten, der dort plaudernd saß ... Ersparen Sie mir, mehr darüber zu sagen!

Schon während jenes ersten abendlichen Besuchs, von dem er sich noch ein ungefähres Bild machen konnte, hatten sie eigentlich nicht mit ihm verhandelt, sondern mit einer Phantasiefigur, mit einer Vorstellung, die sie sich von ihm in ihren Köpfen zurechtgelegt hatten. Der lange Mensch am Türrahmen, hatte der nicht allzu deutlich über ihn hinweggesprochen ... ins Leere? Nicht ins Leere, er hatte sich mit seinen Worten an einen Geist gewendet, der unsichtbar für W. der Wand hinter ihm entstiegen war ... der Lange hatte mit einer Gestalt gesprochen, die W.s Schatten im Hintergrund ausfüllte. Dieser Schatten war eine Projektion ... und doch war er vollkommen aus seinem Wesen gemacht: aus Gedanken, die er noch nicht in seinem Kopf entdeckt hatte, aus Nerven, die er bislang noch nicht benötigt hatte, aus Empfindungen, die er in sich noch nicht erlebt gefunden hatte ... und vielleicht stand dieser Projektion eine Sprache zur Verfügung, die er noch nicht gesprochen, die aber auf Abruf in ihm verweilt hatte. Und er wußte, daß er sie würde verstehen können, wenn er sich erst auf sie einließ.

Sie hatten ihn also völlig übergangen mit ihren Sätzen, die aus verschiedenen Seiten in seine Richtung gesprochen waren; das, was er bis zu diesem Abend gewesen war, hatten sie außer acht gelassen, sie hatten ihn nur als zwischengeschaltetes Medium benutzt für ihre Gedanken einerseits und für ihre Gedanken andererseits, und sie hatten dabei eine Struktur in ihm angesprochen – und zum Leben erweckt –, von deren Existenz sie nur eine rein theoretische Ahnung gehabt haben konnten . . . vielleicht gab es diese Struktur in jedem Menschen, oder in jedem Menschen einer bestimmten Charaktergruppe, zu der W. gehörte? Sie hatten ihn einfach auf diese Struktur hin vervollständigen müssen . . . sie hatten seinen Vorrat an Zeichen, mit dem er umzugehen gewohnt war, mit einem vollständigeren Inhalt versehen . . . er hatte bisher in dem Wahn gelebt, daß ein vollständiger Inhalt ausreichend sein müsse, sie hatten die Steigerungsform dafür erfunden.

Sie brauchten ihn möglichst an verschiedenen Orten zugleich, sie brauchten ihn möglichst zu verschiedenen Zeiten zugleich: dies war nur möglich, wenn den Zusammenhängen ihre Zeitabläufe im nachhinein aufgestülpt wurden: damit verwandelte sich das Leben in eine Theorie: scheinbar war in seinem Innern eine Struktur, die damit gut zurechtkam. Sie hatten zu ihm von verschiedenen Etagen aus geredet, und er hatte funktioniert. – Jetzt mußten sie nur noch die Stimmen seines früheren Lebens von ihm abschotten, damit er sie aus der Distanz wahrnahm, und mußten ihn gleichzeitig lehren, in anderen Stimmen zu reden, in verstellten Stimmen . . . er konnte sich erinnern, daß er den Wunsch, mit verstellter Stimme zu reden, aus sehr früher Kindheit her von sich kannte. Ging es vielleicht um irgendwelche Prägungen aus seiner frühen Kindheit, die wiedererweckt werden sollten? – Vage dachte W. daran, daß er in seiner Kindheit stets auf der Flucht vor seiner Mutter gewesen war . . . und damit vielleicht unbewußt auf der Suche nach seinem Vater?

Soweit er sich erinnerte, hatte er schon nach wenigen Tagen Veränderungen an sich zu bemerken geglaubt. Er war nicht mehr ganz bei seinen Dingen, nahm sie plötzlich auf ungewisse Art leichter als sonst. Während seiner Frühschicht im Betrieb stellte ihn einer der Meister zur Rede,

weil er in kurzer Zeit mehrmals schon nach der Mittagspause verschwunden gewesen sei. Anstelle des üblichen
stammelnden Suchens nach einer Ausrede, wie er es von
sich kannte, hatte er dem Meister eine Abfuhr erteilt: Auch
ihn habe er nicht mehr im Betrieb gesehen zu dieser Zeit,
und mehrere andere aus der Bereichsleitung auch nicht, im
Gegenteil, beim Verlassen der Werkshalle habe er sie hinten im Hof gesehen, damit beschäftigt, während der Arbeitszeit ihre privaten Wagen zu waschen. Da habe er die
Lust verloren . . . übrigens stünden ihm bessere Aussichten
offen in der nächsten Zukunft. Besseres, als seine Zeit
damit totzuschlagen, in diesem Betrieb Löcher aufzureißen, weil andere, gerade auffällige vorübergehend zuge-
stopft werden müßten.

Er erinnerte sich, dies mit einer Stimme vorgebracht zu
haben, die den Meister hatte zusammenzucken lassen. Es
hatte dem Mann die Sprache verschlagen, W. hatte genügend Zeit, sich ruhig umzudrehen und außer Reichweite
zu gehen, mit aufrechtem Haupt durch den Maschinen-
lärm nach hinten lauschend. Und der Meister verfolgte ihn
nicht; W. sah ihn später mit ernster Miene hinter dem
Glasfenster des Hallenbüros sitzen, und mit wenig Farbe
im Gesicht, wie W. erkennen wollte. Es wurden in dieser
Woche keine Autos mehr auf dem Betriebshof gewaschen . . . der Meister mußte gespürt haben, daß hinter W.s
Rede mehr gesteckt hatte als ein Scheinangriff. W. war über
sich selber erstaunt gewesen: er hatte wirklich gesprochen,
als habe er einen Rückhalt hinter sich, von dem niemand
etwas ahnte.

Und dann war es ihm erneut vorgekommen, als werde er
von seinen Kollegen gemieden. Früher hatte er diesen Eindruck bestimmten Zufällen zugeschrieben: jetzt stellte er
fest, daß sie verstummten, wenn er den Aufenthaltsraum
betrat, in dem sie saßen und Bier tranken . . . es fehlte nur
noch, daß sie vor ihm ihre Bierflaschen versteckten. Nein,

sie versteckten die Bierflaschen nicht, wie sie es beim Eintritt des Meisters getan hätten, sie verstummten und wechselten das Gesprächsthema . . . das Gesprächsthema hätten sie beim Eintritt des Meisters nicht gewechselt. Wahrscheinlich fielen ihm plötzlich Dinge auf, die es schon immer gegeben hatte . . . auf sonderbare Weise schärfte sich ihm das Bewußtsein für Dinge, an die er zuvor nie gedacht hatte. Ob er wollte oder nicht, seine Aufmerksamkeit für Kleinigkeiten wuchs an . . . ob er wollte oder nicht, er verhielt sich wie ein Mensch mit andauernd geschärftem Blick für die Eigenheiten der Leute, für das Zusammenspiel dieser Eigenheiten in der Gemeinschaft des Betriebs. Er registrierte plötzlich Banalitäten, er hatte ein Sensorium für Bedeutungslosigkeiten entwickelt . . . ihm fiel auf, daß sie sich zunickten, wenn er an sie herantrat; wenn sie zu dritt oder zu viert schwatzend beisammen standen im Werkslärm und er vorbeiging, verständigten sie sich mit den Augen . . . er erfuhr nicht mehr das letzte Fußballergebnis von ihnen, das sie sich gerade mitgeteilt hatten; wenn er danach fragen wollte, gingen sie wortlos auseinander. – Es fiel ihm ein, daß er einmal von etlichen Kollegen beobachtet worden war, als er sich Notizen für eins seiner schriftstellerischen Vorhaben gemacht hatte, das er nach Feierabend fortzuführen gedachte . . . sie hatten versucht, mit den übelsten Tricks hatten sie es versucht, ihn darüber auszuhorchen . . . er hatte damals gespürt, wie er von ihnen beobachtet worden war, unablässig hatte er sich von ihren Augen abgetastet gefühlt, er war das alleinige Thema ihres Mißtrauens gewesen, sie hatten an ihm geschnüffelt . . . allerdings aus der Entfernung, aber mit nicht nachlassendem Eifer (mit erhöhter Wachsamkeit!): es waren ihnen Stielaugen aus den Hinterköpfen gewachsen, wenn sie ihn hinter sich wußten. Er hatte sie daraufhin zur Rede stellen wollen, zumindest einen von ihnen, denjenigen, den er am längsten kannte, aber es war ihm unmöglich gewesen.

Dann hatte er versucht, das Ganze zu ignorieren. – Nun hatte sich die Sache umgekehrt ... jetzt hatten sie beschlossen, die Sache zu ignorieren.

Einmal, oben im Speisesaal, stellte er fest, daß er allein geblieben war an seinem Tisch ... und gleich darauf wurde ihm deutlich, daß er schon seit mehr als einer Woche allein am Tisch im Speisesaal gesessen hatte, wo er in schnellem Tempo seine Suppe verschlungen und sich kaum Zeit für eine Tasse Kaffee genommen hatte. Seit einer Woche hatte er gefressen wie ein Aussätziger, weil er ungesehen bleiben wollte. Dabei war es gar nicht so, daß sie ihn sahen ... scheinbar gedankenlos gingen sie alle an seinem Tisch vorbei, an den übrigen Tischen drängten sie sich und spielten Karten mit lautem Stimmenaufwand; wer noch hereinkam, suchte sich einen Stuhl und schob ihn an einen der schon überbesetzten Tische, lieber stellte er die Suppenschüssel auf engstem Raum ab, zwischen umherfliegenden Kartenblättern, zwischen die Aschenbecher, in denen die ungelöschten Kippen qualmten ... an einem solchen Tag beschloß W., seine Kündigung einzureichen.

Können Sie uns einen vernünftigen Grund angeben, warum Sie nicht mehr kommen wollen? fragte ihn im Rathaus einer der Herren im grauen Anzug. Uns wäre es auch lieber, wenn wir Sie nicht einbestellen müßten. Am liebsten würden wir Sie an einem Ort Ihrer Wahl aufsuchen. Können Sie uns einen solchen Ort nennen?

Weil ich im Betrieb herumlaufe, als hätte ich eine ansteckende Krankheit, sagte W. Nein, es gibt hier in dieser Stadt keinen Ort, wo man sich ungesehen treffen kann, hier bewegt man sich immer vor aller Augen ... nein, es müßte ein unterirdischer Platz sein.

Sie haben recht, es ist schrecklich in diesen Kleinstädten, sagte der andere. Wollen Sie, daß wir Ihnen eine neue Arbeitsstelle besorgen? Was meinen Sie übrigens mit einem unterirdischen Ort ... kennen Sie so einen Ort?

Nein, sagte W., nein, eigentlich arbeite ich sehr gern in diesem Betrieb!

Was wollen Sie also machen?

Ich werde nicht mehr zu Ihnen ins Rathaus kommen . . . und ich werde meine Kollegen auf die Sache hin ansprechen!

Der Herr im grauen Anzug grinste: Das würde ich nicht tun . . . ich rate Ihnen ab aus Erfahrung . . . Dekonspiration ist eine harte Sache, dazu braucht man viel Sturheit. Und man muß auf alles verzichten können . . . und dann hat man plötzlich erst die Feinde, die man sich vorher eingebildet hat. Und man kann als Schriftsteller nicht auf alles verzichten . . . man braucht eine Schreibmaschine, Briefmarken, man braucht Kontakte . . .

Auch im Verhältnis zu seiner Mutter war es zunehmend zu Irritationen gekommen. Er schob es anfangs auf die beengten Räumlichkeiten, die er mit ihr zusammen bewohnte. Da es zuwenig Platz für seine Schreibversuche gab, hatte er sich daran gewöhnt, abzuwarten, bis sie zu Bett gegangen war; es hatte ihm genügt, danach ein bis zwei Stunden seiner Schreibarbeit zu obliegen, bis er selbst von der Müdigkeit eingeholt wurde. Nun plötzlich fühlte er sich aus irgendwelchen Gründen eingeschränkt und begann seine Sitzungen bis in die Morgenstunden auszudehnen, – wodurch er, wenn er Frühschicht hatte, kaum einmal rechtzeitig aufzustehen vermochte und nicht mehr pünktlich im Betrieb erschien. Aber auch an den Nachmittagen schrieb er jetzt immer häufiger, er blockierte die Küche und reagierte auf die Anwesenheit oder auf das bloße Eintreten seiner Mutter immer ausfallender. Vor dem Abendessen traf sie ihn immer öfter am Tisch schlafend an, wenn sie die Teller hinstellte, erwachte er übellaunig und fuhr sie an, – meist endeten ihre Streitigkeiten damit, daß er drohte, sich eine andere Wohnung zu suchen. Seine Mutter, die eine stille bescheidene Frau war, erschrak darüber, dennoch drückte sie ohne Genugtuung ihre Besorgnis darüber aus, daß er Schwierigkeiten haben werde, eine passende Wohnung zu finden. – Man wird mir helfen, eine Wohnung zu finden, sagte er. Ich habe Unterstützung! – Niemals war es zwischen ihnen zu einem Gespräch über seine Schreibversuche gekommen. Mit der Zurückhaltung, die der alten Frau eigen war – die unabänderlich glaubte, niemals etwas von dem Tun ihres Sohnes verstehen zu können –, hatte sie sich stets in einen lautlosen Schatten verwandelt, wenn sie ihn in der für ihn längst typischen Haltung antraf, über seine Hefte gebeugt, die ihn ganz in Anspruch zu nehmen schienen ... und nun behauptete er, daß er gerade durch ihr stummes Umherhuschen am meisten gestört werde, ja daß es geradezu inszeniert sei zu seiner Störung, – ihr andauerndes schweigsames und vorsichtiges Umkreisen seiner Person sei eine unbewußte Inszenierung und der Ausdruck ihres Mißtrauens gegen die Notwendigkeit seines Schreibens. Sie ließ von der Vorbereitung des Abendessens ab und verschwand im Nebenzimmer; sie hatte natürlich kein Wort von dem verstanden, was er gesagt hatte. Und er selber verstand sich kurze Zeit später ebensowenig, er wußte nur, daß er erst seit ein paar Wochen zu derlei Spitzfindigkeiten fähig war.

Vielleicht gab es in letzter Zeit etwas, von dem er sein Schreiben bedroht glaubte ... es war keine konkrete Bedrohung, niemand wollte ihn hindern. Es reichte vielleicht aus, daß es seit kurzem Leute in der Stadt gab, die ihn als Schriftsteller *anerkannten*. Ja, sie bestärkten ihn in seiner Eigenschaft als Schriftsteller: es war eine Herausforderung, der er erst noch gerecht werden mußte.

Im Betrieb gaben sie ihm den Rest damit, daß sie ihn eines Tages dort aufsuchten. Es war der Freitag einer Frühschichtwoche, an welchem er seiner Unpünktlichkeit den Gipfel aufsetzte, indem er zwei Stunden zu spät in der

Fabrik erschien. Der Werksmeister kam ihm mit bleichem Gesicht entgegen, W. war auf eine üble Standpauke gefaßt, deshalb überraschte ihn die zitternde Stimme seines langjährigen Vorgesetzten, den er so noch nie sprechen gehört hatte. Der Meister murmelte, kaum hörbar in dem Maschinengedröhn, er solle sich gar nicht erst umziehen, er werde schon seit einer Stunde oben im Ingenieurbüro erwartet.

Die beiden ineinander übergehenden Zimmer der Bereichsleitung waren von allem Personal geräumt worden; zwei Ingenieure und drei weibliche Schreibkräfte hielten sich, zusammengeschart und wortlos, am Ende des Ganges auf, wo sie am Fensterstock lehnten, betreten blickend und aus dem Domizil ihrer Macht vertrieben; sie erwiderten W.s Gruß nicht, als der die Treppe heraufkam. Im hinteren Ingenieurbüro, also im Allerheiligsten, saßen der saloppe Herr im unverwechselbaren grauen Anzug und sein langaufgeschossener Gehilfe, jener, der einst W.s Türrahmen überragt hatte, er war bekleidet mit einem grünen Skianorak aus abgesteppten, seidig glänzenden Stoffzusammensetzungen. Am Garderobenständer des Bereichsleiters hing kein Ledermantel, sondern nur eine mittellange, hellbraune Wildlederjoppe mit Pelzkragen. – W. war auf schreckliche Weise unausgeschlafen und kaum fähig, dem saloppen Herrn zu folgen – und er fragte sich ununterbrochen: *Wen* habe ich *jetzt* vor mir ... aus der Serie der Graubetuchten, oder gibt es davon nur einen einzigen, der sechs verschiedene graue Anzüge besitzt? –, und außerdem wollte er ihm nicht folgen, als dieser ein plauderndes Gespräch begann (während der Jüngere im Anorak schwieg und sich darauf beschränkte, den kurzgeschorenen Kopf nicken zu lassen, entweder ernsthaft oder heiter lächelnd, je nachdem es die locker referierten Sätze seines Oberen erforderlich machten). Es war nicht unbedingt ein Rätsel für W., weshalb das Gespräch ausgerechnet hier im Betrieb stattfinden mußte, denn keineswegs schien es sich um

Neues oder Dringliches zu drehen; außerdem war es kein Gespräch, denn W. gab fast nie eine Antwort . . . er war damit beschäftigt, an die Folgen des Besuchs zu denken, den sie unten in der Halle sicher mitgekriegt hatten: selbstverständlich hatten alle ihn mitgekriegt, und wenn er sich nicht täuschte, war genau dies die einzige Absicht des Besuchs.

Aus Empörung über diese Gemeinheit war W. erst zum Abschluß des Gesprächs aufnahmefähig . . . matt erinnerte er sich, daß es dabei um das Verständnis gegenüber den Nöten eines Betriebs wie diesem ging, die auf den Mangel von Arbeitskräften zurückzuführen waren; konkret, es wurden seit ein paar Jahren in jedem Winterhalbjahr Leute aus der Montageabteilung in das Kesselhaus abgestellt, wo es an Heizungspersonal fehlte; zu diesen Leuten hatte W. seit zwei Wintern gehört, was ihm ganz gut gefiel, unter anderem, weil er in der Heizung wenig unter Aufsicht stand . . . die Quintessenz der Unterhaltung war: bei aller Liebe könne man kein dauerhaftes Verständnis mit solchen Maßnahmen aufbringen, weil die Leute an ihrer Weiterentwicklung gehindert würden. Nachdem der dienstältere Besucher mit diesem Satz das vorläufig letzte ernsthafte Kopfnicken seines Untergebenen erwirkt hatte, legte er ein schmales Büchlein auf den Tisch, in einen schwarzglänzenden Pappeinband gebunden, und deutete mit der Zigarette, die er sich gerade angezündet hatte (im Allerheiligsten des Bereichsleiters durfte unter keinen Umständen geraucht werden), auf den Titel. Dieser lautete »Mit Volldampf in den Morgen«; es handelte sich um eine »Werkstatt-Anthologie der Arbeitsgemeinschaft Schreibender Eisenbahner«, wie darunter zu lesen stand, diese Arbeitsgemeinschaft tagte in der Kreisstadt Z., wo man die Broschüre auch herausgegeben hatte.

Sehen Sie sich das an! sagte der saloppe Herr.

Zögernd schlug W. ein paar Seiten in der Mitte auf, von

weitem und das Heft nicht von der Tischplatte hebend, er erkannte Wortreihen, die in Vers- und Strophenform angeordnet waren; er klappte die Broschüre wieder zu.

Eigentlich halten wir diese Publikationen ... fast alle in dieser Art ... rund heraus für Mist, Verzeihung! sagte der Herr. Sie natürlich auch, und Sie wollen da bestimmt nicht mit hinein. Trotzdem wäre es ein erster Schritt, außerdem, so ein Buch könnte durch Sie gewaltig gewinnen.

Dann würde wenigstens etwas Lesbares drinstehen! ließ sich erstmals der Jüngere im grünen Anorak vernehmen.

Diesmal nickte der Ältere: Und wir müßten uns nicht dauernd einmischen! Und nicht, wie in dem Fall, die Leute bitten, wenigstens ihren absolut lachhaften Titel zu ändern.

Der Junge im grünen Anorak stieß ein kurzes Lachen aus und erklärte den letzten Satz: Sie konnten sich nicht zwischen zwei Titeln entscheiden. Einer hieß, Mit Volldampf in *das* Morgen, der andere hieß, Mit Volldampf in das Morgenrot. Wir sagten ihnen also, wenn Ihr Euch schon nicht für eine Diesellok entscheiden könnt, also nicht für den Fortschritt, dann müßt Ihr aber mindestens: ... in *den* Morgen! nehmen.

Na immerhin! sagte der Ältere. Das wäre alles vollkommen unnötig, wenn zum Beispiel Sie der Leiter dieser Arbeitsgemeinschaft wären. Trotzdem würden wir Ihnen gar nicht raten wollen, einen solchen Zirkel zu leiten, Sie hätten es da in der Regel mit Banausen zu tun. Das einzige wäre, Sie würden öfters freigestellt von der Arbeit, man müßte Ihnen Raum geben für Kulturarbeit. Darüber sollte man nachdenken, obwohl ich, das sage ich ganz offen, der Meinung bin, Sie sollten eigentlich nur noch schreiben. Und diese Arbeit hier ... jeden Winter in diesem Kesselhaus ... wir haben uns erlaubt, einen Blick hineinzuwerfen ... diese Arbeit könnten Ihre neunmal klugen Kollegen auch allein machen.

Sie machen das schon viel zu lange, Sie haben genügend Erfahrungen gesammelt! fügte der Junge hinzu.

Spaß beiseite, mit Ihnen hätten wir etwas Besseres vor, sagte der Ältere; er rückte das Heft noch einmal in W.s Richtung und erhob sich. Das können Sie mitnehmen, wenn Sie wollen.

W. schob die Anthologie angewidert beiseite und sagte: Nein ... ich habe mich schon anders entschieden. Ich werde sowieso nicht im Betrieb bleiben. Und auch hier in dieser Stadt werde ich nicht bleiben.

Wo wollen Sie denn hin? fragte der saloppe Herr; die beiden waren schon an der Tür, nur W. saß noch auf seinem Platz. Wollen Sie in die Stadt, wollen Sie nach Leipzig oder Berlin ... Berlin wäre freilich für Sie der beste Ort. Und Sie hätten mich dort los ... und ich Sie, das würde ich sehr bedauern. Aber sagen Sie früh genug Bescheid wegen einer Wohnung in Leipzig oder Berlin.

Ich glaube, Leipzig kommt für mich in Frage, erwiderte W.

Im Grunde hatte W. gern in seinem Betrieb gearbeitet, trotz aller Konflikte, die er zuweilen nicht mehr aushalten mochte. Aber seine Kollegen nicht mehr sehen ... plötzlich war ihm diese Aussicht unerträglich. Eigentlich hatte er sie alle auf unerfindliche Weise geliebt, mit all ihrer Sturheit und Schafsdummheit, ihrer Demut und Arroganz, mit all ihren verbissenen, verfolgungswahnsinnigen Gedanken. Nun machten sie Miene, ihn nicht mehr sehen zu wollen, nun blätterte unter seiner schwarzen Schafsfarbe das Grau hervor; zäh, wie sie waren, hatten sie es endlich hervorgekratzt.

Unten in den Werkshallen herrschte eine eisige Atmosphäre, er lief wie ein Schlafwandler umher, die Mauer von Feindseligkeit, der er sich gegenübersah, hatte nun schon etwas Drohendes angenommen ... der Meister war den ganzen Tag über nicht zu sehen, man wußte, daß oben in

der Bereichsleitung nicht enden wollende Beratungen stattfanden ... er hätte gewettet, daß er dort ein Thema war. Die
Sekretärin aus dem Meisterbüro, der die ungute Stimmung
nicht verborgen geblieben war, sprach ihn kurz vor Feierabend an: Sie sollen nächste Woche wieder ins Kesselhaus,
machen Sie für drei Wochen Nachtschicht, dann sind Sie
hier aus der Schußlinie. Wir haben das so geregelt. – W. war
erleichtert ... Glauben Sie, ich rede freiwillig mit denen?
fragte er. – Keine Ahnung! Aber Sie tun es jedenfalls, und
das denken alle. Ich würde mir das überlegen. Übrigens,
ich soll Ihnen nichts sagen davon, aber Sie können es sich
selber denken, der Meister würde eine Kündigung von
Ihnen jetzt sofort annehmen!

Er war zu noch keinem Entschluß gekommen während
der beiden folgenden Wochen, die er im Keller des Kesselhauses zubrachte; ruhig versah er den Dienst als Heizer
und nutzte die Zeit des Alleinseins zum Schreiben. Vielleicht hatte er geglaubt, den Unmut, der sich um seine
Person versammelt hatte, unten im Kesselhaus aussitzen
zu können, warten zu können, bis das Ganze an ihm vor-
über- und abzog ... was allerdings, so dachte er, eine be-
währte Methode im Land war: man löste aufgekommene
Konflikte nicht, sondern ließ sie altern, bis sie an Alters-
schwäche eingingen. Außerdem blockierte das Schreiben
seine Gedanken; im Kesselhaus war die zu bewältigende
Arbeit zwar hart, nahm aber nicht viel Zeit in Anspruch, da
es hauptsächlich darauf ankam, in möglichst kurzer Zeit
möglichst viel Kohle in die Kessel zu schaufeln ... so
gingen ihm, wenn er über seinen Heften hockte, die Stunden manchmal noch zu schnell vorbei, und besonders zu
Schichtende beschlich ihn das Unbehagen erneut, wenn er
aufblickte, wenn er das grelle Lärmen der Mopeds im
Werkhof hörte, auf denen die ersten Schlosser zur Arbeit
einfuhren ... und er war auf einmal hellwach und fragte
sich, was am Ende der drei Wochen sein würde. Er fragte

sich, wie er selbst sich anstelle seiner Kollegen verhalten hätte. – An deren Stelle, dachte er dann, hätte ich mir nie verziehen. – Er hatte Glück, die Temperaturen sanken rapide, der letzte der Stammheizer ließ sich krankschreiben, und W. wurde weiterhin im Kesselhaus gebraucht . . . dieser Heizer war immer schon krank gewesen, er hatte aber durchgehalten, nun lag der Verdacht nahe, daß ihm der Meister der Montageabteilung empfohlen hatte, endlich einmal zum Arzt zu gehen. Man wollte ihn also oben in der Montagehalle nicht haben . . . es ließ sich dennoch nicht vermeiden, daß er tagsüber auf eine halbe Stunde oben war: man behandelte ihn zurückhaltend, ja mit Kälte, aber man ließ ihn in Ruhe . . . im Grunde konnte der Zustand durchgehen als die etwas höhere Stufe des allgemeinen Argwohns, wie er in großen Industriebetrieben allenthalben zu herrschen pflegt . . .

So konnte man es hinnehmen! – Erst sehr viel später hatte W. durch Zufall erfahren, daß sie den Betrieb, während er im Kesselhaus weilte, noch einmal aufgesucht hatten, wahrscheinlich um die Wirkung ihrer ersten Visite abzuschätzen. Und dabei war etwas passiert, woran sie wohl nie gedacht hatten: als sie auf dem Weg zum Kesselhaus waren, hatte sich dort vor dem Eingang eine Gruppe von Leuten aus der Montagehalle aufgestellt, es hatte ausgesehen wie eine Blockade, ihre Gesichter hätten finster und entschlossen gewirkt, und vor ihnen der kleine, dürre und krummbeinige Meister, gesträubten Haars und flatternd vor Erregung – sie hätten ihn von hinten stützen müssen, hieß es –, der beim Sprechen stets Unmengen von Speichel verlor, und dieser hätte sie mit kaum verständlicher Fistelstimme angeschrien: Das Betreten des Kesselhauses ist für Unbefugte ver . . . verboten! – Und sie waren abgedreht und aus der Halle verschwunden.

Vielleicht wäre alles anders geworden, hätte er früh genug davon erfahren. – Mit dauernder Angst hatte er auf sie gewartet, sie kamen nicht, langsam setzte etwas wie Erleichterung ein . . . eine neuerliche Vorladung ins Rathaus, Zimmer siebzehn, ignorierte er, und auch danach besuchten sie ihn weder im Betrieb noch in der Wohnung. Übrigens war für die Vorladung nicht der gewöhnliche drohende Vordruck verwendet worden, diesmal war es nur ein Zettel im Kuvert, auf dem in Schreibmaschinenschrift die *Bitte* ausgesprochen wurde, sich zu einem *gelegentlichen Gespräch* bereit zu finden, in drei Tagen. Der Zettel trug weder Absender noch Unterschrift . . . er wußte damals noch nicht, daß ein solches unverfängliches Papierstück den Beginn einer neuen Phase bezeichnete. Er zerriß es und warf es in den Ofen . . . er hatte es nie gesehen! Der Termin verging und nichts geschah.

Vielleicht war dies der Moment, in dem seine Schlafphase eingesetzt hatte; er wußte es nicht, wahrscheinlich war es unerheblich, es war der Augenblick, von dem an alle Zeitbegriffe für ihn verwischt waren. Es hatte irgendwann in diesem Winter begonnen, vielleicht damit, daß die Vorladungen aufhörten, auf denen noch irgendwelche Zeitangaben zu finden waren, und damit, daß er dem saloppen Herrn in der gelbbraunen Wildlederjacke – inzwischen wußte er, daß dieser Herr der »Chef« war – nur noch, scheinbar zufällig, in den Straßen der Stadt begegnete. – W. schrieb in dieser Zeit mit einer Intensität, wie er sie noch nicht an sich gekannt hatte, Gedichte und kurze, ein- bis zweiseitige Prosaminiaturen; es waren Partikel, die ihm sozusagen im Halbschlaf aus der Feder fuhren, oder in Augenblicken der Gegenwehr, wenn sich etwas Unbekanntes in ihm auflehnte gegen die dumpfe Verfassung, die ihn sonst beherrschte. Es war tatsächlich etwas ihm Unbekanntes, er hatte keinen Ausdruck mehr dafür, die Auflehnung in ihm war ein Relikt aus jener Zeit, in der er noch ohne diesen Schlaf gelebt hatte. Und in der Tat spürte er sich den ganzen Tag über kaum, seine Mutter traf ihn fast nur noch zusammengebrochen an, in sitzender Haltung am Küchentisch, die Stirn auf den Unterarmen, vor den geschlossenen Augen seine wild beschriebenen Blätter, auf denen die Wörter kaum noch mehr als waagerecht fliehende Linien waren. Leise und händeringend ging sie hinter seinem Rücken vorbei; wenn er einmal hochfuhr, verscheuchte er sie mit fremder bellender Stimme, mit Schreien, die er selber nicht mehr verstand.

Im Betrieb war er eine bleiche übernächtigte Figur, unpünktlich, unzuverlässig, es waren ihm nicht mehr die einfachsten Aufgaben zuzumuten; dabei war er aufsässig, unansprechbar, von einer abgespannten, hochempfindlichen Aggressivität, in der er an ein ewig gereiztes Insekt erinnerte. Der Meister vermied jedes unnötige Wort an ihn, man sah es dem Alten an, daß er einen solchen Arbeiter am liebsten losgeworden wäre; und er ließ ihn bald für immer in der Heizung verschwinden.

Die Schlafphase – W. hatte für sich beschlossen, diese Wochen und Monate so zu nennen; er erinnerte sich an sie nur mit Grausen – war eine Zeit, in der er überhaupt nicht zu schlafen schien. Er wußte von diesem Winter nur noch, daß er das Gefühl gehabt hatte, es werde ihm das Hirn bis auf letzte fade Reste leergesogen, bis auf die notwendigsten Funktionen, die ihm das Überleben gerade noch möglich machten; und es war eine Zeit, in der eine starke Kälte in ihm heranwuchs ... und so war er vielleicht unempfindlich geworden für seine nächtlichen Wege durch den Frost von Berlin.

Der Winter dieses Jahres – seines letzten Jahres in der Kleinstadt – war lang anhaltend, eisig und trocken, er blieb beinahe ganz ohne Schnee. Andauernd standen die dichten, beißend kalten Nebel in den Straßen, die mit den schwefligen Abgasen schlecht brennender Kohle geschwängert waren, die ganze Stadt befand sich im Würgegriff dieser lastenden und unbeweglichen Atmosphäre. Die

Straßen belebten sich nur für wenige Stunden am Spätnachmittag, wenn in den Fabriken Arbeitsschluß war.
Dann füllte sich das gespenstisch beleuchtete Zentrum um
den Marktplatz mit eiligen und vermummten Fußgängern,
welche die unerläßlichsten Einkäufe erledigten, und mit
einer Vielzahl kriechender und rauchspeiender Autos, deren sich überkreuzende Scheinwerferstrahlen das hastige
Wirrwarr vollends in Stücke rissen, in dem jeder auf einer
sinnlosen Flucht für sich war. Die Lebensmittelmengen in
der Stadt erschienen immerhin ausreichend, wenn auch
jede Abwechslung in den Angeboten fehlte, so daß es zumindest keine Käuferschlangen gab. Wenn W. von seinen
Versorgungsgängen zurückgekehrt war, spürte er den Geschmack der Stadt in seinen Schleimhäuten und hatte ihre
Bitterkeit in den Lungen, es war, als ob sich die Luft und der
Nebel zwischen den Häusern irreversibel mit Gift füllten ... aber vielleicht, so dachte er, lag es auch an der
Qualität der Kohle, die er auf Arbeit zu verfeuern gezwungen war. Sie glich mehr einem vormals nassen, nun aber
steinhart gefrorenen Erdbrei, mit Sand und Grasklumpen
vermengt, und sie war kaum noch als Brennmaterial zu
bezeichnen. Die Greifwerkzeuge klaubten wahrscheinlich
die allerletzten Reste aus den Lagerstätten, es war eine
Kohle, die nicht brannte, sondern schmorte und schwelte.
Und der Geruch, den sie absonderte, sank braungelb und
bleischwer in die Straßen, und auch das Tageslicht drang
kaum durch diesen Dunst. Wenn die Lebensmittelhand-
lungen um achtzehn Uhr geschlossen wurden, starb die
Stadt aus; binnen einer halben Stunde fiel Schweigen zwischen die Häuser, die mit einem Mal, alle gleichzeitig,
verriegelt und verschlossen erschienen, als sei die Stadt vor
dem Eindringen feindlicher Kräfte gewarnt worden. Die
Innenstadtbeleuchtung war aus Ersparnisgründen auf ein
Minimum reduziert worden; die schweigenden, zusam-
mengescharten Gebäude verharrten wie in Erwartung

eines riesenhaften, alles zertrümmernden Schlags ... und es war tatsächlich ein Belagerungszustand, der sie in Atem hielt: es war die Belagerung durch den Winter; irgendwann im Dezember waren die Thermometersäulen abgestürzt, seitdem blieben sie auf beängstigendem Tiefstand, als seien sie eingefroren. – Wenn sich die Stadt in der Frühe wieder belebte, wenn hinter den Fabrikfenstern das Licht aufflammte, sah W. die Arbeiter, dick angezogen, die Arme um den Leib gewickelt, die Köpfe eingezogen, dem Werk zuhasten ... es war einer der Momente, die er stets für *poetisch* gehalten hatte. – Er selbst ging nicht mehr in den Betrieb, er hatte es eines Tages einfach seinlassen ... eines Morgens war er am Küchentisch aufgewacht, es war schon eine Stunde zu spät, seine Mutter hatte ihn nicht zu wecken vermocht, oder sie hatte geglaubt, er habe eine andere Schicht ... er war zum Fenster gegangen und hatte in die gelähmte Stadt geblickt, es war noch dunkel, und die Stadt war ihm plötzlich wie unterirdisch erschienen, zugeschüttet und begraben. Dies hatte er sich aufschreiben müssen, darüber war die Zeit unmerklich hingegangen ... längst war man im Betrieb an der Arbeit, ohne ihn ... er sah die Arbeiter vor sich, wie sie früh in die schwach beheizten Werkshallen kamen und ihre zynischen Bemerkungen machten: Jetzt noch zehn Zentimeter Schnee, und wir können das Land abliefern! – Ja, sagten sie, bloß niemand will es nehmen. – Und deshalb machten sie weiter ... und der Schnee kam nicht: es sah so aus, als ob das Land diesen Winter noch überstehen könne ...

W. war es zufrieden, daß ihm in der Stadt kein Mensch begegnete, der mit ihm sprechen wollte. Es kam ihm vor, als habe man auch in der Öffentlichkeit begonnen, ihn zu meiden: ein Industriebetrieb von der Größe desjenigen, in dem er angestellt gewesen war, beherrschte die Öffentlichkeit einigermaßen, und schnell fanden die Meinungen, die sich unter den Arbeitern gebildet hatten, ihren Weg auch in die Stadt. Wenn ihn doch jemand ansprach, beeilte er sich zu versichern, daß er nach Leipzig umzuziehen gedenke . . . und gleich darauf wußte er in der Regel nicht mehr, wen er getroffen hatte: es war an der Zeit, vorsichtig zu sein mit seinen Äußerungen! – Er traf im Halbdunkel der Stadt den saloppen Herrn mit der Wildlederjoppe, den »Chef«, der stehenblieb und ihn grüßte. – Daß Sie in diesem Gift herumlaufen . . . sagte W., in die Höhe deutend . . . In Leipzig ist es auch nicht viel besser! wurde ihm nachgerufen. Oder er ging einfach an ihm vorbei, als habe er ihn nicht bemerkt, der »Chef« hatte den Mund geöffnet, doch war es, als habe ihm der Frost die Stimme nicht ins Freie gelassen . . . trotzdem wußte W. kurz danach nicht mehr genau, ob sie nicht eine knappe Unterhaltung geführt hatten. – In einem Gemüsegeschäft, wo er das letzte Kilo Kartoffeln kaufte, traf er den Gehilfen des Chefs im grünen Anorak, der am Ladentisch lehnte und eine Flasche Bier trank. Schnell entschlossen verlangte W. ebenfalls eine Flasche Bier (vielleicht, um von dem Grünen zu erfahren, was sie über seinen Umzug nach Leipzig dächten) . . . Leider nur zum Mitnehmen! erwiderte der Grüne anstelle der Verkäuferin. Denn es ist schon Ladenschluß! – Er spiegelte also vor, W. überhaupt nicht zu kennen, dennoch erkannte W. das gleiche unsichere Flackern in den Augen des Langen, mit dem dieser, es mußten seitdem Monate vergangen sein, einmal an seinem Türpfosten gelehnt hatte. Es war tatsächlich drei Minuten vor sechs; W. ging ohne das Bier davon und wanderte, mit dem Kartoffelnetz in der behandschuhten Faust, durch die Straßen, die sich von den Passanten leerten, fluchtartig, wie es ihm vorkam. – Dies war sie also, die Schlafphase, er ging wie ein Gespenst durch die Stadt, man blickte durch ihn hindurch . . . ein Ereignis gab es, als sei noch nicht jede Form von Realität aus dem Leben dieser Stadt geschwunden: er traf Cindy, hielt sie an und sagte, er wolle ihr die Uhr zurückgeben. – Die Uhr? Warum zurückgeben ... sagte sie. Nein, er solle sie ruhig behalten, er werde sie schon noch brauchen. Und wenn nicht, dann sei sie ein Andenken. – Er hatte die Uhr beim Würfelspiel in einer Kneipe von Harry als Pfand erhalten, als der seine Rechnung nicht bezahlen konnte ... Es ist die Uhr von Cindy, hatte er gesagt, sie gehört dir, bis ich wieder Geld habe. – Zum letzten Mal traf er Cindy in der kältesten, am wenigsten erträglichen Zeit dieses Winters unter dem verschwommenen, eisenfarbenen Tageslicht, als sie einen altmodischen Kinderwagen auf leise quietschenden Rädern vor sich herschob. Sie wollte schnell an ihm vorbei, aber er fragte sie, wie es dem Kind gehe. – Und wie es mir geht, willst du nicht wissen? erwiderte sie. – Das kurze Gespräch, das sie führten, war fast ein Gespräch unter Fremden, doch schien ihm, als ob in ihrer Stimme ein unterdrückter Haß bebte ... Wie solls ihm schon gehen, sagte sie, vielleicht schlecht ... vielleicht merkt er es gar nicht mehr! – Dabei nickte sie in Richtung des Kinderwagens, unter der geflickten, mit schmuddligen Heftpflasterstücken verklebten Plastikplane war es unheimlich still. W. hatte die Worte für einen jener rohen Scherze gehalten, derer man in dem Kreis, in dem Cindy verkehrte, stets gewärtig sein mußte. – Ist er krank, dein Sohn? fragte W. und sah auf das winzige Bündel im Wagen, das unter den fahrlässig dünnen Decken völlig reglos war. – Krank oder tot, so als obs von dir wäre, sagte Cindy gehässig. Und nach einer Weile: Es ist eine Schande, so einem Staat ein Kind zu machen! In diesem Staat ein Kind in die Welt setzen ... das ist gar nicht wiedergutzumachen. – Sie sagte es mit einer seltsam klaren Stimme; W. war erleichtert, daß ihr Zorn ein anderes Ziel gefunden hatte: Warum stellst du keinen Ausreiseantrag? – Wir haben die Chance, in Berlin eine Wohnung zu kriegen. Dann geht es uns vielleicht ein bißchen besser ... – W. erklärte, daß er ebenfalls die Absicht habe, wegzuziehen ... Allerdings lieber nach Leipzig!

Immer im Anschluß an solche beiläufigen Begegnungen hätte er nicht mehr dafür geradestehen können, daß diese wirklich stattgefunden hatten ... Woran liegt das? fragte er sich. – Daran, daß mich niemand mehr nach meinen Begegnungen fragt! antwortete er. – In der Tat fragte jener Herr, den er den »Chef« nannte, kaum noch nach dem, was ihm täglich widerfuhr ... Literatur! – den Herrn interessierte nur noch das Thema Literatur. – Und darum waren alle Dinge in diesem Leben nur noch Einbildungen für mich, sagte er sich später. Und sie waren so deutlich eingebildet, als hätte er sich einen Existenznachweis schaffen müssen für diese Zeit ... als würde einmal einer kommen und fragen: Haben Sie einen Nachweis für diese Zeit?

Ein, zwei Jahre später war er auf den Gedanken gekommen, während seiner Schlafphase sei ihm ein unbezwingbares Mißtrauen jeder Wirklichkeit gegenüber beigebracht worden ... oder hatte er es sich selbst beigebracht? Es war ein tiefes Mißtrauen gegen alle Wahrnehmungen und gleichzeitig seinem Gedächtnis gegenüber, das diese Wahrnehmungen speicherte: und alle Dinge, die er später in seinem Gedächtnis verankert glaubte, waren entweder solche, die tausend Zweifeln an ihrer Existenz widerstanden hatten, oder sie waren bloße Einbildungen ... und so sollte es wohl sein, dachte er später.

Das Leben in der Kleinstadt hatte sich schon bald nach der Ladenschlußzeit auf die wenigen erleuchteten Räume hinter den Fenstern lokalisiert, die nicht von Jalousien oder dicken Fensterläden abgeschottet waren. Es waren meist Häuser, vor denen Vorgärten lagen; allein dort (wenn man vom Treiben im Innern der Gaststätten absah) regte sich noch das Menschendasein. Der nach außen fallende Lichtschein löste sich schnell in den Nebeln auf, man blieb im Schatten der Vorgartensträucher völlig unsichtbar, selbst wenn man sich dicht an das Fenster heranwagte. – W. hatte seine Wahrnehmungen zum größten Teil gemacht,

wenn er von draußen in das Innere erleuchteter Wohn-
räume blickte: was er sah, war durch doppelte Fensterscheiben und durch die Schleier vorgehängter Gardinen
gefiltert ... während er draußen in einer anderen Atmosphäre war, in der nebeldurchwehten Atmosphäre der Finsternis, in der ihm alle Bewegungen im Lichtinnern der
Wohnzimmer unwirklich und wie schlecht erfunden vorkamen. Er verstand die Sätze nicht, die dort drinnen gesprochen wurden, wenn sie nicht völlig unhörbar waren, sie
nahmen im Schimmer der Glühlampen, im violetten Phos-
phoreszieren der Fernsehbildschirme eine ganz andere Bedeutung an ... nein, er wußte überhaupt nichts von der
Bedeutung dieser Reden, er suchte ihren wahrscheinlichen
Sinn in den Gesten, welche die Worte unterstreichen sollten, er suchte den Lippenbewegungen der Sprechenden zu
folgen und dabei Silben abzulesen, schließlich ging er dazu
über, das Wechselspiel der Lippenformen nachzuahmen,
um hinter die Wörter, die Sätze zu kommen ... und wußte
natürlich nicht, wie sie aufgenommen wurden, diese Laute,
von denen, die ihm nur die Hinterköpfe hinhielten. Fast
war er dabei in der Rolle einer Person, die der Unterhaltung
von Taubstummen zu folgen suchte ... nein, er war in der
Rolle eines Taubstummen, welcher dem Geheimnis
sprachversierter Redner auf die Spur kommen wollte. Es
gelang ihm fast nie, einen brauchbaren Satz zu ermitteln,
oder einige verständliche Wörter zumindest ... mit Sicherheit war nur ein einziges Faktum anzunehmen: es wurde,
wenn sich mehr als ein Mensch hinter dem Fenster aufhielt, wenigstens einmal pro Abend das Vermögen zu sprechen angewandt. – Es war ein Vermögen, von dem er abgeschnitten war, seit er seinen Platz in der Finsternis vor den
Fenstern eingenommen hatte. – Es blieb ihm nichts übrig,
als die ungehörten Sätze aus dem Innern der Räume durch
solche aus seinem Kopf zu ersetzen.
Freilich ging es ihm anfänglich darum, das wirklich Ge-

126

sagte zu erkennen ... später machte er die Erfahrung, daß man sich sehr gut darauf einigen konnte, daß es um das wirklich Gesagte überhaupt nicht ging. Das wirklich Gesagte war in der Regel sowieso unter einer oder mehreren Lagen von banalem Gewäsch versteckt. Mußte man daraus nicht schlußfolgern, daß es das Notwendigste war, die ganz belanglosen Aussagen der Leute zu kennen? Man mußte den alltäglichen, auswechselbaren Unterhaltungen folgen, dem gedankenlosen Gebrabbel, dem gewohnheitsmäßig Beiläufigen, um auf die *Stimmung* der Leute reflektieren zu können ... ja, die sogenannten substantiellen Aussagen mußte man womöglich geradezu unbeachtet lassen, denn diese wiederholten vielleicht nur das Wortaufkommen von Fernsehsendern oder bedrucktem Papier, bestenfalls verkehrten sie es ins Gegenteil, diese Aussagen waren also wertlos! – Jenes andere Sprachaufkommen der Leute, das banale und auswechselbare Gerede, dies konnte ebensogut auch erfunden werden ... wenn man dafür einen Sachverständigen hatte. Man mußte wahrscheinlich gelegentlich überprüfen, ob es sich mit den Jahren änderte ... es war unwahrscheinlich: seiner Erfahrung nach blieb es das gleiche vom Sprechenlernen bis zum Tod der Leute.

Dennoch behielt die Sache für ihn einen Reiz, einen starken Reiz sogar: dieser bestand in seinem voyeuristischen Verhalten ... und in der Nicht-Befriedigung, die das Verhalten eines Voyeurs hervorbrachte. Die Nicht-Befriedigung hielt seine Gier am Leben, sie war der Antrieb seiner Unruhe, die ihn jeden Abend hinaus in den Nebel jagte. Es war vollkommen nebensächlich, was diese Münder da drinnen formten, – und wenn es die reine Konspiration war, wenn man in diesen Zimmern Demonstrationen oder Anschläge ausgebrütet hätte, es wäre für ihn nur nebenbei interessant gewesen (und er hätte es womöglich sogar für sich behalten!) ... das akustische Moment der von ihm beobachteten Gespräche spielte irgendwann keine Rolle mehr für ihn: die Sprechorgane, die er mit den Augen abtastete, hatten für ihn plötzlich den Charakter von Körperteilen aus dem sogenannten Schambereich. Und von diesem Augenblick an unterlag er immer stärker dem Eindruck, als ob diese Wunder, diese Lippen, diese Zungen und Zähne, diese Kehlen, diese feucht schimmernden und sekretgefüllten Rachenschlünde unbekannte und unvorstellbare Obszönitäten ausformten ... in dem Attribut *unvorstellbar* lag für ihn der Reiz.

Allzu gern hätte er irgendein Gerät besessen, eine Art Hörhilfe, vielleicht wäre ein altmodischer gebogener Horntrichter, ein Hörrohr aus einem vergangenen Jahrhundert genau das Richtige für ihn gewesen. Der Chef hätte ihm freilich ein besseres Mittel anbieten können ... doch er sagte sich, ein Instrument werde ihm die Sinne, die er inzwischen außergewöhnlich entwickelt glaubte, nur wieder einschläfern. Außerdem fürchtete er, daß der Chef sofort irgendeinen Nutzeffekt seiner Fähigkeiten ins Auge fassen würde ... auch ohne Hörrohr hatte er mit der Zeit einiges von dem deuten gelernt, was hinter den Fensterscheiben geredet oder gebrüllt wurde (in den abseits stehenden Häusern wurde scheinbar öfter gebrüllt als gesprochen ... daraus hätte man Schlüsse ziehen können). Mit Zähigkeit hatte er das Interpretieren von Gebärden gelernt, von Gesichtsveränderungen glaubte er plötzlich auf die wirtschaftliche Lage des Landes schließen zu können, – es war ihm nur deshalb nicht vollkommen langweilig, weil ihn die wirtschaftliche Lage selber betraf. Interessanter waren für ihn die Erfolge im Lippenablesen, und noch mehr im Durchschauen von Zusammenwirkungen, die man kybernetisch nennen konnte ... es war ihm in einigen Fällen möglich gewesen, von den sichtbaren Reaktionen eines der Gesprächspartner auf das zu schließen, was der andere Partner (ein vermutlich weiblicher Partner) gesagt hatte, von dem er nur einen winzigen Teil des Hinterkopfes sah.

Seiner Interpretation nach waren es in fast allen Fällen Aussagen, die man unter dem Begriff *negativ-feindlich* einordnen mußte.

Anschließend überprüfte er seine Fähigkeiten in den Kneipen ... abseits an einem Tisch, ungestört, aber mit möglichst vielen Leuten vor sich, lauschte er mitten hinein in die Wirrnis der durcheinanderfliegenden Stimmen, in den dichten Nebel der auf- und abwogenden Gespräche, und sondierte die einzelnen Gesprächssträngei er brachte Ordnung in einzelne komplexe Gebilde, die aus Rede und Gestikulation bestanden, aus Gefühlsstau und Gefühlsabfluß, über ganze Reihen von Gesichtern fließend, die zu einer einzigen Meinung vereint wareni er studierte die Wellenbewegungen einzelner Themen (es waren meist nur Abarten *eines* Themas, man konnte diese Abarten anhand geringfügiger gemeinsamer Aspekte weiterverfolgen)i er ging mit allen Sinnen einer bestimmten Gesprächsströmung nach, die sich aus unerfindlichem Grund plötzlich, von einem Nachbarn zum nächsten, der fast die Schulter des letzteren berührte, im Nichts verloren hatte und dann wieder aufgetaucht war, nach Ablauf einer Stunde vielleicht, in einer ganz anderen Himmelsrichtung des Raums, und weiter erörtert wurde (zum Beispiel die Qualität einer Biersorte aus der Umgebung, die unvermittelt aus dem Handel verschwunden war ... sie war seit zehn Jahren verschwunden, und seit neun Jahren wurde ihr Verschwinden unermüdlich beklagt und die Qualität der Biersorte gepriesen ... und er hörte immer wieder: *Oettler* ... *Oettler* ... *Oettler!*, er wußte, wie der Name dieser Biersorte geschrieben wurde), so, als sei der leuchtende Kern des Themas nach Art eines Lichtbogens auf eine andere Gesprächseinheit übergesprungen, wo es nahtlos weiterdiskutiert wurde, oder als sei das Thema drahtlos quer durch den Raum gefunkt worden ... und ebenso unvermittelt verwandelte es sich dort in das Gespräch über einen seit sieben oder acht Jahren verschwundenen Fußballspieler aus der Stadtmannschaft, in die Preisung dieses Spielers, der *in den Westen abgehauen war* (*Jetzt wurde es interessant!*) . . . er hatte das Gefühl, daß sich Gespräche nach Art von Gerüchen ausbreiteten – und überhaupt auch nur nach Art von Gerüchen zu unterscheiden waren –, sie wurden irgendwo erzeugt, irgendwo im Schambereich des Gesichts, und schwangen sich dann, oder segelten, vielleicht durch allzu heftiges Gestikulieren beim Reden, von dem einen Bord zusammengestellter Tische hinüber zu einem nächsten, wurden hier aus unbegreiflichen Gründen nicht festgehalten oder sogar verscheucht, und trifteten weiter, bis sie über den Tischen einer anderen Gruppe (einer scheinbar völlig unabhängigen Gesprächseinheit), inmitten konzentriert steigender Qualmwolken, und in dem Biergesprüh (das obszön geformte Lippen mit dem Wort *Oettler* in die Luft platzen ließen), oder in der nachlassenden Lautstärke einer Vielheit von Stimmen, sich festsetzen konnten und sich wieder neu entzünden konnten, und die neue Geruchsnuance von Wörtern wurde offenkundig dankbar aufgenommen, eine neue Vereinigung von Kehlen atmete sie für eine Weile durch, und hustete und wischte sie breit, und schlug die Geruchswolke nach einer Stunde wieder in die Flucht . . . und W. ließ diese Gerüche nicht an sich heran, er brauchte eine gewisse Distanz, er brauchte eine Scheidewand zwischen sich und dem, was er wahrnahm, eine Wand aus Glas, oder Schatten, oder Nebel . . .

Er hatte in dieser Zeit das Gefühl gehabt, eine ganz neue Sprache zu erlernen . . . zumindest, die bestehende Sprache gründlich neu zu erlernen. Da er jetzt die Sätze nicht mehr um ihrer Mitteilung willen aufnahm, sondern weil er einen in einem dunklen Bereich hinter ihnen verborgenen Sinn suchte, wobei er zu gleicher Zeit die Gebärdensprache in Betracht ziehen mußte, welche den Satz vor sich hertrug (wahrscheinlich, um denselben noch einmal zu fälschen!), war alles Sprechen für ihn nach und nach zu einer Verschwörung geworden. Und je mehr er in diese Verschwörung einzudringen versuchte, desto bedrängender wuchs in ihm ein Verdacht: alle verständigten sich mit den Mitteln der Sprache, nur er nicht ... er kannte diese Mittel nicht, diese Mittel lagen hinter der Mitteilung, die selbst banal und ohne Aussagekraft vorschien. Alle Sätze waren plötzlich undurchdringlich geworden ... und gerade weil die Wörter darin so gewohnheitsmäßig einander verhaftet waren, daß sie immer wieder dieselben Belanglosigkeiten repetierten. Er lebte mehr und mehr in dem Gefühl, er müsse eine Wand durchbrechen, um zu jener Verständigung zu gelangen, die jedem leicht möglich war, der hinter dieser Wand saß (hinter der Wand war die Verständigung nur manchmal vom Klirren der Kühlschränke durchbrochen). – Ein Leben lang hatte er genauso geredet wie sie ... nur geschrieben hatte er anders; er hatte gar nicht bemerkt, was er damit getan hatte. Jetzt war er zum Schriftsteller erklärt worden, und plötzlich war ihm die Sprache, die er früher mitbewohnt hatte, zu einem Raum geworden, aus dem er ausgeschlossen war.

Vielleicht war es ihm möglich, von unten ... aus dem Unterirdischen heraus, durch die Keller, durch den Boden dieser Sprache ... in ihre geschlossenen Räume einzudringen?

Dem Chef teilte er von diesen Gedankengängen natürlich nichts mit: er ahnte, daß der ihm zugestimmt hätte; auch für den Chef mußte es nur allzu naheliegend sein, daß Leute, die miteinander sprachen, eine Konspiration bildeten ... der nur mit gleichem Mittel zu begegnen war. Allerdings nahm der Chef das Ganze nicht so ernst; wenn sie sich im Nebel der Stadt trafen, wartete er mit guten Ratschlägen auf ... Man müsse den Leuten aufs Maul schauen, sagte er, lassen Sie sich das nicht ausreden. Es gibt hier keinen Schreiber, der das so bringt wie Sie! – Und dann werden wir ihnen aufs Maul hauen, wenn wir genug gehört haben, sagte W.

Der Chef blickte betreten, er wußte nicht, ob er diese Worte als Scherz auffassen sollte . . . W. wußte es übrigens selbst nicht. Aber der Chef merkte sofort, daß durch W.s Gehirn ungute Gedanken gingen, und er belegte ihn mit immer mehr Sätzen, die tröstlich sein sollten. – Meinen Sie eigentlich, es geht mir nicht gut? fragte ihn W. daraufhin eines Tages. Was ist es denn bloß, wofür Sie mich dauernd aufmuntern müssen? – Wissen Sie, einem Schriftsteller . . . überhaupt einem Menschen, der sich Gedanken macht in dieser Zeit, dem kann es gar nicht immer gutgehen. Vielleicht sogar nur selten, aber so muß es sein, und es ist besser, wenn es so ist, erwiderte der Chef. Und dann brachte er einen seiner Kernsätze zur Geltung, der an Allgemeingültigkeit nichts zu wünschen übrigließ: Wissen Sie, man sieht am besten, wenn man aus dem Dunkeln ins Licht sieht! Und nicht umgekehrt . . .

Die meisten der tröstlichen Sätze, die der Chef von sich gab, waren vorgebracht in einer Art salopper Ironie, unermüdlich aufbauend und völlig unbeeindruckt davon, daß er gelegentlich auf Widerstand stieß. Er war einer jener Funktionäre, der von der Begriffsstutzigkeit seiner Untergebenen nicht angefochten wurde, solange diese funktionierten . . . und es schien stets geraume Zeit zu dauern, bevor er überhaupt begriff, daß jemand nicht funktionieren wollte. Meist kehrte er Überlegenheit hervor, die eine andere Form von Verständnislosigkeit war: Widerstand dünkte ihm so abwegig, daß er jedem, der nur einen Anflug davon zu erkennen gab, sofort mitleidig auf die Schulter klopfte . . . es war Dummheit, und Dummheit war etwas Bedauernswertes für ihn, der uneingeschränkt von der Veränderbarkeit des Menschen überzeugt war (er war einer der seltenen Chefs, der Brecht gelesen hatte). – So strahlte

132

er jederzeit einen Vorschein von breiter Gutmütigkeit aus, der zeigte, wie unersetzlich und bedingungslos er zu herrschen gewohnt war über die Kleinstadt und über die umliegenden Ortschaften.

Man sieht am besten aus dem Dunkel ins Licht! mit diesem Satz im Kopf war W. nach Berlin gekommen, wo er es immerhin erstaunlich fand, welch deutliches Bild ihm vom Wesen dieses Chefs vorschwebte ... das widersprach dem nebligen Eindruck, der sonst in ihm vorherrschte. Aber er war dem Wirkungsbereich dieses Herrn in der teuren Wildlederjoppe entronnen (so gingen seine Gedanken), hier konnte er ihn vergessen ... die Sprüche dieses Herrn, sofern er mochte, durfte er sich anverwandeln, die Sprache war Gemeingut, auch wenn sie von irgendeinem Potentaten der Kreisebene variiert worden war.

Hier konnte er den Chef vergessen ... in der Entfernung zur Kleinstadt war es übrigens zwecklos, vor sich selbst abzuleugnen, daß er mit dem Chef Gespräche geführt hatte, die eingehender genannt werden mußten ... dies abzuleugnen, hatte er dort unten noch vermocht, mit einigem Erfolg sogar. Jetzt mußte er sich selbst zugeben, daß Aufforderungen an ihn ergangen waren, welche, genau besehen, schon Befehle genannt werden konnten. Freilich hatte er sie nicht so aufgefaßt ... die Begegnungen mit dem Chef waren immer ähnlich abgelaufen; für W. lagen sie im unauflösbaren Halbdunkel, selbst wenn er um die Mittagszeit angesprochen worden war, wenn er in der Betriebspause (als er noch als Heizer gearbeitet hatte) in die Stadt ging, um sich eine der Einheitszeitungen zu kaufen. – Kommen Sie einen Augenblick rauf, sprach der Chef ihn an, ich lade Sie zu einem Kaffee ein, bei mir auf Zimmer siebzehn. – W. schüttelte den Kopf, indem er auf seine Arbeitskleidung wies ... Sie wissen doch, es ist nichts los mit mir, erwiderte er. – Oh doch, sagte der Chef, man kann sich mit Ihnen über Literatur unterhalten, und das ist viel wert! Mit dem langen Elend kann ich das zum Beispiel überhaupt nicht, es gibt überhaupt niemanden in diesem Kaff, mit dem man etwas Vernünftiges reden kann.

Er brachte diese Dinge ironisch-melancholisch hervor; W. spürte, daß er von solchem Ton zu verführen war. Der Chef schien es zu ahnen, er verstärkte seine Bemühungen und überfiel W. nun auch in der Abenddämmerung: Haben Sie das vorhin im Fernsehen gesehen? Sie haben wieder zwei von den jungen Autoren verhaftet in Berlin! Also wenn Ihnen das mal passiert, und das kann es immer, ich ahne es schon fast, dann verlangen Sie mich . . . Sie wissen schon, Zimmer siebzehn! Aber sagen Sie erst in dem Moment etwas, wenn es passiert! Kein Wort vorher! Seien Sie vorsichtig, es kann jedenfalls bald passieren. – Wissen Sie denn etwas Genaues? fragte W. – Wenn ich kann, sage ich es Ihnen früh genug . . .

Und kurz darauf meinte er: Ich denke, wir sollten endlich die so schön begonnenen Unterhaltungen fortsetzen . . . morgen nachmittag bei mir! Und vergessen Sie alles, was ich Ihnen letzthin gesagt habe, vergessen Sie es, das ist besser . . . – W. wußte nichts von einer begonnenen Unterhaltung; er mußte auch hier in einen ihm verschlossenen Sprachraum geblickt haben. – Schließlich war er den Verdacht nicht mehr losgeworden, daß man ihm auch auf seinen Nacht- und Nebelgängen hintennach war (dies gab den letzten Ausschlag für seinen Wegzug nach Berlin) . . . der Chef hatte es sogar indirekt zugegeben, als er sich ein weiteres Mal unzufrieden zeigte mit dem langen »Neuzugang«, den W. zuerst vor seiner Wohnungstür kennengelernt hatte: Aus übertriebener Vorsicht halte der stets eine gehörige Distanz zu seinem Ziel . . . dadurch müsse er wohl ewig ein Neuzugang bleiben, das lange Elend! Es tut mir leid, ich kann mit dem Langen nichts anfangen, obwohl er es sicher gut meint, ich brauche Ersatz! Am besten wir drehen den Spieß um, und in Zukunft lassen Sie ihn vor

sich her laufen. Man nennt doch einen Neuzugang schließlich »Vorlauf« ... oder nicht?

Mit dem *Ziel*, das der Chef erwähnt hatte, konnte in der
Kleinstadt natürlich nur W. gemeint sein ... er krankte
ebenfalls an gehöriger Distanz und bemerkte auch dies erst
in Berlin.

Nun hatte er eine wirkliche Entfernung zwischen sich
und den Chef gebracht ... es war wie ein wirkliches Aufwachen in Berlin (es ähnelte nicht mehr jenem Aufschrek-
ken am Küchentisch dort unten in der Kleinstadt, nach
dem sein Kopf sofort wieder in den Nebel, in den Rauch
getaucht war); hier in Berlin schienen die meisten der Sätze,
die er schon vergessen geglaubt hatte, sein Gehirn noch
nachträglich zu erreichen ... er begriff plötzlich, daß er
sich hatte verwirren lassen. Und es erschien ihm noch
möglich, in den Zustand vor dieser Verwirrung zurückzu-
finden: vielleicht mußte er erst einmal damit aufhören,
sich als dieser merkwürdige Schriftsteller zu betrachten?

Gezwungenermaßen war er zuerst einige Male zwischen
Berlin und der Kleinstadt A. hin- und hergefahren; dabei
schien der Nebel noch immer um seine Stirn zu liegen, die
Fröste der nächtlichen Straßen steckten ihm noch immer in
den Gliedern, der Rauch brannte ihm weiterhin in den
Augen ... als er endlich die Straße in Berlin betrat, in der er
wohnen wollte, brach schon der erste hellgrüne Flaum aus
den Linden. Diese standen am Trottoirrand eines winzigen
Seitenzweigs, der von einer größeren Magistrale abging, der
Hauptader, die ein abgelegenes südliches Viertel durchquerte, das man schon der Peripherie von Berlin zurechnen
mußte. Als alles schon aussichtslos schien, hatte er hier ein
Zimmer zur Miete gefunden: er wollte darin nichts als einen
glücklichen Zufall erkennen. Und gerade in diesem Viertel
zeigte sich ihm die Großstadt weiträumig und hell ... zum
ersten Mal bestätigte sich der Satz, den er im Kopf hatte: er
glaubte aus dem Dunkel ins Licht zu blicken.

Über eine Woche hatte er umsonst nach einer Behausung gesucht ... freilich auf die unbeholfenste Art und Weise: es war ihm nichts Besseres eingefallen, als wildfremden Leuten die Türen einzurennen ... jedesmal hatte er sich abgewiesen am Türrahmen lehnen sehen, nur ein Stück kleiner als der lange »Vorlauf«, – wie der Chef die Daseinsform nannte, der W. nun entlaufen war ... jeden Abend war er, fix und fertig und voll von Vergeblichkeitsgefühlen, wieder zurückgefahren in die Kleinstadt, fast krank vor Furcht, dem Chef erneut in die Arme zu laufen, und am nächsten Morgen war er wieder nach Berlin aufgebrochen; es war eine Bahnfahrt von beinahe vier Stunden. Nur einmal hatte er einen Tag pausieren müssen, er hatte ihn nutzen wollen, sich endlich im Betrieb abzumelden: er war gescheitert, er hatte den ganzen Tag über geschlafen. Und dann war ihm, mitten in der gräßlichsten Erschöpfung, eine Adresse eingefallen, die er vergessen hatte, weil er sie von vornherein für eine Erfindung gehalten hatte. Sie war ihm einmal von einem seiner dubiosen Kneipengenossen gegeben worden (»Nur für ein Wochenende in Berlin!«), und er trug sie schon ein Jahr mit sich herum. Als er in seinen Papieren suchte, fand er sie tatsächlich wieder: Harry, der Freund von Cindy, habe, wenn er zwischen seinen dicht aufeinanderfolgenden Gefängnisaufenthalten in Berlin hängenblieb, unter dieser Adresse Unterkunft bezogen; die Frau, die das Zimmer vermiete, müsse eine Verwandte von ihm sein. – Und dieses Zimmer war wirklich noch frei: es lag im Parterre, war schlecht möbliert (eine Bettstatt, ein Stuhl, ein Sessel, eine unzulängliche Abspülgelegenheit ... der einzige Tisch war ein unförmiger Schreibtisch), und es war nicht zu beheizen und demzufolge im Winter eigentlich unbewohnbar. – W. hatte zu der Frau, die ihm mißtrauisch vorkam, etwas gesagt, was er eigentlich vermeiden wollte, doch er hatte das Gefühl gehabt, ihr eine Erklärung geben zu müssen: Ich arbeite als

Schriftsteller, ich brauche das Zimmer nebenbei, weil ich ungestört sein muß. – So etwas hat Ihr Vormieter auch von sich behauptet, antwortete sie. – Ob er das Zimmer auch länger als ein Wochenende haben könne? – Wenn es sein muß, sagte sie, noch immer mißtrauisch. Dann aber müsse er gehen und seine Anmeldung ausfüllen, spätestens innerhalb von zehn Tagen, sie kriege sonst Schwierigkeiten. – W. bezahlte die Miete für die nächsten drei Monate (eine vergleichsweise lächerliche Summe) und erklärte der erstaunten Frau, er könne wahrscheinlich nicht immer da sein, das Zimmer müsse aber für ihn frei bleiben. – Die Frau brachte das Geld so schnell in Sicherheit, als könne er sich den Handel noch im gleichen Moment anders überlegen. Wenn er den Hausflur nicht saubermachen wolle, sagte sie, müsse er noch neun Mark drauflegen für drei Monate. – Er gab ihr noch einen Zehnmarkschein, verzichtete auf das Wechselgeld und zog sich mit dem Schlüssel zurück. Am Abend fuhr er mit dem Zug wieder nach Hause, um sich die notwendigsten Utensilien und einen kleinen Vorrat an Büchern zu holen. Dabei war es ihm, als kenne er die Situation ganz genau . . . es konnte nicht stimmen, denn er hatte sich nie für länger aus seiner Kleinstadt herausbewegt: öfters aber hatte er, in seinen kurzen Erzählungsstükken, Personen zu beschreiben versucht, die sich in einer solchen Lage befanden. Er hatte Figuren entworfen, welche, mit befreiten Empfindungen, irgendwo auf einem neuen Schauplatz ankamen, endlich, nachdem sie über Gebühr lange versuchten, sich aus ihren angestammten Umständen zu lösen . . . und stets hatte er dabei die Veränderungen, ja die Verwandlungen akribisch ausgemalt, die in diesem Moment mit einer solchen Figur vorgingen.

Als er zwei Tage später in Berlin zurück war – nach langen Auseinandersetzungen mit seiner Mutter, die erkannt hatte, daß es ihm mit dem Umzug ernst war, und ihm bleichen Gesichts zuschaute, wie er seine Taschen

packte . . . Schließlich sei es nicht weit bis Leipzig, nur eine
Stunde Busfahrt, hatte er ihr gesagt, aber seine Beruhi-
gungsversuche waren fruchtlos geblieben –, als er, beladen
mit den beiden schwer gewordenen Taschen, endlich wieder in die kleine Straße kam, sah er in der hereinbrechen-
den Dunkelheit, daß in seinem Parterrezimmer Licht
brannte. Wahrscheinlich war er deshalb schon mehrfach
daran vorbeigegangen . . . er hatte lange, fast den ganzen
Nachmittag über, die kurzen, immer gleich aussehenden
Seitenstraßen des Viertels abgesucht, seinen Blick über alle
Fassaden hinter den kahlen Vorgärten schweifen lassen, er
hatte sein Haus nicht wiedergefunden . . . und er fand
in seinen Taschen auch nicht mehr den Zettel mit der
Adresse. Natürlich wußte er noch den Straßennamen, aber
wenn er einen Fußgänger nach der Straße fragen wollte,
war ihm der Mensch plötzlich verdächtig vorgekommen . . . später dachte er an diesen Nachmittag wie an einen
Anfall von Irrsinn zurück. Er hatte sich gesagt, daß er sich
in der Hauptstadt künftig allein zurechtfinden müsse, er
müsse es, und zwar möglichst besser als jeder andere, so
schnell es ging, mußte er ein Experte der Orientierung in
der Stadt werden (es war ein Vorsatz, den er nicht einmal in
der Kleinstadt hätte erfüllen können) . . . und so war er an
diesem ersten Tag in Berlin in jeder Hinsicht gescheitert; es
war wie ein schlechtes Omen für seinen Neubeginn. Er war
ins Schwitzen gekommen in dem Frühlingshauch, der um
die nicht eben großstädtisch aussehenden Häuser strich
(und der bestimmt nicht als warm zu bezeichnen war),
nach kurzer Zeit war er völlig aufgeweicht und nahe daran,
den Bahnhof wieder zu suchen . . . dabei stand er direkt vor
dem erleuchteten Fenster seines Zimmers, offenbar schon
geraume Zeit, und starrte hinein in das provisorische Interieur, in das er vom Bürgersteig her vollen Einblick hatte . . .
vielleicht hatte er zuvor eine menschliche Gestalt in dem
Zimmer gesehen? Nun erkannte er es an dem riesenhaften,

hellroten Plüschsessel wieder, der völlig deplaziert die Mitte des Raums einnahm und vom Licht der brennenden Glühlampe überstrahlt war ... er hatte vergessen, das Licht zu löschen, als er vor zwei Tagen gegangen war! – Gegen Mittag des nächsten Tages wachte er in dem Plüschsessel auf, und Finsternis erfüllte das Zimmer.

Sein Oberkörper erzeugte ein scharfes Knirschen, wenn er sich an der Sessellehne bewegte, Schultern, Haar und das nach oben gewandte Gesicht waren übersät von den Scherben der Glühbirne, die nachts irgendwann die ununterbrochene Stromzufuhr nicht mehr ausgehalten hatte und zerplatzt war. Es fiel ihm ein, daß er nach seiner Rückkehr in das Zimmer die Jalousie herabgelassen hatte, dann war er in den Sessel gesunken und sofort eingeschlafen.

Und einmal war ihm der Knall der zerspringenden Lampe in den Schlaf gefahren, so tief dieser auch gewesen war: dunkel glaubte er sich der Explosion zu entsinnen, die schwach hereingedrungen war wie aus einem entfernten Gelände ... so ähnlich mußten sich in den letzten Kriegsjahren die in den Straßen zerplatzenden Luftminen angehört haben, wenn er mit seiner Mutter im Keller Schutz gesucht hatte ... wahrscheinlich konnte er sich nicht wirklich an diese Zeit erinnern; es war dies in den ersten drei Jahren nach seiner Geburt gewesen ... gut erinnerte er sich aber an das Ziel dieser Luftangriffe, an die zertrümmerten Industrieanlagen hinter der Kleinstadt, die der Spielplatz und das Forschungsgebiet seiner Kindheit gewesen waren.

Die Erinnerung an das Geräusch der Bombeneinschläge, dachte er, ist wahrscheinlich die Vorstellung von einer Erinnerung ... oft ist die Vorstellung vom Inhalt eines Traums deutlicher als der Traum selbst ... und ihm fiel ein, daß er in dieser Nacht von seiner Bekannten Cindy geträumt haben mußte: irgendwie war er in dem Traum verwickelt in die einigermaßen schauderhafte Geschichte davon, wie Cindy ihr Kind gekriegt hatte. Plötzlich hatte sich das Fruchtwasser aus ihrem Leib ergossen, das Fruchtwasser war nach Art einer Fontäne dumpf explodiert, und die Wände des Raums waren von der glatten, lichtschillernden Flüssigkeit übersprüht gewesen, und der Raum war eine geschlossene Kaverne gewesen, ein Kellerloch, eine Zelle ... niemand war da, der dem Vorgang Glauben schenken wollte, ihre Not war ignoriert worden: und W. hatte in dem Traum zu den wenigen gehört, die Hilfe heranschaffen wollten ... aber nur teilweise: teilweise war er auf der Seite derer, die Cindys Hilferufe als billigen Trick ansahen. Das Platzen der Fruchtblase hatte sich in dem Traum am deutlichsten manifestiert ... ein klirrender Sprühregen war in seinen Gedanken niedergegangen: die Glühlampe!

Er erhob sich aus dem Sessel, schüttelte die Glasscherben ab wie Regentropfen und zog die Jalousie seines Fensters in die Höhe. Licht flutete herein, für den Augenblick so stark und gleißend, daß er geblendet rückwärts taumelte. – Wenn alles mit rechten Dingen zugegangen war, dann konnte im Moment niemand wissen, wo er sich aufhielt. Wenn man ihn suchte, so bestenfalls in Leipzig, vermutlich hatte er sogar seiner Mutter nichts gesagt von Berlin, er hatte stets nur von Leipzig gesprochen. Und die Fahrkarten hatte er in Leipzig gekauft, Leipzig bis Berlin und zurück; das letzte Stück von Leipzig nach A. hatte er immer gesondert gelöst, – nun war es ihm vielleicht gelungen, die Spur zu verwischen.

Freilich war der Chef nicht zu unterschätzen, nicht einmal der Lange ... doch W. war bereit – womöglich hatte dies der Traum bewirkt – zu behaupten, seit seiner Ankunft in Berlin sei er ein anderer. Falls der Chef auftauchte, wollte er ihm in ruhigem Ton erklären, er sei entschlossen, jetzt wirklich als Schriftsteller zu leben ... ja, er sei ihm, dem Chef, sogar dankbar für den heilsamen Anstoß, für die Inspiration. Gut, früher habe er einen anderen Eindruck hinterlassen . . . seit Berlin fühle er sich wie neugeboren. – Die zu erwartende Antwort wäre ganz und gar gleichgültig: Neugeboren? Was für ein mystizistischer Unsinn!

(Aber wenn er genau nachdachte, dann war eine solche Antwort nicht typisch für den Chef. Sie paßte viel besser zu einem später hinzugekommenen, jüngeren Menschen – nicht viel älter als W. –, der auf Sachlichkeit baute. Dieser hatte sich ihm im Hausflur vorgestellt: Sorry . . . ich bin Feuerbach!)

Dankbar war er dem Chef für eine sehr literarische Idee: Eine seiner Figuren war auf den Gedanken gekommen, den Zeitpunkt ihrer Geburt selbst zu bestimmen. Diese Figur war unversehens in eine Großstadt verschlagen worden und hatte sich daselbst plötzlich als eine Synthese empfunden: nach einem ersten, in der Nacht niederbrechenden Frühlingsschauer, nach einem Platzregen, der die Luft gereinigt hatte von den Erinnerungen dieser Figur an ihr früheres Leben: in weit abseits liegenden, unaufhaltsam verfallenden Landesgebieten. Um sich nicht ganz durchsichtiger Analogien zu seiner abgeschlossenen Wirklichkeit schuldig zu machen, hatte W. die Erinnerungen seiner Kunstfigur in eine Art Höhlenleben verwandelt. Seine Gestalt hatte in den Räumen eines Bunkersystems vegetiert, das eine Hinterlassenschaft des letzten Krieges war, und das niemand sonst kannte. Dieses System befand sich unter einem Ruinengelände, in eine Senke gebettet zwischen Stadtrand und größeren, nach Osten hügelauf strebenden Waldgebieten . . . auch dieser Schauplatz war natürlich aus der Wirklichkeit gegriffen, doch war er zumindest unwahrscheinlich, sagte sich W., und abseitig genug erschien es, daß seine Figur nur in der Nacht die Stadt aufsuchte, wenn sie aus ihren Höhlen gekrochen kam. Und stundenlang hörte dieser Unmensch einer ihm unverständlichen Sprache zu, die ihm ein Gebrabbel war, unter den erleuchteten Fenstern der Wohnhäuser, wo er aus dem Dunkel ins Licht starrte ... und angstvoll auf die Gebärden starrte, die nach draußen gerichtet waren und auf ihn zu zielen schienen. Denn man war da drinnen ohne Geduld mit den Ausgeschlossenen, die in der Kälte standen und lauschten, ohne Erbarmen mit den Phantomen, deren Köpfe aus dem Nebel in die Lichtbahnen ragten, mit den Schatten, die da draußen an den Türritzen rochen ...

An dieser Stelle hielt er an und fragte sich, ob das Gespenst, das er da beschrieb, nicht sofort mit ihm selbst identifiziert werden würde, wenn man nur annähernd etwas von seiner Vergangenheit wußte. Aber wer konnte etwas wissen, – er selbst wußte ja so gut wie nichts. Und hatte dieses Phantom nicht immer schon ausschließlich in seinen Papieren gelebt, auch dort in der Kleinstadt schon ... dies war der Gedanke, der abgesichert werden mußte: sein früheres Leben war eine papierne Phantasie und mußte es bleiben; nach und nach galt es jeden anderen Gedanken auszuschalten. Es konnte nicht oft genug wiederholt werden: Jenes Ich von früher war eine literarische Figur ... und es gab die nicht unbegründete Annahme, daß der Chef einer solchen Sichtweise zustimmte! – W.s Erinnerungen waren aufschlußreich genug: »Ich«, der immer wieder den Kopf von der Tischplatte hebt ... und wenn ihm das Licht der Küchenlampe ins Gehirn zu sickern beginnt und die Realität wieder Fuß faßt in seinen Gedanken, steht da unausweichlich die Frage: Wo war ich jetzt? – Von welchem Ort bin ich soeben zurückgekehrt ... welche Straßen hatte er durchstreift, in welchem Fensterlicht sich angeschlichen, um das Ohr in den Intimbereich der fremden Stimmen zu halten ... ach, sie waren alle gleichmäßig verschwommen geblieben, diese intimen Stimmen im Nebel. – Die Frage war unsinnig, sein Schädel hatte nur inmitten eines dichten Nebels von Schriftzeichen geschlafen (War es so? Der Chef hätte geantwortet mit *Ja*) ... die Stirn in einer dicken Lage von Papieren, und verschüttet von einem Gewirbel aus Wörtern und Sätzen, einen Winter lang ausgeliefert den Stimmen seiner Vorstellung . . .

Die Frage war unsinnig . . . nur in seinen Geschichten hatte er sie alle belauscht! Sich selber allerdings hatte er nie belauscht! Jetzt war es an der Zeit . . . jetzt konnte er diesen Spion belauschen, der ein Ergebnis seiner Textfragmente war, jetzt diesem Entwurf seiner selbst nachgehen, der sein Wesen an sich gerissen hatte, diesem Schläfer, der mitten im Schlaf die Nebel am Stadtrand durchstreifte, den ganzen Winter lang verraten vom Schlaf, und im Ohr das falsche Hecheln der Papiere . . .

Ab und zu läutete es an seiner Tür . . . und immer war er zu kraftlos, nachzusehen, wer geläutet hatte. Ein einziges Mal war er aufgestanden und hatte das abgebrochene Manuskript von der Tischplatte gerafft, dann hatte er es mehrfach gefaltet, zu einem schmalen, länglichen Bündel, und in den Polsterspalt des roten Sessels gestopft, der zwischen Lehne und Sitzfläche ein enges und tiefes Versteck bildete . . . danach war das Klingeln schon vorbei gewesen, er hatte gelauert, ob es sich wiederhole, es kam nicht . . . am Abend schlief er ein und schreckte wieder auf: das Klingelzeichen, es wiederholte sich . . . er hatte es sich nur eingebildet. – Die Bettstatt in dem Zimmer war eine sogenannte Liege, plüschrot und ebenso speckig wie der rote Sessel; es kostete ihn Überwindung, die dunklen, leicht klebrigen Streifen unbeachtet zu lassen, welche die Kanten der Liege verunzierten (natürlich hatte man das Schlafgerät dauernd ohne Bettlaken benutzt), daher schlief er nach Möglichkeit in dem Sessel, die Füße über den Sitz des davorgestellten Holzstuhls gestreckt, meist unausgekleidet, was ihm nicht schwerfiel (so hatte er oft genug während seiner Nachtschichten im Kesselhaus geschlafen), da er sich angewöhnt hatte, in der ersten Nachthälfte während seiner Schreibversuche große Mengen von Alkohol zu sich zu nehmen. Und im übrigen schlief er in ähnlicher Haltung auch auf der

Liege: in der Seitenlage, stabilisiert durch die sitzende Haltung, den Kopf auf einem Kissen in den Nacken gedrückt, die Unterarme über der Brust gekreuzt oder zwischen die Oberschenkel geklemmt, die Beine angewinkelt und manchmal fast an den Bauch gezogen: dies war, bildete er sich ein, fast die Form eines Fötus, kurz vor dem Ausschlüpfen aus dem Mutterleib (kein Wunder, sagte er sich, daß ihn Geburtsträume ereilten) . . . und jedesmal trieb ihn das Klingelsignal an der Tür in diese unentschlossene Haltung zurück, oder er krümmte sich noch heftiger zusammen: denn immer war sein erster Gedanke, daß jetzt der *Lange* draußen am Türpfosten lehnte . . . es war, als ob sein früheres Leben bei ihm anklingelte. – Regelmäßig war es nur ein einmaliges Klingeln, das sich nicht wiederholte, und damit typisch für den »Vorlauf«, denn der hatte mehr Angst als Vaterlandsliebe (so war er von seinem Chef charakterisiert worden) . . . in seiner ersten Zeit in Berlin hatte W. die sonderbare Ahnung nicht abstreifen können, daß der Lange eines Tages auftauchen würde; ein Wunder, sagte er sich, wenn dies nicht geschah. – Aus irgendeinem Grund war das lange Elend der Angstmacher in dem Spiel, gerade weil er auf den ersten Blick so harmlos wirkte . . . er war der Überbringer der bösen Nachricht . . . offenbar war er damit selbst seinem Vorgesetzten nicht geheuer. Angst war eine unabdingbare Größe der Veranstaltung, sie mußte immer in ausreichender Menge zur Verfügung stehen, – und sie konnte sehr schnell den Besitzer wechseln. – W. hatte daran gedacht, den »Vorlauf« zu einer Hintergrundfigur seiner Geschichte zu machen, die jederzeit überraschend auftauchen konnte . . . in seiner Vorstellung sah er den Langen eine dichte Menschenansammlung überragen, zum Beispiel von einer S-Bahn-Brücke aus, und die Sonne verwandelte die hohe dünne Gestalt in eine rauchfarbene Silhouette, vorläufig . . . bis die Zeit gekommen war, da dieser überlange Schatten der Ich-Figur an den Fersen hing . . .

Einmal aber öffnete W., und es stand ein anderer Mensch draußen im Hausflur, etwas verloren, unschlüssig in der Nähe des Schalters für das Minutenlicht. – Sorry, sagte der Mensch, ich glaube, zu Ihnen wollte ich nicht . . . oder doch? – Der letzte Teil der Frage wurde schon ins Dunkle gesprochen, denn das Minutenlicht im Hausflur war soeben erloschen; daß der Besucher noch einen Blick auf ihn hatte werfen können, hielt W. für ausgeschlossen, und hinter ihm war nur der schwache Schein seiner Schreibtischlampe . . . Wen suchen Sie denn? fragte er. – In kurzen Abständen war in der Dunkelheit das Aufglühen einer Zigarette zu bemerken, an der hastig und hörbar gesogen wurde; er roch den Rauch, es mußte sich um eine sehr merkwürdige, übelriechende Sorte handeln, oder um eine billige Zigarre, die einen beißenden, fast schwefligen Qualm verbreitete . . . die Glut flog zu Boden und wurde mit knirschendem Geräusch ausgetreten. – Vielleicht, sagte der andere, haben Sie eine Ahnung, ob hier ein gewisser Harry Falbe wohnt?

Der Besucher machte keine Anstalten, den Lichtknopf zu drücken, sondern blieb im Dunkel. – Nein, sagte W., der wohnt hier nicht. Und ich bin es schon gar nicht. – Kennen Sie ihn denn? fragte der Mensch. – Ich sagte nein, erwiderte W., ich kenne ihn nicht. Und wer sind Sie, kommen Sie von der Meldestelle? – Dabei schaltete er endlich das Flurlicht ein; der andere kniff die Augen zusammen, er schien überrascht von der Helligkeit . . . Von der Meldestelle? Er stieß ein kurzes Gelächter aus. Nein, das nicht, aber vielleicht sind wir so was Ähnliches. Warum fragen Sie, brauchen Sie etwa eine neue Wohnung?

W. hatte freilich gewußt, daß sein alter Bekannter Harry aus A. gemeint war, nur hatte ihn der Nachname irritiert; die Frau, die ihm das Zimmer vermietet hatte, trug denselben Nachnamen . . . und er sah den Mann, der da vor ihm stand, nicht zum ersten Mal; schon einmal . . . gar noch öfter war er im Hausflur auf ihn gestoßen, er hatte genauso hilflos ausgesehen, als habe er sich in der Adresse geirrt (ein Benehmen, das ihm bekannt vorkam); und W. glaubte, er habe ihn einmal sogar die Treppe herabkommen sehen. – Nein, sagte W., Harry Falbe . . . sagten Sie nicht so? Den Namen habe ich noch nicht gehört. – Sie haben recht, man hört ihn nicht so oft! sagte der Mensch, – er hatte inzwischen seine Unsicherheit verloren, näherte sich mit zwei, drei langen Schritten und warf einen Blick auf die Stelle an W.s Eingangstür, an der normalerweise das Namensschild angebracht ist; an W.s Tür gab es kein Schild; danach spähte er – ebenso kühl und unverfroren, so empfand es W. – am Türrahmen vorbei in das Zimmer hinein . . . Wie kann man es nur in einer solchen Bude aushalten! sagte er.

W. hatte nicht daran gedacht, dem Herrn zu verraten, daß ein paar Stufen höher, im Hochparterre, eine Frau wohnte, die ebenfalls auf den Namen *Falbe* hörte . . . es war natürlich rein nebensächlich, denn der wußte es sowieso. Er traf den Menschen bald noch öfter, immer wieder im Hausflur (und schon bald hatte er sich vorgestellt: Sorry . . . Feuerbach!), und immer öfter verwickelte ihn der in Gespräche über Wohnungsangelegenheiten; er hielt W.s Zimmer für absolut unbewohnbar, dies sagte er so lange, bis W. fragte: Um welchen Preis hätten Sie denn etwas anderes zu bieten?

Da wäre, viel näher am Stadtzentrum, eine Behausung für ihn in Reserve, die er sofort beziehen könne . . . besonders sei auch diese Bude nicht, aber immerhin (und viel näher am *wirklichen* Zentrum der Stadt). Zweieinhalb Zimmer, und wenigstens Innen-WC, da müsse er nicht zwischen die Aschenkübel auf dem Hof schiffen. Und wenn notwendig, könne er die Räume sogar mietfrei haben . . .

Also eine Dienstwohnung . . . W. ärgerte sich, daß er

diese Frage nicht gestellt hatte. Dieser ausgesucht lässige Zivilist (erst später erfuhr W. die militärische Rangbezeichnung vor seinem Namen) hatte sich kaum merklich geschüttelt, als er einen Blick in W.s vier Wände geworfen hatte, die vom klebrigen Niederschlag unzähliger Zigaretten verteert waren ... Und wenn Sie meinen Vorschlag annehmen, dann muß hier eine Lösung wegen den Renovierungskosten gefunden werden, hatte er hinzugefügt. – Er spielt sich auf wie ein Hausbesitzer, dachte W.; und dann erinnerte er sich an den Chef aus der Kleinstadt: auch dieser pflegte die gesamte Umgebung mit dem taxierenden Blick eines Eigentümers zu betrachten.

W. war der Frage nach einem Umzug bisher ausgewichen... er verschob sie für sich auf den nächsten Winter, allerdings sagte er dem Herrn davon noch nichts. Hinzu kam, daß sich sein Verhältnis zu seiner Wirtin klärte, das vorher etwas gespannt gewesen war: als er die zweite Mietzahlung bei ihr ablieferte (wieder für ein Vierteljahr, nebst Flurreinigungskosten), beschwerte sie sich, daß er noch immer nicht zur Meldestelle gegangen sei. Er versäumte die Anmeldung weiterhin und ging ihr aus dem Weg ... eines Tages, als er auf ihr Klingeln nicht reagierte, schloß sie die Tür auf (sie hatte selbstverständlich den zweiten Schlüssel), steckte den Kopf herein und rief: Leben Sie noch? Sie brauchen sich vor mir nicht mehr zu verstecken, seitdem die Meldung in Ordnung ist! Und Sie müssen unbedingt viel mehr lüften!

W. glaubte sich einer bestimmten Fürsorge ausgesetzt, besonders, als er wenig später Töpfe neben seiner Türschwelle fand, die übriggebliebene Mahlzeiten enthielten: etwas, er wußte nicht was, hatte den Versorgungstrieb der Frau geweckt ... die im übrigen gar nicht so alt sein konnte! – W. wartete bis zur Nacht, dann goß er die Speisen in die Mülltonne und warf Zeitungen darüber; er wusch die Töpfe aus und stellte sie wieder auf die Treppe. Schon am nächsten Tag fand er sie gefüllt wieder vor . . . W. kam auf den Gedanken, daß sie sich in Konkurrenz zu diesem Feuerbach befand, aber wie konnte sie von dessen Wohnungsangebot erfahren haben? – Sie brauchen das Geschirr nicht abzuwaschen, rief sie ihm durch die Tür zu. Stellen Sies nur einfach raus! – Und wenig später paßte sie ihn ab, als er von der Straße kam, und hielt ihm eine Bratpfanne hin, in der ein paniertes Schnitzel in noch brutzelnder Butter lag . . . Sagen Sie mir ruhig, was ich kochen soll . . . der Harry, der erst hier gewohnt hat, der hat auch immer bei mir gegessen . . . sind Sie nicht auch aus dieser Stadt im Süden? Nehmen Sie nur, Sie bezahlen mir doch immer viel zu viel Miete. – Sehr freundlich, Frau Falbe, sagte W., und er nutzte die Gelegenheit, ihr mitzuteilen, daß er leider bald ausziehen müsse. – Jaja, antwortete sie, ich weiß, Sie sind genau wie der Harry, der mußte auch immer wieder ausziehen. Außerdem, es ist ja wirklich kein Zimmer für einen ausgewachsenen Mann!

Kaum war er mit dem Schnitzel in der Wohnung, als sie klingelte und noch einen randvollen Teller mit Bratkartoffeln brachte; W. bedankte sich und fragte, ob sein Vermieter Harry vielleicht ein Verwandter von ihr sei. – Ein Verwandter, nein, sagte die Frau. Wissen Sie denn nicht, daß der Harry überhaupt keine Verwandten hat? Er ist doch ein Waisenkind . . . er kommt aus dem Heim. Er weiß ja noch nicht mal seinen wirklichen Familiennamen, und auf der Anmeldung hat er den Namen von mir angegeben. – W. fand es erstaunlich, wie lax die Formalitäten auf Berliner Meldeämtern gehandhabt wurden, falls die Frau richtig informiert war . . . übrigens war die Sache gleichgültig. – Nach dem Verzehr des Schnitzels und der Bratkartoffeln verspürte er die kaum unangenehme, schnell nachlassende Übelkeit, mit dem sein entwöhnter Magen auf den Schock einer unverhofften warmen Mahlzeit von größerem Ausmaß reagierte, danach stellte sich ein Wohlbefinden ein, das er lange entbehrt hatte, – von diesem Tag an verschlang er die Zuteilungen von Frau Falbe, die sich hoch erfreut zeigte und mit verdoppeltem Eifer zu kochen begann. – Eines Tages steckte sie wieder den Kopf herein und erklärte, sie habe ihm Geld zurückgelegt ... Sie haben mir doch immer zuviel Miete bezahlt. Sagen Sie nur Bescheid, wenn Sie es brauchen, der Harry hat von mir auch immer etwas Geld bekommen. – Dafür kaufe ich Ihnen lieber den Sessel ab, sagte er. Ich würde ihn gerne mitnehmen, wenn ich umziehe, ich habe mich an den Sessel gewöhnt ... – Hier aber schüttelte sie den Kopf: Ich glaube, das kann ich nicht machen, denn es ist eigentlich der Sessel von meinem Mann.

Warum sollte er nicht bleiben, so lange es ging, warum sollte er sich nicht weiter von seiner Wirtin beköstigen lassen? Seit mehr als einem Monat, seit zwei Monaten fast hatte er nichts als kalte, ranzig schillernde Konserven zu sich genommen, den Inhalt von Dosen, die zwischen bräunlichem Gallert und fadem, beinfarbenem Schmalz einen versalzenen Fleischkern versteckt hielten, der kleingehackt war, damit er möglichst undefinierbar blieb ... da er fürchtete, völlig dürr zu werden und wie ein Strich (wie sein alter Freund Harry) in dem Sessel sitzen zu müssen, hatte er mit großen Biermengen für den Ausgleich gesorgt. Plötzlich hatte er die immer unverblümter werdende Zuneigung von Frau Falbe gewonnen, er wurde ernährt, beinahe überernährt, ihm wurden sogar finanzielle Aushilfen angeboten ... warum sollte er also nicht warten, bis ihn der Winter auf sozusagen natürliche Weise aus dem Zimmer vertrieb? War es nicht so, daß man sich unter einem solchen Leben etwas wie eine Künstlerexistenz vorstellte ... die unausrottbare landläufige Meinung war so naiv, daß sie dies zwar für anrüchig hielt, es einem Literaten aber zugestehen mochte?

Frau Falbe sagte: Wenn Sie wirklich wieder ausziehen

wollen, kann der Harry ja zurückkommen, und ich kann mich ein bißchen um ihn kümmern, um den Jungen . . . Es geschah immer öfter, daß sie gesprächig wurde, und manchmal hielt sie ihn im Hausflur an und begann, in einem merkwürdigen Ton auf ihn einzureden, wobei sie zwischen lauten klagenden Sätzen (so laut, daß sie hinter allen geschlossenen Wohnungstüren mitgehört werden konnten) und geflüsterten Einschüben wechselte, die nur für ihn bestimmt waren. Bei letzteren faßte sie ihn am Ärmel und zog ihn näher zu sich heran: Wenn Sie wüßten, was die Leute hier alles über mich reden! – Gleich darauf rief sie: Dabei ist der Junge nun wirklich nicht schlecht! Ich sage Ihnen, er wird noch zu studieren anfangen, wenn seine Zeit um ist! – Sie zog ihn näher: Die Bewährung . . . ich denke, er wird noch mal Bewährung kriegen, flüsterte sie. – Und dann wieder lauter: Man muß den Menschen nehmen, wie er ist! Wenn Sie wüßten, wie die zum Beispiel meinem Mann mitgespielt haben, wenn Sie das wüßten! – Sie zog ihn einige Treppenstufen hinauf ins Hochparterre und wisperte: Das muß ich Ihnen alles mal erzählen! Und auch über den Harry, wie dumm ist der bloß, was mache ich nur? Der will doch die ganze Zeit über in den Westen, was will er da bloß? Er war schon zweimal weg, eingesperrt wegen Fluchtversuch, aber er will es nicht seinlassen, das muß ich Ihnen mal erzählen . . . Und laut rief sie: Man muß doch noch mal mit jemand reden können!

Das sollten Sie aber nicht jedem erzählen, den Sie nicht genau kennen, flüsterte W.

Ach . . . ich weiß doch, mit wem ich rede! schrie Frau Falbe. Ich weiß doch, mit wem ich es zu tun habe!

Leider müsse er noch einkaufen, entschuldigte sich W. – Gehen Sie nur, sagte sie, und wenn Sie nicht alles finden, dann kommen Sie zu mir . . . Und noch einmal hob sie die Stimme: Es ist nur wegen der Miete . . . die denken hier alle gleich sonstwas! – Und wieder flüsternd: Aber bald müssen Sie mal zu mir hochkommen, dann erzähle ich Ihnen die ganze Geschichte . . .

Feuerbach, als er sich wieder einmal sehen ließ, fragte ihn, ob er nicht herausfinden könne, wann dieser Harry Falbe den nächsten Fluchtversuch vorhabe. – Es war eine der Anwandlungen, mit der Tür ins Haus zu fallen, die W. noch öfter kennenlernen sollte.

W. war nicht im mindesten verblüfft (er war erstaunt darüber, daß er nicht verblüfft war). – Nein, kann ich nicht, erwiderte er kühl, denn es interessiert mich kein biß-chen . . . brauche ich etwa für diesen Zweck eine Dienst-wohnung?

Klar können Sie das rauskriegen! Sie könnten es, Sie haben doch beste Beziehungen zu der Tante, aber Sie den-ken natürlich, so ein Fall wäre für Sie unter allem Niveau. Vielleicht lebt sichs auf Ihre Art tatsächlich besser . . . Sie mit Ihrer Boheme-Existenz. Wissen Sie was, wenn Sie das noch lange machen, hat man Sie eines Tages beim Schla-fittchen, und dann brauchen Sie einen, der Sie da wieder rausboxt. Meinen Sie, da unten in Ihrem Kuhnest erinnert sich noch jemand an Sie . . . die denken doch alle, Sie sind schon in der Boheme abgesoffen. Wissen Sie, was wir hier haben . . . ein paar zerfledderte Papiere, da läuft ein dicker Strich durch Ihren Namen. Also die von da unten, die haben nichts mehr im Sinn mit Ihnen, von denen holt Sie keiner mehr raus . . .

Ein andermal (W.s Erinnerungen verschwammen mehr und mehr; die Einzelheiten dieses Kleinkriegs mit Feuer-bach, der um ihn warb, der ihn immer wieder zum Umzug in die andere Wohnung zu bewegen suchte, die einzelnen bruchstückhaften Gespräche mit diesem Menschen waren ihm nicht mehr in ordentliche Abläufe zu zwingen; sie verstreuten sich über den ganzen Sommer, in welchem er dem Oberleutnant manchmal schon entkommen schien . . . und doch war dieser immer irgendwie in der

Nähe; Feuerbachs Dreinreden war in seinem Schlaf, und in seiner Schlaflosigkeit in der Sommerhitze) . . . vielleicht nur zwei, drei Tage später war dieser Verfolger versöhnlicher gestimmt, und er meinte: Bleiben Sie nur, wie Sie sind, so sind Sie genau richtig. Wenn Sie drüben im Westen wären, hätten Sie es mit dieser Haltung wahrscheinlich schwer, aber gerade deshalb wären Sie glaubwürdig . . . Sie leben für die Literatur, Sie führen ein literarisches Leben. Oder Sie gedenken das zu tun . . . ehrlich, es ist mir viel sympathischer, als Sie sich vorstellen können. Aber überlegen Sie sich, wie Sie im Winter in diesem Eiskeller hier schreiben wollen . . .

W. hatte plötzlich daran denken müssen, daß auch der Chef – unten in der Kleinstadt – immer wieder dieses Thema angeschnitten hatte: es war um die Abwanderung von Literaten gegangen, darum, daß immer mehr Schriftsteller das Land verließen, sich jenseits der Grenze, häufig in Westberlin, etablierten; der Chef hatte auf diesbezügliche, sich häufende Meldungen im Westfernsehen hingewiesen, und darauf, daß hiesige Medien diese Dinge beinahe vollständig ignorierten.

Warum soll man auch öffentlich darüber reden? hatte er mit etwas verlegener Miene gesagt, als hoffe er auf W.s Widerspruch (den er natürlich nicht bekam). Ohnehin sind wir in der Lage, daß wir auf den Westen nur noch reagieren können . . . wir können uns nicht dauernd in Zugzwang bringen lassen . . . Er überlegte eine Weile: Ich weiß nicht, was die Leute an dem Leben dort so verlockend finden. Selbstverständlich hatten einige von ihnen hier ihre Schwierigkeiten, ein paar Bücher von ihnen sind hier nicht veröffentlicht worden, dafür aber drüben . . . na und? Die Schwierigkeiten wären vorbeigegangen, und diese Autoren wären wie Phönix aus der Asche daraus hervorgegangen. Sie hätten den da drüben erworbenen Bonus noch zusätzlich gehabt . . . einige von ihnen waren natürlich schlauer und sind nur auf Zeit nach drüben gegangen, mit einem Visum von uns!

Vielleicht glauben manche einfach nicht mehr an die Zukunft des Systems? hatte W. ihn unterbrochen.

Darüber kann man nachdenken ... wie man überhaupt über alles mögliche nachdenken kann. Aber warum denken die Leute nicht hier darüber nach? Glauben Sie, ich muß nicht selber dauernd daran denken? Ich sage Ihnen, manchmal glaube ich auch nicht an diese Zukunft, wenn ich es genau bedenke. Doch eins ist sicher, es ist mir vollkommen egal, ob dieses System eine Zukunft hat oder nicht, denn das ändert nichts an meiner Funktion, grundsätzlich gar nichts. Und es würde auch an der Funktion eines Schriftstellers überhaupt nichts ändern, glauben Sie mir, das ist völlig dasselbe. Man kann sich die Frage stellen, seit wann ist es überhaupt notwendig für einen Schriftsteller, in einem System mit Zukunft zu sitzen ... wäre nicht gerade das Gegenteil notwendig? Worüber schreibt ein ernstzunehmender Schriftsteller in einem Land, das die Zukunft auf seiner Seite hat? Das muß doch geradezu tödlich sein für die Auseinandersetzung dieses Schriftstellers mit seiner Welt. Brauchen wir den Autor, der den Leuten bessere Moral predigt ... nein, brauchen wir nicht, sage ich, dafür soll die Polizei sorgen, sage ich. Natürlich muß man im Kulturministerium trotzdem behaupten, wir brauchen den Schriftsteller, der sich mit den Widersprüchen des Sozialismus auseinandersetzt. Aber ich sage ... wir sagen, nein, das soll die Polizei erledigen, die Justiz. Ich weiß nicht, was wir brauchen, aber solche Autoren, die uns für eine sichere Bank halten, die brauchen wir nicht. Vielleicht brauchen wir einen Schriftsteller, der mit uns zusammen mit fliegenden Fahnen untergeht. Das wäre das echte Niveau ...

Würden Sie denn selber mit fliegenden Fahnen untergehen, wirklich, mit dem Schriftsteller zusammen?

Ich ... wieso ich ... gut, das müßte man abwarten. Aber schließlich braucht unsereins ein Vorbild!

W. fragte sich, ob ein solcher Vortrag auch von Feuerbach hätte kommen können ... wahrscheinlich nicht! Jedenfalls wäre das Ganze nicht mit der gleichen Vehemenz dargelegt worden (Feuerbach war weniger *authentisch* als der Chef! sagte sich W.) ... von ihm, von Feuerbach, gab es nur verstreute Äußerungen in dieser Richtung, und diese befaßten sich nicht mit der philosophischen Ebene, sondern mit Wahrscheinlichkeiten; womöglich widersprachen sie sich deshalb von einem Tag auf den anderen. – Was wären Sie drüben im Westen schon für ein Schriftsteller, hatte der Oberleutnant einmal am Ende eines Gesprächs hingeworfen. Sie dürften dort für eine Weile den Vorzeigeunterdrückten spielen, und dann käme der nächste, und es wäre vorbei mit der Popularität.

Es gab also immer wieder Äußerungen (W. warf sie durcheinander, sein Erinnerungsvermögen war schlecht), die ihm im Kern abrieten, seine Existenz, seine literarische Existenz, im Westen anzusiedeln ... und doch hielten diese Äußerungen das Thema am Leben ... und sie schienen vorauszusetzen, daß er mit solchen Absichten umging, obgleich er nie darüber gesprochen hatte. – Offenbar ging es in dieser Republik nur und immer um diese Dinge ... alles Reden war nur Vorwand für das einzige Thema: Ob jemand die Absicht habe, das Land zu verlassen, oder nicht. Es war dies offenbar zum Hauptkriterium dafür geworden, wie das Dasein eines Menschen zu beurteilen sei. Die Frage nach dieser Absicht – Hierbleiben oder Nicht-Hierbleiben – beherrschte das allgemeine Bewußtsein ganz und gar (und die Frage war längst zu einer Paraphrase auf Hamlets Monolog geworden), das Nachdenken über diese Frage war zum alleinigen gemeinsamen Wesenszug eines ganzen Volks geworden. Die Frage geisterte durch alle Schichten, vom Aufenthaltsraum der Toilettenfrau bis in die Volkskammer, und dieser Zustand hatte eine absurde Blüte getrieben: man empfand es als eine Provokation, wenn irgendwer diese Absicht noch niemals kundgegeben hatte. Wenn jemand seinen Willen, hierzubleiben, behauptet hatte, war er höchst verdächtig geworden ... wenn jemand überhaupt nichts zu dieser Frage zu sagen wußte, mußten alle Mittel in Bewegung gesetzt werden, herauszubringen, wie er über diesen Punkt dachte. Die Organe, die mit der Aufklärung der Denkvorgänge in den Hirnen ihrer Bürger beschäftigt waren, schienen nur ein zentrales Problem zu kennen: Ist es wahr, daß alle diejenigen, die sich über diese Frage ausschweigen, für die allernächste Zeit ihren Grenzdurchbruch planen? Wieso schweigen sie so unerschütterlich, wenn sie diesen Plan nicht haben? Wie kann man über Dinge schweigen, die man nicht in Wirklichkeit denkt?

Und so wurden bei den großen Massenaufmärschen anläßlich von Staatsfeiertagen Transparente durch die Hauptstadt getragen, und an den Tribünen der Regierenden vorbei, auf denen der nüchterne Satz zu lesen stand: *Wir lieben unsere Republik!*

In diesem Zusammenhang erinnerte sich W., daß er Feuerbach anvertraut hatte, er habe eine längere Unterhaltung mit seiner Vermieterin geführt ... Es war dies zu einer Zeit, in der es auf den Herbst zuging, aber es war immer noch heiß; W. hatte sich den Sommer über auf seinem Zimmer wie in einem Brutbehälter gefühlt; er war völlig erledigt bei Feuerbach eingetroffen, eine entflammte Nervenruine, die während des Umhergehens schlief und im Schlaf in der Nacht schwitzte, kochte und wirre Dialoge mit seinem verlorenen Schatten führte; sie trafen sich an den Tischen, die auf dem Bürgersteig vor einem kleinen Café am östlichen Ende der *Frankfurter Allee* standen.

Wirklich? sagte Feuerbach überrascht (sein Gesicht hellte sich auf trotz des blendenden Lichts am Nachmittag; er spielte seine Überraschung perfekt). Sie waren wirklich oben bei ihr? Dann ist es schade, daß Sie dort ausziehen . . . wie war sie denn so, Ihre Vermieterin?

Harry Falbe, das habe er ganz zweifelsfrei aus den Gesprächen mit ihr schließen können, hätte die Absicht, in den Westen zu gehen, seit längerem vollkommen aufgegeben . . .

Nicht möglich! sagte Feuerbach.

Seiner Tante gegenüber hat er sich immer offen gezeigt . . . darauf würde ich mich verlassen!

Feuerbachs Gesicht hatte sich wieder verfinstert: Das ist eine ganz falsche Einschätzung, das ist eine Information, die wir unmöglich abgeben können. Nie können wir das so weitergeben, schon gar nicht, wenn Sie sagen, Tante . . . das ist nicht seine Tante! Wenn es so weit gekommen ist mit diesem Falbe, dann müssen wir aufpassen. Und Sie sind leichtgläubig, Sie fallen darauf rein. Es kommt darauf an, daß wir ihm unseren Verdacht nachweisen . . . und Sie steuern in die Gegenrichtung, Sie stilisieren ihn hoch zu einem Heiligen. Als ob der nicht nur noch darüber nachdenkt, wie er uns überfahren kann!

Warum wollen Sie unbedingt dieser armseligen Figur etwas nachweisen?

Ob ich will oder nicht, ein Typ, der hier so lange dringehangen hat wie der Falbe, der muß einfach eine Absicht verfolgen. Verstehen Sie? Nein, Sie verstehen mich nicht, Sie wollen nicht, Sie spielen wieder einmal den Sentimentalen. Und Sie denken zuviel über Zusammenhänge nach, über die Folgen von dem, was getan werden muß. Es wäre viel einfacher, immer wieder die kleinen Schritte zu tun, die anstehen, und den Rest dem Lauf der Dinge zu überlassen, den Leuten, die etwas von den Sachen verstehen . . .

Den Rest dem Schicksal zu überlassen, sagte W. Und wir sind das Schicksal, nicht wahr?

Das Schicksal ist altmodisch. Das Schicksal wird demnächst einen anderen Namen bekommen, wahrscheinlich! sagte er dunkel.

Wieder etwas später (oder etwas früher) schien er seine Gedanken weiterzuspinnen ... oder er schien eine Vorstufe davon auszubreiten: Wissen Sie, Sie sind wie die meisten Leute, Sie sind wie ein Leser, der das beängstigende Gefühl hat, ein Buch nicht verstehen zu können. Andauernd ist dieser Mensch dabei, vor- und zurückzublättern, noch mal nachzulesen, weiter vorneweg zu lesen, mehrmals wieder anzufangen ... anstatt sich darauf zu verlassen, daß sich die Sache Stück für Stück ganz von selbst erschließt.

Das werde ich mir merken, sagte W., wir sollen also das Nachdenken über unsere Zukunft gefälligst der Staatsmacht überlassen, zu Befehl, das werde ich mir merken. Niemand würde sich fragen, ob er nicht außer Landes gehen will, alle würden nur die Ergebnisse der kleinen Schritte abwarten ...

Feuerbach lachte und sagte: Aber Sie sind doch die Staatsmacht, junger Mann!

Es war, als ob Feuerbachs Gedanken nicht selten mit denjenigen des Chefs aus der Kleinstadt korrespondierten, oder daß beider Denkweisen im Widerstreit lagen (übrigens hätten sich die beiden wohl kaum leiden mögen, dachte W.); Feuerbachs Reden hatten erneut, fast automatisch, eine Erinnerung an den Chef heraufgerufen. Unverdrossen war dieser – und um so mehr, wenn W. sich zu entziehen suchte – mit seinen literarischen Ansichten auf ihn losgegangen: Natürlich könne man daran denken, in den Westen zu gehen (er brachte es so hervor, als habe W. über diesen Punkt gerade laut nachgedacht). Im Kopf haben könne man vieles, besonders als Schriftsteller. Ja, er würde noch weiter gehen und sagen, ein Schriftsteller *müsse* alles denken, für die Gedanken darf es kein Halten geben, besser gesagt, es darf kein Zurück geben für die Gedanken. Etwas anderes könnte es sein, wenn es darum geht, sie in die Tat umzusetzen, die Gedanken ... aber das Denken selbst? Sie würden staunen, welche Gedanken bei uns für möglich gehalten werden ... und vielleicht werden Sie wirklich noch staunen. Was würden Sie sagen ... Sie würden wahrscheinlich entsetzt aussehen, wenn ich Ihnen sage, der Schriftsteller muß in seinem Denken so weit gehen, daß er strafrechtlich belangt werden kann, wenn es für nötig gehalten wird ... ja, so weit muß er gehen wollen! Was hätten wir denn für eine dürftige Literatur, wenn in dieser das Denken eingeschränkt oder kanalisiert wäre? Ach wissen Sie, man muß ehrlich zugeben, wir haben diese dürftige Literatur, und genau aus den genannten Gründen. Dabei bräuchten wir in diesem Land unbedingt eine Literatur, die das Risiko eingeht, von der Partei in Grund und Boden verdammt zu werden ... ich sage das, obwohl ich selber in dieser Partei bin. Sie können mir glauben, Sie haben es ja gehört, ich bin selber schon lange bei diesen Gedanken, ich weiß, daß man sie heutzutage besser nicht denken sollte. Nicht laut jedenfalls ... aber ich bin sowieso kein lauter Denker, ich bin kein Literat. Ich denke bloß so für mich. Die Literatur aber könnte diese Gedanken Stück für Stück immer lauter denken ... und die Literatur sind Sie! Jetzt will ich Ihnen etwas sagen, wenn Sie kein Literat wären, dürften Sie mir in meiner Funktion mit solchen Gedanken gar nicht kommen ... aber sehen Sie, ich habe mich gerade vor Ihnen preisgegeben: ich selber denke so!

Sie sagen, ein Schriftsteller soll Gedanken äußern, für die er gerichtlich zur Verantwortung gezogen werden kann. Was wäre damit erreicht, Ihrer Meinung nach?

Was damit erreicht wäre? der Chef schüttelte den Kopf und sah wirklich ratlos aus. Sie haben keine hohe Meinung von der Literatur! Was denken Sie, was wir mit der Literatur alles erreichen könnten? Sie würden nur staunen, wenn Sie das wüßten ...

Es war merkwürdig, daß W. sich jedesmal restlos ausgehöhlt fühlte, wenn er einen solchen Sermon über sich hatte ergehen lassen (und noch einmal zusätzlich, wenn er sich in Stunden der Beschäftigungslosigkeit diese Reden in die Gedanken zurückrief). Die Wörter waren auf ihn eingeströmt, schienen durch alle Öffnungen in ihn einzudringen und füllten ihn aus wie Sand . . . in seinem Innern aber zeigte sich im Nu, wie verbraucht all diese Gedanken waren, wie weit sie sich entfernt hatten von jeder dem Leben entsprungenen Sprache: es waren Floskeln, tausendfach durch die Gehirnmühlen gedrehte Gemeinplätze, bestenfalls waren sie noch originell formuliert. Und darin glichen sich die Redereien Feuerbachs und des Chefs, auch wenn sich ihre Aussagen konträr zueinander stellten: im Grunde sagten beide in beleidigend öder Verdrehung dasselbe. – W. hatte danach, wenn er sich die *Erinnerung* eines dieser Referate durch den Kopf hatte laufen lassen, das allerstärkste Bedürfnis nach einfachen, ja primitiven Sätzen, die nichts waren als bloßes mitmenschliches Gespräch, die nur – ohne jede echauffierte Rhetorik – der konkreten, kunstlosen Verständigung dienten: er stand erneut vor den lampenhellen Parterrefenstern von früher und war süchtig nach banalen Äußerungen, und dachte erneut an den Kernsatz des Chefs: Man sieht am besten aus dem Dunkeln ins Licht! – Aber er hatte plötzlich die Möglichkeit, an Frau Falbes Tür zu läuten und mit ihr zu schwatzen. – Noch im April des Jahres war er auf ihr Angebot zurückgekommen: er hatte sich von ihr Geld leihen müssen (so hatte er sich ausgedrückt), er hatte sich übernommen, als er ihr dreimal Monatsmiete im voraus bezahlt hatte. Sie gab ihm das Geld zurück und noch etwas dazu; anfangs hatte er sie für geldgierig gehalten, dies schien sich nicht zu bestätigen. Aber sie erbot sich sofort, für ihn nach einer Arbeitsstelle zu fragen, worüber er erschrak. – Am nächsten Tag erinnerte sie ihn daran, der Mann einer Bekannten von ihr sei Kaderleiter in einem Dienstleistungsbetrieb in der Nähe, er könne sicher einige angenehme Stellen empfehlen. – Dies wiederholte sich noch ein paarmal, Frau Falbe schien kein anderes Thema mehr zu kennen, und sie wurde ihm lästig. – Er könne, sagte er zu ihr, erst im Mai oder Juni arbeiten, weil er bis dahin seine Schreibarbeit hinter sich bringen müsse. Danach aber, er versprach es ihr, um seine Ruhe zu haben, werde er eine Arbeit annehmen. – Insgeheim allerdings hatte er für diese Zeit seinen Umzug ins Auge gefaßt (es war schmerzlich, vor dem Winter von Frau Falbe wegzumüssen!); er beschloß, Feuerbach zu fragen, ob die Zweieinhalb-Zimmer-Wohnung noch immer frei war. Aber ausgerechnet in diesen Tagen war der Oberleutnant nicht zu finden gewesen (und W. wußte zu dieser Zeit noch nicht, wo er ihn mit einiger Sicherheit hätte treffen können ... zu dieser Zeit: es mußte gegen Ende April seines ersten Jahrs in Berlin gewesen sein, zu einer Zeit also, die in seiner Erinnerung immer lückenhafter geworden war).

So oft W. über diese Lücken nachdachte, sie füllten sich nicht ... schließlich sagte er sich, er müsse das Ende seiner Beziehung zum Chef noch einmal gedanklich nachvollziehen ... er müsse den Chef aus seinem Kopf werfen: dann werde er klarer sehen, und sei es um den Preis, daß er ganz und gar an Feuerbach hängenblieb. – Er fragte sich, ob er dem Oberleutnant je etwas über den Chef erzählt hatte ... er hatte nichts weitergegeben, er hatte sich da sauber verhalten ... oder ob ihn Feuerbach einmal in dieser Richtung ausgefragt habe: auch dies mußte er verneinen. Es war sonderbar, Feuerbach hatte niemals wissen wollen, wie er in der Kleinstadt A. gelebt hatte ... wer sein Umgang dort gewesen war, wie er überhaupt in seine Situation gekommen war. Nein, die Vorgeschichte interessierte den Oberleutnant überhaupt nicht (es war schon deshalb verwunderlich, weil sie mindestens einen gemeinsamen Bekannten hatten, den von der Bildfläche verschwundenen Harry Falbe); nein, Feuerbach stellte keine Fragen nach der Vergangenheit ... Sie sind Trivialisten! dachte W. Denn wie kann es einen ordentlichen Text geben, der sich nicht dauernd auf seine Vorgeschichte bezieht?

Der Verdacht lag nahe, daß Feuerbach alles schon wußte . . . die Quelle dieses Wissens konnte kaum ein anderer als der Chef sein. Oder der Lange . . . der lange Wiederkäuer, der die Berichte zwischen Feuerbach und dem Chef hin- und hertrug und noch eine Mark dafür einstrich, wahrscheinlich ohne daß die beiden es voneinander wußten? – Wie oft hatte W. doch Menschenmengen gesehen, die von einem einzelnen Schatten mit kleinem Kopf übergipfelt waren, das Wallen des Berliner Kleinbürgertums die Alleen entlang, gegen die Sonne, die im Westen brannte, und mitten darin eine überragende Gestalt: der Überbringer der Nachricht, der schon von weitem winkte.

Der Gedanke an den Chef hatte Ärger in W. ausgelöst, denn eigentlich war dieser, zumindest in A., etwas wie eine Instanz für ihn gewesen. Vieles an den Auslassungen des Chefs hatte für W. überzeugend geklungen . . . jetzt schüttelte er darüber den Kopf. – Dieser W., der er damals gewesen war, mußte in gewisser Weise fasziniert gewesen sein: er konnte sehen, wie er dem Chef zuerst mit Abwehr, dann mit steigender Spannung gefolgt war: wie dieser sprach, zuerst murmelnd, wie im Selbstgespräch mit herabgezogenen Mundwinkeln, dann immer öfter Blicke auf seinen Zuhörer werfend und immer intensiver redend, doch dabei nie eine elegant-saloppe Nebensächlichkeit verlierend, als habe er nur Gedanken zu äußern . . . nur Gedanken. Und wenn seine Stimme herausfordernd geworden war, verzichtete er gelegentlich auf den Kanon festgesetzter Termini, was auf diesen W. damals befreiend gewirkt haben mußte. Und der Chef war der einzige gewesen, der Teilnahme an der »schriftstellerischen Tätigkeit« dieses W. gezeigt hatte.

Einmal hatte ihn der Chef geradezu aufgeweckt. Kommen Sie zu sich, alter Junge, Sie müssen morgen wieder mal am Arbeitsplatz erscheinen! Sie verlieren sonst den Boden unter den Füßen, Sie begeben sich immer mehr in Abhängigkeiten. Ganz auf den Hund kommen können Sie bei uns nicht, geben Sie sich keine Mühe. Vom Einsammeln der leeren Bierflaschen in abgestellten Vorortzügen kann man nicht leben . . . und hier auf dem Kleinstadtbahnhof schon gar nicht. Da reicht es nicht mal für die letzten paar Schnäpse, die man zum täglichen Suff braucht. Und übrigens sollten Sie besseres Zeug trinken können, nicht diesen Fusel, wenn schon eine dicke Leber, dann von den guten Sorten . . .

Auf solche Überfälle war W. kaum zu reagieren imstande; wie es schien, war er tatsächlich aus einer Art Halbschlaf geschreckt worden . . . er hatte in der Nacht zuvor versucht, Gedichte zu schreiben (kaum erinnerte er sich, wie viele, oder welcher Art sie waren), danach war er in eine tiefe Depression gefallen, er hatte die Arbeit versäumt, am Nachmittag war er in die Stadt gewankt und durch eine Reihe von Gaststätten gestreift; in der Bahnhofswirtschaft war er – mit dem Rücken zum Gastraum und aus dem Fenster hinaus auf das Gleisgelände stierend, das in den Nebel sank und wo einzelne hohl donnernde Güterwaggons rangiert wurden, unter dem gedämpften Gebrüll der Arbeiter – vom Chef aufgelesen worden, schon eine Serie geleerter Gläser vor sich, die in der Spelunke niemand abholte; und der Chef sagte: Müssen Sie an Leipzig denken? Bis dahin ist es nicht weit . . . oder sind Ihre Gedanken schon weiter weg geflogen?

An Ihrer Stelle würde ich übrigens nicht daran denken, als Freischaffender zu leben, sagte der Chef, der ihn ungefragt durch die Stadt geleitete . . . W. hatte versucht, ihn abzuschütteln, doch lähmte der Alkohol seine Gliedmaßen, und schließlich hatte er es sogar dulden müssen, daß der Chef eine Hand unter seinen Oberarm schob und ihn, mit theatralischer Zuvorkommenheit, durch den Fußgängerverkehr führte. – Wenn Sie Ihrer Arbeit nachgehen, referierte der Chef neben seinem Ohr weiter, wenn Sie einigermaßen nach einer ordentlichen Arbeit ausschauen, bleibt Ihnen noch genug Zeit für Ihre schriftstellerische Tätigkeit. Sie sind dann sicher vor Belästigungen von behördlicher Seite . . . der ich auch angehöre – wie Sie wissen! –, und Sie wären dieser Seite nicht bedingungslos ausgeliefert . . . Er grinste charmant: Nehmen Sie sich also vor uns in acht! Denken Sie an Ihre Literatur . . . Dabei wurde er nahtlos wieder ernst: Und verhalten Sie sich wie immer, irgendwelchen Umwerbungen gegenüber . . . die von unserer Seite kommen, verhalten Sie sich indifferent. Verhalten Sie sich undurchsichtig, wenn Sie ein klares Nein sagen, sind Sie drin in der Geschichte, und wenn Sie ein klares Ja sagen, sind Sie auch drin. Und das braucht wirklich niemand zu wissen, was ich Ihnen sage, auch von unserer Seite niemand.

Bei uns ist noch niemand verhungert . . . das nur, wenn Sie mal Unterstützung brauchen. Wenn irgendwas schiefgeht mit Ihrem Betrieb, wenn man Sie dauernd abstellt als Heizer . . . vorausgesetzt, Sie mögen das nicht mehr . . . oder lassen Sie mich nur an diese Dauergeschichten mit der Wohnungsfrage denken . . . oder wenn man Sie nicht in Ruhe läßt, ich denke an diese Blödmänner mit ihren ewigen Sondereinsätzen in den Betrieben, die sollen mit ihrer Wirtschaft in den Betrieben selber fertig werden, oder sie sollen die Transusen aus dem Büro am Sonntag in die Produktion schicken . . . dann nur ein Wort von Ihnen! Oder wenn Sie eine neue Dachrinne brauchen, oder ein paar Latten für den Gartenzaun, eine Genehmigung für die Garage, oder wenn Sie merken, daß Sie langsam impotent werden, wir haben da ein Westmittel, oder Zahngold, Zahngold! Sie machen einen kleinen Trip über die Oberbaumbrücke, und schon kaufen Sie Zahngold, sagen Sies nur, wenn Sie Probleme haben. Solange Sie noch auf Unterstützung verzichten können, lassen Sie sichs nicht verdrießen. Ruhen Sie sich aus, und wenn Sie Kraft geschöpft haben, dann schreiben Sie wieder!

(Hinter ihm schien das kaum hörbare Klirren eines Kühlschranks durch den Beton zu rieseln; die Stimme des Chefs schläferte ihn langsam ein ...)

Sie werden sich fragen, woher weiß der Kerl so gut Bescheid! Woher nimmt er seinen Einblick ... das liegt an unserer Geduld. Mit Geduld erfährt man alles, wir haben Zeit. Wir sagen uns immer, es wird schon noch ein harter Winter kommen, und der Ofen ist ihm zusammengebrochen! Ich würde es gar nicht Einblick nennen, ich würde es meinen Glauben an die Literatur nennen. Ich habe mir die Freiheit herausgenommen, aus dem Vorrat von Freiheit, den wir haben, und habe mir erlaubt, die Einsendungen nachzulesen, die Sie ab und zu postalisch den Verlagen übermittelt haben, ich dachte, ich will doch wissen, mit wem ich es zu tun habe. Ich will mich doch nicht wieder auf Dauer mit einer tauben Nuß beschäftigen müssen, das habe ich schon zu oft machen müssen ... und der letzte Versuch war das lange Elend, dem mans schon von weitem ansieht. Dabei hatte ich es gar nicht nötig, das heilige Postgeheimnis zu brechen ... ach du lieber Gott, das Postgeheimnis, das auf der ganzen Welt nicht mehr existiert. Und warum sollte es auch, dieses Relikt frühbürgerlicher Sentimentalität ... höchstens in so finsteren Diktaturen wie in Südkorea reden sie noch vom Postgeheimnis ... weil der Geheimdienst in diesen Ländern sowieso nicht lesen und schreiben kann. Ach was, ich mußte da nur ein paar Freunde von mir anrufen. Ich habe ziemlich gute Freunde in einigen Verlagen, und die könnten eine Menge für Sie tun.

Kurz und gut, Ihr Fall ist keineswegs ohne Hoffnung, im Gegenteil! Deshalb will ich Ihnen nur noch eins sagen: Unterschreiben Sie nichts! Lieber nicht, bleiben Sie lieber unabhängig. Unabhängige Leute sind besser, da gibt es keine Sachzwänge, auf die kann man sich besser verlassen. Reden Sie freiwillig mit mir, das ist besser! Ich will von Ihnen gar nichts wissen! Nicht, wie der und der, oder die, oder Ihre Oma, oder wie die Urgroßmutter von dem und dem denkt . . . das weiß ich nämlich schon alles. Die denken, ich bin ein Schwein, und das gleiche wird man bald von Ihnen denken . . . wenn Sie etwas unterschreiben. Also ich halte gar nichts von dem, was der kleine Oberdicke mit seinen fetten Pfoten vor Sie hingelegt hat . . . hat er das schon gemacht? Ich würde an Ihrer Stelle sagen, ich unterschreibe das nicht, ich bleibe unabhängig.

(Genug! dachte er. Genug, jetzt reicht es . . . Er war erschrocken aufgefahren von einem Geräusch, von einem tickenden, tropfenden Hall irgendwo, kaum eine Sekunde lang. Er lauschte, doch es war still, es war nur, ohne Anfang und Ende, überall das kaum hörbare Summen der Gesteine. Und doch schien da ein Schritt gewesen zu sein, mehrere schnelle Schritte . . . schon lange glaubte er, daß er hier unten frequentiert war. – Aber es reichte nun wirklich . . . Er stand auf und machte sich auf den Weg. Wie kam er dazu, seit Stunden die Gedanken des Chefs zu denken . . . seine eigenen noch hinzuzufügen, die Reden des Chefs mit den eigenen Sätzen noch zu ergänzen? – Anscheinend blieb ihm kaum eine Wahl, anscheinend konnte sein Kopf nur noch wählen zwischen dem Chef und Feuerbach.

Sorgfältig in jedem Trakt der Keller das Licht hinter sich auslöschend, bewegte er sich in Richtung Ausgang, hinauf an den Tag, wo es vielleicht schon wieder Nacht war.)

Unterwegs fiel ihm ein, was der Chef außerdem gesagt hatte. Nach der Empfehlung an W., nicht nach Leipzig umzuziehen . . . Lieber nicht, oder besser, keinesfalls, dort sind Sie nur einer unter vielen . . . hatte er seine Worte folgendermaßen begründet: Wir haben hier ein bestimmtes Kontingent von Möglichkeiten, das überhaupt nicht genutzt wird ... es ist, zugegeben, viel kleiner als das in Leipzig, aber in Leipzig ... und in Berlin ... wird es voll ausgenutzt, einfach, weil es dort genügend Leute gibt, die es nutzen können. Zu geben scheint, sage ich Ihnen, denn über diese Leute kann man auch anders denken. Während hier bei uns einfach niemand ist, ich kann mich umsehen wie ich will. Damit meine ich die Frage der Reisen in das NSA ... Sie wissen, was ich meine! Hier müssen schon die tollsten Sachen passieren, wenn es Genehmigungen geben soll, uns müssen da drüben schon die Leute sterben. Aber ein, zwei Nummern ... sagen Sie sich, Nummern für Pässe, die gibt es eben. Und ich habe hier keinen ordentlichen Schriftsteller, zum Beispiel, ich kann das Visum nicht dauernd für mich selber beantragen. Ich brauche hier im Kreisgebiet einen Künstler oder Schriftsteller, den ich mit gutem Gewissen für ein Jahr oder mehr, manchmal auch etwas weniger, da drüben unterstützen könnte.

Soll ich etwa das lange Leiden schicken? Der bleibt mir doch gleich fort. Der versucht sich nämlich ebenfalls am Schreiben, sag ich Ihnen ... ich könnte Ihnen mal was zeigen, was er veröffentlicht hat, aber lassen wir das lieber. Bei Ihnen wären wir sicher, daß Sie drüben schnell begreifen, was da ins Haus steht, Öffentlichkeit, Öffentlichkeit bis zum Brechdurchfall, Sie werden sich noch bei mir bedanken. Spaß beiseite, bei Ihnen hätten wir keine Angst, daß Sie nicht genug Einladungen kriegen, so funktioniert da drüben der Betrieb, Sie müßten nur noch ein bißchen bekannter werden ...

Bekannter? Ich bin überhaupt nicht bekannt, beklagte sich W.

Bei mir schon ... und ich bin nicht niemand! – Doch weiter im Text, für diese Zwecke wäre eine größere Veröffentlichung hier bei uns gar nicht so günstig ... außerdem wäre es zu langwierig. Wir könnten zwar daneben stehn in der Setzerei und Sie in drei Monaten über den Tisch ziehen, aber das käme dann doch raus ... stellen Sie sich vor, wegen Ihnen wird die, sagen wir, hundertelfte Auflage von Kurellas Reden zurückgestellt, das würde dann doch auffallen. Wir müßten von Ihnen Texte in Zeitschriften bringen... und keinesfalls Ihre besten Texte, und dann müßten wir den Redakteur rauswerfen ... die ganze Redaktion säubern, die wären doch bloß froh darüber. Und das alles wegen Ihren Texten, können Sie sich die Presse vorstellen, die wir drüben hätten ...

Der Chef lachte an dieser Stelle wie die jugendlich gebliebene Hauptfigur eines wohlwollenden Romans.

Oder wir nehmen Sie mit einer ganzen Gruppe zusammen, wir machen eine ganze Menge, wir machen eine Anthologie ...

Ich habe mir alle Varianten überlegt, es würde alles viel zu lange dauern. Die drastischen Methoden wären die besten, darauf fällt die Presse natürlich am besten rein ... das funktioniert, spätestens im Mai, Juni nächsten Jahres hätten wir Sie an Ort und Stelle. Also man nimmt den betreffenden Mann in Haft, nach einem Monat erfährt das die ganze Welt, zwei Wochen später ist der Rummel auf dem Höhepunkt, und ehe es kritisch wird für das Renommee des Vaterlands, würden wir Sie wieder rauslassen ... notfalls gleich nach Westberlin. Nur müßte der Betreffende ein gewisses Stehvermögen haben... bei Ihnen wohl keine Schwierigkeit ... denn da ists natürlich ungemütlich. Ich weiß, wovon ich rede, ich kenne unsere Erholungsheime von innen, da muß man wissen, was man tut, da gibt es sogenannte Unwägbarkeiten, Risikofaktoren, wenn Ihnen das was sagt.

Aber auch dafür wäre es besser, wenn Sie erst mal für eine Zeit in der sogenannten Szene bekannt gemacht werden, in einer Stadt, einer größeren ... Leipzig, Magdeburg, es muß vielleicht nicht gleich Berlin sein, aber die Szene ist übergreifend. Sie müßten dort eine Weile dazustoßen und sich die Sache ansehen. Wir würden Sie fragen, in welcher Form ... ob mit einem leichten Job, der Ihnen das nötige Kleingeld bringt, oder ob Sie dort vollkommen ... die haben da nämlich ein ausgeprägtes soziales Bewußtsein! ... im luftleeren Raum sein wollen, sozusagen mit abgebranntem Hintergrund und Neigung zu teuren Spirituosen ... auch gut, aber besser noch: dauernd hinter billigem Fusel her, aber denken Sie an Ihre Leber! Und hinter den Westweibern her, die da ewig herumlaufen ... aber das wäre für Sie schon komplizierter. Jedenfalls müßten Sie dort mal für eine Weile dazugehören, aber doch nicht ganz und gar dazugehören ...

Sie müßten dort natürlich nur so tun, als ob Sie eingetrieft sind. In Wirklichkeit müssen Sie sehr aufgeweckt sein. Und das, obwohl dort nichts Dramatisches passiert, es wird für Sie wahrscheinlich schnell langweilig werden. So stelle ich mir beim Verfassen einer Erzählung die Einbringung des täglichen Kleinkrams vor, der mit hinein muß, damit die Personen ein richtiges Umfeld bekommen ... daran würde ich an Ihrer Stelle immer denken. Also daran, wie man die alltäglichen Banalitäten darstellt ... dann fällt die Niederschrift am schwersten, könnte ich mir vorstellen. Wie und wovon lebt diese Figur, wo kommt die Armbanduhr her, die sie trägt. Und was machen die Leute, wenn sie nicht in den Lokalen und Treffs der Szene rumsitzen. Wie gehen die Ehen, falls welche vorhanden, und immer auch um die Kinder kümmern, falls welche vorhanden. Gibt es homosexuelle Vorlieben, das ist wichtig. Und was ißt die Figur ... ich meine mit *eszet*. Und geht sie aufs Klo ... und wann, auch daran muß man denken. Die Zeit kann man aber später einsetzen. Es sind alles Fragen, die sich Ihnen auch beim Schreiben stellen ... die Zigarettenmarke! Oder sind es Zigarren, die nach Schwefel und Phosphor stinken. Und Sie selber dürfen natürlich niemals klare Antworten geben, Sie müssen immer ein wenig rätselhaft sein. Dann wird man auf Sie aufmerksam, und Sie werden verwickelt. Also schweigen Sie sich am besten aus über das, was Sie tun, wo sie herkommen, geben Sie sich etwas verwirrt, Ihre Herkunft kann Ihnen ruhig ein bißchen peinlich sein . . . in dem Fall brauchen Sie nur an den Chef zu denken. Geben Sie falsche Reiseziele an, Berlin statt Leipzig, und später sagen Sie, Sie hätten sich nur versprochen. Damit müßte Ihre Tätigkeit doch vollauf interessant werden, und wenn mans bedenkt, bleiben Sie damit voll bei Ihrer Sache . . .

W. konnte sich allerdings nicht erinnern, in irgendeinem Spionage- oder Kriminalroman gelesen zu haben, daß eine der Personen die Toilette aufsuchte, es sei denn, ein solcher Gang war für den Handlungsverlauf notwendig. Und immer blieben auch jene »alltäglichen Banalitäten« ausgespart, wenn sie für die Beweisführung des behandelten Falles keine Bedeutung hatten. – Es sollte also hier um Alltagsprosa gehen, um realistische Geschichten, um den Realismus der Geschichten, in die er Einblick nehmen sollte. Um den Realismus seiner eigenen Geschichte ging es nicht . . . folgerichtig war diese draußen im Dunkel geblieben. – Genau dies, sagte sich W., war das Hauptmerkmal des nichtexistierenden Sozialistischen Realismus, über den der Chef so wenig guter Meinung gewesen war.

Nun war es genug; der Chef hatte W., den wildlederweichen Arm in seiner Ellenbeuge, durch zwei Drittel der Stadt begleitet; die Suada des Chefs hatte ihn begleitet, aus dem spätnachmittäglichen Dämmer gerissen, hatte ihn nervös gemacht und dann wieder ermüdet . . . die Suada des Chefs hatte ihm bis auf den heutigen Tag keine Zeit zu einer Antwort übriggelassen. – Schon in der Nähe seines Hauses, war W. noch einmal umgekehrt und wieder in Richtung Stadt gegangen; der Chef hatte ihn begleitet; vor einer Kneipe war W. stehengeblieben. – Was, sagte der Chef, Sie meinen, da wollen wir reingehen?

Sie fanden noch einen freien Tisch, und bald standen zwei gefüllte Gläser vor ihnen; der Chef setzte zum Sprechen an, aber W. mußte zur Toilette. Er wußte, daß der Weg dorthin über einen Hausflur führte, der noch eine Hoftür hatte; durch diese und über den Hof konnte man entkommen. – Und in der Gaststube am Tisch saß der Chef und redete, fast flüsternd, denn die Stieraugen aller übrigen Gäste waren auf ihn gerichtet, leise sprach er, lächelnd, dauernd am Bier nippend und sich räuspernd in dem Qualm, gegen den Schatten auf dem Nebenstuhl hin, der sein Bier unberührt ließ.

Einen solchen Hinterausgang hatte das kleine Café nicht, das an der *Frankfurter Allee* lag und in das ihn Feuerbach eines Tages eingeladen hatte. Er hatte sich dort einen Fensterplatz gesucht und jedermann abgewiesen, der nach einer Sitzgelegenheit an dem Tisch fragte ... dies wurde akzeptiert, obwohl sich das Café in den Abendstunden zu füllen begann. Er wartete auf den Oberleutnant, ein paarmal glaubte er ihn auftauchen zu sehen unter den Fußgängern, die auf dem Trottoir durch den Lichtschein der gerade aufstrahlenden Lampen gingen; es war fast noch hell ... Feuerbach kam nicht. Nach und nach begann die draußen fallende Dunkelheit seine Sicht zu beeinträchtigen ... er hatte Zeit, hinauszustarren auf die breite Verkehrsader und dabei seinen Gedanken nachzuhängen. Hinter ihm, im Gastraum, nahm das Stimmengemurmel zu ... es verdrängte langsam den Redestrom seiner Erinnerungen, die irgendwo, nahe bei ihm, unbeachtet weiterreferierten, das Stimmengewirr im Gastraum flutete wie steigendes Gewässer darüber hinweg ... es war ein unverständliches Gemurmel, niemand im Café sprach so laut, daß ein anderer hätte mithören können, es war die typische Art zu sprechen hier im Café, hörbar war es nur dank der anwachsenden Zahl junger Männer, es kamen immer mehr, längst saßen sie nicht mehr vereinzelt, und sie ließen ihre halblauten Gespräche in die rauchgefüllte Luft steigen ... und als das Stimmengemisch einen Pegel erreicht hatte, unter dem die von ihm selbst erzeugten Geräusche (das Klirren der Kaffeetasse) versunken waren, als es zu einem gleichmäßig angeschwollenen Raunen geworden war, faßten auch die Erinnerungen in seinem Kopf wieder Fuß. Sie wurden hervorgerufen durch den zunehmenden Dunst unter dem Lampenschein auf der Straße, wo der Autoverkehr noch immer nicht nachzulassen schien ... diese Nebel gemahnten ihn daran, daß der Winter noch nicht vorbei war ... sein erster wirklicher Winter hier in Berlin. Noch immer wirbelten Wolken von Frost über die mehrspurige Fahrbahn ... und mischten sich mit den blauschwarzen Wolken der Auspuffgase, die von der Vielzahl der Kraftwagen, die es um diese Zeit noch immer gab, in die Luft gespien wurden. Besonders auf den diesseitigen Fahrspuren der Allee, die dem großen Fenster des Cafés benachbart lagen – auf der rechten Seite demnach, wo die Autos in Richtung Stadtmitte fuhren, in Richtung Westen also –, wuchs der Verkehr jetzt noch an ... wie aus Pistolen abgeschossen stürmten die Wagen davon, wenn das Ampellicht in der Nähe der Fußgängerunterführung auf Grün fiel, ein dichtgedrängter Pulk von Fahrzeugen, zusammengeschweißt zu einer in ihrer inneren Struktur unveränderlichen Ordnung, die ein breit gefächertes, ausgefranstes und gezacktes Ungeheuer zu bilden schien, grell überflackert von einer Häufung blitzender, einander sich behindernder Beleuchtungen, und hinter sich herziehend den Schweif der glutroten Rücklichter, während über der fortrasenden Zusammenballung eine erregte, aber gleich darauf träger und einfältiger fließende Rauchbank schwappte, die nun in das rotgelbe Licht der Straßenlampen hineinstieg ... und schon war eine neue Autokolonne da und setzte eine neue

Rauchwoge darunter; kurz zuvor hatte man weiter rechts in der Straße den vielstimmigen Bremsschrei gehört, mit dem die vorausgefahrene Wagenstreitmacht an der nächsten Ampel stoppte ... Und schon fuhren sie wieder, man hörte es, und die nächste Rotte der Wagen auf Höhe des Fensters beschleunigte, sie gaben noch mehr Gas, um endlich die Intervalle der roten Ampelphase zu überholen und zu übertreffen ... so jagte Kohorte auf Kohorte der westlichen Richtung zu, und das Dröhnen ihrer Motorenstärken überrollte die gesamte Stadt: gen Westen, gen Westen, wo alle Bewegung aufenthaltslos hinzuwollen schien.

Dort im Westen schienen sich all diese Gewalten zu sammeln ... irgendwo dort im Westen unter dem lichtdurchzuckten Himmel dröhnte und lebte Westberlin und knirschte in den Nähten ... dort irgendwo keuchte und pumpte das wirkliche Herz dieses Landes und war eingeschlossen in einen ehernen und würgenden Ring.

Haben Sie denn eine Ahnung, was die ganze Bücherschreiberei da drüben in dem Betrieb noch soll? – So lautete der Beginn der Feuerbachschen Suada, welche das Thema variierte, das W. schon kannte. Im Unterschied zum Chef sah Feuerbach das Ganze weniger optimistisch: Der Schreiber dort drüben, wenn der überhaupt noch zu finden ist, ist der nicht nur noch eine Bedienungskraft des bürgerlichen Bewußtseins ... beschäftigt, die Klischees der Konsumgesellschaft umzuschichten? Hat er Glück, dann kümmert sich niemand drum, und alle benutzen die alten Klischees weiter, hat er kein Glück, macht man ihm den letzten mühsamen Einfall auch noch zum Klischee. Oder wie stellen Sie sich den Laden dort vor?

W. hatte, aufgrund der Vorträge des Chefs, immerhin eine Vorstellung, er neigte zu einer negativen Antwort auf die Frage, ob er drüben noch zu finden sein werde. – Wäre es nicht reizvoll, dachte er, in Westberlin spurlos zu verschwinden?

Notwendig einen Gebrauchswert hatte die Literatur in der westlichen Gesellschaft natürlich nicht, darüber mußte er sich klar sein. Man mußte dies nicht erst bei den Strukturalisten nachlesen, die das noch zu goutieren schienen. Wie er es sah, konnte es, im Fall der Fälle, nur zwei Möglichkeiten für ihn geben: entweder paßte man sich dem Modebetrieb an und war immer den Trends auf der Spur ... was für eine hundsgemeine Spitzelei, immer die neuesten Trends erkennungsmäßig zu erfassen, und das immer ohne die klaren Richtlinien einer VVS, an die man sich halten konnte! ... oder man wurde zum Einzelgänger, der seinen Schreibnotwendigkeiten angepaßt war. Im zweiten Fall konnte man leicht im Abseits der Metropolen verschwinden, in den düsteren Seitenstraßen ein Schattendasein führen. Und man mußte damit rechnen, daß man keine Möglichkeit fand, sich von dort aus wieder ins Licht zurückmelden zu können.

Übrigens mußte er sich nicht besonders viele Gedanken darüber machen, denn es bestand momentan wenig Aussicht, daß einem diesbezüglichen Ansinnen seinerseits Rechnung getragen wurde. Er hatte einmal versucht, mit Feuerbach darüber zu reden, mit aller gebotenen Vorsicht, Feuerbach hatte erst nichts verstehen wollen und dann gefragt: Wer hat Ihnen denn diese Idee ins Ohr geblasen?

Nach einigem Zögern sagte er: Sie preschen ganz schön nach vorn, alle Achtung ... Ihnen gefällts wohl nicht mehr bei uns? Dabei sind Sie gerade erst raus aus Ihrem Kuhdorf ... ist überhaupt schon ein Jahr vorbei, seit Sie hier oben bei uns sind? – »Oben bei uns«, damit war das Privileg, in der Hauptstadt zu wohnen, gemeint. – Muß man dafür nicht etwas mehr tun, auf welche Verdienste glauben Sie denn zurückblicken zu können?

Was für die meisten schlicht verboten ist, was für jedermann als *Verrat* zu gelten hat, hat also ganz nebenbei die Eigenschaft, als Belohnung für gute Leistungen zu fungieren! dachte W. voller Hohn. Durfte es da wundernehmen, wenn dieses Volk, das am laufenden Band schöpferische Höchstleistungen vollbrachte (man konnte es laufende Meter in der Zeitung nachlesen), inzwischen in seiner Gesamtheit nach eben dieser Belohnung gierte ... daß es längst als ungemein störend empfunden wurde, daß nur die Funktionäre stellvertretend diese Auszeichnung entgegennahmen?

Sie haben wohl davon gehört, sagte Feuerbach ein paar Tage später, daß es seit einer gewissen Zeit sogenannte Botschaftsbesetzungen gibt? Ja, es stimmt ... in der Ständigen Vertretung in der Hannoverschen Straße sitzen schon länger ein paar herum ... und ich glaube, ein paar Verrückte auch in der amerikanischen Botschaft. Und wir haben Mühe, diese Sache nicht zu publik werden zu lassen. Die Situation ist etwas verzwickt, verstehen Sie ... Er schien nach einer möglichst kurzen und schlüssigen Formulierung zu suchen, dabei starrte er gespannt in W.s abgewandtes Gesicht: Es ist nicht das erste Mal, bis jetzt haben wir das noch immer hingekriegt. Weil es nicht allzu publik geworden ist ... andernfalls können solche Sachen eskalieren. Also wissen Sie, wenn das Schule macht! Bis jetzt haben wir diese Irren immer stillschweigend ablaufen lassen ... aber wenn wir uns so weiter verhalten, geben wir der Ständigen Vertretung alle Handlungsmöglichkeiten in die Hand. Praktisch liegt der Fall so, sie verlangen von uns, daß wir die Leute schnellstens ausreisen lassen, oder sie brechen die Übereinkunft, daß über die Situation Stillschweigen gewahrt wird, verstehen Sie, was ich meine?

W. hatte natürlich davon gehört, es gab diese Einzelfälle schon seit einem Jahr; er hatte die Nachrichten stets etwas triumphierend aufgenommen. Jetzt galt es unbefangene Miene zu zeigen.

Waren Sie schon einmal in der Ständigen Vertretung? fragte Feuerbach.

W. bejahte; es wäre zwecklos gewesen, dies abzustreiten, denn todsicher waren alle die Leute registriert worden, die sich einmal dort in der Hannoverschen Straße eine Kunstausstellung angesehen oder eine der Dichterlesungen besucht hatten; es gehörte in der Berliner Kunstszene, in der W. ab und zu verkehrte, zu den Selbstverständlichkeiten, diese Veranstaltungen wahrzunehmen.

Der Oberleutnant sagte: Wissen Sie, wir wollten Sie da noch mal reinschicken. Nicht als Ausstellungsbesucher... wir haben vielleicht vor, Sie da mit einzubringen, ja, Sie sollen mit hinein in die Ständige Vertretung. Könnten Sie sich mit einem solchen Gedanken vertraut machen?

Sie meinen, ich soll mich unter die Botschaftsflüchtlinge mischen?

Ja... aber drücken Sie sich bloß nicht so aus, Sie sind ja schlimmer als die Westpresse! Feuerbach verzog schmerzhaft das Gesicht; danach lenkte er von dem Thema ab: Können Sie sich noch erinnern, wie Sie als Heizer in der Chausseestraße gearbeitet haben, in der REWATEX-Filiale, schräg rüber von der Brecht-Buchhandlung? Damals haben Sie für uns noch geschlafen, die letzten paar Monate, jedenfalls haben Sie halb geschlafen, Sie waren andauernd besoffen! Deshalb wissen Sie es wohl gar nicht mehr?

Doch, ich weiß es, so lange ist es nun doch nicht her!

Und dann gingen Sie, wenn Sie nachmittags Feierabend hatten, in die Brecht-Buchhandlung und kauften Bücher... es gibt da immer ein paar mehr von den Büchern, die sonst gleich ausverkauft sind... können Sie sich erinnern? Und dann gingen Sie mit dem Bücherpaket in diese Kneipe in der Hannoverschen, gleich gegenüber der Ständigen Vertretung. Von da aus konnte man sehr gut sehen, wer da ein- und ausging in der Vertretung...

Es war nicht nötig, ihn an diese Zeit zu erinnern (erinnert worden war er nur daran, daß man hier in Berlin ständig unter Kontrolle war), die Sommermonate in der

REWATEX-Betriebsstelle Chausseestraße waren ihm sehr gegenwärtig. Er hatte sich von Frau Falbe doch überreden lassen, eine Arbeit anzunehmen, sie war ihm unverdrossen mit einer Reihe von Vorschlägen gekommen, die von jenem Kaderleiter, dem Mann ihrer Bekannten, stammten; dem letzten Vorschlag war er schließlich, ermüdet, gefolgt, vielleicht hatte er damit die ungünstigste Wahl getroffen; er hatte die Stelle angenommen, wegen des in Aussicht gestellten hohen Verdiensts.

Diese Zeit war ihm als eine einzigartige Ansammlung von Hitzetagen im Gedächtnis geblieben (jetzt, als ihn Feuerbach darauf gebracht hatte, war der nächste Sommer nicht mehr weit...) – Damals hatte der Sommer alles zum Stillstand gebracht, nur die REWATEX-Filiale wusch unbeeindruckt weiter und mußte heftig beheizt werden. Der Großstadtlärm erlahmte und lag brach, er schien vor sich hin zu dünsten mit schwelenden und fauligen Gerüchen über dem in der Sonnenglut bläulich schimmernden Pflaster. Die Tage waren nur von zermürbend kurzen Nächten unterbrochen, in denen ein feuerroter Mond in schnellem Tempo über die Stadtwüste eilte; tagsüber waren alle Fenster in den Straßen verschlossen und verhängt, die Hitze schlich durch die Stadt wie eine Krankheit, gegen die es kein Mittel gab. Die Autos bewegten sich nicht mehr, und die leeren Straßenbahnen fuhren durch die Häuserschluchten wie unbekannte eiserne Maschinen, deren Funktion darin bestand, tödlichen Lärm zu erzeugen, aber endlich blieb auch dieser zwischen den erstorbenen Fassaden seltsam gedämpft. Nur in der Chausseestraße, und weiter unten in der Friedrichstraße, defilierten die Touristen, in schreiend buntes, knapp bemessenes Tuch gehüllt, der wunderliche Schnitt dieser Kleidung ordnete sie auf den ersten Blick westlichen Gefilden zu, wo es um diese Zeit noch weniger erträglich sein mußte. Da er noch bei Frau Falbe wohnte, hatte er einen unanständig weiten Anfahrtsweg bis zur Arbeit; schon einen Monat nach seiner Einstellung bei den Städtischen Wäschereibetrieben war er in den kleinen Betriebsteil in der Chausseestraße verschickt worden, wo die Arbeit zwar leicht, die Arbeitszeit jedoch unzumutbar lang war. Der Hauptteil der Filiale war eigentlich nur ein Waschautomaten-Salon, den man vom Boulevard aus benutzte, im Rückgebäude aber gab es noch eine Abteilung für sogenannte Haushaltswäsche, die vorn abgegeben und hinten verwendungsfertig bearbeitet wurde, wofür die Mangeln und Trockner mit Dampf betrieben wurden. Ehe diese Maschinen morgens um sechs arbeiten konnten, mußte der Kohleheizkessel unter Druck stehen, das hieß, W. durfte nicht später als um fünf mit dem Heizen anfangen. Davor aber lag für ihn der mehr als einstündige Anfahrtsweg mit den ersten zu dieser Tageszeit verkehrenden S-Bahnen und Linienbussen. Und dann dauerte sein Arbeitstag bis vier Uhr am Nachmittag, je nach anfallender Wäschemenge manchmal noch länger ... es gab dabei nur die geringfügige Erleichterung, daß er eine Mittagspause von zwei Stunden hatte. Dieser Zeitaufwand hatte dazu geführt, daß er seine Tätigkeit im Wäscherei-Kombinat REWATEX schon im Herbst desselben Jahres wieder aufgab. Und um dies vor Frau Falbe nicht rechtfertigen zu müssen, zog er schließlich in ein anderes Stadtviertel um.

Und in den zwei Stunden Mittagspause saßen Sie in der Kneipe und starrten unentwegt auf das Tor der Ständigen Vertretung, sagte Feuerbach. Wohin sollten Sie auch anders starren, es gibt da nur das eine Fenster. Das Bier floß in Ihren Schlund, es war eine Lust, Ihnen zuzusehen ... was mögen Sie nur die ganze Zeit gedacht haben? Sie saßen am Fenster und starrten hinaus ... immer die gleichen Bilder ... ob es in Westberlin besseres Bier gibt, mögen Sie sich gefragt haben. Oder Sie haben sich gefragt, warum es dort draußen auf dem Vorplatz immer mehr grüne Polizisten werden. Was sagen Sie dazu, wir hatten wirklich die Absicht, Sie in die Vertretung mit reingehen zu lassen. Es hätte gut ausgesehen, wenn Sie gleich in der Mittagspause aufgekreuzt wären, noch im Arbeitsanzug und mit Ihrem Bücherpaket unterm Arm. Das ist der arme Poet, der noch nie etwas veröffentlichen durfte in seinem Land, und der deshalb bei REWATEX als Heizer arbeiten muß. Das wäre eine tolle Legende für Sie gewesen, überzeugend, finde ich ... Feuerbach wartete auf die Wirkung seiner Worte, da er keine erkannte, fuhr er fort: Wir haben Sie natürlich extra so lange in Ruhe gelassen, bis Sie dieses Image hatten ... immerhin, das bleibt Ihnen, damit können Sie zum Beispiel hier in der Szene wunderbar ankommen. Und trotzdem, ich finde es schade ... ach, was sage ich! ... daß mein schöner Plan ins Wasser gefallen ist. Ich hatte ihn schon fast durchgesetzt bei unseren Häuptlingen ... doch dann ist jemand gekommen und hat die Sau rausgelassen! Ich hatte es mir fein ausgedacht, Sie sollten natürlich nicht wirklich nach Westberlin. Im Gegenteil, Sie sollten schlappmachen in der Ständigen Vertretung. Ja, Sie sollten das Elend kriegen bei dem langen Warten und in der Unsicherheit. Das wäre bei Ihnen zu verstehen gewesen, bei einem, der seine ordentliche Arbeit und guten Verdienst hat. Also Sie sollten als erster umkippen bei den Verhandlungen, und Sie sollten der Beweis sein, daß denen nichts passiert, die dort freiwillig wieder rauskommen. Verstehen Sie, für mich waren Sie unsere Möglichkeit, die Sache dort offensiv anzugehen. Und was wäre geschehen, die andern da drin wären stückweise auch abgebröckelt, der Zusammenhalt unter ihnen wäre dahingewesen.

Und dann hätte man die Abgebröckelten, wenn sie gekommen wären, stückweise alle einsammeln und aufgreifen können! sagte W.

Das lasse ich offen! sagte Feuerbach. Das wäre nicht mehr unsere Geschichte. Aber wollen Sie nicht wissen, wer da gekommen ist und mir die schöne Geschichte vermasselt hat?

W. gab keine Antwort, und der Oberleutnant sagte: Sie kennen ihn. Er spielt dort den großen Chef in Ihrem Kuhdorf, aus dem Sie früher hergekommen sind. Sie kennen ihn, so ein lascher Typ mit graumeliertem Pelzkragen, so ein Literatur-Banause. Der hat es uns plötzlich gesteckt, der hat die Sau rausgelassen, vielmehr, er hats uns überbringen lassen durch irgend so ein langes Ungeheuer aus seinem Bereich. Finger weg von dem, der will ja wirklich in den Westen! So hieß die Nachricht ... der will wirklich rüber, das haben wir ermittelt, Bezug auf ungenannt-bleiben-müssende Quelle, Punkt, aus. Und unsere Häuptlinge haben natürlich die Hände gehoben: Was, der will *wirklich* in den Westen ... unmöglich, aus, Vorgang gestorben!

Wer weiß, ob die nicht recht haben, sinnierte Feuerbach nach einer Weile, wer weiß. Sie müßten sich gefälligst mal dazu äußern! An was haben Sie nur die ganze Zeit gedacht an diesem Fenster in der Kneipe in der Hannoverschen Straße? Das werden sich die Häuptlinge auch gefragt haben. Und trotzdem, mein Lieber, absolut gestorben ist dieser Plan für mich noch nicht ...

Es waren ihm ganz andere Dinge durch den Kopf gegangen, wenn er am Fenster dieser Gaststätte saß und unverwandt in die Hannoversche Straße blickte, wo der Verkehr fast völlig erloschen war. Und wo er hindurchblickte durch die Volkspolizisten und Zivilisten, die auf dem Vorplatz vor der Vertretung ihre Wachablösungen praktizierten. Einen Arm über das Bücherpaket am Tischrand gelegt, in der anderen Hand das Bierglas und die Zigarette zwischen den Fingerspitzen, die er anzuzünden vergaß, bis der Kellner vorbeikam und ihm das brennende Feuerzeug hinhielt. Er mußte daran denken, daß er schlicht zu müde war zum Schreiben, daß all seine Schreibversuche der letzten Zeit auf ziemlich jämmerliche Weise zugrunde gegangen waren . . . die Arbeit in der Wäscherei fraß ihm die Zeit weg, er schlief kaum noch, die ununterbrochene Sommerglut tat ein übriges. Er ging mit dem Gedanken um, diese Arbeit wieder seinzulassen und auszuziehen bei Frau Falbe . . . aber gerade dieses Ausziehen bei Frau Falbe war zu einem Problem für ihn geworden . . . und bei Frau Falbe verweilten seine Gedanken in diesem Sommer nicht ungern. Immer wieder fragte er sich, wie alt sie wohl sein mochte . . . sie konnte im Grunde nur sechs oder sieben Jahre älter sein als er selbst, im höchsten Fall zehn, Frau Falbe war schwatzhaft, sie schwatzte immer dasselbe, sie legte nicht mehr viel Wert auf ihr Aussehen, bis zum Mittag ging sie im Morgenrock umher, aber man konnte nicht sagen, daß sie ungut aussah. Sie hatte offenbar keine Kinder gehabt, sie schaute die meiste Zeit über ein wenig enttäuscht und ließ sich ein wenig fallen, aber sie hatte in ihrer Figur die energischen Formen einer kräftigen Frau, die nicht dick zu nennen war. Und sie hatte einen intelligenten Blick, wenn sie nicht gerade von dem Hundewetter fertiggemacht wurde, wie sie es ausdrückte.

Frau Falbe hatte in letzter Zeit tatsächlich die Aufgabe übernommen, ihn in der Frühe zu wecken (was er anfangs nicht hatte glauben wollen; sie hatte es ihm selbst angeboten, nachdem er einige Male übel verschlafen hatte: Wie stehe ich denn da vor meiner Bekannten, wenn das ihr Mann, der Kaderleiter, erfährt!) . . . und tagtäglich hatte er dabei das Gefühl, daß sie ihn am Morgen duzte, wenn sie in sein Zimmer kam . . . wenn er völlig zu Bewußtsein gelangt war, siezte sie ihn wieder und behielt dies den ganzen Tag über bei. – Lassen Sie mich nur, das können wir so organisieren, ich habe doch den zweiten Schlüssel, und bei der Hitze kann ich sowieso nicht schlafen. Die ganze Nacht wälzt man sich bloß im Bett hin und her und denkt an sonstwas. Es ist nicht auszuhalten im Bett . . . jaja, dieses Aufstehen dann, das kenne ich noch vom Harry. Und Sie,

Sie müssen ja schon gleich nach drei aufstehen, wenns noch dunkel ist, wann nimmt das bloß ein Ende. Sie sollten sich lieber hinlegen und nicht andauernd im Sessel sitzen und schlafen ...

Sie grübeln einfach zuviel, sagte sie. Und dann können Sie nicht einschlafen, und wenn Sie aufstehen müssen, dann schlafen Sie im Sessel ein. Was grübeln Sie nur die ganze Zeit, das ist doch kein Zustand für einen jungen Mann wie Sie.

Jung werde ich noch mal in meinem nächsten Leben, sagte W.

Jaja, sagte sie, daran denken Sie! Sie denken die ganze Zeit an Ihr nächstes Leben, das ist kein Zustand für einen jungen Mann. Denken Sie lieber daran, was jetzt ist ...

Er erwachte am Morgen zu einer Zeit, die ihm täglich wieder zutiefst unmenschlich erschien, und bemerkte, daß in seinem Zimmer Licht war (die Jalousie war heruntergelassen) ... er trug einen völlig verschwitzten Schlafanzug, bedeckt hatte er sich nur mit einem Laken, meist aber auch dieses noch abgestreift, es lag zerknüllt zu seinen Füßen. Als die erste Auflehnung gegen das erzwungene Erwachen gewichen war, bemerkte er Kaffeeduft im Zimmer und wußte Frau Falbe irgendwo in unmittelbarer Nähe. Im nächsten Moment spürte er seinen heftigen, fast schmerzhaften Blasendruck (von dem Bier, das er am Abend getrunken hatte, um einschlafen zu können), und wußte einen exponierten Gegenstand an seinem Unterleib, der den Stoff der Hose spannte und auf einen Blick sichtbar sein mußte; er versuchte ein müdes Lächeln und drehte sich vom offenen Zimmer weg gegen die Wand; er hörte das halblaute Sprechen einer weiblichen Stimme, die Augen fielen ihm sofort wieder zu, und in der Dunkelheit, die in seinen Kopf zurückkehrte, versuchte er ein krampfhaftes Stechen unter seiner Schädeldecke zu überwinden. Frau Falbe aber ließ ihn nicht wieder einschlafen, sie faßte ihn an Schulter und Hüfte und drehte ihn mit sanfter Gewalt – wobei sie unablässig vor sich hin murmelte – wieder auf den Rücken, so daß er die Augen erneut öffnen mußte; wieder stand das schmerzende Organ an seinem Unterleib in das offene Licht. Frau Falbe murmelte etwas von ihrem Vormieter Harry, der sei in solchen Fällen vernünftig genug gewesen, gleich bei ihr oben zu schlafen, – sonst wäre das Drama noch schlimmer gewesen, an den Tagen, wo er sich melden mußte ... Endlich stellte W. die Füße auf den Boden. Der Schmerz im Unterleib ließ ihn nur zusammengekrümmt sitzen, so verharrte er, bis sich die Frau einige Sekunden abwandte, um Kaffee einzugießen; er ging zur Toilette, die sich draußen im Hausflur befand. – An den folgenden Tagen war der Kaffee schon eingegossen, und Frau Falbe wandte sich nicht mehr ab, sie lehnte an der Schreibtischkante und wartete darauf, daß er das Zimmer durchquerte; und sie beobachtete ihn noch immer unverhohlen, wenn er erleichtert von der Toilette kam, dann saß sie in ihrem knöchellangen Morgenmantel seitlich auf dem Stuhl hinter dem Tisch, an den der Sessel als zweite Sitzgelegenheit für ihn herangerückt war. Sie hatte zwei Tassen Kaffee eingegossen und ein Kännchen mit Milch dazugestellt ... Eigentlich vertrage ich so früh überhaupt keinen Kaffee, sagte sie, und bei dieser Hitze! Aber für sich allein würden Sie vielleicht gar keinen Kaffee trinken ...

Sie müssen Ihren Schlafanzug waschen, sagte sie (natürlich hatte er bemerkt, daß ihr kritisches Auge auf die sich verfärbende Vorderseite seiner Nachthose gerichtet war). Wenn Sie es nicht in der Wäscherei können, dann geben Sie mir den Schlafanzug, bis heute abend habe ich ihn wieder trocken. – Wahrscheinlich kann ich ihn sehr gut in der Wäscherei waschen und die Sachen auch gleich trocknen lassen. Wenn Sie wollen, kann ich auch das Bettzeug mitnehmen, wir haben dafür die Genehmigung. – In den nächsten Tagen versäumte sie es kein einziges Mal, ihn zum Waschen des Schlafanzugs zu ermahnen. – Ziehen Sie ihn aus, sagte sie, ich muß ihn waschen! – Eines Tages packte er schließlich eine Tasche mit Bettwäsche, Unterzeug und dem Schlafanzug, um sie mit zum Betrieb zu nehmen; man sagte ihm dort, er könne die Sachen erst am nächsten Tag zurückhaben. Als er am Morgen darauf, an einem Freitag, in der Unterhose auf der unbezogenen Liege lag, sagte Frau Falbe mißbilligend: Ich habe Ihnen doch gesagt, Sie sollen es mir geben ... außerdem ist einmal Bettzeug zu wenig. Sie können welches aus der Wäscherei mitbringen, dort gibt es genug Bettzeug, das die Leute nicht wieder abholen. Aber fürs Wochenende holen Sie sich noch mal was von mir. – Sie hatte ihm schon die erste Garnitur geliehen, die sich jetzt in der Wäscherei befand: Die hab ich früher schon dem Harry gegeben, bei dem ist alles ganz genauso gewesen, der hat ja nicht mal ein eigenes Leintuch gehabt!

Warum wollen Sie nun eigentlich bei der Alten nicht mehr ausziehen? sagte Feuerbach, der diese Frage wetterwendig hin und her zu wälzen schien. Ich kann es mir schon denken, es ist Ihnen plötzlich urgemütlich geworden bei der Alten. – Inzwischen war es Herbst geworden, die Hitze war zurückgegangen, was zur Folge hatte, daß er besser schlief und am Morgen noch schwieriger zu wecken war.

Also Sie werden bald ausziehen müssen, denn es wird bei Ihnen ein schöner Eiskeller, wenn es kalt wird. Daß Sie aber mit ihr nie über Harry Falbe gesprochen haben, das ist beinah undenkbar. Undenkbar, und von mir hat sie wohl auch nie etwas gesagt, Ihre Frau Falbe?

Wo steckt überhaupt dieser Harry Falbe, für den Sie sich so interessieren? fragte W. zurück. Mich interessiert er nämlich gar nicht, ich bin, ehrlich gesagt, froh, daß ich ihn nicht mehr sehe.

Fragen Sie die Alte doch mal, ob es ein Foto gibt von diesem Harry Falbe, sagte Feuerbach.

Frau Falbe sprach sehr viel von seinem Vormieter Harry (und es ging ihm längst auf die Nerven), allerdings gab es in ihrem Gerede kaum einen Satz, an den man sich halten konnte ... über Feuerbach hatte sie nie ein Wort verloren. Und jetzt fiel ihm ein, daß der Oberleutnant einmal die Treppe heruntergekommen war, es war schon längere Zeit her, er schien oben im Hochparterre gewesen zu sein ... dann war es freilich gut möglich, sogar wahrscheinlich, daß er ihr verboten hatte, über seinen Besuch zu sprechen. Der Sinn solcher Verbote war der, einen ersten konspirativen Zusammenhang herzustellen, auf Probe sozusagen: hielt sich der Gesprächspartner an das Schweigegebot, war er schon verstrickt (und erpreßbar), hielt er sich nicht daran, so dekonspirierte er und war nicht zu gebrauchen. Es war ein sehr simpler Gedanke: es kostete einen geringfügigen Aufwand von Mut, das Schweigegebot zu ignorieren ... man konnte es auch aus Naivität mißachtet oder schlicht vergessen haben ... man brauchte ein bißchen Vertrauen in das Leben, und schon hatte man sich freigemacht (Racheakte an dem Dekonspirierenden schienen eher die Ausnahme zu sein, glaubte W.) ... also war es vollkommen logisch, daß man immer nach Figuren auf der Suche war, deren Vertrauen in die Lebensgemeinschaft erschüttert war ... und dazu zählten unter anderen Schriftsteller ... und dazu zähle *ich*, dachte W.

Und nun hatte er das Gefühl, als ob Feuerbachs Frage im Grunde geheißen hatte: Haben Sie bemerkt, ob Frau Falbe dekonspiriert? – Gleich nachdem er im Herbst von ihr weggezogen war, hatte er bemerkt, daß in ihm etwas wie ein dumpfes Interesse für seine Zimmerwirtin entstanden war: in seiner Geschichte mit ihr lag etwas Unabgeschlossenes, Unbefriedigendes ...

Sie war, so schätzte W. sie ein, eine Frau – um einiges über fünfzig –, die sich in ihrem Hausfrauendasein ohne Anhang eingerichtet hatte. Beziehungen zu Männern unterhielt sie nicht und dachte wohl auch kaum noch daran (obwohl sie dafür nicht zu alt gewesen wäre), sie spielte die Rolle einer Frau, für die dergleichen der Vergangenheit angehörte, und wahrscheinlich war diese Vergangenheit dürftig und enttäuschend genug. Jetzt kehrte sie in ihrem ganzen Äußeren hervor, daß sie über die Jahre hinaus war ... und gerade dies hatte in W. den Verdacht geweckt, daß es noch Gelüste in ihr gab. Und es gab sogar Anzeichen dafür, nur schienen ihr diese nicht bewußt zu sein, jedenfalls kompensierte sie es, und zwar dadurch, daß sie ihrem Versorgungstrieb den Untermietern gegenüber freien Lauf ließ. Und sie tat es so hemmungslos, wenn man es sich erst gefallen ließ, daß sich darin ihre libidinöse Energie erschöpfte. Nur von Zeit zu Zeit war etwas aufgeblitzt in ihren stets ein wenig unsicheren Gesichtszügen – in Augenblicken, wenn es irgendeine Äußerung von Dankbarkeit auf seiten W.s gegeben hatte –, und ihr Körper hatte sich gestrafft unter dem ewigen, nur einmal wöchentlich die Farbe wechselnden Morgenmantel, ihre Bewegungen wurden rascher und jugendlicher, der Anschein ungeübter Grazie trat in ihre Gesten, und sie tat dabei stets einen kleinen Handgriff zuviel, sie drückte den Busen hervor, und ein kaum merklicher Schatten von Röte schimmerte in ihrem Gesicht. – W. hatte sich schon oft gefragt, wovon sie lebte, denn es schien ausgeschlossen, daß sie schon Rente bezog. Besonders vermögend konnte sie nicht sein; wenn ihr W. das Kuvert mit der Miete in den Briefschlitz schob, hatte er die Summen aufgerundet. Einmal hatte W. sie nach ihrem Mann gefragt, den sie manchmal erwähnte, doch er hatte das Thema zu konkret angesprochen, und sie wich zurück. Offenbar wußte sie selbst nicht, ob ihr Mann (von dem sie nicht geschieden sei) noch am Leben war. Er sei »beim Staat« beschäftigt gewesen, und dann habe er in Westdeutschland zu tun gehabt, von dort habe er sich bis heute nicht mehr gemeldet, seit über zehn Jahren nicht. –

Ob sie nie nach ihm habe forschen lassen, wollte W. wissen. – Das habe er ihr verboten ... sagte sie; es klang, als habe sie damit schon zuviel preisgegeben, sie schüttelte den Kopf und fing wieder von der Bettwäsche an.

Er erinnerte sich, daß er eines Tages wirklich eine Plastik-Tasche voller Bettwäsche – für Frau Falbe und für sich – aus der REWATEX-Filiale mitgebracht hatte. Dies war untersagt, aber allgemein üblich; die einzelnen Stücke aus dem liegengebliebenen Bestand wurden zu Alttextilien deklariert, indem man ihnen mit der Schere einen dreieckigen Riß beibrachte, der sich leicht ausbessern ließ. W. hatte sich aus dem Sammelcontainer auf dem Hof, der vom Altstoffhandel sehr unregelmäßig abgefahren wurde, eine Reihe der besten Teile ausgesucht, Deck- und Kissenbezüge sowie Laken, hatte sie waschen und bügeln lassen und mitgenommen. Als er mit dem Plastikbeutel das Lokal in der Hannoverschen Straße (gegenüber der Ständigen Vertretung der BRD) verließ, wurde er von einem Polizisten angehalten und kontrolliert. Es lief auf die bekannte Art und Weise ab: der Uniformierte verlangte den Personalausweis, den er aufschlug und in den er hineinstarrte. – Sagen Sie mir Ihren Namen, Bürger ... Wohnanschrift ... Geburtsort, Geburtsdatum! – W. haspelte die Angaben herunter, jetzt speicherte ein Bandgerät seine Stimme für den Erkennungsdienst. Dann besah sich der Posten seine Plastiktüte, zog die gefalteten Wäschestücke halb hervor und schob die Hand dazwischen: Was haben Sie da? – Wäsche ... aus der Wäscherei geholt. – Und warum nutzen Sie nicht die Wäscherei in Ihrem Wohngebiet? – Weil ich hier in der Wäscherei arbeite. – Gut ... setzen Sie Ihren Weg fort.

Solches geschah normalerweise nur dann, wenn man direkt aus der Ständigen Vertretung kam; an diesem Tag hatte es ausgesehen, als sei im Bogen um das Gebäude Ungewöhnliches in Gang, die Wageneinfahrt der Vertretung öffnete sich, und große dunkle Limousinen schaukelten heraus, fuhren in Richtung Friedrichstraße und entschwanden. – W. erzählte den Vorfall Frau Falbe; sie meinte: Vielleicht haben sie die rausgelassen, die dort in der Botschaft auf ihre Ausreise gewartet haben. – Also wußte auch Frau Falbe davon; Feuerbach hatte nicht recht, wenn er behauptete, diese Dinge seien noch kaum publik.

Der Oberleutnant hatte späterhin seine Bemerkungen gemacht, nur um zu zeigen, wie gut er Bescheid wußte, was er immer wieder für nötig hielt, mit angemessener Verzögerung, was den Effekt steigerte: Ob er sich wohl von der hochgezogenen Bettwäsche etwas mit in die neue Wohnung genommen habe? – Es war im Herbst, und W. war schon umgezogen. Und er hatte sich nicht gewundert, denn seit er in dieser Wohnung war, lebte er ständig in dem Gefühl, es sei um alle seine Dinge ein lückenloses Netz aus fremdem Wissen gelegt, und er selbst sei eingewebt in ein System einander ergänzender Informationen, wenn er darin auch nur ein winziges Segment war ... und es gab an der Oberfläche, die er überblicke, keine Möglichkeit, sich diesem Netz zu entziehen.

Mehrmals hatte er zu Feuerbach gesagt, er habe die Idee, noch einen Abstecher hinaus zu seiner ehemaligen Vermieterin zu machen, vielleicht werde er doch mehr erfahren können über Harry Falbe, wenn er es gezielter anginge. – Feuerbach schien sich im Moment nicht dafür zu interessieren, seine Antwort war gelangweilt: Warum sollen Sie nicht hinausfahren, es kann nicht schaden, alte Bekanntschaften aufzufrischen. Machen Sie, was Sie wollen. – Einen Satz wie den letzteren hatte W. vom Oberleutnant zum ersten Mal gehört ... Was für ein Tonfall war es, der unter den leicht hingesagten Worten gelegen hatte? – Ich kanns mir schon denken, das Kaliber der Tante liegt Ihnen besser, hatte Feuerbach später noch hinzugefügt, besser als alles, was da sonst an Frauen in der Szene rumläuft. – W. steckte dergleichen Beleidigungen weg; jener lässige Satz aber – Machen Sie, was Sie wollen! – hatte ihn zögern lassen, und er war erst nach zehn Tagen zu Frau Falbe gefahren. Sie hatte sich kaum erfreut gezeigt, er glaubte sogar, sie habe sich eigenartig verhalten; es gab ein nachmittägliches Kaffeetrinken bei ihr in der Küche, die Gespräche mit ihr waren so trocken, daß er nicht länger als eine Stunde blieb.

Schon am nächsten Tag kam Feuerbach auf ihn zu und fragte: Nun, was ist ... war er da? – Ob er da war ... Sie meinen den Harry Falbe? – Warum fahren Sie dann überhaupt dorthin? Sie wissen wohl noch immer nicht, worüber wir uns die Köpfe zerbrechen ... oder was wir überhaupt hier sollen? – Worüber wir uns die Köpfe zerbrechen, weiß ich eben nicht, sagte W., und ich kann es noch nicht mal bemerken. Ich bin einfach nicht so gut informiert wie Sie, Genosse Major.

Und Feuerbach hatte wieder nach einem Foto von Harry gefragt, ob bei »der Alten« nicht doch ein Foto zu finden sei ... endlich fiel ihm auf, daß Feuerbach nicht zum ersten Mal danach fragte. – Er wußte nicht mehr, bei welcher Gelegenheit, – er wußte so vieles nicht mehr, was er gefragt worden war und was er geantwortet hatte auf so viele Fragen, die er nicht mehr wußte. Und es lagen Zeiten zwischen den Fragen und den Antworten, über die er gar nichts mehr wußte. Deutlich war nur, daß dieses Netz über sein Leben gebreitet war, aus Fragen und Antworten gewebt, ein Netz aus Informationen, die sich oft genug nur in Fragen versteckten. Und viele dieser Fragen hatten ihre Antworten schon in der Vergangenheit erhalten ... nur hatte die Fragen in dieser Vergangenheit niemand gestellt. Die Chronologie der Abläufe spielte bei der Firma, in der Feuerbach beschäftigt war (so drückte W. sich aus), nur eine untergeordnete Rolle, sie hatte nur den Zweck, eine Mitteilung – sie konnte in Frage oder Antwort enthalten sein – in die brauchbare Reihenfolge zu bringen.

(Hier vor diesem Fenster war es ihm zum ersten Mal aufgefallen, wie ihm der Zeitbegriff abhanden kam ... hier vor dem Fenster des Cafés in der *Frankfurter Allee*, während draußen in der farbig beleuchteten Nachtluft die Wagenkohorten die Betonbahn entlangrasten ... bei einem plötzlichen Augenöffnen hinaus in die von schillernden Lichtern durchglühten Nebel hatte er nicht mehr gewußt, wo er sich aufhielt ... oder ob da draußen Sommer war, ob er in die Hannoversche Straße starrte, auf den öden Platz gegenüber, an den sich rechts die Ständige Vertretung anschloß, auf das gelbe Metallschild mit dem Bundesadler neben der Pforte, vor der ein grüner Polizist defilierte ... ob er in dieser Gaststätte am Fenster saß, wo er manchmal in Gedanken in eine Straße in Westberlin blickte, draußen die unaufhörlichen, lackbunten Kohorten der Autos ... hier, war es hier, hatte er vergessen, ob er einen Tag, zwei Tage, drei Tage schon wartete auf Feuerbach, und während er wartete, und nicht wußte, seit wann, manchmal geglaubt, in das Gewühl einer Kleinstadtkneipe zu starren und dem Gerede zu lauschen, das unverständlich war und von unverständlichen Gebärden untermalt, die nicht zu dem unablässigen Öffnen und Schließen der Münder gehören wollten, während er wartend an einem Tisch am Rand saß und nicht wußte, wo er war ...)

Ganz recht, er wußte nicht mehr, wann er begonnen hatte, Unmengen kleinster alltäglicher Einzelheiten in seinem Kopf zu sammeln, die jeder beliebigen Zeit entstammen konnten. Es war ein wüstes Einzelheitengemenge in seinem Kopf, aber die Zuordnungen der Einzelheiten zur jeweiligen Zeit waren ihm entfallen ... Kleinigkeiten, jeder normale Mensch hätte sie vergessen, er aber hatte sie gespeichert, er hatte sie in Telefone gehaspelt, auf Band gesprochen, durch Telefone auf Band gesprochen, er hatte seine Stimme aus Telefonhörern vom Band haspeln gehört, voll von einer gewissen sachlichen Angst, Einzelheiten re-

petierend . . . er hatte sich so wenig wie möglich notiert. –
Vergessen Sie es, sagte Feuerbach gewöhnlich, werfen Sie es
raus aus Ihrer Urne, was Sie uns gegeben haben, ist erledigt,
denken Sie nicht mehr an Dinge, die Sie schon übermittelt
haben, machen Sie Platz für das Weitere. Lassen Sie die
Kommentare, Einordnungen, Zusammenhänge, dafür haben wir unsere Sachverständigen.

Sein ordnender Verstand war nicht gefragt, er war in
diesem Wust zur Nebensache geworden, vielleicht war er
nahe daran zu verkümmern, sein Verstand war zu einer
Maschine geworden, die Einzelheiten aufnahm und weiter-
leitete: für das Gesamtbild, das sich aus den Fakten ergab,
hatte man Sachverständige. – Damit war das Leben, das
sich aus all diesen Einzelheiten zusammenfügte, praktisch
zur Nebensache geworden . . . wenn er in dem Café saß und
auf den Wust der Stimmen hörte, die neben ihm, und
abseits von ihm, ihre Nebensachen repetierten, beschlich
ihn langsam und geheimnisvoll die Depression. – Es war
zwecklos, etwas von diesem Gefühl an Feuerbach zu übermitteln, denn er wußte, wie dessen Antwort ausgefallen
wäre. Oder Feuerbach hatte die Antwort irgendwann schon
gegeben: Sie sind geschafft, mitgenommen, fix und fertig,
Sie sehen kein Land mehr? Die Zeiten sind nicht besser
als ihr Ruf, mein Lieber, wir dürfen uns nicht die Augen
verkleistern. Ihre Stimmungslage ist genau die, die wir
brauchen. Das macht Sie hellhörig für die kleinen miesen
Dinge des Lebens . . .

Und wieder war W. an den Chef aus A. erinnert, der sich
ganz ähnlich geäußert hatte. – Scheinbar standen solche
Gespräche regelmäßig mit einem anderen Thema in Zusammenhang: W. wartete auf eine Erwiderung Feuerbachs
auf seine Frage, ob es zweckmäßig sei, um eine Reisegeneh-
migung nachzusuchen . . . Ob der Zeitpunkt dafür günstig
sei, oder vielleicht zu früh, hatte er gesagt, um der Frage von
vornherein die Spannung zu nehmen. – Was meinen Sie . . .

jetzt? hatte der Oberleutnant hingeworfen und war seiner Wege gegangen. – Wenn so »schwierige Fragen« anstanden, machte Feuerbach in der Regel den Eindruck, er habe nicht richtig zugehört, seine Antworten kamen mit wochenlanger Verspätung und stets überraschend; in der Zwischenzeit, so durfte man vermuten, besorgte er sich anderswo (höheren Orts) die Richtlinien für seine Auskünfte. – In einem halben Jahr ginge es, sagte er, als er eines Abends an den Tisch im Café trat, an dem W. seit Stunden vor sich hin brütete. W. blickte seinen Vorgesetzten unsicher an, der stützte sich auf eine Stuhllehne (er spielte den von Zeitnot Geplagten), beugte sich im Stehen zu W. herab und brüllte: Also hören Sie, Sie haben mich doch selber danach gefragt ... außerdem denken Sie die ganze Zeit nichts anderes, man sieht es Ihnen doch an. – Den zweiten Teil der Rede hatte er ruhiger gesprochen, aber es war schon zu spät: der Kellner trat an ihn heran und ermahnte ihn: Es wären noch mehr Gäste im Café ... Feuerbach wartete, bis er sich wieder entfernt hatte, dann sagte er: Du Arschloch! – W., der solche Anfälle kannte, schwieg sich aus, Feuerbach setzte seine Rede im Stehen fort: Wahrscheinlich sind wir beide reif dafür ... ich darf Ihnen ausrichten, daß man Sie in der Hauptverwaltung gar nicht so schlecht einschätzt ... die sehen Sie freilich auch nicht eingetrieft hier am Tisch sitzen. Spaß beiseite, also die sind der Meinung, es geht natürlich nicht ohne einen triftigen Grund. Das heißt, Sie müssen zum Beispiel einen Kontakt in Westberlin haben. Meine Frage ist nun, haben Sie dort einen Kontakt? – Feuerbach schwieg und blickte sich im Gastraum um; wenn an den übrigen Tischen Aufmerksamkeit entstanden war, so hatte sie sich inzwischen wieder gelegt. – Natürlich haben Sie keinen Kontakt! redete Feuerbach weiter. Aber ohne geht es nicht, Sie müßten einen Kontakt knüpfen, machen Sie sich darüber Gedanken. Ich sage Ihnen nur, es gibt dafür die besten Möglichkeiten in der Szene. Aber ob Sie der Typ dazu sind? Notfalls finde ich eine Kontaktperson für Sie, aber knüpfen müssen Sie selber. Sie haben ein halbes Jahr Zeit, ich denke, bis zum Sommer werden Sie das schaffen ...

(Wenn ihn nicht alles täuschte, hatte das Gespräch um Weihnachten oder Neujahr stattgefunden; das halbe Jahr, das Feuerbach als Frist angegeben hatte, war noch nicht verstrichen. Den notwendigen Kontakt herzustellen, hatte sich für W. als schwierig, wenn nicht unmöglich erwiesen, denn er konnte sich denken, welche »Kontaktperson« sein Führungsoffizier ins Auge gefaßt hatte. Hin und wieder hatte er sie schon erwähnt... für W. hieß sie die *Studentin*, Feuerbach hatte sie einmal charakterisiert als die »Kleine, die hinter dem Reader herrennt«, aber dies war erst später gewesen, nachdem der schnelle – und vorübergehende – Aufstieg jenes Autors begonnen hatte. – Sie aber war, darauf beharrte Feuerbach, schon vordem häufig anwesend in der sogenannten Szene im Ostteil Berlins, und sie war für W. ein sehr unnahbares Wesen. Und die Rolle, die er selbst spielte, war die eines zurückhaltenden, eher unauffälligen Dauergastes bei den Veranstaltungen, welche das Interesse der Firma so erregten. – Sie war also eine, nach W.s Ansicht, denkbar ungünstige Verbindung ... für Feuerbach schien dies eine Zeitlang gerade den Reiz der Sache auszumachen. W. fühlte sich überfordert – wenn er auch für den erwähnten Reiz nicht unempfänglich war –, und manchmal war er fast entschlossen, vor den Oberleutnant hinzutreten mit der Frage: Wie macht man das, einen menschlichen Kontakt herzustellen mit dieser Frau ...)

Langsam war ihm der Gedanke an einen Ausflug nach Westberlin wieder abhanden gekommen ... an eine S-Bahn-fahrt von einer Station, Dauer etwa fünf Minuten, wofür sich der Begriff *Reise* eingebürgert hatte. Es lag nicht nur daran, daß alle Zeichen darauf hinwiesen, wie ungünstig der Zeitpunkt für ein solches Ansinnen war; es war nicht möglich, auf rationale Weise herauszufinden, warum es in bestimmten Momenten günstig und dann wieder ungünstig war; in dem Sommer, der auf das diesbezügliche Gespräch gefolgt war, schienen Reisefragen bei den Häuptlingen gar eine Art rotes Tuch zu sein. – Feuerbach hatte die Sache nicht mehr erwähnt, und W. hatte immer öfter »Kontakt« zu Kreisen, wo dergleichen nicht zur Debatte stand.

Die Leere, die er mit sich herumtrug – er gebrauchte dafür das Wort *Erschöpfung* –, machte es ihm leicht, sich innerhalb kurzer Zeit dem Stil anzupassen, der hier vorherrschend war. Hier sprach man nicht über das Ausreisethema, oder nur wie über einen Gegenstand, mit dem man bloß aus der Entfernung zu tun hatte; und dies geschah nicht aus Gründen der Vorsicht, sondern weil man überzeugt war, daß man seinen Platz innerhalb des Landes hatte... W. jedenfalls glaubte es nach kurzer Zeit so verstehen zu müssen. Allerdings resultierte diese Überzeugung nicht aus der Akzeptanz der Zustände, in denen das Land verharrte... und W. überlegte lange, womit sie sonst zu begründen sein mochte. Er hatte mit Feuerbach darüber gesprochen, es schien, daß der ebenfalls darüber nachdachte und zu keinem rechten Schluß kam ... diesmal hatte W. nicht das Gefühl, daß der Oberleutnant seine Gedanken nur zurückhielt, um sie bei passender Gelegenheit so aggressiv wie möglich einzusetzen ... nein, auch Feuerbach machte einen unberatenen Eindruck. Oben, in den Regionen über Feuerbach, zu denen W. keinen Zugang hatte, mußte man der Meinung sein, daß die meisten Zugehörigen der Gruppen, die man zur Szene zählte, seit einiger Zeit gewillt waren, im Land auszuhalten, weil sie die Absicht hatten, Widerstand zu leisten: Sie müssen auf den verrückten Gedanken gekommen sein, die Republik von innen heraus zu verändern! – Damit näherte sich die Szene bedenklich jenen anderen Gruppierungen, die man als *Sammlungsbewegungen* bezeichnete; dies waren Gruppen, die sich mit Kunst und Literatur nur bedingt beschäftigten, um so mehr hingegen mit *Ökologie* oder *Wehrdienstverweigerung*, die Unterstützung von der Kirche hatten und darüber hinaus wahrscheinlich wenig Resonanz. – Feuerbach schüttelte den Kopf über diesen Gedanken einer Annäherung ... Dazu kennen wir die Szene nun aber zu genau, sagte er zu W., die fühlen sich doch von den Basisgruppen bloß benutzt. Und wenn es noch nicht so ist, dann wird es bald passieren. Und was hinzukommt, die sind in der Szene viel zu intelligent für diese Nachtwachen auf der Straßenkreuzung mit Wachskerzen in der Pfote. – Feuerbach meinte, es sei in der Szene einfach niemand zu entdecken, der über eine Strategie verfügte, mit deren Hilfe ein Widerstand in eine überschaubare Organisation überführt oder nur auf eine einheitliche Linie gebracht werden könne. Einerseits fehlt ihnen einfach der führende Kopf, also irgendein Guru, der die Impertinenz hat, sie alle für sich springen zu lassen, andererseits ist unter ihnen gar keiner blöd genug, einem solchen Scharlatan auf den Leim zu gehen ... und das macht sie mir ja so sympathisch! – Feuerbach grinste und erzählte, es werde darüber nachgedacht, ob man ihnen diesen führenden Kopf nicht beibringen solle ... Haben Sie nicht Lust dazu? fragte er. Sie müßten sich die Haare grün oder weiß färben, ihre Kutte mit einer gelben Lederjacke vertauschen und sich ein chinesisches Schriftzeichen hinten drauf malen. Oder Sie müßten ganz in Schwarz einherwandeln, nur immer tiefschwarz, das würde schon reichen. Und nach gebührender Entwicklung würden wir uns diesen Kopf schnappen und daran die Bande aufknacken ...

Was für W. das Auffälligste war an diesen Kreisen, oder an diesem »Milieu« – weshalb jene Begriffe für ihn auch richtiger waren als der Ausdruck »Szene«; er verwendete ihn dennoch fortwährend: es war das Wort, das von der *Szene* und von der *Staatssicherheit* gemeinsam gebraucht wurde (ebenso, wie der Begriff »Firma« von der Staatssicherheit und von der Szene gemeinsam gebraucht wurde) – und was auch Feuerbach für eine Weile beschäftigt hatte: das Milieu war planlos entstanden, sozusagen ohne eine Präambel, und es existierte planlos und divergent weiter, ohne daß jemand einen Gedanken daran verschwendete. Sie war plötzlich da, diese Szene, an vielen Orten zugleich, in jenen Vierteln der Städte, für die man die Kosten der Renovierung nicht aufbringen konnte, sie war aufgewachsen nach Art des Unkrauts aus den Schuttböden, überall da, wo man einen Moment lang nicht hingesehen hatte, ihre Charakteristika lagen im Bestehenbleiben von Desorganisation, in der Gleichberechtigung gegensätzlicher Ansichten, in der Gleichgültigkeit jeder *Idee* gegenüber, ja, der einzige gemeinsame Nenner aller Szenen war ihr Desinteresse an jeder Form von Ideologie. Dadurch erschienen sie, auf den ersten Blick, völlig unangreifbar. – Wenn sie einfach alle zu kassieren wären, sagte Feuerbach, dann würden sie mich entsetzlich langweilen.

Von irgendwem aus dem inneren Bereich dieses Milieus war W. unversehens eingeladen worden . . . ehe er hinging, kannte er nicht einmal den Grund für die Einladung: vermutlich hing es zusammen mit einigen Gedichten von ihm, die in einer westdeutschen Zeitschrift abgedruckt worden waren. Feuerbach wußte von der Einladung schon am nächsten Tag, er kam in das Café und trug die freundlichste Larve auf dem Gesicht, die W. von ihm kannte: Na, wie war es gestern? Fast hätten wir uns übrigens getroffen . . . – Da Sie ohnehin alles schon wissen . . . ich soll demnächst in einem Hinterhof in Stadtmitte Gedichte lesen, man hat mich dazu aufgefordert. Ich habe nur das komische Gefühl, im Moment nicht genug Texte zu haben für eine halbe Stunde. – Ja, sagte Feuerbach, das ist schlimm. Aber Sie werden es schon schaffen, verschieben Sie die Lesung noch zwei, drei Wochen, dann haben Sie genug.

Das wäre, um Sie nicht völlig sich selbst zu überlassen, auch eine Anordnung von mir. Doch ich meinte die Zeit gegen vier am Nachmittag, ich saß hier in der Destille, und Sie sind draußen am Fenster vorbeigerannt. Ich dachte, Sie kommen rein, ich hätte Ihnen noch einen Tip zu geben gehabt. Und heimwärts sind Sie auch nicht, sondern runter in die U-Bahn . . .

(W. starrte angestrengt durch die große Glasscheibe, die von einem feinen Film aus Staub, gebunden vom fettigen Niederschlag des Abgasrauchs, bedeckt war; darin fing sich jetzt das Sonnenlicht, das schräg, von rechts oben, auf das Fenster zuhielt . . . es mußte auch jetzt zwischen sechzehn und siebzehn Uhr sein . . . es war März, es hätte auch Oktober sein können, sogar November, an hellen Tagen im Herbst erzeugte die Sonne in der ergrauten Scheibe denselben Blendeffekt . . . so daß die Fußgänger draußen zu Silhouetten geschrumpft wurden. Er versuchte sich vorzustellen, wie ihn der Oberleutnant damals gesehen hatte: verschwommen aus der Sonne kommend, mit ausholendem Schritt in die östliche Richtung gehend, dorthin, wo die *Frankfurter Allee* kaum merklich ansteigt . . .)

Und sind dann runter in die U-Bahn . . . nach Hause hätten Sie doch auch laufen können! Aber Sie stiegen in die Bahn nach *Alexanderplatz*, fuhren aber nur bis *Frankfurter* . . . dort gingen Sie nach oben und stiegen in die S-Bahn um. Und Sie fuhren garantiert nicht in Richtung *Pankow*, sondern nach Süden, gibts dort auch schon eine Szene? Wohin treibt es Sie bloß immer . . .

Ich dachte, Sie kommen rein in die Destille, und ich kann Ihnen gratulieren . . . nicht zum Geburtstag, zu dem Erfolg in der Szene, da wird schließlich nicht jeder eingeladen. Und es kann auch nicht jeder zum Zuhören kommen dort, ich zum Beispiel kann es nicht. Und Sie werden mir natürlich nichts erzählen von Ihrem Erfolg in Ihrer angeborenen Bescheidenheit . . .

Sie müssen gezielter arbeiten, mit mehr Konsequenz. Es müßten langsam wieder mal ein paar Neuigkeiten über Ihren Tisch kommen, Gedichte zum Beispiel. Oder schreiben Sie doch einfach auf, was Sie in der Szene so hören und sehen . . . aber Gedichte haben im Augenblick Vorrang. Sie sollten nicht so viel in der Stadt herumkurven, obwohl die Stadt natürlich Ihr Feld ist. Ich frage mich, was wollen Sie dauernd da draußen im Süden, Sie müssen dort irgendein Versteck haben. Sie haben wohl einen toten Briefkasten? Sie müssen da irgendeine Ritze haben, einen Riß, einen Spalt, durch den Sie dauernd glotzen. Was für eine Welt haben Sie da wohl im Auge?

Er wußte nicht mehr, was er zur Antwort gegeben hatte: Man kann nicht jeden Tag Gedichte schreiben. – Oder: Meinen Sie, es gibt immer so viel Neuigkeiten in der Szene, die einen Bericht wert sind? – Er mußte aber zugeben, daß Feuerbach recht hatte, denn seine Gedanken weilten kaum noch am Schreibtisch, – an diesem Schreibtisch in der Innenstadtwohnung, der in zwei Hälften unterteilt war: auf der einen Seite der Platte, links, lagen die wild bekritzelten Zettel mit den Entwürfen für seine Gedichte, auf der anderen Seite, sauber geschichtet, das Schreibmaschinenpapier, das für seine Berichte bestimmt war. Und er wußte, daß der linke Teil der weit weniger interessante war, für die Leser, für die Sachverständigen, für sich selber . . . und für die künftigen Leser. – Und ebenso war sein Gehirn in zwei Hälften aufgeteilt, und aus der einen Hälfte schwappten die wortreichen Ausführungen Feuerbachs in die andere Hälfte über. – Ja, Feuerbach war gesprächig geworden, seitdem W. in der Szene ein- und ausging, unausgesetzt redete er von Veränderungen, die in diesen Kreisen zu bemerken seien, seine Ansichten schlossen zumeist mit einer Frage: Sind die Leute dort wirklich so kaltschnäuzig und desinteressiert, oder tun sie nur so? Und was bezwecken sie damit, wenn sie so tun? Worüber wollen sie uns hinwegtäuschen?

W. kannte die Szene natürlich nicht so gut und so lange wie Feuerbach, im Grunde war er dort ein Neuling ... wenn er auch bezweifelte, daß der Oberleutnant das Milieu einmal von innen gesehen hatte ... doch Feuerbachs dauernde Theorien hatten zur Folge, daß er ebenfalls darüber nachdachte. Es fiel ihm zuerst auf, daß Feuerbach sich offensichtlich mit einer Behauptung geirrt hatte, die wahrscheinlich ein gutes Jahr zurücklag. Es war damals um das Thema *Dekonspiration* gegangen: Ein solches Verhalten sei eine sehr harte Sache, man brauche dazu ein ziemliches Standvermögen, oder sogar ein gewaltiges Maß an Sturheit! – Sturheit, hatte er gesagt; es war auffällig, daß Feuerbach wieder einmal wortwörtlich mit dem Chef aus A. übereinstimmte, irgendwann mußten sie sich wohl doch einmal begegnet sein ...

Denn die Dekonspiration, so referierte W.s neuer Chef im Stil seines alten weiter, werde bei den meisten Leuten in der Szene, und nicht nur dort, nie als ein reiner Freundschaftsbeweis angesehen, im Gegenteil, erst einmal gäbe man sich damit als ein *Feind* zu erkennen ... Können Sie sich die Einsamkeit vorstellen, die das mit sich bringt, fürs erste, und vielleicht für sehr lange? hatte er gefragt. – Es sah so aus, als ob es diese Art von Feindbild in der Szene nicht mehr gab, jedenfalls war es zerbröckelt oder aufgeweicht ... es hatte tatsächlich einem gelangweilten Desinteresse Platz gemacht. – Und dies, Feuerbach ging so weit, es zu behaupten, liege schon knapp an der Grenze zur Toleranz ... Sie tolerieren uns, indem sie uns ignorieren, erklärte er. Lassen sie uns damit gewähren, oder ziehen sie uns den Teppich unter den Füßen weg?

W. fragte sich, ob die von Feuerbach konstatierte Ignoranz nicht inzwischen auf einer gewissen Gegenseitigkeit beruhte: ignorantes Denken im literarischen Untergrund – und damit vielleicht auch Produkte, welche das konträre Verhältnis zwischen Kunst und Staat ignorierten – konnte die Ignoranz der Wächter über den Untergrund zur Folge haben. War es dadurch nicht möglich, daß immer mehr Produkte aus dem Untergrund an die Oberfläche gerieten?

(Mit Mühe hatte er endlich seine Rechnung bezahlt, denn der Kellner, der seinen Dienst in einer Art Trancezustand versah, war durch keine seiner flatternden Gesten heranzuwinken gewesen, – wenn ein Kellner in dem Café war, was durchaus nicht die Regel war, funktionierte der Betrieb noch schlechter, weil dann auch der Büffetier in Anspruch genommen war von einem Zustand, der Hören und Sehen ausschloß; die beiden verbreiteten einen Dunstkreis rund um die Theke, in dem sie wie erstarrt aneinanderlehnten; ihr Verhältnis war für die nur im Sommer anwesende Kellnerin, die den Straßendienst versorgte, immerwährender Anlaß, mit ihrer Kündigung zu drohen. – Draußen auf dem Bürgersteig hatte W. noch einen Blick durch das Fenster ins Innere des Cafés werfen wollen, wo schon Licht brannte . . . doch der Kellner, plötzlich lebendig geworden, kam, um die dunklen Vorhänge vor das Fenster zu ziehen. W. hatte die Augen zuerst über die Tische in der Lokalmitte schweifen lassen, die vollbesetzt waren mit jungen Männern, ausschließlich mit jungen Männern; im oberen Drittel des Raums hing ein Wolkenhimmel von Rauch unter der Decke, darin schwebten, scheinbar schnurlos, die trüben Lampenkugeln wie grau-rosa farbene Monde, die plötzlich aus dem Wolkenschleier getreten waren . . . und manchmal trieb der Qualm – der fleißig genährt wurde von den Nichtrauchertischen – so tief, daß die Umhergehenden kopflos durch den Raum zu wandeln schienen.

W. hatte überprüfen wollen, wie gut sein Tisch vom Trottoir aus einzusehen war: der Tisch war leer und stand etwas abseits, die schon abgeräumte Platte trug jetzt ein Plastikschild mit der Aufschrift *Reserviert* . . . und der Kellner kam und riß das undurchsichtige Vorhangtuch schroff zur Mitte, der Tisch verschwand: doch W. hatte sich noch auf seinem Stuhl dicht am Fensterglas sitzen gesehen, nicht sehr deutlich, in sich versunken wie immer, den Kaffeelöffel reglos in die Tasse getaucht, und auf die Straße starrend, auf einen unbestimmten Nebelfleck irgendwo in der *Frankfurter Allee*, und durch sein Ebenbild auf dem Trottoir hindurch ... und der Mensch am Tisch hatte nicht bemerkt, daß er für eine halbe Sekunde von draußen gemustert worden war: W. blieb für den anderen im Innern unsichtbar ...)

Mit den Neuigkeiten, die über seinen Schreibtisch kommen sollten, war es wirklich nicht weit her ... es fiel einfach nichts vor in der Szene, wenn sich auch immer öfter jemand gebärdete, als schiene jetzt ein ganz anderes Licht in die Verhältnisse. Feuerbach überspielte das unheimliche Gefühl, das ihn wohl manchmal ankam, im Stil des souveränen Ironikers· Es gingen jetzt jede Menge brüllender Löwen durch die Welten westlich und östlich des sogenannten eisernen Vorhangs, und sie alle glaubten sich persönlich verantwortlich für ein Umdenken, was plötzlich ein ganz groß geschriebenes Wort sei ... Aber haben Sie etwa gehört, daß hier bei uns die Anweisung zum Umdenken gegeben worden ist? fragte er. – Ein Grund für diese Stimmung, zumindest einer der erkennbaren Gründe, schien im Auftauchen einer Reihe neuer Lyriker zu liegen, die zuvor nur im Westen durch ihre illegalen Veröffentlichungen von sich reden gemacht hatten, wobei *illegal* ein schmeichelhafter Begriff war, der gern verwendet wurde. Jene Publikationen waren meist Zeitschriftenbeiträge, aber es hatte auch selbständige Bücher in westdeutschen Verlagen gegeben – ebenfalls illegal, wenn nicht mehr als das –, und allen gemeinsam war der fast immer gleich lautende Hinweis in den obligaten biografischen Angaben über die Autoren, daß sie zu einer jüngeren Generation von Dichtern gehörten, die oppositionell genannt werden mußten, weil sie in ihrem eigenen Land bisher nicht hatten veröffentlichen können. Nun aber begannen, mehr oder weniger überraschend, auch inländische Verlage und Zeitschriften mit dem Abdruck von Texten dieser Lyriker. Plötzlich lagen in den Buchhandlungen Anthologien aus – sie waren ohne jede Ankündigung erschienen, und es war ihnen anzumerken, daß man sie in hektischer Eile zusammengestellt hatte; es waren Broschuren, die innerhalb kürzester Zeit verkauft wurden und sofort einen gewissen Seltenheitswert einheimsten –, Anthologien oder schmale Bücher, in denen zwei, drei neue Autoren aneinandergereiht wurden, und sie spiegelten den Eindruck vor, es seien alle diese inkriminierten Lyriker ganz selbstverständlich in ihrem Land präsent ... man konnte erfahren, daß dem lange Auseinandersetzungen in der obersten Kulturbehörde vorausgegangen waren. – Und in der Reihe dieser Autoren war auch W.s Name aufgetaucht.

Feuerbach reagierte darauf beinahe euphorisch; einige Herbstwochen hindurch zog er, sooft ihm W. über den Weg lief, die Mittelseite einer Zeitung aus der Tasche – die Kulturseite also, auf der auch die Literaturkritik zu finden war – und breitete sie auf dem Tisch im Café aus. Auf jedem dieser Blätter war in der Aufzählung der Namen, denen man Beachtung zollen müsse, im Rahmen der Neubewertung der zeitgenössischen Lyrik auch W.s Name vertreten. Es blieb nicht aus, daß die westdeutschen Medien nachzogen: auch hier fehlte sein Name fast nie, was der Oberleutnant ganz besonders beachtlich fand. – Anfangs griff diese Begeisterung auch auf W. über, doch dann beschlich ihn das Gefühl, sein Führungsoffizier benehme sich so, als habe er die Texte selbst geschrieben ... und fortan reagierte W. zurückhaltend, manchmal kommentierte er das Ganze fast wegwerfend: Waren die Texte wirklich von ihm? Wenn es noch stimmte, daß seine Hand sie zu Papier gebracht hatte, so waren sie doch von einem anderen als ihm *autorisiert* worden. Und dann fiel ihm auf, daß alle Rezensionen, die er zu Gesicht bekam, einen beinahe identischen Inhalt hatten: hier traf der Begriff noch besser zu: sie waren autorisiert worden! Und schließlich bedienten sich sogar westliche Zeitungen der gleichen Formeln, der gleichen Interpretationen, oft genug derselben Sätze ... Was für eine glänzend funktionierende Nationalkultur! Es mußte offenbar gar nicht vorgekommen sein, daß einer dem anderen etwas ins Ohr geflüstert hatte, niemand brauchte etwas von seinem Vorschreiber abzuschreiben, dergleichen ergab sich so ganz von allein, daß es seine Art hatte. Nach und nach fand W. den Vorgang niederschmetternd ... und er stellte fest, daß er schon gar nicht mehr wußte, wie es zu der Publikation seiner Texte gekommen war. Immer hatte er seine gesamten Blätter zurückbekommen, wenn er sie eingeschickt hatte. Seine Versuche in dieser Richtung waren dann seltener geworden ... bevor er den machte, den er für sich zum letzten Versuch erklärte – zum allerletzten Versuch vor der Grenze, an der er Feuerbach um Mithilfe bitten wollte –, hatte er, entnervt, drei seiner Texte in der Mitte durchgeschnitten und sie verkehrt herum wieder zusammengesetzt; er hatte sie noch einmal eingeschickt, und plötzlich wurden sie angenommen. Und gleich darauf wurden noch weitere Texte von ihm in zwei sogenannten inoffiziellen Zeitschriften publiziert, diese allerdings in der Zeilenfolge, die W. für die richtige hielt.

Von sämtlichen Veröffentlichungen hatte Feuerbach in kürzester Zeit, beinahe sofort, erfahren, und er goutierte sie alle ohne Umschweife. Er sagte einen seiner höchst seltenen Sätze: Ich kann Sie nur bewundern!

Sie haben genau den richtigen Instinkt gehabt! fuhr er fort. Obwohl wir nichts davon halten, es ist hier das richtige Wort: Instinkt! Sie sind gleichzeitig offiziell und inoffiziell herausgekommen, und damit haben Sie sich wie ein alter Profi verhalten. Ich werde, das sehe ich schon, bald gehen und mir ein dickes Lob für Sie abholen müssen. Übrigens war auch die Streuung Ihrer Gedichte genau in Ordnung. Halten Sie das weiter so, senden Sie den offiziellen Organen in jedem Fall nur Ihre zweitrangigen Sachen ein, die besseren legen Sie für die Untergrundzeitschriften zurück. Das ist für uns die zweckmäßigere Reihenfolge.

W. konnte sich erinnern, daß er ähnliches schon einmal gehört hatte ... derselbe Vorschlag war ihm auch – es lag so weit zurück, daß man es kaum noch als wahr bezeichnen konnte – vom Chef in A. gemacht worden. W. erwähnte es vor Feuerbach und erhielt die Antwort: Ach was, der? Dann kann er es nur von uns gehabt haben.

Etwa in derselben Zeit hatte W. noch einen weiteren Erfolg zu verzeichnen. Feuerbach teilte ihm mit, daß sein Deckname angenommen worden sei. – Wußten Sie den überhaupt noch, fragte er, den haben Sie sich doch früher mal selbst ausgesucht? Und gehen Sie mit diesem Namen vorsichtig um, diesen Namen weiß außer Ihnen niemand. Wenn es einmal so weit kommt, daß der Name irgendwo auftaucht, dann können nur Sie selbst daran schuld sein. Denken Sie dran, ahnen kann man vieles, aber nicht *wissen*. Und es wird nie einen Beweis geben, wenn Sie sich nicht selbst enttarnen. Auch sogenannte Indizien müssen keine Beweise sein, denn wir ... *wir* könnten alles nur getürkt haben, verstehen Sie! – Das könnten wir, jedenfalls in unserem Bruchteil der Welt ... Namen, Gedichte, Rezensionen, sogar inoffizielle Zeitschriften, bemerkte W., und Feuerbach zeigte ein unzufriedenes Gesicht.

Ich meinte den schriftlichen Bruchteil der Welt, setzte der Oberleutnant seinen Gedanken am nächsten Tag fort (wie er es öfters tat, was W. in dem Gedanken bestärkte, daß die Zeit für die Leute in der Firma keine Rolle spielte). Jedenfalls in der sogenannten Welt der Zeichen. Und das ist doch die wirkliche Welt für den Dichter, nicht wahr? Und die Realität ist für ihn nur ein wüster Traum, ist es nicht so?

Freilich nicht nur für den Dichter, gar nicht so selten auch für uns, sagte er (wieder um einige Tage versetzt). Da haben Sie die Gemeinsamkeit, über die Sie immer wieder nachdenken. Besonders wenn wir die Träume der anderen erfüllen müssen. Seit Biermann und Konsorten weg sind, wird die Welt für uns selber zum wüsten Traum. Wir sind systemerhaltend, und was ist das für ein System, das keinen Widerpart mehr hat. Wohin mit der Machtausübung, frage ich Sie. Wir machen uns damit selber alle, sage ich Ihnen. Meinen Sie, es macht Spaß, immer wieder einen neuen Widerpart aufbauen zu müssen? Wieder neue sogenannte feindlich-negative Kräfte, um das System zu erhalten? Ab und zu sehe ich überhaupt keine feindlich-negativen Kräfte mehr, bei uns im Bereich jedenfalls nicht, aber die Kalkies oben auf höchster Ebene wollen immer wieder welche sehen, sonst stimmt ihr Weltbild nicht mehr. Wir haben das längst nur noch als bloße Formulierung: feindlich-negativ! Aber in der Realität... wo denn, frage ich Sie. Wir leben in einer Welt der Zeichen, mein Freund, ist das etwa keine Gemeinsamkeit?

Vielleicht, so fuhr er in seinen Überlegungen fort (es hatte ein Wochenende dazwischen gelegen), sollten wir uns in die Glatzkopf-Bande versetzen lassen. Dort in dem Referat, das zuständig ist für die Skins und Punks, da gibts wohl noch eine ganze Menge zu tun. Aber da müßten wir in abgescheuerten Lederklamotten rumlaufen, und manchmal müßten wir uns sogar hauen. Um Gottes willen, ich kann keine Fahrradketten vertragen. Da bleibe ich doch lieber in der Welt der Zeichen und frage mich dreimal am Tag, wem können wir jetzt noch einen Gefallen tun. Wissen Sie denn gar keinen in der Szene, der noch abhauen will? Es kommt noch so weit, daß wir die einzigen beiden feindlich-negativen Kräfte sind ... was bei Ihnen nicht so weit daneben ist, Sie sind ja schließlich auch Dichter.

Können wir nicht endlich, Feuerbach war noch lange

nicht damit fertig, diesen Schweinehund Harry Falbe dazu bringen, daß er anfängt, Lyrik zu schreiben? Denn der ist doch wohl noch einer, der hier weg will? Ich verstehe nicht, daß keiner aus Ihrer Szene mehr in den Westen gehen will, wo sie sich doch alle so ausgestiegen vorkommen. Wie kann man in einem Land leben wollen, für das man nicht das geringste Interesse aufbringt? Gibt es nicht einen, der das alte Spiel weiterspielen will, dort in der Welt der Zeichen? Sie müssen doch einmal etwas gehört haben!

Alles, was ich gehört habe, wissen Sie schon, sagte W.

Wenn das so ist, werden Sie selber hingehen und erklären, daß Sie in den Westen wollen. Sagen Sie, Sie hätten jetzt langsam die Nase voll. Irgendwann werden Sie das einmal fallenlassen, zu einem, der das meiste Vertrauen in der Gruppe genießt. Dann wollen wir sehen, wie die Gruppe reagiert. Vielleicht können Sie ein paar von ihnen mitreißen, jedenfalls werden wir sie damit verunsichern. Ich würde Ihnen völlig freie Hand geben, reden Sie meinetwegen etwas von einer Botschaftsbesetzung . . . sagen Sie, Sie müßten die Behörden zwingen, weil Sie sich hier im Land Sorgen um die Zukunft Ihres Kindes machen. Sie haben doch ein Kind da unten in diesem A., oder?

Ein Kind? sagte W.; er fühlte sich beunruhigt, die schlecht versteckte Nervosität Feuerbachs sprang auf ihn über. Was soll die Sache mit dem Kind, die meisten von ihnen haben selbst Kinder. Sie würden vielleicht verständnisvoll nicken, aber dann würden sie sagen, das ist nicht unser Problem . . .

So geht das nicht, sagte Feuerbach. Die haben wohl überhaupt keinen Respekt mehr. Entweder man übertritt die Gesetze, oder man steht hinter ihnen. Aber man kann nicht so tun, als wäre die Staatsmacht . . . oder als wären wir gar nicht mehr vorhanden.

Kurz nach diesen Gesprächen war der Oberleutnant für einige Zeit von der Bildfläche verschwunden, genauer gesagt, zuerst für etwa zehn Tage, dann, nach weiteren sieben

Tagen, für einen ganzen Monat. – W. hatte seinem Führungsoffizier anfangs noch mit Schadenfreude zugehört, schließlich aber mit wachsender Besorgnis. Als er dann in der Stadt allein geblieben war, erschien ihm Feuerbachs Benehmen auffällig, nie hatte er ihn in dieser unterdrückten Erregung gesehen, bei allem Witz in seiner Rede (der übrigens langsam etwas abgestanden wirkte) war ihm doch seine Reizbarkeit anzumerken gewesen ... er hatte den Eindruck gemacht, als stünde er kurz vor einem Ausbruch ... oder vor einem Zusammenbruch?

Während der vier Wochen, in denen Feuerbach unauffindbar blieb (es war der gesamte Monat April), hatte W. dreimal eine Aufforderung zu sogenannten Treffs erhalten, zu denen der Oberleutnant nicht erschien; es war nichts Ungewöhnliches. Dreimal hatte W. ein zugeklebtes Kuvert ohne Adresse und ohne Absender vorgefunden, zwei Stück kurz hintereinander in seinem Hausbriefkasten, das dritte war unter seiner Wohnungstür durchgeschoben worden. Die Kuverts enthielten jedesmal denselben Zettel mit einem einzigen Satz: »Sie treffen mich morgen 19.00 im Café Frankfurter Allee«; eine Unterschrift fehlte, das Datum war am oberen rechten Rand mit Kugelschreiber aufnotiert, und zwar so winzig, daß es fraglich war, ob es von Feuerbachs großzügiger Hand stammte. Die Nachricht auf den Zetteln war mit Schreibmaschine geschrieben, jedoch nur einmal, um dann von einem Kopiergerät vervielfältigt zu werden ... W. stellte sich den Apparat vor, der in kaum einer Minute dreißig solcher Kopien auswarf: es waren vielleicht noch mehr dieser Zettel zu erwarten, so lange, bis er sie endlich ignorierte ... und dann kam der große Krach. Feuerbachs Schreibmaschine war dasselbe Modell, wie er, W., es benutzte ... und manchmal hatte er geargwöhnt, Feuerbach sei in seiner Wohnung gewesen und habe dort auf seiner Maschine getippt, durch nichts hatte W. seinen Verdacht bestätigt gefunden. Als W. den dritten Zettel erhielt, suchte er das Café gar nicht auf; wenige Tage vorher hatte er seinen Führungsoffizier im Büro treffen wollen, aber er war nicht vorgelassen worden, eine ihm unbekannte Frau mittleren Alters hatte ihn abgewiesen: Feuerbach . . . ein solcher Herr sei ihr unbekannt!

Am Tag des dritten Treffs hatte er etwas anderes vorgehabt, er war noch einmal hinaus zu Frau Falbe gefahren, zum zweiten Mal schon in diesem Frühjahr. Er hatte seine ehemalige Vermieterin gefragt, ob sie ihm das Zimmer wieder vermieten wolle: Für den ganzen Sommer, vielleicht auch noch für den Herbst, zusätzlich zu seiner Wohnung, er könne sich das jetzt leisten. Er brauche wieder einmal ein Absteigequartier zum Schreiben, wo er ein-, zweimal in der Woche nur für sich sein könne. – Frau Falbe verhielt sich ablehnend, sie schien ihm zu mißtrauen; er mußte sie noch mehrmals aufsuchen, endlich, schon gegen Ende April, sagte sie zu. – Der Harry hat mir ja nie was bezahlt, meinte sie, aber ich kann die kleine Nebeneinnahme brauchen. Sie müssen voll bezahlen, auch wenn Sie nicht jeden Tag hier sind . . . und noch eins, ich kann Ihnen nicht jeden Tag Kaffee kochen. – Also brachte er ihr bei seinem nächsten Besuch ein Päckchen Kaffee mit, das er in einem *Intershop* besorgt hatte; durch den Abdruck einiger Gedichte in westdeutschen Zeitschriften war er in den Besitz einer Summe von Forum-Schecks gekommen, die ihm solche privilegierten Einkäufe gestatteten. Frau Falbe nahm das Geschenk wortlos entgegen, scheinbar immer noch mißtrauisch; als sie ging, glaubte W., sie kehre plötzlich eine Gebrechlichkeit hervor, die ihr noch längst nicht anstand; W. verspürte Enttäuschung, er hatte sie als eine Frau in Erinnerung, die noch voller Spannkraft war; er fragte sich, wie ihr die vergangenen eineinhalb Jahre so viel hatten ausmachen können.

Er hatte an diesem Abend seine Bücher und Manuskripte in das Zimmer von Frau Falbe geschafft. Das zeitweilige

Verschwinden Feuerbachs bot ihm die Gelegenheit, sich ein Versteck einzurichten ... Frau Falbe als Inhaberin des Zweitschlüssels war ihm bedeutend angenehmer als Feuerbach ... der mochte nun der Meinung sein, daß W. die Wohnung in der Stadt nur noch als ein Büro ansah ... und genau dies waren dann auch seine ersten Worte gewesen, als er wieder in der Stadt war (übrigens wie ausgewechselt und bester Laune, am Anfang zumindest, und strahlend darüber, daß er befördert worden war ...)

W. hatte nur Manuskripte mitgenommen, die seiner Meinung nach aktuell waren (die er zuletzt geschrieben hatte ... die ihm zuletzt gescheitert waren, – es waren also nur literarische Manuskripte!); die älteren ließ er zur Tarnung auf dem Schreibtisch liegen ... und auch all seine übrigen Aufzeichnungen ließ er liegen: auf diese Art wirkte der Schreibtisch in der Stadt wie ein stiller Vorwurf! Wenn Feuerbach kam, konnte er sie sehen, die Aufzeichnungen, die rings um die Schreibmaschine verstreut waren: angefangen und wieder verworfen, neu begonnen und erneut verworfen, die Berichte, die ins Leere hinein geschrieben worden waren, seit der Oberleutnant seinen Berichterstatter ohne Vorankündigung verlassen hatte. Und dazwischen immer wieder die Restbestände seiner lyrischen Versuche, vollkommen zugedeckt von der dürren Wortspreu mühsam erstellter Protokolle.

Als er mit seiner papiergefüllten Tasche in die kleine Straße des südlichen Stadtviertels zurückkam, achtete er ganz automatisch auf das Licht hinter seinem Fenster ... er verfehlte das Fenster, denn das Licht war gelöscht, die Jalousie heruntergelassen. Als er es bemerkte, ging er dennoch fast bis zum Ende der Straße weiter, denn er hatte plötzlich ein ähnliches Empfinden wie an jenem Vorfrühlingstag vor zwei Jahren, als er zum ersten Mal in diese Straße gekommen war ... vielleicht lag es an der milden Luft, die den Abend durchwehte? – Auch damals hatte er sich »wie neugeboren« gefühlt, und nicht nur, weil er den Frühling schon spürte. In diesem Jahr war es einige Wochen später, mehr als einen Monat nach Frühlingsanfang, dennoch schien ihm das Licht des Abends dunkler ... Lagen wirklich schon zwei Jahre dazwischen? fragte er sich plötzlich. – Nein, diese Jahre waren nicht mehr in seinem Kopf, sie waren verloren, und es hätten ebensogut drei oder vier gewesen sein können, – sie waren ihm wie in einem Traum vergangen, fortgehuscht, im Nu, wie man so sagte ... es schien sie für ihn gar nicht gegeben zu haben. Und er wußte nur, daß ihm in dieser Zeit alles mißlungen war, was er versucht hatte zu schreiben ... ausnahmslos alles? Es war deprimierend, aber es sollte sich jetzt ändern ...

Er trat in sein Zimmer, es war geputzt worden, der Geruch eines süßlichen Fußbodenglanzmittels stach in seine Nase; am Fußende der Liege stapelte sich ein Packen gefalteter Bettwäsche, die in der Dunkelheit ein wenig zu leuchten schien. Er kannte sie, sie stammte aus der Hinterlassenschaft saumseliger Kunden der Wäschereifirma REWATEX. Plötzlich empfand er es als unzumutbar, die *Frankfurter Allee* entlangzustreunen, dort in ein stinkendes Café einzukehren, jene Wohnung aufzusuchen, die nicht seine eigene war, weil dort Feuerbach in jedem Augenblick hereinkommen konnte, in den meisten Fällen, ohne zu klingeln ... er beschloß, in den nächsten Tagen hier auf dem Zimmer bei Frau Falbe zu bleiben. Er saß in dem roten Sessel und starrte in die Dunkelheit des kleinen Raums, in dem es noch ziemlich kühl war ... es konnte in den nächsten Wochen nur wärmer werden.

An einem der folgenden Tage war er erst am späten Nachmittag aufgewacht, dies war ihm seit langem nicht mehr geschehen ... vom Abend zuvor war ihm fast alles aus dem Gedächtnis geschwunden; auch einen so ausgedehnten Kneipenbesuch, wie den von gestern, hatte er sich sehr lange nicht mehr geleistet . . . das unaufhörliche Herumsitzen in dem Café auf der Frankfurter konnte nicht so bezeichnet werden. – Frau Falbe war im Zimmer, der dies peinlich war, wie er zu erkennen glaubte, wenn er durch die nur schwer zu öffnenden Lider blinzelte. Er war durch das Schnarren der Jalousie geweckt worden, die sie aufgezogen hatte; draußen herrschte helles Tageslicht, obwohl sein Fenster um diese Zeit auf der Schattenseite des Hauses lag. Dennoch war der Widerschein eines starken Leuchtens in der Straße, den die Fensterscheiben der Häuser von gegenüber blendend verstärkten. Einen Moment lang hatte er den Gedanken, er habe seine Schicht in der Wäscherei verschlafen . . . mit Hilfe von Frau Falbe war dies so gut wie nie vorgekommen. Er drehte sich unter der Bettdecke nach ihr um, sie deutete auf die Kaffeekanne, die auf dem Schreibtisch stand . . . Sie müssen gestern aber unheimlich viel getrunken haben, sagte sie. – Er stand auf, ging wortlos an ihr vorbei zur Toilette, als er zurückkam, war der Kaffee schon eingegossen . . . es war ganz wie immer.

All dies war geeignet, ihm die gesamte letzte Zeit vergessen zu machen . . . die letzten Wochen, Monate, das letzte Jahr, die letzten zwei Jahre, – wenn es schon so viele waren. Hier glich sich alles noch aufs Haar, es bereitete ihm auf einmal die größte Mühe, an die vergangenen anderthalb Jahre zu denken (oder an die letzten zweieinhalb Jahre?), es war, als sei ihm diese Zeit nur in der Phantasie vergangen, als seien alle Erinnerungen daran nur aus einem Bereich seiner Phantasie hervorzuziehen, der ziemlich absonderlich war, wenn nicht pervertiert . . . und es schien ihm, er sei hierher gekommen, um sich dieser Aufgabe sofort zu stellen. Nichts aus den letzten zwei oder drei Jahren ließ den Schluß zu, daß er sein eigenes Leben gelebt hatte . . . nichts hatte er aus eigenem Antrieb getan! Und alle möglichen Erklärungen für den Umgang mit der Zeit seiner letzten

zwei oder drei Jahre entstammten nicht seinem Verstand
... sie waren nicht Ergebnisse des Verstandes von W., – sie
waren ersonnen worden von Sachverständigen.

Nur sehr langsam wuchs in ihm ein Erstaunen darüber,
daß alles so gekommen war; wie er es hätte artikulieren
sollen, wußte er nicht ... Frau Falbe schien keinen Gedanken an die zurückliegende Zeit zu verschwenden, im Moment jedenfalls nicht, sie setzte die Tage mit ihrem Unter-
mieter übergangslos fort und goß Kaffee ein. Wie immer,
als wäre es noch gestern so gewesen, saß er im Pyjama vor
ihr – sie schien es nicht zu bemerken – und schlürfte das
kochend heiße Getränk hörbar in sich hinein, wie immer
mit leicht zitternden Händen, und er brachte erst ein Wort
hervor, wenn er einige Züge der ersten Zigarette geraucht
hatte. Dies schien ihr ein ebenso gewohntes Detail zu sein
wie der Handgriff, mit dem sie seiner offen auf dem Tisch
liegenden Schachtel ebenfalls eine Zigarette entnahm und
sich anbrannte. – Nur zur Gesellschaft! lautete ihre täglich
wieder gebrauchte Entschuldigungsformel. Sie pflegte am
Tag zwei oder drei Stück zu rauchen, nur in Gegenwart von
W., der ihr vor anderthalb Jahren angeboten hatte, sich
ganz nach Laune aus seinen überall herumliegenden, ange-
brochenen Päckchen zu bedienen. Nachdem sie ihre Tasse
Kaffee getrunken hatte, fragte sie, ob sie gehen solle ...
einen ganzen Sommer und Herbst lang hatte sie ihn das
beinahe täglich im gleichen Ton gefragt, wenn sie morgens
um halb vier mit ihrer Zigarette fertig war, und täglich hatte
ihn diese Frage überrascht, wie auch jetzt, und es war ein
Bedauern in seinem Blick, in dem sie eine zustimmende
Antwort zu erkennen glaubte, obwohl er sprachlos blieb.

An der Tür drehte sie sich noch einmal um: Wissen Sie,
daß ich vor kurzem sehr erschrocken war, als Sie wieder
hier angekommen sind? Weil mir der Harry erzählt hat,
daß Sie manchmal mit diesem Kerl zusammen sind, der
hier war und mich ausgefragt hat. Und daß sich der Harry

darum gleich wieder aus Berlin fortmacht, seitdem er Sie mit diesem Kerl gesehen hat. Sie wissen, wen ich meine, diesen geleckten Kerl, der immer so höflich tut, *Wasserstein* heißt er ... Sie kennen ihn ja ganz gut! – Und jetzt sind Sie nicht mehr mißtrauisch? fragte W. – Der ist doch ein Spitzel, das sieht man doch auf den ersten Blick ... sagte sie und schüttelte den Kopf. Aber jetzt hab ich doch gleich gesehen, wie müde Sie sind. Ich habs ja gesehen, wie Sie geschlafen haben, ich dachte, Sie können gar nicht wieder wach werden. Der muß ja vollkommen fertig sein, hab ich gedacht, was haben sie bloß mit dem gemacht, hab ich mich gefragt. – W. nickte erstaunt, und Frau Falbe fuhr fort: Jetzt müssen Sie sich wirklich erst mal ausschlafen, und dann besuchen Sie mich mal. Oder ich komme zu Ihnen runter, ich muß Ihnen was erzählen von dem Kerl. Damit Sie wissen, mit wem Sie es zu tun haben ...

Er habe genügend Zeit, und er sei ausgeruht, hatte er geantwortet, wenn es ihr recht sei, werde er am Abend zu ihr hochkommen. – Süchtig und voller Eile leerte er danach die gesamte Kanne Kaffee, um endlich wach zu werden, dann verließ er das Haus für die notwendigsten Einkäufe. Es war ein ziemlich warmer Apriltag, die Nervosität fiel plötzlich von ihm ab, er ging durch das provinziell wirkende Viertel, in dem die großstädtische Enge fehlte, und hatte keinerlei Schwierigkeit, das Ganze wiederzuerkennen, in dem er sich vor zwei Jahren noch wie auf Abruf bewegt hatte – gedrängt von Feuerbach, hier wieder fortzuziehen ... und auch in seinem Innern offenbar begierig die Befehle der Firma erwartend –, erst jetzt, so schien es, war er richtig hier angekommen, der nächste Winter war noch weit, er durfte nicht daran denken. – Er hatte die Absicht gehabt, für den Abend bei Frau Falbe eine Flasche Wein zu kaufen, hatte aber keinen genießbaren Wein gefunden, nur irgendwelches blaurotes Zeug von beleidigender Süße. Zurück im Zimmer hatte er sich dann über seinen Manuskripten verloren, in denen er zu lesen begann ... ab und zu aufschreckend, weil er sich einbildete, die Türklingel zu hören. Die Manuskripte waren ihm wirr und trotzdem auf unangenehme Weise durchsichtig erschienen. Inmitten der schwer faßlichen, manchmal kryptisch zu nennenden Wortfolgen glaubte er in jedem der Texte äußerst verräterische Formeln zu erkennen, – und gerade deshalb, weil sie ausgesucht verschlüsselt waren: wenn irgendein Leser nur andeutungsweise etwas von seinem Doppelleben erfahren hätte, dann wäre ihm eine Fehlinterpretation dieser Stellen kaum noch möglich gewesen. Und dann, so schien ihm, mußten diese Fügungen sofort zum Schwergewicht aller seiner Gedichte werden ... ja, man hätte diese Sätze herausnehmen und untereinanderreihen können: und plötzlich wären sie aus sich heraus verständlich gewesen: sie waren ein Gemisch aus verklausulierter Anklage gegen eine anonyme, geheime Macht, und sie sollten, dies war das hauptsächlichste Übel, Mitleid erwecken ... ja, es waren die bemitleidenswerten Zeugnisse einer tiefen *Resignation* ... der Mensch, der das geschrieben hatte, war zu feige, sich offen auszusprechen, und er hatte sich mit seiner Feigheit schon abgefunden. – Augenblicklich müsse er beginnen, alles umzuschreiben, die verräterischen Sätze auszumerzen! dachte er, bleich und überströmt von einem heftigen Schweißausbruch; im gleichen Moment klopfte es von draußen an sein Fenster. Er blickte auf, das Zimmer verschwamm ihm in der Übelkeit, die ihn überrannte ... er erinnerte sich an seine alte Eigenheit, bei einem Klingeln an der Tür niemals sofort zu öffnen, sondern erst zu warten: das Lesen seiner alten Texte – zum Teil waren sie schon vor zwei Jahren, hier in diesem Zimmer, geschrieben worden – hatte diesen Mechanismus sofort wieder in Gang gesetzt. – Vom Fenster aus winkte ihm Frau Falbe zu; er saß im Licht, die Jalousie war noch immer hochgezogen.

Sie haben doch den Schlüssel und können reinkommen,

sagte er, als er sie hereinließ. Er wolle nicht so gern an die Tür gehen beim Klingeln, denn das Zimmer solle sein Versteck werden. – Ich kann mir schon denken, vor wem Sie sich verstecken müssen, sagte sie. Vor dem möchte ich mich auch verstecken. Aber kann der denn nicht rauskriegen, wo Sie sind? – Ich hoffe nicht, sagte W., nur Sie wissen von meinem Versteck! – Gut! sagte sie, und dabei bleibt es, von mir erfährt bestimmt keiner etwas. Gut, daß ichs weiß . . . und Sie sind ja auch nicht mehr hier gemeldet. Von Harry wollte ich Ihnen etwas erzählen, aber ich sehe schon, es paßt Ihnen jetzt nicht . . .

Sie spürte, daß W. mit seiner Niedergeschlagenheit kämpfte, und blieb an der Tür stehen. – Nein, sagte er, es paßt sehr gut. Ich bin vielleicht wirklich noch nicht ganz ausgeschlafen. Und ich weiß nicht, was ich Ihnen zu trinken anbieten soll, soll ich Ihnen einen Tee kochen?

Er wußte, daß sie es nicht gern sah, wenn er in dem Zimmer mit einem Tauchsieder hantierte, sie hielt ihn für vergeßlich und fürchtete sich vor einem Wohnungsbrand, trotzdem verzichtete sie auf das Angebot, den Tee oben in ihrer Küche zu machen, und setzte sich in den Sessel. – Ich wollte Ihnen etwas von dem Harry erzählen, wiederholte sie, und von dem Kerl, vor dem Sie sich verstecken.

Ja, sagte W., erzählen Sie es . . . Es war ein Glücksfall, sie kam von selber auf Harry Falbe zu sprechen, der seinen Führungsoffizier so interessierte. Vielleicht mußte er gar nicht nachdenken, wie er sie unauffällig ausfragen könne . . . aber plötzlich war ihm die Geschichte gleichgültig, was ihn aufmerken ließ, war nur ein eigentümlicher Tonfall in der Stimme der Frau. Sie wusch an dem kleinen Beistelltisch neben der Wasserleitung zwei Tassen aus, während er den gefüllten Topf mit dem Tauchsieder im Auge hatte. Sie hatte ihm den Platz hinter seinem von Papier übersäten Schreibtisch freigelassen, er stellte die Teetassen achtlos auf die vollgekritzelten Zettel und schob ihr eine aufgerissene Packung mit Würfelzucker hin; sie zögerte noch immer und versuchte mit den Fingerspitzen den Teebeutel aus der heißen Flüssigkeit zu fischen. Dann erzählte sie, stockend, sich oft wiederholend, eine krude Geschichte von Harry, der wochen-, ja monatelang von einem Menschen durch die Stadt gejagt worden war, der Feuerbach gewesen sein mußte. – Sie lieferte W. eine Beschreibung von seinem Vorgesetzten, wie sie ihm nicht besser hätte gelingen können. – Sie wissen schon, dieser drahtige Typ, dieser hohe, schlanke, sagte sie; die Erregung in ihrer Stimme flaute dabei noch einmal ab, und ihr Ton war verächtlich. Immer hat der diesen karierten Anzug an, solche gibt es hier gar nicht, grau und gelb kariert, ich weiß nicht, ob man so was noch trägt. Und einen Schal drin, wahrscheinlich soll es amerikanisch aussehen, oder vielleicht englisch, jedenfalls soll es auffallen. Und passen soll es zu der gefärbten Haarfarbe, da hat er sich doch graue Locken reinmachen lassen, hab ich recht? Alles unecht an dem Kerl, sogar sein ewiges Feixen ist nicht echt. Jedenfalls dieser Kerl, mit seinen Lippen, wie ein Mann aus dem Kino, die so blaß sind ... gelb, hab ich zuerst gedacht, ist seine Hautfarbe ... und seinen Augen wie Fischaugen ... sind die vielleicht grün, nein, grau sind sie gewesen, der hat seine adlige Nase hier reingehalten ...

Sie fuhr übergangslos mit der Geschichte über Harry fort: Am laufenden Band sei »der Junge« geholt worden, schon in A., wo er hergekommen ist, sei das passiert. Als er noch dort gewohnt habe ... Und hier in Berlin ist das so weitergegangen, können Sie sich das vorstellen?

Natürlich, sagte W.; er hob mit dem Teelöffel die beiden Aufgußbeutel aus den Tassen und warf sie in den Aschenbecher.

Und wissen Sie warum? fragte Frau Falbe. Sie wollten ihm immerzu beweisen, daß er in den Westen gehen will, dabei wollen das doch so viele! Darum ging es immer, meistens, soviel ich weiß. Sie haben ihn deswegen nachts aus dem Bett geholt. Der Kerl, dieser Spitzel, klingelte bei mir früh um sechs, zum Beispiel, und sagte, los, gehen Sie runter, schließen Sie mir sofort die Tür auf ...

Verzeihung, unterbrach W., wollte er das nicht wirklich? Ich meine, Sie haben mir schon gesagt, er wollte wirklich in den Westen.

Natürlich wollen Sie in dem Alter alle ... warum sollen sie auch nicht? Aber jetzt ist das bei ihm vorbei, jetzt will er nicht mehr, und mir hat er immer die Wahrheit gesagt.

Warum will er denn nicht mehr ... hat er vielleicht irgendwo eine Freundin, ein Kind ...

Ein Kind? Nicht daß ich wüßte.

Haben Sie denn eine Ahnung, wo er jetzt überhaupt steckt?

Sie zuckte mit den Schultern: Keine Ahnung, wo er jetzt steckt. Vor kurzem war er noch mal hier, für zwei Tage, aber er war nicht bei Ihnen im Zimmer. Und jetzt ist er wieder mal verschwunden, er verschwindet immer mal wieder ...

Wie kann denn ein Mensch hier verschwinden ...

Sie ging nicht auf seine Frage ein und fuhr mit ihrer Erzählung fort: Also nein, das mache ich nicht, hab ich gesagt. Der schläft doch jetzt, da können Sie nicht rein. Doch kann ich, hat der Kerl gesagt, und wie ich kann. Schließen Sie sofort die Tür auf, der schläft nicht, der denkt doch bloß die ganze Nacht ans ... na, Sie wissen schon! Sie wissen schon, daß er sichs mit der Hand macht ... ja, das hat der Kerl gesagt, der wird doch bloß daliegen und die ganze Nacht ... wichsen! Ja, so hat er zu mir gesagt, und Sie brauchen ja nicht mit reinzukommen. – Es mußte sie Überwindung gekostet haben, Feuerbach wörtlich zu zitieren; W. fühlte sich leicht unbehaglich, sie hatte das Wort »wichsen« in einer Art dumpfen Kehllauts hervorgestoßen und den Kopf dabei weit über den Tisch geneigt; W. zuckte zurück, als ihm der Ausdruck ins Gesicht fuhr.

Und dann hat er ihn mitgenommen, den Harry, es war noch dunkel, fast mitten in der Nacht. Und es war nicht das letzte Mal, einmal ist er sogar nachts halb zwölf gekommen, ich hatte noch ferngesehen. Und der Harry war die ganze Nacht dort bei ihnen, sie haben ihm wieder nachweisen wollen, daß er in den Westen will. Und wissen Sie, was dann noch vorgefallen ist, der Harry hat es mir erzählt, als er früh um zehn zurückgekommen ist . . .

W. verneinte, obgleich er ahnte, auf welch widerliche Weise derartige Vernehmungen ablaufen konnten; sein Unbehagen wuchs an.

Sie wollten ihm was anderes nachweisen, über die Sache mit dem Westen haben sie nie lange geredet, sagte der Harry. Sie haben behauptet, daß er andersrum ist, das sollte er dort zugeben!

Homosexuell? fragte W.

Ja, daß er ein Homo ist, daß er schwul ist, das haben sie zu ihm gesagt, dabei weiß ich das besser, denn der Harry belügt mich nicht. Und wissen Sie, was dann passiert ist in dieser Nacht, der Kerl hat ihm seine Pistole reingesteckt . . .

Nicht möglich! sagte W.

Und ob es möglich ist, er hat sie ihm reingesteckt, der Harry hats mir ganz genau erzählt. Der Harry hatte ja nichts an, nur den Mantel über dem Schlafanzug, so haben sie ihn ins Auto gesetzt und mitgenommen. Und bei sich im Büro hat er ihm die Pistole hinten reingesteckt und gesagt, soll ich abdrücken. Das tut dir doch gut, du schwuler Hund, hat er gesagt, gib es zu, daß du ein Schwuler bist, oder ich drücke ab . . .

Unglaublich! sagte W., – er versuchte sich diesen Auftritt bildlich vorzustellen . . . konnte man sich diesen Feuerbach in einer solchen Szene denken, den eleganten Zyniker Feuerbach, der alles mit spitzen Fingern anfaßte? W. schüttelte den Kopf und meinte: Das ist ja eine wirklich haarsträubende Geschichte!

Sie können es mir glauben, beteuerte sie, der Harry hat es mir gleich danach erzählt. Er würde das nie jemand anders erzählen, außer mir. Und man hat es sogar noch gesehen, von der Pistole hat er noch eine Wunde gehabt, sage ich Ihnen. Und danach war er dann gleich für vier Wochen aus Berlin verschwunden.

Und wohin war er verschwunden?

Er kann es mir nicht sagen, hat er zu mir gesagt. Denn die würden bestimmt wiederkommen und mich ausfragen. Da wäre es besser, ich wüßte es gar nicht. Und tatsächlich, sie waren auch da . . . ich habe natürlich kein Wort gesagt. Ich weiß es nicht, hab ich denen gesagt, ich weiß es nie, wo er ist, da sind sie wieder gegangen. Und das sage ich zu jedem, keiner erfährt etwas von mir. Und dann kam der Harry wieder und hat gemeint, ich werde es denen beweisen. Ich werde ein Kind in die Welt setzen, ja . . . zu mir hat er gesagt, ich werde dir ein Kind machen. So was hat er tatsächlich zu mir gesagt. Oder ich werd einem anderen Mädchen ein Kind machen da unten in A. Harry, hab ich gesagt, ich glaube dir, daß du normal bist, und es ist Unsinn, deswegen ein Kind in die Welt zu setzen. Das kannst du nie bezahlen, und die junge Frau sitzt mit dem Kind da. Da kann doch nichts Ordentliches rauskommen . . .

W. hätte diese Geschichte für eine glatte Phantasie gehalten, wenn sie nicht von Frau Falbe gekommen wäre . . . Vielleicht war sie eine Erfindung von Harry? Dem wäre sie zuzutrauen gewesen, er mußte im Gefängnis von vielem Wahnsinn gehört haben. - Dennoch, es konnte keinen zwingenden Grund für eine solche Erfindung geben; wenn Harry das Mitleid seiner Vermieterin hätte herausfordern wollen, hätte er sich Besseres ausdenken können, und er hätte es sich nicht einmal ausdenken müssen. Hatte er vielleicht doch die Wahrheit gesagt? Im Grunde war es egal . . . nur verspürte W. eine gewisse Befriedigung bei dem Gedanken, daß seinem Führungsoffizier plötzlich ein

solcher Ruf anhing ... er gönnte es ihm! Es sei fast bedauer-
lich, wenn die Geschichte nur erfunden wäre, dachte er
schadenfroh ... und im übrigen kannte er bestimmte Anwandlungen Feuerbachs aus eigener Erfahrung, wenn dieser angetrunken war. – Die Geschichte war eigentlich
gleichgültig ... viel interessanter war der Tonfall, in welchem sie ihm von Frau Falbe erzählt worden war.

Sie hatte sie eigentlich weniger erzählt als vielmehr keuchend hervorgestoßen, mit rauher Stimme, ohne sich um
die Zwischenfragen ihres Gegenübers zu kümmern, den
Oberkörper hatte sie, in halber Drehung aus dem Sessel,
auf den Schreibtisch gestützt, eine Hand hielt sie am dreieckigen Halsausschnitt ihrer Bluse, als habe sie zuwenig
Luft zum Atmen, und während des Sprechens hatte sie
zwei Zigaretten geraucht. – Er mußte zugeben, daß er von
der Aufregung der Frau angesteckt worden war ... Und
doch hatte er zu trocken reagiert und ihr kaum gezeigt, daß
er auf ihrer Seite war (warum wollte er auch in dieser
Situation noch nicht von seiner Solidarität mit Feuerbach
lassen?); er halte den Mann für einen Verbrecher, so hätte er
sagen müssen! – Er war entschlossen, noch einmal zu ihr
nach oben zu gehen: Unbedingt müsse er sich diese Geschichte noch genauer anhören, er habe es gar nicht fassen
können, solche Geschichten seien ihm bisher nur von irgendwelchen perversen Nazis zu Ohren gekommen.

Am nächsten Tag, als er um die Mittagsstunde oben bei
ihr läutete, blieb gar keine Zeit zum Reden. Sie hatte ihm
im Morgenrock geöffnet und sich eher unsicher als überrascht gezeigt. – Sie müsse gerade schnell ihr Bett machen ... sagte sie; er blickte in das Schlafzimmer, wo ein
Doppelbett stand; die Seite, auf der früher ihr Mann geschlafen haben mußte, war unberührt, das Bettzeug war
säuberlich mit einem gardinenartigen Stoff bedeckt. Sie
hatte den heiseren Ton in ihrer Stimme noch nicht verloren, sie bat ihn herein, und beide steuerten das Schlaf-

zimmer an, als müßten sie das Bettenmachen gemeinsam vollenden. Plötzlich lehnte sich Frau Falbe gegen ihn, im nächsten Augenblick saßen sie auf dem Bettrand. – Kommen Sie lieber heute abend, ich habe jetzt zu tun, sagte Frau Falbe; noch einen Moment später wälzten sie sich schon quer über das Doppelbett.

Ich kann heute abend nicht ... mit gepreßter Stimme hatte er es in ihr Ohr geflüstert ... Ich bin auch noch eine Frau, hatte sie zur Antwort gemurmelt, bleiben Sie, kommen Sie nicht heute abend. – Und mehrmals hatte sie entschuldigend gesagt: Ich weiß, daß Sie es auch nicht leicht haben, ich weiß ...

Das Merkwürdigste an alledem war, daß sie ihr »Sie« die ganze Zeit über beibehalten hatten ... nach einer knappen Stunde war er, überfordert und in leichtem Taumel, wieder in seinem Zimmer zurück. Bei geschlossener Jalousie saß er in seinem Sessel und suchte in der Dunkelheit nach Orientierung; im Hausflur hörte er Frau Falbe rumoren, die mit dem Treppenreinigen beschäftigt war, deshalb wagte er die Wohnung nicht zu verlassen; langsam überkam ihn die Müdigkeit. In der vergangenen Nacht hatte er, trotz einiger Gläser Bier, die er nach dem Besuch Frau Falbes noch in einer Gaststätte getrunken hatte, kaum einschlafen können, andauernd war er von irgendwelchen harmlosen Geräuschen wieder geweckt worden, erst gegen fünf hatte er nichts mehr gehört. Kurz vor Mittag war er schon wieder hellwach gewesen, er hatte daran gedacht, daß kein Kaffee mehr da war, und die Einladung seiner Vermieterin war ihm eingefallen.

Dies war am Vormittag gewesen, und auch jetzt, als er spät in dem Sessel erwachte, war natürlich noch kein Kaffee da ... nur Tee, den er häufiger trank, aber niemals sofort nach dem Aufwachen. – Es war zu spät, noch Kaffee zu kaufen, er würde wieder zu Frau Falbe gehen müssen ... erst jetzt, noch im Halbschlaf in seinem Sessel, stellte sich ihm ein deutlicheres Bild von dem Geschehen am heutigen Mittag her, denn er hatte auch in dem hellen Tageslicht, das durch die beiden Schlafzimmerfenster Frau Falbes fiel, die Dinge nur mehr ahnen als sehen können. Er entsann sich, daß sie sich mit fliegenden Handgriffen den vorn geknöpften Morgenmantel aufriß und sich ebenso hastig auch aller übrigen Kleidungsstücke entledigte, während sie schon ihn unter ihrem Körper begrub. Ein Schwall unverständlicher Worte war dabei aus ihrem Mund gekommen, während ihre Lippen unablässig über sein Gesicht und seinen Hals fuhren (und sie war auch in diesem Moment noch, vermutlich ohne Absicht, bei ihrem »Sie« geblieben) ... unter fortgesetzten raunenden Beschwörungen – einem Gemisch aus Entschuldigungen, Beteuerungen und kindischen Beschimpfungen – hatte sie ihn, mit beiden Händen abwechselnd, zur Erektion bringen wollen, dabei hatte er ihren Oberkörper umklammert gehalten, als müsse er sie beruhigen, schließlich verwandelte sich unter ihren reißenden, ungeübten und ausdauernden Handbewegungen sein Schmerz in Lust, sie hatte es sofort bemerkt und ihren Unterkörper rittlings über seine Lenden gebreitet, wodurch er einen Augenblick später seinen Erguß verspürte. Und sie war noch einen Moment über ihm hocken geblieben, sie hatte ihm mit ihren beiden Händen das Gesicht bedeckt und die Augen zugehalten; die beiden Daumen lagen dicht unter seiner Nase, er atmete den Duft ein, der von ihnen ausging ... es mußte sein eigener Geruch sein, der schnell verflog, zu nichts wurde und sich verwandelte in den neutralen Geruch ihrer schweren, leicht zitternden Hände.

Dann hörte er seine Vermieterin schon wieder im Hausflur (es war, als ob sie sich dort dauernd beschäftigte, weil sie ahnte, er werde einer Begegnung ausweichen), er ging hinaus und sagte, er sei nicht zum Einkaufen gekommen, und jetzt sei ein ordentlicher Kaffee nicht zu verachten – er hatte dabei sowohl das »Du« als auch das »Sie« vermieden –; sie lachte ihn etwas verschüchtert an und antwortete, sie komme gleich runter ... Er habe wohl verschlafen? – Er ging ins Zimmer zurück, zog sich den Schlafanzug an und wartete. – Immer wieder hatte er sie, als sie sich auf dem Doppelbett umarmten, noch einmal nach der Szene mit Harry fragen wollen ... Vielleicht habe er sie nicht richtig begriffen, sie solle noch einmal erklären, wie es gewesen sei mit dieser Pistole. – Er stellte sich die möglichen Folgen der Frage vor: Das ließe sich nicht erklären, das ließe sich nur zeigen ... Er war überhaupt nicht zum Sprechen gekommen, aber womöglich war er auch zu feige gewesen. – Dergleichen Vorwürfe pflegten ihm aus dem Hinterhalt zu kommen, meist waren sie schnell wieder zu vertreiben, mit einleuchtenden Sätzen: Im Grunde sei er sachlichen Wahrheiten auf der Spur ... ja, er war es gewohnt, scharfe Gefühle sachlich zu behandeln, nicht zuletzt schob er dies auf die Angriffe Feuerbachs, der ihn oft genug überempfindlich geschimpft hatte. Und die Begeisterung, mit der andere von ihren Möglichkeiten auf sexuellem Gebiet sprachen, war ihm stets übertrieben vorgekommen ... dennoch konnte er nicht leugnen, daß er zu einer manchmal ärgerlichen Zurückhaltung neigte.

Und natürlich hatte er Feuerbach schützen wollen, er hatte sich jene krude Geschichte nicht ein zweites Mal anhören können ... das hieß, daß er von seinem Führungsoffizier abhängig war. Noch ärgerlicher war, daß ihm Feuerbach ausgerechnet jetzt dazwischenkam, wo seine Gedanken auf Frau Falbe eingestellt waren. Woran er auch dachte, alles hatte mit dem Oberleutnant zu tun ... war er nicht hier draußen in seinem Versteck, weil er das ändern wollte? Immerhin hatte er das Erlebnis vom heutigen Mittag in gewisser Weise ihm zu verdanken ...

Wie lange wartete er eigentlich schon auf Feuerbach? – Nein, wie lange wartete er schon auf Frau Falbe; sie hatte versprochen, gleich mit dem Kaffee zu erscheinen. Zu lange

schon, um nicht ganz andere Dinge zu denken ... Es mußten ihm schon einige besonders raffinierte Fragen einfallen,
wenn er von Feuerbach erfahren wollte, was an der Geschichte mit der Pistole wirklich dran war ... Immer wenn
es einen Moment langweilig wurde in diesem winzigen
Zimmer, schweiften ihm die Gedanken ab, unvermittelt
sah er sich die *Frankfurter Allee* hinaufschlendern, bei
schönem Wetter, den Rückstau der Abendsonnenstrahlen
im Gesicht, deren Gezitter in den Autoabgasen blitzte.
Oder er saß in Berlin Mitte in einem der überfüllten Wohnzimmer der Szene und ließ die Augen über die Figuren der
anwesenden Frauen wandern, so lange, bis sie hängenblie-
ben an der durchsichtigen Gestalt einer kleinen Westberlinerin, die er die *Studentin* nannte ...

In der Dunkelheit hatte er den Schlafanzug angezogen,
bei offenstehender Zimmertür; ein fast unmerklicher Lichtschein kam über den winzigen Korridor, der kaum größer
war als der Innenraum eines Kleiderschranks, vom Hausflur her schimmerte das Licht in der undurchsichtigen
Reliefglasscheibe, die sich in Kopfhöhe in der äußeren
Wohnungstür befand. – Mußte Frau Falbe nicht auf den
Gedanken gekommen sein, daß er nicht da war ... oder
daß er mit ihr im Dunkeln bleiben wollte, was ihr Furcht
eingeflößt hatte ... Das wäre eine Dummheit, sagte er und
machte Licht. Im gleichen Moment ging die Haustür, und
er hörte Schritte im Hausflur ... sie konnte es nicht sein, es
stieg jemand die Treppe hinauf, nur wenige Stufen, dann
war es still. Schnell hatte er das Licht wieder gelöscht ... im
Hochparterre war ein Geräusch am Eingang, dann war es
wieder still; er lauschte, es war ein unheimliches Gefühl:
Wer konnte um diese Zeit zu Frau Falbe gegangen sein?

Er hatte vergeblich darauf gewartet, daß jemand von oben
zurückkam, es geschah nicht, und Frau Falbe ließ sich an
diesem Abend nicht mehr blicken. – Die ganze Zeit über
trieb sich in seinem Kopf die Vorstellung von ihrem Er-

scheinen herum ... und davon, wie er sich verhalten würde: nervös natürlich, unfähig, die notwendigen Bagatellsätze von sich zu geben, welche die Spannung aus dem Raum nahmen ... während sie plapperte, nichtssagendes Zeug, das aber, gerade weil es unverbindlich war, die lauwarme Atmosphäre schuf, in der man zusammenschwimmen konnte ... Er hatte dergleichen nie fertiggebracht!

(Wissen Sie nicht mehr meinen Namen ... Sie haben danach gefragt ... Sie müssen gedacht haben, ich wisse ihn selbst nicht mehr ... Darf ich mich vorstellen: Cambert!, so hatte jeweils das Ende seiner Gesprächsversuche mit der Studentin ausgesehen.)

Stets war er hinter dem Eindeutigen hergewesen, hinter dem unmißverständlichen Verhalten, hinter der eindeutigen Aussage ... was ein gewaltiger Widerspruch war zu den Texten, die im Dunkel vor ihm auf dem Schreibtisch lagen. – W. war sich bisher der Wertschätzung Feuerbachs sicher gewesen. – Was Sie schreiben, hatte der gesagt, klingt zwar beim ersten Hören verschlüsselt, aber man merkt Ihren Arbeiten deutlich an, daß Sie sich damit über etwas klarwerden wollen. Und so haben wir schließlich eine Gemeinsamkeit, die Sie nicht unterbewerten dürfen ...

Und übrigens ist da noch eine Gemeinsamkeit, sagte er nach einer Weile. Sie haben da Texte, in denen die Klarheit durchaus größer ist. Das sind die Texte, die Sie vorerst zurückhalten sollten. Auch in unserem Metier weiß man immer mehr, als man durchscheinen läßt. Man könnte sagen, man muß den Gegenstand seines Interesses praktisch in Zugzwang bringen, das heißt, man muß abwarten können, bis sich die Dinge in ihrer Nacktheit zeigen. Sind wir damit nicht ganz auf der gleichen Linie?

Irgendwann haben Sie mal gemeint, wir warten aber nicht ab, wir forcieren praktisch die Geschicke der Menschen. Das ist unsere Art, abzuwarten, wir haben nie gesagt, daß wir dabei nicht offensiv sein wollen. Was wäre zum Beispiel geschehen, wenn niemand ein klein wenig gedreht hätte an Ihrem Weiterkommen als Dichter ... Sie säßen wahrscheinlich heute noch in Ihrem Zimmerverschlag über Ihren unveröffentlichten Texten ... nie wären Sie in diesen beiden Anthologien gewesen, wie hießen die doch gleich: *Sperlingsbühne* oder *Mäusezirkus* ... du lieber Gott, was fallen diesen Intelligenzlern bloß für Titel ein? Oder finden Sie es etwa besser, nur in den Samisdats zu erscheinen, und noch unter Pseudonym ...

(Nicht Ihre Sätze sind unerklärlich, sondern die Dinge sind es, die Sie sich anzueignen versuchen, jedenfalls machen sie diesen Anschein, sagte Feuerbach ... es war eins der Gespräche, das für W. von vornherein auf ein ungutes Ende zusteuerte. Offenbar bemerkte Feuerbach selbst, wie widersprüchlich sein Gerede war, und er sprach gereizt: Sie haben recht, das ist ein Problem, aber es ist lösbar. Was können wir zum Beispiel dafür, daß alle nur noch verschlüsselt reden? Was können wir trotzdem erfahren, zum Beispiel über das Denken der Leute in dieser Stadt? Sie werden doch zugeben, daß dieses Wissen für eine Staatsmacht von Bedeutung ist ... zumindest interessant, nicht wahr? Ich würde sagen, es ist maßgebend. Die Figuren, die sich für die Staatsmacht halten, haben begreiflicherweise nicht jeden Tag die Möglichkeit, mit dem sogenannten kleinen Mann von der Straße zu reden. Außerdem hätte dieser Mann von der Straße viel zu viele Hemmungen, vor Staatsbeamten seine Gedanken auszusprechen ... ich jedenfalls komme mir manchmal vor wie der nette Sultan, der in Lumpen verkleidet am Lagerfeuer der Kameltreiber sitzt, um sich die Klagen seiner Untertanen anzuhören ... oder wenigstens komme ich mir vor wie die rechte Hand des Sultans. Nein, bleiben wir bei der Sache, was uns vorliegt, uns, die wir das Ohr immer an der Masse haben – W. hatte den Eindruck, daß er solche Floskeln ernst meinte, daß seine Ironie dabei nur einer bestimmten Übereinkunft folgte – oder was wir mit diesem Ohr gehört haben, das ist das gewöhnliche Gebrabbel der Leute, das völlig belanglose Geschwätz. Und daraus für uns ein Bild von den Gedanken zu filtern, die dahinterstecken, das ist unsere Aufgabe.

Für uns? hatte W. eingehakt. Ich denke, das Bild soll für die Figuren der Staatsmacht sein?

Allerdings soll es das. Aber wenn wir das Denken der Leute kennen, heißt das noch lange nicht, daß wir schon ein vermittelbares Bild für den Staat haben. Wir müssen aus dem Denken der Leute erst sozusagen Tatsachensätze bauen. Und wir müssen natürlich die Konsequenzen aus diesen Sätzen gleich mitliefern.

Und wenn das nicht klappt, dann müssen die Tatsachen dazuerfunden werden ... diesen Satz hatte W. vermutlich nicht laut gesagt, vielleicht, weil er sich damit nur wiederholt hätte, wer weiß, wie oft schon, und dennoch nicht damit weiterkam.

Und auch Feuerbach wiederholte sich immer öfter, doch hatte er noch die Stirn, festzustellen, daß dies ein Zeichen von Stagnation sei ... Und die Stagnation wird uns eines Tages auf die Bretter werfen, vielleicht dauert es nicht mehr lange! – Im Augenblick war er auf dem Weg zur Theke, um eine vor längerer Zeit aufgegebene Bestellung selber an den Tisch zu holen; der Kellner schien in einem tiefen Traum versunken, die beiden abgefüllten Biergläser standen verwaist unter dem Zapfhahn. W. betrachtete die schlanke Gestalt des Oberleutnants von hinten und glaubte zu sehen, daß er leicht wankte. Immer öfter in letzter Zeit wollte er bemerkt haben, daß sein Vorgesetzter Nuancen seiner eingespielten Eleganz verlor ... Irgendwas blätterte ab von Feuerbach, dachte er. Oder lag es an einem ganz allgemeinen Mißton, der sich in der Stadt verbreitete? – Und eine der Folgen davon war, daß Feuerbach mit den Berichten nicht mehr viel anfangen konnte, die ihn in jüngster Zeit aus der sogenannten Szene erreichten ... denn die Leute in der Szene verhielten sich schlechthin *indifferent*, so hatte es der Oberleutnant ausgedrückt.

Als ob sie von uns gelernt hätten! hatte er gemeint. W. erinnerte sich so genau daran, weil ihm diese Sätze scharfsinnig erschienen waren. – Als ob sie plötzlich angefangen hätten, die Sachen so zu betrachten, wie wir es tun, sagte er. Fehlte nur noch, daß sie uns ebenfalls für indifferent halten ...

Das könnte ich Ihnen bestätigen, sagte W.

Na also, schließlich sind wir das auch, oder ... sie müssen dort früher einfach ein völlig falsches, ein gefälschtes Bild von uns gehabt haben, wer hat ihnen das nur beigebracht? Etwa die Cliquen, die jetzt in den Westen sind? Und nun geht ihnen wohl ein Licht auf in der Szene! Denn sind wir nicht sogar im höchsten Maße indifferent ... das ist nämlich unsere Stärke. Oder hat jemals ein Mensch von Ihnen *Überzeugung* verlangt?

Feuerbach kam zurück und stellte die beiden Gläser auf den Tisch; er hatte plötzlich einen verbissenen Gesichtsausdruck. – Vielleicht hat er sich über den Kellner geärgert? dachte W.; es konnte nicht sein, denn er fand die Abwesenheit dieses Kellners sonst ganz in Ordnung. – Zum Wohl! Feuerbach hatte einen harten Ton in der Stimme. Haben Sie überhaupt keine blasse Ahnung, was ich manchmal denke?

W., trinkend und den Kopf zurückgeneigt, blickte ihn fragend an.

Oder was ich eigentlich fast immer denke? Ich denke, daß Ihre Berichte an mich alle getürkt sind! Sagen Sie nichts, lassen Sie mich ausreden ... jedenfalls seit einer ganzen Weile sind sie getürkt. Wissen Sie, was Sie machen, mein Lieber, Sie dichten! Ja, Sie dichten auch in Ihren Dossiers. Aber Sie machen das schlecht, wenn Sie es wenigstens richtig machen würden. Sie machen es genau wie mit der Lyrik, Sie liefern nur die zweitrangigen Sachen ab.

Auch Ihre Berichte in der letzten Zeit sind zweitrangige und nachgebesserte Aufgüsse . . .)

Woher wollte er dies wohl wissen? An welchem Punkt der Berichte konnte ihm wohl dieser Verdacht gekommen sein . . . der übrigens absurd war, nach W.s Ansicht. – Vielleicht war es auch nur ein pauschaler Verdacht: da jeder verdächtig war, wurde in unregelmäßigen Zeitabständen auch jeder mit einem Verdacht belegt. Unendlich viele Verdachtsmomente standen jedenfalls immer zur Verfügung: es gab die idiotischsten Verdächtigungen, die unvorhersehbarsten, es gehörte zur Praxis, daß sie wie Blitze aus heiterem Himmel kamen . . . es war zum Beispiel bekannt geworden, daß auf den Listen der Verdächtigen für einen Umsturz, welche die sowjetische Staatssicherheit angelegt hatte, unter anderen der Name *Walter Ulbricht* zu finden war. – Wo es Sicherheit geben sollte, mußte es auch Verdacht geben, das war logisch.

W. konnte sich nicht mehr erinnern, ob er den Vorwurf bestritten hatte . . . scheinbar hatte er einfach dazu geschwiegen. Ausgeräumt war die Sache nicht . . . doch es war die Art Feuerbachs, ihn mit Vorwürfen sitzenzulassen. Er war gelernter Sicherheitsmann, und er wußte um die verheerenden Auswirkungen des Aufschubs. – Und schließlich war es auch nicht deutlich, ob der von Feuerbach geäußerte Verdacht zu Hoffnungen berechtigte: derart, daß er nicht mehr zu gebrauchen war, weil er unzuverlässig war! – Vielleicht holten sie ihn gar nicht zurück . . . vielleicht war es das beste, hier draußen bei Frau Falbe abzuwarten, was geschah.

Frau Falbe kam am nächsten Abend; er schrak zusammen, als die Tür plötzlich aufgeschlossen wurde. – Sie sitzen im Dunkeln? sagte sie erstaunt und schaltete das Licht an. Wollen Sie denn im Dunkeln sitzen? – Er kam sich lächerlich vor, er hatte sich seit gestern abend weder gewaschen noch angekleidet, das Häufchen seiner abgelegten

Kleider lag noch immer hinter der zerwühlten Liege auf dem Fußboden, noch immer trug er den nicht sehr sauberen, schlecht passenden Pyjama, in dem der Hosenschlitz nicht richtig zuhielt, wegen der ausgefransten Knopflöcher, so daß seine Hand stets dort in der Nähe und auf der Hut war. Aber das war nicht das Schlimmste, er hatte eine depressive Nacht hinter sich, er war sogar zu faul gewesen, noch in die Kneipe zu gehen, in Abständen hatte er nur ein paar Stunden im Sessel geschlafen, und wenn er erwacht war, spürte er deutlich, daß sich das ungreifbare Ungeheuer noch immer im Raum aufhielt. Feuerbach hatte aus der Ferne nach ihm gegriffen und hatte ihn unaufhaltsam zurückgeholt. Er entsann sich noch, daß er, hätte er den Oberleutnant aus irgendeinem Grund in der Stadt vermuten können, aufgebrochen wäre, um ihn zu suchen!

Der Abend mit Frau Falbe wurde ein Debakel; von einem bestimmten Moment an hatte er sich förmlich davor gefürchtet, er müsse für sie seine sexuellen Energien in Fluß bringen ... er war froh, daß sie nur schwatzen zu wollen schien, aber auch dabei hörte er nicht richtig zu. – Einmal war er auf die Idee gekommen, ihr plötzlich alles zu erzählen (zu dekonspirieren, so hätte der Fachausdruck gelautet) ... er verwarf den Gedanken sofort, denn er hätte für Frau Falbe augenblicklich zu denen gehört, die auf ihren Schützling Harry mit der Pistole losgegangen waren ... dabei wollte er doch den Abscheu vor dieser Geschichte mit ihr teilen, und irgendwann, diesen Gedanken hatte er noch nicht aufgegeben, sollte sie das Spiel mit der Vorstellung von der Sache mit der Pistole mitspielen ... Sie sehen mich heute manchmal an wie ein Gespenst, sagte sie einmal, ich glaube, ich komme Ihnen doch ungelegen ... Nach einer Weile hatte sie vorgeschlagen, er möge sich mit ihr einen Film ansehen, der im Fernsehen gezeigt würde. Es ist ein Film von James Bond, sagte sie, das hat sich der Harry immer gern angesehen. – Ein Film ... hatte er gesagt, die Geschichte mit der Spionage ist in Wirklichkeit nicht so lustig, glaube ich. Übrigens habe ihm die Sache gestern mittag viel besser gefallen, leider sei es etwas schnell gegangen . . . – Sie hatte nicht den Eindruck gemacht, daß sie seine Worte zustimmend auffaßte, eher schien ihr die Erinnerung daran peinlich zu sein. Dennoch ließ sie ihm einen Hoffnungsschimmer, schon an der Tür drehte sie sich wieder um und sagte: Ja, mir natürlich auch . . .

Und dann steckte sie noch einmal den Kopf herein: Übrigens hatte ich gestern abend noch Besuch . . . Sie können sich schon denken, von wem . . . – Fast hätte er gefragt, ob es Feuerbach gewesen sei. – Er hat sich nach Harry erkundigt. Denn das Zimmer ist ja wieder belegt, hat er gesagt, da wohnt wohl wieder der Harry Falbe. *Falbe*, hat er gesagt . . . haben Sie nicht auch gedacht, der Harry heißt so wie ich? – Was haben Sie geantwortet? fragte W. – Ich hab gesagt, Harry Falbe, den kenne ich nicht, ich hab keine Verwandten. Ich habe nur meinen Mann, und der ist irgendwo im Westen, und der ist beim Staat angestellt! – War es wieder derselbe, Sie wissen schon, der mit der Pistole? – Nein, sagte sie, ein anderer, den ich noch nie gesehen habe. Und dann hat er nach Ihnen gefragt. Nicht so direkt, wer wohnt denn jetzt da unten, hat er gefragt . . . ich habe gesagt, das geht Sie gar nichts an, von mir kriegen Sie keine Auskunft. – Wie sah er denn aus? Hat er nicht gesagt, von wem er gekommen ist? – Es war so ein Langer, mehr als lang, ich dachte, Gott, der ist ja zwei Meter lang. Und man hörte es an der Stimme, daß er nicht aus Berlin ist, er hat so ähnlich wie Sie gesprochen.

Das mit dem Namen, erklärte W., ist mir wirklich nur so rausgerutscht. Ich habe tatsächlich gedacht, der Harry ist mit Ihnen verwandt. Vielleicht reden wir auch gar nicht von demselben . . . vielleicht haben Sie irgendwo ein Foto von ihm?

Sie zuckte mit den Schultern; W. sagte, es gehe ihm heute

nicht so gut, er müsse einfach noch einen Spaziergang machen ... Und vielleicht sehen wir uns morgen ...

Gut, sagte sie, aber nicht schon wieder am Mittag! – Und es klang, als habe sie sich geschmeichelt gefühlt von W.s hartnäckigem Begehren.

Es blieb ihm für den Rest des Abends nur die Möglichkeit, in einer Gaststätte des Viertels etwas zu essen. Er kannte eine winzige Kneipe, wo es Brathering mit Bratkartoffeln gab, eine exklusive Seltenheit, die zu den Vorzügen der Landesmetropole gehörte; dorthin machte er sich auf den Weg. Und er fand tatsächlich noch einen Platz in dem Lokal. Er hatte zuerst, mit dem Rücken zum Eingang, einem schräg an der oberen Wandhälfte angebrachten Spiegel gegenübergesessen, in dem er sich kaum wiedererkannte; er hatte sich unter den vielen Leuten am Tisch – die in ihrer lautstarken Beweglichkeit merkwürdig anonym blieben – suchen müssen ... und der Spiegel gab nur den unteren Teil der Eingangstür wieder, die sich dauernd öffnete und neue Gäste einließ; es war nicht auszumachen, wer hereinkam, und seine Befürchtung wuchs, er werde gleich ein sehr bekanntes Fingertippen auf der Schulter spüren ... oder gleich eine lange Gestalt in dem Spiegel sehen, so lang, daß der Figur Kopf und Beine fehlten. Endlich wurde ein Stuhl gegenüber frei, er setzte sich um und hatte nun Zeit zum Nachdenken.

Bevor er aus dem Zimmer gegangen war, hatte er den Schreibtisch abgeräumt, die Papiere in den leeren Schubladen verstaut und nur einige weiße und *saubere* Blätter auf der Tischplatte liegen lassen. Unerträglich, bei seiner Rückkehr zuerst irgendwelche beschmierten Zettel vorzufinden, Schreibmaschinensätze, durch ein fast erloschenes Farbband getippt, die Aufforderungen zu Treffs waren, und auf der Rückseite kaum leserliche Notizen in der Art: ... *das Spiel der Vorstellung der Sache mit der Pistole ... die Vorstellung des Spiels der Frau mit der Sache der Pistole ...*

die Geschichte der Vorstellung der Frau von dem Spiel mit der Sache der Pistole ... und so weiter ... die Struktur des Genitivs der Genitive, – das konnte ihm nur bekannt vorkommen!

Er konnte seine Texte nicht mehr sehen, sie waren zweitrangig, damit hatte Feuerbach völlig recht. Die Texte waren mittelmäßig ... wenn sie wenigstens schlecht gewesen wären, die Presse hätte sich drauf gestürzt. Aber die Presse ... besonders die Westpresse! ... liebte das Mittelmäßige ... das Maß der Mitte war das Mittel der Presse der Erpressung ...

Seine Texte waren die Beschäftigungstheorie einer zweiten Person, oder die Schreibergebnisse eines Neurotikers, den es ungeheure Anstrengung kostete, sich für wenige Minuten am Tag in einen Schriftsteller zu verwandeln ... oder vielleicht zurückzuverwandeln, denn es war möglich, daß die zweite, schon halb vergessene Person dieses Menschen einst den Ansatz zu einem Schriftsteller in sich getragen hatte. Nun verband sich für ihn nur noch eine sentimentale Hoffnung mit dem Festhalten an diesem Ansatz ... schuld an dieser Hoffnung war irgendein Gefasel von Begabung, und das stammte von seinem Führungsoffizier. Es war schließlich so weit gediehen, daß ihn die Rückbesinnung auf sein sogenanntes Talent nervöse Anstrengungen kostete, die nur in sofortigem Schlaf aufzulösen waren ... und jedesmal nach dem Erwachen war er erleichtert, daß er wieder der alte war: Feuerbachs bester Mann ... Worauf Sie sich ruhig ein bißchen was einbilden können! sagte sein Vorgesetzter. – Und er war dann wieder der gelangweilt, aber mit versteckter Aufmerksamkeit umherschlendernde Typ, der auf einen Decknamen hörte. Oder nicht hörte, je nachdem, oder auf diesen anderen Namen, mit dem er zu unterschreiben hatte und der über seinen publizierten Gedichten eingesetzt war ... über seinem ersten publizierten Gedicht, illegal in der Westpresse, vor einem halben Jahr, vor einem Jahr oder vor eineinhalb Jahren, und dann auch über dem nächsten Gedicht, und seitdem hatte er diesen Namen beibehalten (und seitdem kam eine Figur dieses Namens regelmäßig in seinen Berichten vor ...)

Und oft genug reagierte er gar nicht, wenn er den Namen hörte, der aus dem sogenannten Anmerkungsteil verstreuter Lyrikpublikationen stammte und umgeben war von völlig konfusen und legendären Daten zu einer Person, die eine reine Erfindung war. Und nie konnte er auf Anhieb sagen, ob diese Daten stimmten ... er erinnerte sich, einmal war er vor einem der Büros in der Stadt abgewiesen worden, weil er nicht im Bilde war über seine augenblicklichen Daten. Es war eins der immer gleichen, völlig anonymen Büros (an der Tür stand ein privater, x-beliebiger Name, und wie so oft versehen mit einer Ausschüttung von Konsonanten, um so mehr, je teurer die dahinterliegende Wohnung war: Pr.Dr.Dr.h.c. E. Schulze-Lehmann, oder gar noch origineller); und es gab tatsächlich – er wußte nicht, seit wann – eine Vorzimmerdame; auf ihre Frage nach irgendeiner Jahreszahl aus seiner Legende ... entweder nach Geburts- oder Todesdatum ... hatte er zur Antwort gegeben: Fragen Sie den Chef, der soll auf der Karteikarte nachsehen.

In den Küchen der Szene, in denen rund um die Uhr geplant und diskutiert wurde, galt er als der Schweigsamste, er steuerte nie etwas zu den Streitigkeiten bei ... vielleicht auch war er der stets Abwesende, dessen Gedanken nie an dem Ort weilten, an dem sich seine Person aufhielt: gerade dieses Verhalten aber hatte ihm den Ruf des Unbeirrbaren, Zuverlässigen eingebracht, der immer zur Stelle war ... und manchmal an einigen Stellen zugleich. – Er war einfach überall, immer hatte man ihn zumindest einmal auftauchen sehen, wo gelesen oder Theater gespielt wurde, wo Gemälde ausgestellt wurden, die von den Behörden nicht begutachtet worden waren (abstrakte Gemälde?), sein Name stand auf jeder Liste (er mußte nur zusehen, daß es nicht der Name *Cambert* war!), sein Gesicht verschwamm im Hintergrund jedes Erinnerungs-Schnappschusses, er war eine stumme, aber nie ermüdende Verstärkung der Szene, und manchmal war er die Szene ganz allein. Er war also der ewige Statist, sein dauerndes gebanntes Zuhören ermutigte noch den unbedarftesten Verfasser von Texten oder Aufrufen, und beinahe schon gewohnheitsmäßig legte man zuerst ihm alle Vorschläge oder Proteste zur Unterschrift vor (er mußte nur aufpassen, daß er nicht mit »Cambert« unterschrieb). Und wenn irgendwo ein Wagen, vollgestopft mit Festgenommenen, abtransportiert wurde: er war dabei (er durfte sich auf der Wache nur nicht mit Cambert vorstellen!); und beim Warten auf die Vernehmung war er, der unerschütterlich schweigende Block inmitten des Geflatters der übrigen, auch der erste, auf den das Auge des Diensthabenden fiel, der unsanft am Revers gepackt und ins Dienstzimmer geschleift wurde (er mußte sie nur darauf aufmerksam machen, daß sie ihn nicht mit den Worten hinauswarfen: Kommen Sie nicht so bald wieder, Herr Cambert!).

Es war ihm die genehmste Rolle, den Wortkargen zu spielen ... Feuerbach allerdings mäkelte daran herum: Eigentlich sei mit ihm nichts los (einmal hatte er dies wortwörtlich dem Chef in A. angedroht, nun wiederholte Feuerbach den Satz bei jeder Gelegenheit), sein Name sei zwar in jedem Bericht zu finden, aber ein Antrieb ginge von ihm nicht aus ... Wie wolle er mehr erfahren als das Übliche, wenn er die Gespräche nicht selbst in die Hand nehme. Wie wolle er jemals ins Innere gewisser Intimverknüpfungen vorstoßen, wenn er sich nicht einmal zu einem kleinen Flirt entschließen könne mit der *Westberlinerin*?

Über denjenigen, der seinen eigentlichen Namen innehatte (Lyriker aus der Szene der sogenannten *Nicht-offizi-*

ellen Literatur, der fast ein ganzes Jahr mit anderen zusammen im Gespräch gewesen war), hatte er eines Tages eine Personenbeschreibung angefertigt. Diese Arbeit war eine Geduldsprobe, es war eine ganze Reihe solcher Beschreibungen zu erstellen gewesen, nach mehrmaliger dringender Aufforderung seines Vorgesetzten vollbrachte er den größten Teil davon in den Nächten während oder nach einer dreitägigen Werkstattwoche unter dem Veranstaltungsmotto *Ökologie und Perestroika*, zu der auch Kunst ausgehängt wurde und Lesungen stattfanden. Möglichst viele Teilnehmer sollten erfaßt werden, erkennungsdienstliche Beschreibungen nebst knappen Abrissen ihres Verhaltens sollten mitgeliefert werden. Er selbst nahm auf den vielen Seiten der Liste einen Platz etwa am Ende des ersten Drittels ein:

Teilnehmer Nr. 29

(es handelt sich zweifellos um die Person des operativbekannten M. W.)

Geschlecht: männlich; Alter: 44–48 Jahre; Größe: 165–170 cm; Gestalt: gedrungen, korpulent; Kopfform: rund; Kopfhaltung: meist schräg, aber wechselnd; Gesichtsfarbe: blaß (unrasiert); Stirn: breit, Falte über Nasenwurzel; Kinn: kurz, Ansatz zu Doppelkinn; Haarfarbe: dunkelblond, graue Schläfen; Frisur: halblang, Ohren bedeckt; Augenfarbe: grau; Augenbrauen: dicht, kurz, getrennt; Bekleidung: hellbraune, stets offen getragene Kutte ohne Innenfutter (sog. Parka aus volkseig. Produktion), blaue verwaschene Niethose (Jeans-Marke Lee), schlecht passend, da zu geringe Bauchweite, befestigt mit schwarzem Plastik-Gürtel, blaugrün gemustertes Hemd (kurzärmlig); Beiwerk: weißer Kunststoffbeutel mit dem Aufdruck RBI (Radio Berlin International), Inhalt: 1 Buch (Titel und Verfasser nicht zu ermitteln), 2 unangebrochene Packungen Zigaretten (Marke nicht zu ermitteln).

Kurz-Charakteristik: Nr. 29 verhält sich, als sei er auf der

Veranstaltung nicht erwartet worden. Begrüßt ca. 10 Personen durch Handschlag. Zeigt wenig Interesse an den Exponaten, antwortet aber auf diesbezügl. Fragen mit übertriebenem Lob. Beteiligt sich kaum an Diskussionen, wechselt schnell die Gesprächspartner, dabei Austausch belangloser Redensarten wie etwa: Wie geht es. Geht's gut. Und dir. Es geht mir ganz gut und dir. Nein es geht mir nicht schlecht und dir. Mir auch. Ja, seit gestern geht's mir ganz gut und dir. Mir seit gestern auch und dir. Dabei bleibt sein Blick unruhig, meist vom Partner abgewandt und durch den Garten schweifend. Er scheint sich nur für die weiblichen Anwesenden zu interessieren, spricht aber nicht mit ihnen, spricht nur mit den männlichen Anwesenden. Einmal zitiert er in der Nähe einer Gruppe weiblicher Anwesender einen Satz von Roland Barthes (unrichtig). Raucht sehr stark, Zigaretten, Marke Juwel (alt), trinkt Bier aus der Flasche, für das er nicht immer Geld in die Büchse legt. Impulse gehen von ihm nicht aus, er macht den Eindruck eines Mitläufers.

Auffällige Besonderheiten: kratzt sich während des Abends mindestens 50x eine Stelle am Hinterkopf rechts (endogenes Ekzem?). Langweilt sich, schwitzt, beklagt sich über Hitze (Temperatur gegen 19.00 nur + 16 Grad C.), verläßt Veranstaltung als einer der letzten.

Es folgte das Datum vom 27. April betreffenden Jahres.

W. war froh, sich aus dem Spiegel wegsetzen zu können, denn er hatte sich – der breite Spiegel neigte sich schräg von der Wand und fing den Tisch voll ein – unter den übrigen Gästen unaufhörlich identifizieren müssen: die Stirnfalte über der Nasenwurzel, welche die Brauen teilte und ihm einen gespaltenen Blick verlieh. Der Schweißfilm auf der Stirn, das über die Ohren gewachsene Haar, das allen Straßendreck aufgesogen hatte und im Lampenschein ölig glänzte . . . er nahm sich vor, am nächsten Tag Frau Falbe zu fragen, ob er ihr Bad benutzen dürfe.

In der Tat, er konnte sich an die Veranstaltung erinnern, die im Frühling (im Frühling vorigen Jahres?) auf dem Gelände einer Kirchengemeinde im Berliner Ortsteil Rummelsburg stattgefunden hatte. Bis lange nach Einbruch der Dunkelheit ergingen sich in den Hof- und Gartenanlagen der Kirche immer neue Scharen junger Leute, dazwischen jagten sich die Kinder; es gab Imbißstände und Tische, auf denen Trödel verkauft wurde, er hatte vergessen, zu welchem guten Zweck die Einnahmen gespendet werden sollten; irgendwo wurde Gitarrenmusik intoniert, Lampions verstreuten ihr buntes Licht. Und draußen vor dem Eingang waren mehrere Streifenwagen in versetzter Formation aufgefahren, die herumlungernden Beamten hatten es längst aufgegeben, von jedem Neuankömmling das Personaldokument zu verlangen. Als W. eintraf, am Nachmittag, war es noch anders gewesen, schon von weitem hatte er die von den flächendeckenden Stichproben gestreßten Uniformierten gesehen ... und ihn schien man mit angeödeter Miene passieren lassen zu wollen. Und er war auf einen der Polizisten zugegangen und hatte provokant den Ausweis gezückt, der hatte ihn müde genommen und die Blätter schnell über den Daumen laufen lassen ... Sie halten den Ausweis falsch herum, Wachtmeister! hatte W. gesagt.

(C. fuhr mit der S-Bahn ab Betriebsbahnhof Rummelsburg bis Ostkreuz, von dort mit der S-Bahn zum Bahnhof Lichtenberg, wo er in die U-Bahn umstieg, um eine Station in Richtung Alexanderplatz zu fahren. Schon in der halbdunklen Unterführung des Bahnhofs Lichtenberg glaubte er sich allein, langsam war er vom S-Bahnsteig aus den überlangen, flachen und kahlen Betonschacht, an den Fernbahnsteigen vorbei, bis ganz nach vorn zum Ausgang gewandert, die Mitteltreppe hatte er ausgelassen, erst vorn war er zur U-Bahn hinabgestiegen. Auf dem unteren Bahnsteig drückten sich nur wenige Figuren herum: es war unwahrscheinlich, jetzt noch einen Bekannten zu treffen, der ihn in der Gemeinde in Rummelsburg gesehen hatte. Nun fuhr er noch bis zum ersten Halt mit der U-Bahn, in der Station Magdalenenstraße war er am Ziel; er benutzte den östlichen Aufgang – der zurück in Richtung Lichtenberg führte –, oben auf der Frankfurter Allee ging er wieder in umgekehrter Richtung und steuerte das Café an. – Wenn Feuerbach jetzt auf seinem Fensterplatz gesessen hätte, mit der Wange an der Scheibe, hätte er ihn kommen sehen können.

Doch zu seiner Überraschung war vor dem Café Betrieb, Licht strömte über das Trottoir, wo Tische und Stühle standen, fast alle noch besetzt, unter den farbigen Klappschirmen, die von schweren gußeisernen Füßen auf dem Pflaster festgehalten wurden. Das Café hatte Straßenbetrieb! Dieser begann alljährlich am Vorabend des 1. Mai und endete am 31. August. Für vier Monate war eine kleine drahtige Kellnerin eingestellt – C. erkannte sie schon von weitem –, ein farbloses, exakt und ohne Verzug bedienendes Wesen unschätzbaren Alters – zwischen dreißig und vierzig, dachte C., dessen Intuition hier versagte –, und diese Frau war noch unnahbarer als der gedankenverloren durch die Tischreihen wandelnde Kollege im Innern des Lokals. C. hatte nie bemerken können, daß einer der aufgeräumten Gäste am Abend den zusammengepreßten Lippen der Kellnerin den Anflug eines Lächelns entlockt hatte; ihr blondes Haar war straff zurückgekämmt, über dem Haaransatz war es von einem winzigen weißen Häubchen verziert, das sie jedoch nicht zum Schmuck zu tragen schien, aus irgendeinem Grund saß es auf ihr wie ein Uniformteil, das ihre Funktion verdeutlichte. Und diese füllte sie aus mit steinernem Gesichtsausdruck, im gleichmäßigen Tritt bewegte sie sich von Tisch zu Tisch und notierte noch die einfachste Bestellung pedantisch auf einem Abreißblock ... Der IM des Geschäftsleiters! hatte Feuerbach schon nach einer Minute gesagt, als sie zum ersten Mal an den Außentischen Platz genommen hatten. Gehen wir lieber rein, hier draußen werden wir überwacht. – Und es war nie dazu gekommen, daß C. von ihr bedient worden war, denn sein Vorgesetzter hatte sie furchtbar beleidigt. Als sie den zweiten Versuch machten, in den Genuß des Straßenbetriebs zu kommen, trat sie an ihren Tisch und sagte korrekt die vorgeschriebenen zwei Wörter: Sie wünschen . . . Und Feuerbach hatte verlangt: Zwei Bier, drei doppelte Kognak! – Sie blickte kühl erstaunt und fragte: Erwarten Sie noch einen Gast? – Feuerbach setzte zu der Erklärung an, daß der dritte Kognak für sie sei, doch er schloß den Mund wieder und kniff die Augen zusammen. Dann sagte er: Ach, da es vielleicht auch umgekehrt geht, Fräulein . . . stecken Sie sich doch mal die Kokarde an Ihren dämlichen Hut! – Damit war die Chance, noch einmal an den Tischen auf dem Trottoir bedient zu werden, für immer dahin; sie begaben sich in den Gastraum. – Sie hat mich verstanden! sagte Feuerbach und erklärte C., daß in der Firma das Wort *Kokarde* eine sehr gebräuchliche Tarnbezeichnung für das menschliche Arschloch sei.

Der Oberleutnant war an diesem Abend – vielmehr war es schon Nacht – nicht im Café; dies zu wissen reichte C., obwohl sein Fensterplatz im Gastraum noch frei war, machte er sich auf den Weg zu seiner Wohnung. Er trug ein Bündel Papiere in der Innentasche seiner Kutte, es war der zweite Teil jener Personenbeschreibungen, zu deren Zweck er sich während der Werkstattwoche *Ökologie und Perestroika* Notizen gemacht hatte. Eigentlich gehörte diese Veranstaltung nicht in Feuerbachs Ressort, es war aber vorherzusehen gewesen, daß dort ein großer Teil der Szene zu Gast sein würde . . . Es geht um irgendwelche Verbindungen zu den Basisgruppen, hatte Feuerbach gesagt, es macht uns keinen Spaß, aber Dienst ist Dienst, und Sie müssens ja nicht gar zu genau nehmen.

Das hatte C. wohl unbewußt getan: er hatte die Papiere

zweimal mit dem falschen Datum versehen. Auf dem ersten Drittel, das er schon gestern abgeliefert hatte, stand am Ende der 27. April, auf dem Konvolut in seiner Tasche, beginnend mit der Person Nr. 30, war der 28. April vermerkt . . . wenn es so weitergegangen wäre, hätte er morgen unter den Rest den 29. 04. gesetzt. – Aber die Kaffeehaustische wurden prinzipiell erst am Vorabend des 1. Mai herausgestellt . . . er hatte seine Aufzeichnungen um jeweils einen Tag zurückdatiert. Wie war das möglich: in seiner Wohnung hing ein kleiner quadratischer Tagesabreißkalender, und niemals versäumte er, das überfällige Blatt abzureißen. Er hatte die Personenliste nachts in die Maschine getippt – aufgrund schlecht leserlicher, handschriftlicher Notizen: man kam ins Schwitzen, wenn man auf einer öffentlichen Veranstaltung fünf Minuten lang unbeobachtet Notizen machen mußte, auf Toiletten zum Beispiel, die sehr frequentiert waren und nicht richtig abschließbar . . . Fehlte nur, daß einer ihn fragte, ob er den Durchfall habe – und hatte bis morgens fünf Uhr oder länger daran gearbeitet . . . es waren immerhin zwanzig Leute, die er bearbeiten mußte, die er notfalls glaubwürdig verändern mußte . . . den zweiten Teil der Liste – Steckbriefe! sagte er – hätte er jetzt übergeben sollen, – mit dem Datum des 28. April darunter . . . an diesem Tag hatte die Veranstaltung in Rummelsburg aber erst begonnen. – Es gab nur die Erklärung, daß er vor zwei Tagen vergessen hatte, das Kalenderblatt vom 27. April abzureißen . . .

Den ersten Teil der Liste hatte er Feuerbach gestern nacht unter dem Tisch im Café in die Hand geschmuggelt, der hatte die Seiten unbesehen eingesteckt und gesagt: Und morgen bringen Sie mir den zweiten Tag! – Die Sache war natürlich nicht schlimm, aber sie war ein Zeichen für Nervosität . . .

Die Sache lag ziemlich genau ein Jahr zurück; er wußte nicht mehr, wie er die falschen Datumsangaben damals revidiert hatte, oder ob sie überhaupt je berichtigt worden waren ... vielleicht hatte er seitdem weitergelebt mit dieser fehlerhaften Zeit. – Seit einem Jahr vielleicht, dachte er, haben wir uns darin eingerichtet, immer ein wenig zu spät zu kommen.)

Um die Mittagszeit erwachte er im Doppelbett von Frau Falbe. Durch das große Fenster auf der linken Seite des Zimmers strömte gleißendes Sonnenlicht herein ... er hatte mit dem Rücken zur Betthälfte Frau Falbes geschlafen, auf der Seite liegend – wie immer mit angezogenen Beinen und mit den Fäusten im Schoß –, voller Unruhe und wie im Krampf, doch um so tiefer hatte ihn das traumlose Nichts hinabgezogen. Sofort nach dem Erwachen spürte er den dumpfen, wie entfernt bohrenden Schmerz im Hinterkopf, jene ihm wohlbekannte Nachwirkung einer Überdosis minderwertigen Alkohols ... er war natürlich viel zu lange in der Kneipe sitzen geblieben, und schließlich war das Trinken zu einer bloßen Probe auf sein Durchhaltevermögen geworden. Nun hatte er den bekannten galligen Geschmack in der ausgetrockneten Mundhöhle, das Gaumenzäpfchen in seinem Rachen schmerzte und war fühlbar angeschwollen, so daß es ihm Brechreiz verursachte: er mußte es durch unbändiges Schnarchen malträtiert haben. In seinen Nasenlöchern steckte steinhart verfestigter Schleim, und seiner Lunge entwich in rhythmischen Abständen ein leise pfeifender Ton ... es war nicht das ertüchtigte und gereinigte Aufwachen, wie es in James-Bond-Filmen zu bewundern war ... es war bekannt, daß der Alkohol jenseits des eisernen Vorhangs besser war.

Und eine Folge des minderwertigen Alkohols in einer billigen Ostberliner Kneipe war auch, daß er auf dem Rückweg noch einmal bei Frau Falbe geklingelt hatte. Nun lag er hier im Bett ihres vor Jahren verschwundenen Mannes und mußte sich die Gedanken mühsam zwischen den Schmerzwindungen aus dem Gehirn hervorziehen.

Er hatte das Datum jenes 27. April nicht aus seinem Kopf werfen können und wußte nicht, warum. Es mußte nicht damit zusammenhängen, daß er es einmal unter eine Reihe von Personalbeschreibungen gesetzt hatte, wo es das falsche Datum war ... nein, es hing mit dem Verschwinden und dem Wiederauftauchen Feuerbachs zusammen. Er hatte auch damals vergeblich über die Abwesenheit des Oberleutnants nachgegrübelt ... und gestern in der Kneipe war er immer wieder abgeschweift und hatte an den Beginn der Sommersaison denken müssen, die in dem Café auf der Frankfurter Allee mit dem Herausstellen von Tischen und Stühlen auf den Bürgersteig geöffnet wurde, am Vorabend des 1. Mai ... aus irgendeinem Grund wußte er, daß es in dem Jahr, an das er dachte, zum letzten Mal geschehen war: seitdem gab es keinen Straßenbetrieb mehr vor dem Café ...

Und dann war er in die Wohnung gegangen und hatte sich mit der Weiterführung seiner Dossiers beschäftigt (Steckbriefe! an diesen Gedanken erinnerte er sich genau). Auch am nächsten Tag war Feuerbach nicht zu sehen gewesen ... er hätte ihn womöglich leicht finden können ... am Feiertag, es war Hochbetrieb auf der Frankfurter Allee ... Hatte man schon in diesem Jahr mit sogenannten Gegendemonstrationen zum Staatsfeiertag gerechnet?

In der Kneipe gestern hatte er bei einem Blick auf den Kalender hinter der Theke zufällig bemerkt, daß es der 27. April war ... er konnte sich fest darauf verlassen, daß Feuerbach am 1. Mai wieder da war, oder schon am Vorabend, oder schon jetzt, und im Café saß, als sei nichts gewesen ... Nur daß die Tische und Stühle nicht mehr draußen standen, ein Stück weniger hauptstädtisches Flair in der Stadt ... Feuerbach hatte gemeint: Wie in Amsterdam! Nachts um zwölf sind die Plätze noch voll besetzt. – Nun würde er wohl oder übel zustimmen müssen, wenn W. erneut bemerkte, es wären seit dem vergangenen Jahr ungute Stimmungen in der Stadt eingezogen ... Allerdings, hatte er damals erwidert, auf Ihren siebten Sinn kann man sich verlassen! Und hoffentlich ahnen Sie auch, daß es dank unseres Vorkommens so ist . . .

Das Problem für W. war, daß er sich nicht genau erinnern konnte, – daß es möglich war, daß er schon ein Jahr länger der Zeit hinterherhinkte . . . denn woher wußte er, daß es auf der Frankfurter Allee mit dem Straßenbetrieb vorbei war? – Im Grunde genommen war es egal, die unguten Stimmungen hatten nicht mehr nachgelassen, seit einem Jahr oder seit zwei Jahren . . . und jetzt, in diesem Frühjahr, bei Feuerbachs Abwesenheit, waren sie noch schlechter. Man konnte es nicht genau mitkriegen (und die westlichen Journalisten, die immer öfter in der Szene nach dem Rechten sahen, merkten es schon gar nicht, im Gegenteil, sie schienen elektrisiert von einem ständigen Hochgefühl und warfen mit russischen Vokabeln um sich, dabei strahlten sie wie indische Weise kurz vor dem Eingang zum Nirwana) . . . man konnte die ungute Stimmung eigentlich nur fühlen, vorausgesetzt, man wollte es. Sie war wie ein Zusatz in der Atemluft, der düster und depressiv machte; W. hatte sie schon im noch grauen Vorfrühling zu spüren geglaubt, Ende Februar, Anfang März, durch die Fensterscheibe des Cafés hindurch. Doch vielleicht hatte ihnen – Feuerbach und ihm – damals noch der Schock vom 17. Januar in den Gliedern gesessen, als die Basisgruppen in die Liebknecht-Luxemburg-Demonstration eingebrochen waren und auf der Frankfurter Allee »provoziert und randaliert« (offizielle Verlautbarung!) hatten . . . es waren damals zwischen hundert und zweihundert Mann hochgezogen worden; inzwischen liefen sie alle wieder öffentlich rum . . . und schon seit Anfang April wollte alle Welt wissen, daß für den 1. Mai eine Neuinszenierung des Theaters vorgesehen war . . . also war darauf zu wetten, daß Feuerbach spätestens am 30. April wieder in der Stadt erschien.

Nein, *sichtbar* waren die unguten Stimmungen nicht:

alles ging seine gewohnten Wege, die Menschenmengen, die aus den U-Bahn-Schächten kamen oder in diese eintauchten, hatten nichts an Eile und Geschäftigkeit verloren, und alle trugen die üblichen Gesichter zur Schau, man grüßte ebenso emphatisch wie immer ... auf der Frankfurter Allee waren die Entfernungen groß, und dies war dem Berliner Understatement abträglich ... und man redete genau noch so viel oder so wenig, und auf der Frankfurter Allee in den verschiedensten Dialekten.

Die *Frankfurter Allee* war nicht die Szene, und sie war auch nicht der *Alexanderplatz*, der vom Volk und den Touristen beherrscht war; ehe man auf dem östlichen Abschnitt der Frankfurter etwas erfuhr, brannte es sicher schon lichterloh, und womöglich an allen Ecken und Enden. Und dennoch, es war ihm so vorgekommen, als seien die Menschenströme aus den Unterführungen plötzlich gelichtet ... es fiel noch nicht auf, aber ihre Pulks waren weniger kompakt, es waren weniger, die von den U-Bahnen im Bahnhof *Magdalenenstraße* ausgespuckt wurden, auch während des engen Zeittakts am Nachmittag, es waren weniger Fußgänger, die auf der Allee hinuntergingen und am riesenhaften Komplex des *Ministeriums* vorbei. – W. hatte schon damals angefangen, lange Fahrten mit den städtischen Verkehrsmitteln zu unternehmen, um dieses Gefühl zu ergründen, das vielleicht nicht einmal ein Gefühl genannt werden konnte ... und womöglich nur eine Stimmung in ihm selbst war. Fast immer kam er zu spät, wenn es irgendwo in der Szene eine Lesung gab, eine Stehparty (fünf Stunden lang, nicht gut für Gehwerkzeuge, die zur Sicherung des Lebensunterhalts notwendig waren), eine Verkleidungsgeschichte (Theater mit geschlechtsspezifisch vertauschten Rollen: hochinteressant!) oder eine Papierschnitzel-Verstreuung (Performance genannt, – mit literarischem Anspruch) ... er kam zu spät – und hatte die nackten Brüste der männlichen Hauptrolle wieder ver-

säumt! –, weil er einige Stationen über das Ziel hinausge-
fahren war, um durch ein paar Straßen zu wandern, die ihm
noch unbekannt waren (später öfters durch finstere Viertel
nahe der S-Bahn *Storkower Straße*) ... die so unbelebt waren wie immer; es war kaum zu glauben, wie unbelebt
manche Ecken Berlins an Schlechtwetterabenden waren.
Und dabei hatte er immer wieder gespürt, daß ein unbe-
stimmter Geruch von Zwecklosigkeit über die Stadt gekommen war ... Und das einzig Interessante, so dachte er,
spielt sich in dieser Stadt hinter den Wohnungstüren ab:
abgespielt wurden die westlichen Fernseh- und Rundfunk-
sender. Und zwar deshalb, weil man das Land suchte, in
dem man lebte ... in den Nachrichten und Kommentaren
nahm dieses Land kaum noch einen Raum ein ... Als ob
wir schon geschluckt sind!, so Feuerbach. – Die Dinge in
Polen, Ungarn, besonders aber in der Sowjetunion spielten
eine weit größere Rolle ... Endlich interessieren sich unsere Menschen einmal für die Russen!, so Feuerbach. –
Selbst China war plötzlich wichtiger geworden ... W. hatte
den Eindruck, das Land, in dem er lebte, sei vergessen
worden, und sehr wahrscheinlich grassierte dieser Eindruck ganz allgemein unter den Bürgern der Republik. Die
Republik war in einer belebten Totenstille versunken,
jedes eurasische Erdbeben war bewegender; hier gab es
keine Erdbeben. Ein seltsames Wort beschrieb plötzlich
den Zustand des gesamten Landes am besten: Abwesenheit ... es war, als hätte diesen Begriff nicht erst einer
erfinden müssen; was er beschrieb, war auf einmal allge-
genwärtig. – Die Schlagwörter der Zeit indessen waren
ausländischer Herkunft, sie stammten aus Moskau und
hießen *Glasnost* oder *Perestroika.* Zum ersten Mal schien
die kleine deutsche Republik taub zu sein in Richtung
Moskau; hier blieb alles beim alten, nein, es wurde von Tag
zu Tag älter: und die alten Männer in der Regierung schienen die Wörter noch nie gehört zu haben.

Gern hätte er Feuerbach damals auf die beiden russischen Vokabeln angesprochen, abgesehen von Andeutungen, war es nie zu einer Unterhaltung darüber gekommen. Den halben Mai über vermißte der Oberleutnant den Rest der Personenbeschreibungen, die W. ihm vorenthielt . . . W. konnte sich nicht denken, wozu man das überflüssige Zeug brauchte. – Erst viel später fiel ihm ein, daß Feuerbach von einem anderen Ressort gesprochen hatte, scheinbar wurde er von einer anderen Abteilung unter Druck gesetzt. – W. hatte ihn immer öfter vertröstet, er müsse die Entwürfe nachbessern, vervollständigen, und Feuerbach reagierte aggressiv, nach einigen Tagen drohte er, W. in der Wohnung aufzusuchen und ihm die Fetzen aus der Schreibmaschine zu reißen.

An einem dieser aggressiven Tage wartete er in seiner Wohnung bis acht Uhr abends auf den Oberleutnant, bei weit geöffneten Fenstern (es war Mitte Mai und empfindlich kühl), da er hoffte, das Geräusch der Haustür bis in den fünften Stock herauf zu hören . . . und er vernahm das schwerfällige Türblatt dann wirklich, wie es knirschend über die Fliesen schleifte und wieder ins Schloß fiel. Eigentlich hatte er die Dossiers bis auf unbedeutende Ausnahmen fertig, und es war ihm selber nicht ganz verständlich, was er tat. – Immerzu mußte er an die Beschreibung einer jungen Frau denken, die ihm etwas sonderbar ausgefallen war . . . die vielleicht nicht vollkommen sachlich geraten war. Das Blatt befand sich im zweiten Konvolut, das er schon am Vorabend des Ersten Mai in der Tasche getragen hatte. Als die Weiterleitung mißlang, war er erleichtert gewesen, im Anschluß daran hatte er versucht, die Passagen über die junge Frau umzuschreiben . . . sie waren erneut mißlungen, jetzt erschienen sie ihm stumpf, ohne jeden Esprit . . . etwas fehlte darin, er wußte nicht, was . . . Feuerbach hätte es sofort herausgespürt! – Dann hatte er noch einmal die erste Fassung gelesen, sie war ihm . . . er benutzte das Wort nur ungern ... zu poetisch geraten. Ja, die Frau war zu sympathisch angelegt, Feuerbach hätte gesagt, ohne Sachverstand, ihm fiel jetzt das Wort *intim* ein. Etwas Bestimmtes ... nein, Unbestimmtes an dieser Frau war ein Phänomen (jedenfalls in seinem Dossier), und aus einer unvermuteten Ecke kam immer Streit, wenn das Wort *Phänomen* auftauchte. – W. zog das betreffende Blatt aus dem Papierstapel, rollte es zusammen, umspannte es mit einem Gummi und deponierte es in der Schublade seines Schreibtisches, dann schob er alles davor und dagegen, was die Lade sonst noch enthielt: Bleistifte, Klebpapierrollen, Zigarettenschachteln, Eßbestecke, zerknüllte Kaffeefiltertüten; danach ging er in eine Kneipe. – Als er zurückkam, hatte er sofort den Verdacht, es sei jemand in der Wohnung gewesen ... das Licht brannte, als er hereinkam, nein, er hatte es schon von der Straße aus brennen sehen. Die Dossiers auf dem Schreibtisch sahen sehr durcheinandergeworfen aus, vielleicht fehlten auch einige ... er nahm die dünne Papierrolle aus der Schreibtischschublade und trug sie hinunter in den Keller.

Als er unten vor seinem Kellerverschlag stand – der nicht mal mit einem Vorhängeschloß verschlossen war, sondern nur zugehängt von einem labilen Riegel –, hielt er auch dieses Versteck für ungeeignet: wie konnte man *nicht* auf die Idee kommen, daß der Keller ein Versteck sei? In seinem Keller befand sich fast nichts, nur ein dürftiges Häuflein Briketts, der Rest vom vergangenen Winter. W. blickte unschlüssig den Kellergang nach vorn ... ihm war der letzte Verschlag übriggeblieben, in der weitesten Entfernung zum Eingang ... und dann wohnte er noch ganz oben, im vierten oder fünften Stock, er hatte es nie genau nachgezählt, – die übrigen Hausbewohner hatten also, was den Weg betraf, den er seine Kohlen zu schleppen hatte, die längstmögliche Strecke für ihn errechnet ... und für die Leute im Parterre die kürzeste, denn die hatten sich natürlich die ersten Keller beim Eingang gesichert. – Feuerbach hatte ihm erzählt, daß man seine Wohnung von einer alten Frau ohne Anhang übernommen habe. Von der Großtante eines Offiziers, der sich noch vor dem Bau der Mauer in den Westen abgesetzt habe. Und eines Tages habe man die Alte tot in der Wohnung gefunden . . . erfroren! Und dann war es wieder wärmer geworden, und sie habe sich schon halb in Auflösung befunden . . . es war eine Geschichte, an die W. nicht denken durfte, wenn er nachts allein war in der Wohnung . . . aber natürlich erinnerte sie ihn auch an die Geschichte von Frau Falbe, deren Mann ebenfalls in den Westen verschwunden war.

Nach wenigen Schritten führte der Gang um einen Winkel, wo sich eine ausgehängte Tür und erneut ein Lichtschalter befand. An diesem drehte er und sah einen weiteren erleuchteten, langen Gang vor sich: er war unter dem nächsten Haus . . . er wohnte in der Nummer 35, hier hatte jemand mit Kreide, sicher zur Orientierungshilfe für die Kohlenträger, die Zahl 33 an das Gemäuer geschrieben. Und an den Lattentüren der einzelnen Kellerzellen standen die Namen ihrer Inhaber; doch es gab auch leere Keller, offenstehende, oder solche, in denen alles nur denkbare Gerümpel abgestellt und gehortet war . . . er ging weiter wie durch eine ganz andere, ungeahnt phantastische Welt . . . wieder eine Biegung, wieder ein Gang, ebenfalls erleuchtet, Zellen, Gatter, angezweckt die Namenskärtchen der Inhaber, nach seiner Schätzung schon Haus Nr. 31 . . . danach weiter, Haus Nr. 29, weitere Gänge. Irgendwann wurde der Weg von einer Mauer abgeschnitten; wenn er sich die Gegend vorzustellen suchte, in der das sein mußte, so begann hinter dem Gemäuer das Grundstück einer Fabrik. Er kehrte um und entdeckte einen Quergang . . . als er an diesem vorbei war, wußte er schon nicht mehr, ob er ihn benutzt hatte oder geradeaus weitergegangen war. Einmal, er war womöglich schon unter dem Gebäude mit seiner

Wohnung hindurch, stieg er eine Kellertreppe hinauf, trat durch einige offene Türen und fand sich in einem ihm völlig unbekannten Hinterhof wieder, in einem schmalen viereckigen Schacht, schwindelerregend hoch, finster, mit einem winzigen Quadrat von gestirntem Himmel darüber, vier Türen führten in die vier himmelhohen Wände hinein, er nahm die nächstliegende, über der eine winzige Lampe glomm, und entdeckte sogleich wieder einen Keller, wieder einen Kellergang, vielleicht parallel zu dem, von dem er ausgegangen war, oder rechtwinklig darauf zu, oder rechtwinklig davon fort, oder richtungslos an seinem Haus vorbei, oder auf einen Quergang zu, der quer lag zu einem nie gesehenen Quergang, und jener quer zu einem anderen, oder parallel, oder im Winkel darauf zu ... hier unten konnte man vielleicht entkommen? Wem wollte er entkommen, außer von Zeit zu Zeit seinem Vorgesetzten Feuerbach? Und er nahm sich vor, dies alles herauszufinden ... wenn er sich schon oben in Berlin nicht zurechtfand, so konnte er sich vielleicht in diesem System hier unten zurechtfinden. War es ein System, das sich zu dem Netz der Häuserreihen und Straßen über ihm kongruent verhielt? Dies mußte erst erforscht werden ... es konnte die Aufgabe seiner nächsten Tage sein, so lange jedenfalls, bis sich Feuerbach beruhigt hatte.

Er befand sich hier – mit etwas Einfühlungsvermögen konnte man es so betrachten – gleichsam mitten im Unterleib der Stadt. Es war, als sei man der Stadt Berlin, jener uralten monströsen Vettel, unter die Röcke gekrochen, hier nahm man auf einmal alles wahr, was sie aus Schamgefühl vor der Welt verbarg. Hier unten hatte die Vettel alles versteckt, was ihr peinlich war ... und was ihr eigentliches Wesen verriet. Hier unten fand sich alles, was von ihrer Hurerei mit den wechselnden Systemem noch übrig war ... hier hatte sie ihre abgelegten Fetische versteckt, hier waren ihre vergangenen Sprachen vergraben, in den Bündeln alter verbotener Zeitungen zum Beispiel, wilhelminische, nationalistische, demokratische, faschistische, stalinistische, nachstalinistische ... hier unten in der Düsternis phosphoreszierte das alte verbrecherische Papier wie ungewaschene Unterwäsche ... und hier unten wandelten die Toten und die Untoten und belustigten sich an den Überbleibseln ihrer einstigen Obsessionen. Und hier lagen die unausgebrüteten Eier der Stadt: niemand wußte, was aus ihnen noch auskriechen konnte. Und hier faulten die Exkremente der Stadt. – Nachdem er eine Woche in den Gängen unter der Stadt ein Versteck für sein Papierröllchen gesucht hatte, fand er zufällig einen sich kegelförmig verbreiternden Platz, der vor einer sichtlich neuen Betonmauer endete. Oben in der Wand entdeckte er eine noch brauchbare Lampenfassung, in der Nähe lag eine stabile Holzkiste herum ... Dies, so hatte er gedacht, ist ein sicherer Platz zum Nachdenken ...

(Einmal hatte C. einen bösen Traum gehabt, er wußte nicht mehr, wann und wo er ihn geträumt hatte: sein Körper war ihm verlorengegangen ... jedenfalls hatte er sich in eine Masse verwandelt, die ihm im Augenblick absolut *unannehmbar* erschien. Es war etwas Schmieriges, glattglänzend, braun, exkrementös, und er hatte die ganze Zeit nach einem zutreffenden Ausdruck dafür gesucht. Gerüche hatte er nicht wahrgenommen, aber sie waren in den Wörtern, die er benutzte, der gesamte Traum war erfüllt vom bitteren Geschmack unflätiger Wörter, die er glaubte wiederholen und wiederholen zu müssen, nicht nur, weil er sie augenblicklich vergaß, sondern auch, weil er alle öffentlichen und konformen Sprachregelungen damit zuschütten mußte. Er war durch Gänge gekrochen, vielleicht auch nur durch einen einzigen geradlinigen Gang, sehr niedrig, und doch hatte er sich ungehindert vorwärts bewegt ... vielmehr war er bewegt worden, es war ein Voranwälzen, Gleiten, Rutschen auf einer schiefen Ebene – ein

Begriff aus dem Bergbau, wie er von früher wußte –, auf der Schräge eines immer tiefer in die Erde sich ziehenden Gangs, eines quadratischen Kanals, etwa ein oder anderthalb Meter im Geviert. Es war Licht, glitzernd, und die Wände waren verschliffen und undeutlich, sie schienen aus einer losen, schleimigen Substanz zu bestehen, die immer weiter mitrutschte, er war ein Teil dieser Substanz, braun bis schwarz, und wie ein Chamäleon glich er sich allen Farbübergängen der Wände an, während er unaufhaltsam weiter glitt, oder weiter getrieben wurde. – Anfangs noch hatten ihn die Wörter entsetzt, die in seiner Kehle waren, aber dann normalisierten sie sich ihm, schließlich intonierte er sie rhythmisch, und bald klangen sie wie das Hacken auf einer Schreibmaschine: Ex-kre-men-te-Ex-kre-men-te-Ex-kre-ment ... Wörter wie Scheiße, Dreck, Mist erschienen ihm harmlos und unzutreffend, allein die beiden altmodischen Bezeichnungen *Exkrement* und *Kot* sagten das Ganze. Und in dem Traum fuhr er mit der Suada fort und bewegte die Wörter nach dem Aufwachen noch weiter: Um mich der Kot ... ich bin Exkrement ... Deckname Kot ... Deckname Exkrement ... – Widerstandslos glitten die Wörter aus ihm hervor, als bestünden sie aus dem Stoff, den sie benannten. – Und plötzlich hatte ihn Feuerbach geweckt mit dem Satz: So schlimm kann es doch nicht sein ...

Es muß ein Traum aus einer ganz anderen Zeit gewesen sein, sagte sich C., aus einer ganz anderen Gegend, vielleicht ein Traum aus der Gegend meiner Geburtsstadt ... Er war auf dem Stuhl im Café, Frankfurter Allee, eingeschlafen, die rechte Gesichtshälfte lag am Fensterglas, das sich unter seinem stoßweise gehenden Atem beschlagen hatte, bis es undurchsichtig war. – Wenn man auf die Straße rausschaut, dann ist die Welt noch in Ordnung, sagte Feuerbach, der sein altbekanntes Rezitativ anstimmte. Und nur das sollen wir, hinausschauen, sonst nichts, und gar nicht fragen, wohin die Chose fährt. Nur damit Sie es wissen! – C. folgte seinem Impuls zu schweigen. – Und der Oberleutnant fügte hinzu: Und wohin die Chose fährt, das wissen wir, und sonst keiner. Sie müssen es nicht wissen, denn durch Sie läuft die Chose . . .

C. blickte hinaus auf die Chose, die das gewohnte Bild bot: unter dem Nebel der Auspuffgase dröhnten die Kohorten der Autos die Fahrbahnen hinunter und wirbelten den geschweiften Widerschein ihrer Lichtsignale durch den blaugrauen Dämmer, die große Glasscheibe vibrierte, und die Motoren heulten, und die ungeheure Vielzahl dieser rasenden Vehikel setzte nach und nach einen gewaltigen Donner ab in der Stadt, den schon niemand mehr hörte, und der jahrelang ununterbrochene Donner zertrümmerte langsam die Welt. Und wenn C. lange genug hinaussah, schien draußen alles stillzustehen, während der Innenraum des Cafés in mehr und mehr beschleunigten Schüben nachtwärts davonflog . . .)

Als er die Augen zum zweiten Mal aufschlug, waren seine Kopfschmerzen verschwunden. Der Duft von Kaffee kam aus Frau Falbes Küche über den Korridor bis in das Schlafzimmer, beide Türen waren halb geöffnet, man hörte sie mit dem Geschirr klirren und mit dem Besteck klappern. Eigentlich hatte sich W. leise über den Flur hinaus drücken wollen, es war unmöglich, nachdem er den Kaffee gewittert hatte, vielleicht hatte ihm schon der Geruch den Kopfschmerz vertrieben. Und er erinnerte sich, daß er manchmal eine Idee gehabt hatte: Warum sollte er nicht den Künstler hervorkehren und die Vorzüge annehmen, die es einbrachte . . . das Leben war unbehaglich genug, viele Schreiber, die er kannte in der Szene, lavierten auf dem Minimum und ließen sich die Sache dennoch nicht verdrießen. Schnell genug würde er wieder begreifen müssen, daß etwas in ihm war, das sich für diese Existenz nicht eignete . . . oder aber es würde ihm bewiesen werden. Warum also sollte er sich, wegen eines harmlosen Anfalls von Impotenz, vor einem gedeckten Kaffeetisch davonstehlen ... Frau Falbe war eine erfahrene Frau. – Und übrigens erwähnte sie den Vorfall gar nicht, als er endlich, zuvor hatte er sich im Bad kalt abgeduscht, in seiner Unterwäsche auf einer Stuhlkante in ihrer Küche hockte und das mokkaähnliche Getränk (Frau Falbe war auch in diesem Punkt erfahren) in möglichst großen Schlucken auf den Weg durch seinen verquollenen Schlund zu bringen suchte. – In der Unterwäsche saß er hier ... das bedeutete, seine restliche Kleidung war unten im Zimmer, er hatte sich dort, zurück aus der Kneipe, erst entkleidet, ehe er auf den Gedanken gekommen war, noch einmal oben im Hochparterre zu läuten. Und jetzt fiel ihm ein, daß sein Läuten lange gedauert hatte, daß er wenigstens fünfmal das Minutenlicht auf der Treppe einschalten und unaufhörlich klingeln mußte, bevor sich hinter ihrer Tür etwas rührte. Und dann war er zu ihr ins Bett gefallen, und beim ersten Versuch, sie zu umarmen, war er eingeschlafen. Und immerfort hatte er unkontrollierte Sätze von der Pistole, von Harry und Feuerbach gelallt, von der Geschichte, die er noch einmal hören müsse ... Er wurde unruhig, beinahe schrak er zusammen: Hatte er wirklich den Namen Feuerbach ausgeplaudert? – Geplaudert hatte er bestimmt nicht; noch ehe Frau Falbe richtig ansetzen konnte zu der Geschichte, hatte er schon geschnarcht ... notfalls konnte man den Namen *Feuerbach* zur Vorstufe eines Schnarchlauts erklären.

Ihre Augen sind feuerrot, sagte sie, als er einmal aufblickte, weil sie gesprochen hatte. – Sie habe gemeint, dem Harry wäre es auch oft so gegangen, nach dem Aufstehn ... das habe er wohl nicht verstanden. Aber wahrscheinlich geht es Ihnen schon auf die Nerven, daß ich immerzu von ihm rede? – Nein, sagte er, reden Sie nur. – Es fiel ihm gar nicht mehr auf, daß sie weiterhin standhaft beim »Sie« blieb und damit vollkommen ignorierte, was schon ein paar Nächte zwischen ihnen war . . . und eigentlich war es nicht unangenehm, es erleichterte ihm die Situation, wenn er nichts mehr als zu verschwinden im Sinn hatte. – Diese Nacht wollten Sie aber genau wissen, wie das gewesen ist, als sie den Harry abgeholt haben, sagte sie. Ich werde es Ihnen schon noch erzählen. – Sie haben es schon erzählt, sagte W. – Ja . . . ich merke schon, Sie müssen wieder mal gehen . . . W. glaubte, ein leichtes Bedauern in ihrer Stimme zu hören; und sie trocknete ihm dabei mit einem Handtuch das Haar am Hinterkopf. Ich weiß schon, Sie müssen wieder rein in die Stadt fahren. Lassen Sie sich bloß nicht erwischen von dem Kerl, der Sie sucht . . . Sie wissen schon. Und lassen Sie sich nicht von dem langen Elend erwischen, das vor kurzem hier war!

W. rannte in der Unterwäsche die Stufen hinab; unten stellte er fest, daß er den Schlüssel in der Tür hatte stecken lassen, glücklicherweise von außen . . . aber so lauschte er erst eine Minute, ob nicht jemand im Zimmer war . . . und drinnen spähte er von der Tür aus, ob es nicht irgendeine Veränderung gab. – Dabei hatte er das Gefühl, Feuerbach müsse in jedem Augenblick hereinkommen . . .

Im Zimmer saß er in dem roten Sessel und ließ die Zeit verstreichen . . . eigentlich war er ausgeruht und fühlte sich gut, die zweiten drei oder vier Stunden Schlaf oben bei seiner Vermieterin hatten ihm die lähmenden Nachwirkungen der Alkoholtour vertrieben. Auf dem Schreibtisch lag eine Zeitung, er wußte noch, daß er sie vor zwei Tagen gekauft hatte: vorgestern waren genau vier Wochen vorbei gewesen, seit Feuerbach aus der Stadt verschwunden war! Er kannte nicht den Grund für die Annahme, daß Feuerbachs Abwesenheit auf einen Monat befristet war . . . es war einfach so üblich, und blieb jemand nicht vier Wochen fort, so blieb er drei Monate fort, es waren die gängigen dienstlichen Zeiträume, so konnte man sagen. Es war also nicht unsinnig, zu glauben, daß sein Vorgesetzter seit zwei

Tagen auf ihn wartete. – Es war jetzt zwanzig Minuten nach sechzehn Uhr (festzustellen auf dem Wecker auf dem Fußboden neben der Liege ... seine Armbanduhr war mehr als unzuverlässig): selbst wenn er augenblicklich losfuhr, konnte er bis siebzehn Uhr nicht mehr im Café, Frankfurter Allee, sein. Siebzehn Uhr war eine der Zeiten, zu der Feuerbach ihn zum Treff zu bestellen pflegte ... eine zweite Zeit war neunzehn Uhr; bis dahin ließ es sich gemächlich schaffen. Er brauchte sich nicht zu beeilen, konnte noch den Schreibtisch abräumen, auf dem sich wieder beschriebenes Papier, unleserlich beschriebenes Papier, ausgebreitet hatte. Er faltete die Papiere einzeln zu möglichst kleinen Päckchen zusammen und schob sie in den Spalt zwischen Sitzfläche und Rückenlehne seines roten Sessels.

Und er hatte noch Zeit, sich einzustellen auf Feuerbach: es war anzunehmen, daß ihr erstes Treffen nach der Pause übel verlief. – W. hatte nicht den kleinsten Bericht bei der Hand! Es war schon unangenehm, wenn er einmal nach Ablauf einer Woche nichts hatte. Dann zeigte Feuerbach deutlich, daß er unter Druck war, ließ es aber mit bissigen Bemerkungen bewenden. Es gab nur einen Fall, in dem er den Oberleutnant länger als zwei Wochen hingehalten hatte, es war die Geschichte mit den Personenbeschreibungen (die Werkstattwoche der evangelischen Gemeinde in Rummelsburg ... Die Sache schien ausgestanden, vergessen war sie wahrscheinlich noch nicht) ... aber es gab einige Fälle, in denen W. ungefähr zehn Tage nichts geliefert hatte, – und Feuerbach fing an, den Idioten zu spielen. Er fuhr ihm unter das Hemd, steckte ihm die Hand tief in den Hosenbund oder griff ihm alle Taschen ab, mitten im Café streifte er W. die Hosenbeine hoch und suchte ihm in den Strümpfen herum. – Reden Sie schon, wo haben Sie Ihre Schreibe? sagte er, und möglichst laut, daß es an allen Nebentischen zu hören war. Es sah noch aus wie Kinderei, konnte W. aber am Tag darauf noch immer nichts vorweisen, verfinsterte sich des Oberleutnants Miene, und in seiner Stimme klirrte oder zischte es. – Einmal, so erinnerte sich W., war Feuerbach fast zu weit gegangen mit seinen Scherzen. Sie waren beide angetrunken aus einem Lokal gekommen, zuvor hatte es einen Auftritt gegeben wegen fehlender Berichte, doch sie waren schon wieder versöhnt; in einer dunklen abseitigen Straße bekam W. plötzlich einen so derben Stoß zwischen die Schulterblätter, daß er gegen eine Wand flog . . . und sein Führungsoffizier hatte tatsächlich die Pistole gezogen. – Hände an die Wand, Beine auseinander! hatte Feuerbach gegrölt. Her damit, wo hast du den verdammten Wisch versteckt! – Und gleich darauf waren sie beide in ein ungeheures Gelächter ausgebrochen, gurgelnd und kreischend, daß es an den Häusern hinaufhallte . . . aber für W. war ein sehr ungutes Gefühl dabei: er hatte zum ersten Mal in seinem Leben in einen Pistolenlauf geblickt.

Nun hatte er also ganze vier Wochen lang nichts fertiggebracht! Garantiert wußte Feuerbach längst, daß er des öfteren in der Szene gewesen war; es gab in diesem Monat ein, zwei Wochen, in denen er sich sogar häufiger als sonst dort aufgehalten hatte . . . seine meisten Besuche aber waren kurz gewesen (zu kurz, auch darauf war der Oberleutnant nicht gut zu sprechen): so als habe er nur jemanden sehen wollen.

Keinen Bericht . . . nichts in einem runden Monat? Wenn er sich die Stimme seines Vorgesetzten vorstellte, so klang sie gar nicht gut; wenn er sich nicht täuschte, war in ihr sogar ein gewisses Toben, was so selten war, daß es wertvoll sein mußte. Wenn Feuerbach tobte, W. konnte diese Fälle an einer Hand abzählen, wurde er nicht laut, seine Stimme ging von einem Klirren in ein Zischen über (wenn sich die Lage beruhigt hatte, bezeichnete es W. als Geifern), und er zischte immer schneller, als wolle er die durch das Zischen verbundenen Wörter unheimlich beschleunigen. – Kann doch nicht wahr sein, Mann . . . nichts, nichts, nichts, nochmalwiedernichts, dadenkichdochichspinne ... so schoß er wahllos empörte Töne ab; und wenn er sich langsam beruhigte: Mann ... wie wollen wir das bloß rechtfertigen? Haben Sie eine Ahnung! Wir müssen doch in vier Wochen etwas vorweisen können! Ich habe Sie oben über den grünen Klee gelobt, trotz der Schwierigkeiten, die wir hatten, und jetzt das. Sie haben wohl jedes Jahr um dieselbe Zeit Ihren Blackout?

Und dann würde Feuerbach vielleicht zum ersten Mal die Karten offenlegen: Sie sind natürlich wieder nur mit Ihrem Spezial-Vorgang beschäftigt gewesen ... und wahrscheinlich haben Sie darüber sogar einen Bericht. Sie meinen, es gibt in ganz Berlin kein anderes Problem als den sogenannten Schriftsteller S. R., Sie wollten mir einmal erklären, das ist wie ein Lauffeuer ... wo ist es denn? Langsam komme ich auf die Idee, daß Sie den Typ bloß um seinen Erfolg beneiden ... was man da so Erfolg nennt. Meinen Sie nicht, daß das langsam ein bißchen abflacht? Um Gottes willen, lassen Sie doch den Kerl endlich in Ruhe, was an ihm wirklich dran ist, das kriegen Sie ja doch nicht raus ... weil Sies einfach nicht rauskriegen wollen. Seit wann geht das jetzt schon, seit wann hausiert dieser sogenannte Autor durch die Szene, seit März, seit Februar kommt pünktlich jede Woche Ihr Bericht über den Vorgang: Reader, seit Januar schon, jedesmal, wenn ich vergessen habe, daß Montag ist, kommt Ihr Bericht über den Vorgang Reader und erinnert mich daran. Seit Dezember schon, sagen Sie, gar seit November ... was Sie nicht sagen! Aber was steht denn drin in Ihrem Bericht, immer dasselbe. Und wir wissen bis heute nicht, zum Beispiel, mit wem der Typ ins Bett geht. Oder ob er das überhaupt macht, von hinten oder von vorn, oder im Kopfstand, das würde zu ihm passen. Oder ob ers bloß mit Frollein Faust macht. Steht alles nicht drin in Ihren Mitteilungen zur schönen Literatur. Was glauben Sie, wie lange ich die schon nicht mehr weitergebe . . . und zwar nur zu Ihrem Schutz. Denn die da oben haben mir schon vor drei Monaten gesagt, was sollen wir mit literarischen Gutachten . . . Beckett, haben die zu mir gesagt, alles halb von Beckett, was interessiert uns Beckett, war das nicht irgendein Mönch aus dem englischen Mittelalter? Nur dünner soll es sein als Beckett, nur abgewaschener Dreck von Beckett . . . meinen Sie, das kann ich noch weiterreichen?

Auf diese Karten aus dem Ärmel des Oberleutnants wartete W. schon lange, bisher waren sie steckengeblieben, scheinbar zu seinem Schutz. Doch in seiner Vorstellung hörte er die Häuptlinge längst fragen: Was sollen wir mit den literarischen Gutachten, die der IM schreibt? Will er uns etwa zum literarischen Geschmack bekehren? Was sollen uns diese pünktlichen und pedantischen Essays, ist dieser IM dort unten auf der Straße vielleicht moralisch?

Dieser IM wußte, daß es nicht ewig so weitergehen konnte . . . und er hörte das Klirren in Feuerbachs Kehle zunehmen, freilich hörte er es vorerst in Gedanken. – Seit gestern hörte er es wieder (und in der Kneipe war ihm die Angst angekommen, Feuerbach könne jeden Moment durch die Tür treten, die er im Spiegel sah) . . . das wortreiche Abspulen der Suada, das Gemisch von Vorhaltung und Monolog, das, so nichtssagend es im Grunde war, irgendwann auf ihn übersprang und sich in irgendeinem dafür empfänglichen Sprachzentrum seines Hirns fortsetzte . . . so daß er den »Diskurs« weiterführen konnte, ohne ihn je vernommen zu haben. Dieser IM dort unten auf der Straße konnte in den Gedanken seines Führungsoffiziers lesen . . . weil es seine eigenen Gedanken waren . . . weil es das Sprachvermögen der Firma war.

Selbstverständlich hatte er es längst zu ändern versucht (versucht, neue Gesichtspunkte in diesem Fall zu erarbeiten!) . . . und sich tagelang über einen Bericht gesetzt, der von der jungen Frau handelte, die sich im Schlepptau des

Schriftstellers S. R. befand. Aber alles in diesen Berichten drehte sich erneut um Reader, und nun sprach aus ihnen nicht nur der Neid auf dessen Publikumserfolg (darüber hätte er sich beruhigen können: er war im Schwinden begriffen), sondern auch der auf seinen Erfolg bei der jungen Dame, die für W. die *Studentin* hieß.

Zwei- oder dreimal war er mit ihr fast ins Gespräch gekommen, doch davon erfuhr Feuerbach nichts ... es hätten mindestens noch drei IM's auf den Lesungen sein müssen, um so flüchtigen Wortwechseln die Chance zu geben, in einem der Berichte zu erscheinen ... verständlich, daß sie auch in W.s Dossiers nicht aufgetaucht waren; Feuerbach kannte seine zeitweilige Hilflosigkeit vor weiblichen Zielpersonen und hätte die betreffenden Passagen womöglich für fiktiv gehalten. – Einmal zum Beispiel hatten sie sich begrüßt! Ihr Händedruck war überaus vorsichtig gewesen, und sie hatte »Grüß Gott« gesagt, was W. nur aus Archivfilmen kannte; in der Wirklichkeit klang es sonderbar ironisch, sie hatte es in exaktem, keineswegs berlinisch gefärbtem Hochdeutsch gesagt. Ein andermal fragte sie ihn nach der Herkunft seines merkwürdigen Dialekts ... Wenn ich ein perfekter IM wäre, hatte er gedacht, würde ich ihr jetzt ein Erröten vorspielen. Beim dritten (oder vierten) Mal geschah es dann, daß er fahrlässig seinen Decknamen fallenließ ... dafür trank er sich schon Stunden zuvor im Lokal auf der Frankfurter Allee Mut an.

Und über die noch fehlende Gelegenheit verfertigte er das Dossier, das er nicht abgeliefert hatte ... wegen des Porträts der jungen Dame; die ihm durch das Blickfeld huschte. Und dann hatte sie längere Zeit in seinem Blickfeld gestanden, jedenfalls hatte er es so einrichten können. Und er hatte es bedauert, daß niemand in der Nähe war, der ihn der Studentin vorstellen konnte ... Lyriker relativ geläufigen Namens, publizierte erst – illegal! – zwei Gedichte in einem bundesrepublikanischen Organ, ein halbes Jahr später drei Gedichte in je drei inoffiziellen und zwei offiziellen hiesigen Druckerzeugnissen!

Ende April vergangenen Jahres war sie unverhofft im parkähnlichen Garten der Kirchengemeinde in Rummelsburg aufgetaucht, und da er ihr Porträt nicht weitergereicht hatte, nebst einem ganzen Bündel ähnlicher Papiere (die er zur Verschleierung ebenfalls unterschlagen hatte), herrschte fast über den ganzen Sommer hinweg Zwietracht zwischen seinem Führungsoffizier und ihm. – Im Gegenteil, er hatte das Porträt versteckt . . . so gut versteckt, man wäre erstaunt gewesen über sein Mißtrauen gegen das Leben. Er dachte: Mißtrauisch gegen die sondierende Vernunft des Lebens, die unwichtige Dinge auch unwichtig (ohne Gewicht) behandelt. Er hatte die beiden Papierbögen, die das Porträt ausmachten, zu einem gewichtigen Päckchen gefaltet und es in die Nahtstelle seines Sessels geschoben, so tief war es darin versunken, daß es mit den Fingerspitzen in dem engen Spalt nicht mehr zu erfühlen war.

Er hatte also einen ganzen Stapel von Porträts nicht bei Feuerbach abgegeben, anstatt die Nummer 30 (die Studentin) einfach herauszunehmen . . . er hätte alles noch einmal tippen müssen, Feuerbach glaubte es einfach nicht, daß man sich verzählen könne . . . Feuerbach war es, der ihn konsequent darin bestärkte, die bedeutungslosen Dinge ja nicht bedeutungslos zu nehmen. – Nach einer ganzen Weile dann hatte der Oberleutnant die fehlenden Berichte nicht mehr erwähnt, er hatte geschwiegen, als ob die Sache bedeutungslos sei . . . nichts, dessen war sich W. sicher, war dem Oberleutnant so unmöglich wie ein Verzicht.

Er entsann sich, er war in Depressionen gefallen, die ihm jeden Versuch zunichte machten, mit seinen Personenbeschreibungen fertig zu werden, nicht nur mit jener über die Studentin, sie schien nur der Anlaß zu sein, und dann griff die Depression um sich. Schuld daran war vielleicht der Gedanke, daß sich die Berührungen mit einer jungen Frau wie dieser darauf beschränkten, Attribute zusammenzutragen, um sie schriftlich aufzulisten, geschätzte Körpermaße (die nicht einmal real sein konnten), Vermutungen vom Gehalt der Sätze, die auf die Entfernung schlecht von ihren fremden Lippen abzulesen waren, oder nur Wörter wie *spitz*, *blaß*, *nackt*, die weder nüchtern noch aussagekräftig waren. Und dann wurden diese »Daten« einer Institution einverleibt, die nicht viel mehr als ein Archiv war, so daß er sie niemals wiedersah. Er verkuppelt also alles, womit eine solche Frau seine fünf Sinne streifte, an eine Behörde . . . und das waren Aktenschränke, wenn es hochkam; einen so uneigennützigen Zuhälter mußte man suchen.

Vielleicht waren es nur ein paar Sätze, die ihn gehindert hatten, die Dossiers abzugeben. Es wäre noch zu ertragen gewesen, wenn nur Feuerbach erfahren hätte, daß er die Studentin »ziemlich hübsch« fand, sie für »ziemlich intelligent« hielt (was er nicht beweisen konnte) . . . aber dann hatte er unter der Rubrik *Besondere Verhaltensweisen* geschildert, wie sie trotz der noch vom Nachmittag her spürbaren Wärme bei Einbruch der Dunkelheit im Garten zu frösteln begann. Im Licht einer Lampe stehend, die in einem Baum aufgehängt war, habe sie die schwarze Lederjacke über dem weißen T-Shirt geschlossen, den Reißverschluß nach oben gezogen mit provokant aussehender, unnachgiebiger Bewegung, als habe sie gefühlt, daß man sie beobachte. Nun habe ihr Körper jungenhaft schmal gewirkt, die deutlich gegen den dünnen Stoff des T-Shirts stehenden Brüste habe sie verborgen. – Oh nein, das ist ja fast wie Striptease!, ein solcher Ausruf des Oberleutnants wäre fällig gewesen; dergleichen Zitate hatte W. reihenweise auf Lager. Ach nein, da tropft denen ja der Zahn! Das können wir den ehrwürdigen Genossen da oben keinesfalls zumuten, ihre Herzschrittmacher sind nicht die neuesten, und die vertragen das nicht.

Man merkt es Ihrer Prosa an, daß Sie nicht viel von

Hemingway halten, so pflegte Feuerbach die Berichte zu kommentieren, in denen W. nicht völlig nüchtern geblieben war. Hin und wieder unterlief es ihm noch . . . obwohl er es inzwischen zu beherrschen glaubte; er hatte Hunderte von Berichten geschrieben (bis zum April vergangenen Jahres), er wußte, wie sie auszusehen hatten: trocken und sachlich!

Unter Hustenanfällen, mit einer Zigarette im Mundwinkel (wie ein Drehbuch-Autor aus einem Hollywood-Film), so fingerte er sie gleich in die Schreibmaschine, und war dabei so wenig bei der Sache, daß er ein schlechtes Gewissen bekam, wenn Feuerbach bewundernd ausrief: Sie sind wie geschaffen für diese Arbeit! – Er schrieb so schnell und gedankenlos, daß seine Seiten von Tippfehlern wimmelten, Feuerbach bezeichnete das als authentische Arbeit an der Basis . . . zum Beispiel verwechselte er in der Eile sehr häufig die Wörter *Nacht* und *Macht*, und umgekehrt; Feuerbach fand die daraus resultierenden Wendungen hinreißend. Er sagte, manchmal löse W. den Zeichencharakter der Sprache auf direkt analytische Weise in Luft auf . . . man müsse nur aufpassen, daß die ehrwürdigen Genossen keinen Kollaps bekämen, wenn man ihnen so viel Finsternis unterschiebe. – Allerdings hatte W. mitbekommen, daß sein Führungsoffizier die verwechselten Buchstaben heimlich wieder änderte.

Die Unzufriedenheit ließ nicht mehr nach, seitdem sich W. mit dem Vorgang: Reader beschäftigte, sein Beobachtungsvermögen war durch die Anwesenheit der Studentin getrübt, seine Rückfälle in gefühlsreiche Prosa nahmen zu, und man akzeptierte nicht, wenn er in seinen Berichten seinen literarischen Urteilen zu oft freien Lauf ließ . . . Ein kreativer Kopf theoretisiert nicht, er bildet! sagte Feuerbach.

Es gab allerdings Fälle, in denen die Theorie ganz überraschende Wirkungen hervorrief, sagte sich W., und diese

Fälle waren bei ihm aufgetreten. – Wenn es Frau Falbe zum Beispiel gelungen war, ihn in ihr Doppelbett zu locken (sie vertraute dabei noch immer auf die Weisheit, die in der höflichen Anrede »Sie« steckte), hatte er sich plötzlich erstaunlich leicht erregen können, wenn er sich einbildete, anstelle seiner Vermieterin mit der Studentin in vergleichbarer Situation zu sein. Wenn er sich also theoretisch von der Studentin umarmt fühlte, während seine Vermieterin ihn praktisch in ihrem Bett einklemmte ... und Frau Falbe schien dies durchaus als einen Vorteil zu empfinden. Sie hatte sogar ein Gespräch mit ihm darüber begonnen, in welchem er ihre theoretischen Denkanstöße nur bewundern konnte. Wie schon des öfteren war sie dabei von ihrem früheren Mann ausgegangen ... Der, sagte sie, habe doch nur andere Weiber im Kopf gehabt, und zwar immer gleich mehrere. Seitdem könne sie es ganz genau merken, wenn ein Mann nicht völlig bei der Sache sei, und mit den Gedanken irgendwo anders. Wer weiß, sagte sie, vielleicht habe ich ihm doch nie so richtig gefallen.

Woher weißt du das, hatte W. gefragt, hat er es dir verraten?

Er hat mich richtiggehend zusammengesetzt aus den anderen Frauen, sagte sie, und einmal, ja, da hat er mirs verraten. Aber ich fand es nicht so schlimm, ich hab mir das meiste schon gedacht. Du müßtest den Körper haben von der und der Frau, und deinen Kopf drauf, und dann wieder umgedreht, hat er mal gesagt, und da hab ich ihm ein paar gelangt. Aber dann habe ich mir gedacht, machen kannst du sowieso nichts ... und dann sollte ich wieder eine andere Brust haben, eine kleinere, und dann sollte ich wieder eine andere Taille haben, die Brust von der und die Taille von der, das hätte ihm gefallen. Nur dein Hintern, hat er gesagt, der ist immer richtig ... In ihrer Stimme war dabei wieder jener rauhe, etwas heisere Ton, den er schon von ihr kannte und von dem er sich selbst angestachelt fühlte. Und natürlich wollte er wissen, was dann geschehen sei, nachdem ihr Mann dies gesagt habe . . .

Ich weiß schon, sagte sie, bei Ihnen ist es genauso . . . Und sie hatte nach einer gewissen Zeit das Licht angeknipst, damit er sie sehen könne . . . Sie sind doch ein Intellektueller, und Sie brauchen Phantasie, bei meinem Mann war das ganz genauso.

Wie genauso? fragte W.

Es gäbe eine ganze Menge Männer, die es im Bett bei einer Frau zu nichts brächten, auch junge Männer, sagte sie. Wollen und Können sind eben zweierlei. Trotzdem seien diese Männer nicht die schlechtesten. Die Frauen haben gut reden, denn sie müssen es zu nichts bringen. Sie sei schließlich verheiratet gewesen, und auch danach habe noch öfter jemand versucht, sie zu heiraten, es solle nicht heißen, sie habe Erfahrung, aber ein bißchen kenne sie sich aus. Es sei bei ihrem Mann genauso gewesen . . . Habe ich nicht schon erzählt, daß er ebenfalls bei der Sicherheit gewesen ist?

Was soll das heißen, ebenfalls bei der Sicherheit?

Bei denen von der Sicherheit ist es fast immer so, ja, deshalb gehen sie wohl auch hin, zur Sicherheit . . .

Und was hat das mit mir zu tun? fragte W.

Naja, sagte sie, sie sind eben alles Intellektuelle dort bei der Sicherheit, mein Mann hat manchmal darüber gesprochen und gesagt, wir sind alle da bei der Sicherheit, weil wir mit Frauen nicht können. Weil wir mit Menschen überhaupt nicht können. Wir können die Menschen immer nur erforschen. Ja, das habe ich bei meinem Mann ganz genau begriffen. Aber, hat er dann gesagt, ich bin nicht so, und ich geh jetzt weg von der Sicherheit. Sie haben ihn natürlich nicht weggelassen . . .

Und was hat er dann gemacht, dann ist er in den Westen gegangen?

Ja, es war noch vor dem August einundsechzig, wir waren zwei Jahre erst zusammen . . . mir ist das alles erst später so durch den Kopf gegangen. Ich habs doch gemerkt, er war trotzdem so, er wollte immer alles mit der Hand ausprobieren.

W. wollte hören, was ihr Mann ausprobiert habe.

Die müssen, sagte sie, dort wohl alles mit dem Verstand machen, und sich richtig gehenlassen, das können sie auch nur mit dem Verstand. Das Vorspiel, hat mein Mann mal gesagt, das ist für mich die wirkliche Sache, das ist genau wie bei meiner Arbeit. Dort machen wir auch immer nur das Vorspiel, das ist viel spannender. Dann wollte er, ich soll mich hinknien, auf alle viere, er wolle alles sehen, zum Beispiel. Immer wollte er alles sehen . . . Zusehen, hat er gesagt, das ist es . . . Oder er wollte, daß wirs uns selber machen, und uns dabei zusehen.

Als W. wieder unten in seinem Zimmer war, gingen ihm seine Vorstellungen von der Studentin durch den Kopf . . . und es war, als ob Frau Falbe dazu die Stichwörter gegeben hatte. Vielleicht lag dies an Frau Falbes ewigem »Sie«, mit dem sie ungewollt eine Distanz zwischen ihnen herstellte?

(Wie in einer Unterhaltung mit dieser jungen Frau aus Westberlin, dachte er. Die reservierten Manieren, die sie an den Tag legte, ordneten sie für C. einer ganz abgehobenen Gattung Mensch zu. Die Studentin hatte vor dem »Du« eine schier unüberwindliche Barriere errichtet, sie entstammte womöglich der besseren Gesellschaft? Jedenfalls anderen, höher entwickelten Gefilden, so schien ihm . . . C. hatte festgestellt, daß es nur einen gab, der die Barriere zum »Du« bei ihr überstiegen hatte: es war der ewig in pastorales Schwarz gekleidete Schriftsteller S. R.; alle anderen, die dem primitiven und vulgären Territorium angehörten, für das man den merkwürdig verklemmten Begriff »Inland« gebrauchte, wollte man langatmige Erklärungen oder staatskonforme Abbreviaturen vermeiden, alle anderen blieben beim formellen »Sie« und empfanden sie als abgehoben. Und natürlich war es gerade das, was C. zu dem Gedanken reizte, die Studentin aufs Kreuz zu legen . . .)

Während seines Weges zur Bahn, und während der drei Straßenbahnstationen vor zum S-Bahnhof, mußte er an Thomas Mann denken, über den er in einer Zeitschrift – in einer West-Zeitschrift; seitdem er in der Szene agierte, fiel ihm manchmal so etwas in die Hände – gelesen hatte, er sei ebenfalls ein *Mann des Vorspiels* gewesen. Und aus diesem Grund hatte der Verfasser des Essays Thomas Mann als wahre Künstlernatur bezeichnet, auch bei Thomas Mann wäre es immer um das Spiel zwischen Annäherung und Entfernung gegangen, – diese Überlegungen hatten etwas Beruhigendes für W.; er verdankte sie seiner Zimmerwirtin.

Aber er wurde schnell wieder zurückgerissen in seine Unruhe: als er die Halle des S-Bahnhofs durchqueren wollte, sah er inmitten der Menschenmenge, die einer soeben angekommenen Bahn entquoll, eine Gestalt, die alle anderen um mehr als Kopfhöhe überragte. Er ließ sich von dem Menschenstrom an den Rand spülen und den Langen mit der Hauptrichtung an sich vorbei, dann folgte er ihm hinaus auf den Bahnhofsvorplatz, er sah ihn in der Nähe der Straßenbahn, offenbar unschlüssig, da man die drei Stationen auch laufen konnte. – C. umrundete das lange Elend und stellte sich vor ihm auf; es dauerte einen Moment, bevor der Große seinen Blick herabgesenkt hatte, sein Gesicht zeigte weder Überraschung noch eine Andeutung, daß er C. überhaupt erkannt habe, es verharrte in gleichbleibendem Unmut, oder vielmehr in unaufhebbarer Resignation.

Sie kennen mich wohl gar nicht? fragte C.; und als der andere keinen Versuch zu einer Antwort machte: Wo wollen Sie überhaupt hin, was suchen Sie überhaupt hier in Berlin. Sie wollen doch nicht zu meiner Vermieterin, oder nach wem sollen Sie schnüffeln, Sie verdammtes Fragezeichen? Sagen Sie endlich was!

Der Lange hatte sich tatsächlich sonderbar zusammengekrümmt, doch er sprach weiterhin kein Wort, sein resignierter Ausdruck nahm zu.

Sie sind doch bestimmt einem Harry Falbe hinterher! sagte C., unbewußt in einem Ton, wie ihn Feuerbach manchmal gebrauchte.

Das hab ich doch gleich gesagt, daß wir hier erwischt werden! bemühte der Lange endlich seine Stimme.

Was haben Sie gesagt, zu wem haben Sie es gesagt?

Zu wem schon, zum Chef ... hab ichs gesagt. In Berlin werden wir eines Tages unter Garantie erwischt ...

Also zu wem wollen Sie nun? wiederholte C. seine Frage; wie absichtslos bewegten sie sich auf eine Grünanlage zu, wo ein paar Bänke unter noch kahl aussehenden Bäumen standen; sie zeigten gerade erst die aufspringenden Knospen.

Ich suche nicht den Harry, erklärte der Lange, wir wissen es, daß wir ihn hier nicht finden ... wir können ihn überhaupt nicht finden, es ist wie im Kino, er ist einfach abgetaucht.

Wie kann man hier abtauchen, sagte C., wenn man hier untertauchen will, in diesem Land, müßte man sich eingraben wie ein Maulwurf ...

Wenn ich es Ihnen sage, werden Sie lachen. Es war in dem alten Industriegelände hinter der Stadt, Sie kennen das ja noch. Genau dort ist er plötzlich untergetaucht, einfach verschwunden, wir hatten alles umstellt, eine ganze Einheit Polizei, und Kripo, die sind generalstabsmäßig vorgegangen, kann ich Ihnen sagen, und plötzlich, ich selber habe es nicht gesehen, aber der Chef war dabei ... als wenn er sich in Luft aufgelöst hätte.

Das kann dem Harry Falbe nicht schwerfallen, sagte C.

Der Lange war erleichtert, daß C. die Sache offenbar mit Humor aufnahm. – Ja, sagte er, der war so ein hauchdünner

Hund, den kann man sich durch einen Fensterladen blasen lassen, hat der Chef immer gesagt, so windig ist der ... aber so windig war er auch wieder nicht, daß er durch diese Reihe von Vopos kommen konnte ...

Und bei dir, geht das bei dir nicht, durch den Fensterladen? fragte C., warum habt ihr ihn denn überhaupt gesucht?

Wir hatten ihn immer schon in Verdacht, daß er aussteigen wollte. Jedenfalls hat es der Chef gemeint, er war immer schon kurz vor dem Ausflippen, der Harry. Dann plötzlich war er wieder voll da und hat die tollsten Geschichten auf Lager gehabt ... er hatte ja immer Kontakte nach Berlin. Wenn ihr wollt, kann ich sogar den Nachrichtendienst von drüben anzapfen, solche Rosinen hatte er im Kopf. Oder er will zur HA zwanzig, hat er immer behauptet. Aber er war eben nicht zuverlässig, nicht konstant. Der Chef hat gesagt, manchmal denkt man wirklich, der will bloß in den Westen und sonst nichts, und dafür macht der dann alles. Das hat ihn wahrscheinlich fertiggemacht, die dauernde Legende von der Fluchtabsicht, mit der er rumlaufen sollte, aber nicht wirklich dürfen sollen ... und so hat er dann die Sache überspitzt, und man glaubte, er will wirklich abhauen. Nein, er war nicht zuverlässig, er hatte zu viele dunkle Verbindungen zu Leuten, die in Haft waren, kein Wunder bei ihm. Man wußte wirklich nicht immer, auf welcher Seite er eigentlich war ...

Der Lange war auf einmal redselig geworden; inzwischen saßen sie nebeneinander auf einer Bank unter den Bäumen am Bahnhofsvorplatz, und sie gaben wohl ein merkwürdiges Bild ab; kühl kam die Abenddämmerung, dennoch schienen sie entschlossen, sich bis in die Nacht hinein zu unterhalten.

Von Ihnen zum Beispiel, fuhr der Lange fort, wußten wir alles von Harry, jedes Wort ... nur das Wichtigste, das wußten wir nicht ...

Was war denn das Wichtigste? fragte C.

Na, daß dieses Kind gar nicht von Ihnen war, das wußten wir nicht, sagte der Lange mit etwas Erstaunen in der Stimme. Daß es sein Kind war vielmehr, das wußten wir nicht.

Seit wann sind denn der Firma solche Unterlagen nicht zugänglich?

Seine Freundin hat Sie als den Vater angegeben, schon im Gefängnis ...

Welche Ehre! sagte C.

Aber dann ist es rausgekommen, plötzlich wollte sie das nicht mehr wissen, oder sie sagte, sie hat sich geirrt. Und jetzt ... wissen Sie wirklich nicht, warum der Harry gesucht worden ist?

Sagen Sie es schon!

Weil das Kind verschwunden ist ... spurlos verschwunden.

Also wer ist nun verschwunden, der Harry Falbe oder sein Kind? fragte C. Was ist das eigentlich alles für ein Unsinn, wie kann in diesem Land etwas verschwinden, haben wir nicht eine Mauer, hoch genug, und ist hier in diesem Land etwa nicht alles unter Kontrolle?

Beide sind verschwunden! Aber das Kind war schon verschwunden, als wir den Harry noch gesucht haben.

Und jetzt wird er nicht mehr gesucht?

Wir haben den Fall abgeben müssen ...

Einen Moment lang wurde C. von einem unbehaglichen Gefühl beschlichen: Natürlich wußte er nichts von dieser Geschichte ... aber vielleicht mußte er sich hüten, dies zuzugeben. – Er hatte die Arme seitlich über die Banklehne geworfen und die Füße von sich gestreckt, so daß sein Gesicht im Schatten lag (in solcher Haltung saß Feuerbach auf Parkbänken, nur daß der größer und schlanker war als C.); wenn er den Blick ein wenig zur Seite wandte, sah er auf die schmächtige, mit einem dunklen Rollkragenpullover bekleidete Brust des Langen aus A.; es mußte den Anschein haben, als sei ein grotesk in die Höhe gewachsenes Kind in seine Arme geschmiegt.

Und jetzt, fuhr der Lange fort; seine Stimme klang harmlos, jetzt sind wir auf die Idee gekommen, daß er in irgendeiner Botschaft ist, irgendwo unter den Leuten, die eine Botschaft besetzt haben ... wir wissen ja nicht sehr viel da unten bei uns ...

Ich denke, ihr habt den Fall abgegeben, was interessiert es dich noch? Meinst du, wir wüßten das nicht? sagte C.; er überlegte, wie das Gewirr der Zusammenhänge zu lichten sei, die Sache hatte natürlich gewisse unheimliche Nuancen, und er wurde aus dem Langen nicht schlau ... Plötzlich zog er die Beine an und richtete sich auf der Bank auf: Jetzt weiß ich, was du von mir willst, Langer! Du willst von mir wissen, ob du den Harry Falbe endlich los bist. Denn er ist dir immer im Weg gewesen, und jetzt willst du von mir wissen, ob er noch mal auftauchen kann, der Chef würde ihn dir vielleicht vorziehen! Der Harry hat einfach viel mehr Verbindungen, habe ich recht?

Sehr scharfsinnig, sagte der Lange, natürlich, kein Wunder ...

Der Chef hat dich also gar nicht hergeschickt aus A., du bist auf eigne Faust gekommen? Du willst von mir wissen, ob du einen Konkurrenten los bist, und die ganze Geschichte mit dem Kind ist der reine Unsinn! – Es war ein Vorstoß, den C. gleich darauf für ziemlich wahllos hielt ... *Suchte* nicht auch Feuerbach schon die ganze Zeit nach Harry Falbe?

C. wunderte sich nicht, daß der andere seine Theorie bestritt: Auf eigene Faust bin ich nicht gekommen, nein, der Chef hat mich schon geschickt. Und er hat mich noch gewarnt, lassen Sie sich, um Gottes willen, in Berlin nicht erwischen ...

Was soll das nun wieder heißen? fragte C.

Wenn Sie sich erwischen lassen, hat der Chef zu mir gesagt, wenn Sie denen von der Abteilung zwanzig in die Arme laufen, dann kann ich nichts für Sie tun. Aber das soll er gar nicht, mir reicht es, wenn ich als Vorlauf geführt werde . . .

Ich verstehe, sagte C., du willst ein verdammter Ladenhorcher bleiben. Reserve willst du bleiben, du willst nicht aufgeweckt werden und ruhig weiterschlafen. Weißt du denn nicht, daß gerade die früher oder später alle aufgehängt werden? Oder fallengelassen, wie man auch sagen kann! Die Kleinen, die hängt man doch immer . . .

Das weiß ich natürlich, grinste der Lange. Aber so weit kanns ja noch nicht sein. Wenn es so weit wäre, dann wüßte es die Abteilung zwanzig, und dann würden wir es auch irgendwie erfahren, oder . . . der Chef wüßte es zum Beispiel von Ihnen, und ich wüßte es vom Chef, wie Sie es von Ihrem Chef wüßten. Und dann hätte mein Chef nicht gesagt, gehen Sie denen von der Abteilung zwanzig aus dem Weg. Ihrem alten Bekannten, dem Dichter zum Beispiel, oder ich lasse Sie fallen wie eine heiße Kartoffel, und Sie sind ganz unten durch bei mir. Und ich dachte mir, unten durch, das wäre nicht schlecht . . . und nun haben Sie mich erwischt! Sie sind doch HA zwanzig, nicht wahr?

Es war längst dunkel und kühl geworden, C. war von der Bank aufgestanden, stand wie erstarrt, die Hände in die Taschen seiner Kutte vergraben. Der lange Ladenhorcher hockte auf der Bank und blickte, etwas nach vorn geneigt, mit schrägem Gesicht zu ihm hoch . . . Vorsicht, dachte C., das ist eine Schlange!

Wie sollte er dem Langen klarmachen, daß er ihn verstanden hatte? Wenn C. seinen Besucher in einem Bericht auch nur erwähnte, war es für den Chef in A. nicht mehr von der Hand zu weisen, daß sein »IM Vorlauf« dekonspirierte . . . und gerade darin sah dieser Mensch seine

Chance, er wollte »fallengelassen« werden. Erwähnte C. ihn aber in keinem seiner Berichte, dann konnte es ihm selbst widerfahren: dann konnte er, C., als ein dekonspirativer Mitarbeiter angesehen werden ... bei ihm keine so einfache Sache, denn er war längst kein »Vorlauf« mehr... bei ihm war das Ganze vielleicht schon Verrat. – Er durfte an dieses Wort gar nicht denken, er war in eine saubere Falle gegangen!

Gut! sagte C. Du wirst jetzt erst einmal zurückfahren. Und du wirst bei meiner Zimmerwirtin nicht wieder schnüffeln. Jetzt sofort wirst du abreisen, hast du verstanden!

Na klar hab ich verstanden, sagte der Ladenhorcher.

Wir werden beide in die nächste S-Bahn steigen, du wirst vorne rechts sitzen, ich hinten links. Und du wirst bis zum Hauptbahnhof fahren, ich steige in Warschauer Straße aus. Und wir werden uns nicht gesehen haben, du wirst dich nicht nach mir umdrehen!

Ich werde mich nicht nach Ihnen umdrehen.

Und du wirst mit dem erstbesten Zug nach Leipzig fahren, ab Leipzig kannst du machen, was du willst, verstanden?

Ich weiß Bescheid, sagte der Ladenhorcher.

Und bald wird jemand von uns kommen und deinen Chef aufsuchen ... wahrscheinlich ich, sagte C. Und nun trennen wir uns und gehen getrennt zur Bahn. Vorher aber will ich noch deinen Decknamen hören!

Erwin Kurze, sagte der Ladenhorcher.

* * *

(Er erinnerte sich an die Fahrt mit der S-Bahn und meinte, damals habe er den nur düster erhellten Innenraum des Wagens mit einem der gewölbten Kellertunnel verglichen, in denen er sich oft herumtrieb. Ebenso, wie er jetzt in diesem Gang nach vorn blickte ... unverwandt, denn auch in den Kellern war manchmal ein Flackern in den Glühlampen, als ob in den Straßen darüber große Erschütterungen ausgelöst würden ... habe er durch den Wagen gestarrt, der inmitten seines heulenden Geräuschs durch die Nacht katapultiert wurde. In immer schnellerer Geschwindigkeit ... und wie durch nächtliche Trümmerlandschaften: diese waren ihm noch aus der Kindheit bekannt.

Es waren Stadtgegenden, streckenweise erschienen sie ganz ruiniert und zerfetzt, unterbrochen von Parkanlagen und Gartenkolonien, dann wieder Reihen von Neubaublocks, schwarzgelb in der von den Straßenleuchten verdünnten Finsternis, sandfarbene verrußte Wände aus porösem Beton wie Hautausschlag, dann wieder Dunkelheit und waldähnliche Parks ... links ab und zu die Reihen der Scheinwerfer auf der Mauer: der Antifaschistische Schutzwall, der die Neofaschisten aus- oder einsperrte und ihre Wiedervereinigung verhinderte. Auch hinter der Mauer Kleingärten und Parks, manchmal blitzte ein Komplex von Hochhaustürmen herüber, lückenhafte Lichtwände, ähnlich den unentwirrbar komplizierten Tastaturen erleuchteter Schalttafeln, – das Reich der Zeichen in Westberlin. Und endlich überquerte die S-Bahn die Spree, auf dem breiten, beinahe schwarzen Wasserlauf irrlichterten die Blendreflexe der Waggonfenster.

Hier unten in den Kellergängen war das heulende Fahrtgeräusch sehr weit in die Ferne geglitten, es hatte sich manifestiert – aber nur für ihn – im unnennbaren Steingewicht des Kunstwerks Berlin und war so imaginär-substantiell geworden wie der Sauerstoff in der Erdatmosphäre, ein erahntes Kühlschrankklirren, jenseits der Betonwand hinter ihm, blieb dagegen so unwirklich wie fern zersplitterndes Glas. – Lange hatte er nachgedacht hier unten, und sich erinnert, sich oftmals unterbrechend und wieder ans Licht steigend – ob es noch Tag würde oben in Berlin? –, und zuletzt waren ihm jene Industrieruinen eingefallen. Es war dort sehr wohl möglich zu verschwinden . . .

Unzweifelhaft hatte er an dieses Gelände am Rand von A. denken müssen, als er die Kellergänge unter den Häusern von Berlin entdeckte und sie erstmals durchwanderte. – Es hatte dort in A. große Munitionsbetriebe gegeben, die von der Stadt nur abgetrennt waren durch die nach Leipzig führende Eisenbahnstrecke; auch auf der Stadtseite gab es noch größere Werksgebäude, die einst dazugehört hatten, die noch intakt waren und jetzt für die Konsumgüterproduktion genutzt wurden; der hauptsächliche Teil dieser Fabriken aber hatte sich außerhalb der Stadt befunden, und er war im Krieg durch Bombenangriffe zerstört worden. – Schon als Junge hatte sich W. jeden Tag in den Ruinen herumgetrieben und sich dort hervorragend ausgekannt; das Trümmergelände war das bevorzugte Spielgebiet der Kinder, die vom Stadtrand herkamen. Und schon als Kind hatte er unter den bizarren Gebäuderesten – es waren Jahrzehnte vergangen, ehe man es schaffte, die Ruinen abzuräumen – unterirdische Gangsysteme entdeckt, sie waren reich vernetzt und dienten offenbar gleichzeitig als Fluchtwege und Kabelkanäle, die alle einzelnen Teile der kriegswichtigen Produktionsanlagen untereinander verbanden. Es gab tatsächlich noch einzelne Kanäle, die, unter der Eisenbahn hindurch, bis in die Keller der Werkstätten in der Stadt reichten . . . nach der anderen Seite hin führten sie bis unter den Wald; wenn man durch den Wald lief, konnte man im Unterholz plötzlich auf geheimnisvolle, pilzartig geformte Stahlblechabdeckungen treffen, von einem Meter Durchmesser und unter dicken alten Laubschichten verborgen: hier führten die Luftschächte hinab, die auf das drei oder vier Meter tiefer gelegene Gangsystem stießen. Und natürlich wurde unter den Kindern erzählt, daß die unterirdischen Kanäle bis zu den Schächten der stillgelegten Bergwerke führten, welche die Stadt im Halbkreis wie eine Kette von verrußten, übel zugerichteten Ritterburgen umringten.

Und W. erinnerte sich an seine Lehrzeit im Lehrbetrieb, ein Stück oberhalb des Ruinengeländes. Er hatte damals schon begonnen, Gedichte und kurze Geschichten zu schreiben ... und eines Tages wurde plötzlich im Lehrbetrieb nach Schriftmaterial gefahndet; er hatte vergessen, worum es sich handelte: Bücher, Abschriften aus Büchern, Zeitschriften oder Magazine, irgendwelches unerlaubtes Druckzeug war im Umlauf, es gab Beschlagnahmen und Durchsuchungen. Und er hatte die von ihm beschriebenen Hefte und Zettel zu einem Bündel verschnürt und in einem der unterirdischen Gänge versteckt.

Das war ihm damals noch wie ein Spiel erschienen: es war ihm einfach unangenehm gewesen, seine geheimen Schreibereien vor den Augen des Erziehungspersonals ausgebreitet zu wissen: und die Gänge unter den Ruinen waren sicher. – Zu einem viel späteren Zeitpunkt hatte er dieses Versteck seinem Trinkgenossen Harry verraten; dies geschah eines Nachts in einer Kneipe in A., in der beide – sie waren als einzige noch auf den Beinen nach einem Wochenende, an dem sie kaum geschlafen und sich im Trinken gegenseitig überboten hatten – noch lange nach zwölf in einem Hinterzimmer saßen. Dort war Harry auf einmal, teils aus Schwäche, die dem Alkohol zuzuschreiben war, teils aus wirklicher Verzweiflung von einem Weinkrampf befallen worden, er redete etwas von einer Reihe Scheckfälschungen, die ihm zur Last gelegt würden – W. fragte sich, wie solche Dinge überhaupt möglich waren –, und daß er schon von seiner Verhaftung wisse, morgen, Montag, so habe es ihm ein »Freund« vom Polizeirevier gesteckt, werde man ihn abholen. Aber die Beweislage sei noch nicht günstig, vielleicht müßten sie ihn wieder gehen lassen, vorläufig, wenn er bis dahin etwas verstecken könne. Was versteckt werden müsse, wollte Harry nicht sagen, er sprach von irgendwelchen Papieren; W. bot sich an, diese mit in seine Wohnung zu nehmen. Das lehnte Harry ab, weil sie zusammen gesehen worden seien ... und er müsse die Dinge unbedingt noch in dieser Nacht verstecken ... notfalls müsse er sich sogar selber verstecken. – Warum? hatte W. gefragt, dem die ganze Sache unglaubwürdig und unverständlich war. – Seine Freundin Cindy käme an einem Tag der nächsten Woche aus dem Gefängnis, er müsse sie unbedingt treffen, um seine weiteren Verhältnisse mit ihr ins reine zu bringen ...

Es war darauf hinausgelaufen, daß W. seinem Trinkkumpan von der Existenz – jedenfalls von der früheren Existenz – unterirdischer Kanäle am Stadtrand erzählte ... er habe es nur getan, warf er sich später vor, um vor Cindy in einem Licht zu stehen, das sie für richtig hielt ... und Harry schien diese Geschichte nicht im mindesten für unwahrscheinlich zu halten ... Ob diese Gänge noch da sind? wollte er sofort wissen.

Sie hatten sich, auf Drängen Harrys, noch in derselben Nacht dorthin begeben, längst war das Terrain geräumt und planiert, nur, wo sie nicht störten, am Waldrand, waren noch Schutthügel und ein paar Gemäuerreste erhalten; diese waren fast ganz vom ausgreifenden Unterholz geschluckt worden, man sah kaum etwas in der feucht aufziehenden Morgendämmerung, in der die Nebel aus dem Wald krochen. – In seiner Trunkenheit war Harry plötzlich ausgeglitten und über Laub und Gras eine merkwürdige Mulde abwärts gesaust, unten wurde er von einem Wall aus Schlamm, Kies und Gesträuch aufgehalten. Er lag vor einem der Ausgänge des Kanalsystems, der beinahe verschüttet war. Nur ein geringer Spalt zeigte noch die Öffnung an im senkrechten Bruchstück einer Mauer, über der ein Verhau von Brombeerranken hing ...)

DIE AUFKLÄRUNG

Als sich der Zug im S-Bahnhof *Warschauer Straße* endlich in Bewegung setzte, war ich hellwach. Das kaum verständliche »Zurückbleiben« wurde geschnarrt, obwohl kein Mensch auf dem Bahnsteig war, die Klingel schrillte, und mit dem Erlöschen der roten Lampen über den Eingängen fuhr der matte Schlag durch die Wagenreihe, mit dem die geschlossenen Türen arretiert wurden; zuerst stockend, dann an Fahrt gewinnend, rollte die Bahn. Ich hatte geschlafen, trotz meiner feuchten, klamm an der Haut fühlbaren Kleider rief meine Sitzhaltung (pränatal hatte ich sie einmal genannt) unwiderstehlich den Schlaf hervor. Es war ein Schlaf, den man eingeübt haben mußte: er hielt meine Gedanken in voller Tätigkeit, oder er schien ihre Intensität noch zu steigern, da ihnen jeder Bezug zu den Zeitrelationen fehlte. Ich saß an der Rückwand des leeren Wagens, in eine Bankecke gedrückt, die Füße angezogen und an der Heizung unter dem Sitz, von der in Wellen Wärme aufstieg, die mit Dampf vermischt schien; die Fäuste hatte ich in den Schoß geklemmt, meinem Hinterkopf, der angelehnt war, teilte sich das schwingende Beben der Fahrtbewegung mit.

Meine Gedanken grenzten die Zeit aus und waren daher nur bedingt Erinnerungen zu nennen, sie lavierten übergangslos zwischen den Zeitorten (die nicht mehr Zeiträume heißen konnten) ... die Befürchtung, daß ich in

meiner Wohnung schon von der Straße aus Licht sehen
würde und deshalb gleich – ohne die durchnäßten Kleider
zu wechseln – in den Keller mußte, zerstreute ich mir
damit, daß ich den Major gerade noch auf dem *Alexanderplatz* getroffen hatte, vor kurzer Zeit ... freilich konnte er
mich überholt haben, vielleicht hatte er ein Auto in der
Nähe stehen gehabt, ich war völlig ahnungslos, wie lange
mein Schlaf in der S-Bahn gedauert haben mochte. Wie
immer, wenn ich aus dem Regenwetter kam, war meine
Armbanduhr stehengeblieben, sie ertrug nicht den Dunst,
den Heizungswärme aus meinen zu lange getragenen Klei-
dern löste, und scheinbar auch nicht, daß ich ins Schwitzen
kam auf meinem Weg aus dem Keller in den fünften Stock
hinauf, sie ertrug nur, wenn ich ausruhte, wenn mein Blut-
druck sank, am besten lief sie in unterirdischen Räumen,
oder wenn sie oben auf meinem Kachelofen lag, der über
Nacht auskühlte ... als ob sie sich dann der Temperatur
ihrer einstigen Besitzerin wieder annäherte: Harry Falbes
frostiger Freundin Cindy. Mit ihrem Wissen war sie mir
einst zur Aufbewahrung überlassen worden; als einer der
Gefängnisaufenthalte Cindys beendet war, hatte sie die
Uhr vergessen ... sie sollte noch eine gewisse Rolle spielen;
sie war eine primitive Herrenarmbanduhr von beträchtli-
cher Größe, wie sie von einem jugendlichen Frauentyp vor
ein paar Jahren als modisch empfunden wurde; es war jene
martialische Zeit, als Rasierklingen und Teppichnägel ihren Weg in die Schmuckgeschäfte gefunden hatten. – Von
der »Firma« hatte ich eines Tages – es war zu Pfingsten,
vermutlich im vergangenen Jahr – eine Uhr zur »Anerken-
nung meiner Leistungen« ausgehändigt bekommen, welche die Kellergerüche, die mein Körper verströmte, ohne
weiteres hinnahm ... nicht ausgehändigt: ich hatte einen
Zettel gefunden, der mich in Feuerbachs Büro bestellte; der
Major war nicht dagewesen, auf dem Schreibtisch lag die
Uhr in einer Kunststoffschatulle, daneben die Urkunde

mit dem heraldischen Emblem der Firma, daneben ein Zettel in Feuerbachs Handschrift: Lieber Cambert, für Sie, Gratulation! Vernichten Sie die Urkunde sofort.

(Die Urkunde hatte W. aufbewahrt, mehrfach gefaltet und gut versteckt. Neben anderen schon vorgedruckten, unleserlichen Unterschriften war sie von einem Oberst Reuther, MfS/HA XX, Berlin, den ?, unterzeichnet worden.)

Schon als ich das Büro verließ, hatte ich das Datum vergessen, das war sicherer als die Vernichtung der Urkunde ... auf der Treppe traf ich Feuerbach, der mir noch ein Kuvert mit Geld zusteckte. – Wir müssen wieder mal die Quittungen unterschreiben, sagte er, Sie haben schon eine ganze Weile nichts mehr unterschrieben. Als ob Sie was gegen Unterschriften hätten ... vielleicht morgen im Café, wenn es Ihnen recht ist.

Wenn ich Quittungen unterschrieb – immer gleich einen ganzen Stoß, der sich im Verlauf von Monaten angesammelt hatte ... und ich unterschrieb mit dem Decknamen, was dem Major anfangs überhaupt nicht recht war ... als er es schließlich akzeptierte, fragte ich ihn: Was habe ich jetzt für ein Pseudonym, ich müßte doch längst schon ein neues haben ... regelmäßig war es mir längst entfallen, ob auch alle Auslagen, die ich gehabt hatte und für die ich Quittungen unterschrieb, an mich rückerstattet worden waren – manchmal dünkten sie mir zuviel, manchmal zuwenig – und an sich war mir dieses Unterzeichnen unangenehm, denn ich sah mich davon dokumentiert und verewigt, archiviert sozusagen und für die historische Arbeit künftiger Moral-Paranoiker sinnfällig gemacht. – Feuerbach sah es ganz anders: Sie werden nie eine wirkliche Auszeichnung kriegen können, weil Sie in unseren Annalen gar nicht vorkommen. Und auch ich werde leer ausgehen, weil man mir erklären wird, ich hätte meinen Mitstreiter nur erfunden. – Er raffte die Quittungen zusammen: All right ... leider muß das sein. Es ist bei uns eben wie in einem Roman, irgendwann muß herausgearbeitet werden, wovon die Hauptfigur überhaupt lebt!

(Die neue Uhr indessen, ein japanisches Modell mittlerer Preisklasse, wollte er erst benutzen, wenn er zum ersten Mal reisen durfte; sie paßte besser in einen anderen Teil der Stadt, in dem es auf die *Zeit* ankam. Und er stellte sich vor, wie er bei seiner Ankunft das Hemd über der Uhr am linken Unterarm aufstreifte, um auf die hauchfeinen verchromten Zeiger zu blicken ... es war wichtig für seinen ersten Bericht, der folgendermaßen beginnen mußte:

Grenzübertritt vollzogen, Datum: ..., Ort: Berlin Friedrichstraße West, auf Bahnsteig für S-Bahn Richtung Wannsee, Zeit: 0.35 MEZ; Zigaretten am Intershop-Kiosk gekauft, 1 Stange der Marke Lexington, Zielperson wegen Menschenauflauf aus den Augen verloren.

Auf die Unterschrift würde er verzichten – vielleicht würde man ihm eine Nummer geben –, Feuerbach konnte, wenn er wollte, selbst gegenzeichnen, wenn die Berichte sein Büro auf postalischem Weg erreichten.

Und er würde vielleicht einmal wieder M. W. werden ... womöglich würde es lange dauern: vielleicht wäre das erste Anzeichen dafür zu erkennen in der nachlassenden Aufmerksamkeit: minutenlang hatte er die *Zielperson* vollkommen vergessen, während er bemüht war, sich auf diesem Bahnhof zurechtzufinden.)

Wie kindisch waren doch all diese Berichte in ihrer zwanghaften Suche nach einer exakten Sprache; es gab für sie keine Form, weil irgendwelche Vorschriften für die Art ihrer Abfassung offiziell nicht existieren durften, jedenfalls nicht auf einem Papier, ihre Form war dem bürokratischen Wesenszug jedes einzelnen Mitarbeiters selbst überlassen ... und wie phantasielos waren doch diese Berichte: dabei konnte man doch seiner Phantasie freien Lauf lassen, wenn man den Grenzübertritt erst einmal vollzogen hatte ... so stellte ich mir das vor.

Schon oft hatte ich den *Bahnhof Friedrichstraße* durch den Seitenausgang verlassen und mir die Menschenschlangen angesehen, die vor der Grenzübergangsstelle anstanden: es wurden immer mehr Leute – auch immer mehr Einheimische, und nicht nur Rentner –, die vor dem Durchgang warteten ... eigentlich war die Schlange vor dem Schild *Ausreise für Staatsbürger der Deutschen Demokratischen Republik* fast schon länger als diejenige für die Westberliner Tagesbesucher. – Für mich kam nur der sogenannte Diplomatenübergang in Frage, für einen Angehörigen der Firma gab es ein Visum für Dienstreisende, ich ging also in der Mitte zwischen den beiden anderen Gruppen hindurch; für mich gab es keinen nennenswerten Aufenthalt. Nirgends in dieser Republik zeigten Warteschlangen so viel Geduld wie beim Grenzübergang ... und doch, man konnte es förmlich riechen, war es nur eine erzwungene Geduld, eine Geduld der Vernunft, und sie stand auf tönernen Füßen. Ich mußte also an den Wartenden vorüber, und schnell ließ ich das in disziplinierten Dreierreihen sich bis auf den Bahnhofsvorplatz windende Riesenreptil hinter mir ... ich wollte nicht wissen, was bei meinem Anblick in den Köpfen dieser Leute vorging. Sie schauten mich gar nicht an, und doch ahnte ich, daß ich in ihren Augen einer derjenigen war, denen sie ihre Geduldsprobe zu verdanken hatten. Herrschte Wut in ihnen, war ich für sie schon *registriert* ... es war nicht zu sehen, sie zeigten es mit keiner Miene. – Mein Übertritt ging schnell vonstatten, keine Ahnung, was für ein winziges Zeichen in meinem Paß diese Wirkung hatte, welch unsichtbare Markierung, die nur von einem Röntgengerät, von einem Computer gelesen werden konnte, die den Beamten anwies, daß ich unter allen Umständen, ohne allen Verzug durchzulassen sei. Danach die quadratischen Hohlformen des Betonlabyrinths unter dem Bahnhof, von gehetzten, versklavten Menschen durchwühlt, die kahlen zweckentfremdeten Katakomben, einige

Wände noch verschalt mit den weißgelben Fliesen, die aus einem Zeitalter herstammten, das aus der Realität völlig hinausgedrängt war: es waren die Fliesen intakter Bahnhofsunterführungen ... überall unbeschriftete Stahltüren, überall die Doppelposten der Grenzpolizei ... dann vor einer eisernen Barriere noch eine Kontrolle, die nur ein flüchtiger Blick auf den Stempel im Dokument war, dann die Fahrkarten-Automaten, vor denen die Leute ratlos standen, ohne Kleingeld, – für mich waren sie ohne Bedeutung, ich hatte gehört, ich brauchte keinen Fahrschein, als *Bürger der Deutschen Demokratischen Republik* ... dann die breite graue Steintreppe hinauf zum Bahnsteig, irgendwo an der Wand ein Reklameplakat für das *Berliner Ensemble*, mit den Einlaßzeiten, mit den Eintrittspreisen in DM, es galt den Besuchern aus Westberlin ... Menschenströme schieben sich zu dieser Nachtzeit schleppend die Treppe hinauf, dann der Bahnsteig: das ist noch nicht Westberlin, aber ich bin draußen; am Kiosk des Intershop werden keine Forum-Schecks mehr angenommen, nur noch Westgeld. – Überall patrouillieren noch die ostdeutschen Grenzer (ab jetzt diese Bezeichnung verwenden!), und sie stehen oben auf einem Gerüst unter dem Glasdach der Bahnhofshalle, bewaffnet mit Feldstecher und MPi, und wahrscheinlich wachen hier noch viel mehr Figuren in Zivil über die Ordnung ... ob es wohl möglich ist, von hier aus zurückgeholt zu werden? Möglich schon, aber sie würden einen solchen Auftritt tunlichst vermeiden. Sie sind hier nur noch präsent, die Grenztruppen, sie möblieren die Ausnahmesituation dieses Bahnhofs. – Ich muß aufpassen, daß ich die Zielperson im Auge habe, ich muß sie so im Auge haben, daß sie mich nicht in den Blick bekommt, vielleicht würde sie mich doch erkennen. Das Beobachten aber ist um diese Zeit nicht schwierig, um diese Zeit ist der Bahnsteig randvoll mit Leuten verstellt, die soeben ihre Tageseinreise beendet haben (seit kurzem übrigens mit einmaliger Übernachtung): eine halbe Stunde vor zwölf sind sie ausgereist, und sie werden eine halbe Stunde nach zwölf wieder einreisen, wenn der neue Tag laut MEZ die nächste Tageseinreise gestattet (seit kurzem für zwei Tage, für die Liebenden), und das nächste Entrichten des Tagesumtauschsatzes und der Visagebühr. – Wirklich in Westberlin war man erst im *Lehrter Stadtbahnhof*, und man mußte sich beherrschen, hier noch nicht auszusteigen, denn in dieser Gegend war es öde . . . vielleicht gab es auch hier, dicht an der Mauer, ein paar noch geöffnete Kneipen (in der Frontstadt der westlichen Welt ohne Polizeistunde) . . . auch *Bellevue* oder *Tiergarten* waren noch nicht das richtige: das Ziel war der *Bahnhof Zoo* . . . während die Zielperson weiter trudelte nach *Charlottenburg* oder *Grunewald*. Man mußte eigentlich erst im »Bistro am Bahnhof Zoo« sitzen, um wirklich und wahrhaftig *draußen* zu sein, denn auch das »Pressecafé«, dieses stark frequentierte, vielsprachige Übergangslokal reichte dafür nicht aus . . . um wirklich im Westen zu sein . . . um wirklich nur noch M. W. zu sein.

Unter dem nachtgrauen, höchst provisorisch wirkenden, von allem Zivilisationsschmutz verunreinigten Dach des Bahnhofs Friedrichstraße, Westteil, konnte das kaum möglich sein. Hier war ich noch derjenige, der ich nun seit langem war: der nüchterne Beobachter ohne Zeitempfinden – die Zeit nur als ein spielerisch einsetzbares Signifikat am linken Handgelenk –, der Wahrnehmungsmensch, dessen Sinn darauf trainiert war, seine Beobachtungen in methodisch aussehende Sprachraster zu fügen . . . unter den Leuten auf dem Bahnsteig, die wie Vieh von einem Korral in den anderen gelassen wurden, und ich war unter dem viel zu schwachen Licht der Bahnhofsbeleuchtung nur das unscheinbare Mitglied einer in sich geschlossenen Organisation, die mit gleichem Recht entweder ein Staatsvolk oder ein Geheimdienst genannt werden konnte, ich war einer der übernächtigten Übriggebliebenen aus schmutzigen Kinos, einer, dem das Erreichen des letzten Nachtomnibusses die Erfüllung aller guten Wünsche bedeutete ... und gekleidet in das verwaschene Grau bis Grün der überall gültigen Untergrundfarben, und wahrscheinlich im Begriff, durchsichtig oder unsichtbar zu werden, wie es Harry Falbe geworden war, dessen Namen ich genausogut hätte tragen können. – Nein, mit dem Grenzübertritt war ich noch längst nicht wieder M. W., offenbar bedurfte es dazu einer langen Zeit, noch einmal *wirklicher* Zeit, die ich an einem ganz anderen Ort zubringen mußte ...

Aber der Grenzübertritt konnte ein Anfang sein, dachte ich. Und dann konnte ich eines Tages in irgendeine Westberliner Redaktionsstube gehen, oder in eine Verlagsagentur, und mich vorstellen: *Ich* sei identisch mit dem Lyriker M. W., hervorgetreten mit insgesamt siebzehn Gedichten in Zeitschriften und Anthologien, über die Hälfte davon in sogenannten inoffiziellen Zeitschriften, das Echo der Presse, die sich damit beschäftigt habe, habe ihn in eine Reihe gerückt mit den neuen jungen Autoren, die man jetzt der inoffiziellen Literatur seines Landes zurechne ...

Irgendwann war mir der Lapsus unterlaufen, daß ich »inoffiziell« in diesem Zusammenhang groß geschrieben hatte ... eine Weile danach hatte ich es in dieser Form plötzlich für gut und richtig befunden; ich war so weit gegangen, daß ich in meinen Berichten für »Inoffizielle Literatur« die Abkürzung IL verwendete.

Inoffizielle Literatur klang freilich sehr nach »fiktiver Literatur«, wobei nicht die Literatur der *Fiction* (eine Feuerbach-Übernahme) gemeint war, sondern etwas, das so tat, als sei es Literatur. – Es konnte mir passieren, daß ich bei meiner Vorsprache auf völlige Ratlosigkeit stieß, denn logischerweise beschäftigten sich die Leute, die beruflich mit Literatur zu tun hatten (Germanisten, Kritiker usw.), nur mit offizieller Literatur; es war nicht auszuschließen, daß sie von der IL gar keine Kenntnis hatten. Zwar gab es seit kurzem eine recht umfangreiche Anthologie dieser Lyrik, für ihren leicht sentimentalen Titel konnte ich mich nicht verbürgen: *Rührung ist nur eine Randerscheinung?*, doch war mir nie ein Exemplar davon in die Hand gekommen, und ich wußte nicht, ob Texte von mir – von M. W. – darin enthalten waren ... eher nicht übrigens, denn Feuerbach, dem auch die West-Publikationen zugänglich waren, hätte mich sofort informiert. Und ich wußte nicht, ob es Zweck hatte, mich auf eine so kleine Publikation wie *Mäusezirkus* zu berufen ...

Wenn Feuerbach gewußt hätte, mit was für Gedanken ich umging, hätte er mich nicht vier Wochen aus den Augen gelassen. Vier Wochen lang lebte ich frei in den Tag, ohne die Notwendigkeit (ohne innere oder äußere Notwendigkeit), Berichte zu verfassen, in der sogenannten Szene wechselte ich von Schauplatz zu Schauplatz, ganz wie ein eingesessener Angehöriger der Szene, ich hatte meine Zielperson aus den Augen verloren und betrachtete sie nur als *Person* (und Feuerbach hätte auch sagen können, er habe seine Zielperson vier Wochen lang aus den Augen verloren ... mit Blick auf mich; doch erklärte er seine Abwesenheit mit den dürren Worten: Ein Lehrgang!); und ich hatte mich in der Szene meist unter die gemischt, die über Publikationsmöglichkeiten für ihre Texte nachdachten. Immer weniger ging es dabei um Veröffentlichungen im Westen, immer mehr drehte sich das Gespräch um eine wachsende Anzahl von selbstgefertigten Zeitschriften, die fast schon in regelmäßigen Abständen erschienen, längst auch periodisch in Leipzig, Dresden, Karl-Marx-Stadt, und diese Zeitschriften interessierten mich besonders; ich war in der letzten Zeit immer öfter auf die Idee gekommen, mich mehr um die Zeitschriften kümmern zu müssen.

Ich hatte in den vier Wochen eine Anzahl von Adressen erfahren, die man meiner Ansicht nach wissen mußte, wenn man Publikationsmöglichkeiten für literarische Texte suchte ... und dies waren kaum noch Adressen im Westen, es waren Adressen für Kontakte zu jenen Zeitschriften in Leipzig und in Dresden: zu den *nicht genehmigten, in unterschiedlichen Formaten und Verfahren selbst hergestellten, sogenannten literarischen Zeitschriften* ... dies wäre der Jargon gewesen, in dem wir bei der Firma die Zielobjekte beschrieben hätten. – Ich hatte mir nur einige wenige der Adressen gemerkt ... auf winzigen Zetteln notiert, keine Liste davon angefertigt, obgleich eine solche beträchtlich geworden wäre, eine Liste, mit der ich vielleicht *neue Maßstäbe der Aufklärungsarbeit auf diesem Gebiet* hätte beibringen können (es war mir schnell klargeworden, daß man in der Firma das Gesamtausmaß diesbezüglicher Aktivitäten weit unterschätzte) ... aber nein, ich wollte die Adressen zuerst für mich nutzen. Und die winzigen Zettel mit den Adressen hatte ich versteckt, nicht in meiner Wohnung, sondern in meinem Versteck bei Frau Falbe.

Ich wollte nicht daran denken, was Feuerbach dazu gesagt hätte. – Also auch Sie!, so stellte ich mir seine Worte vor. Also auch Sie nutzen die gewonnenen Erkenntnisse für egoistische Zwecke. Sie brauchen vermutlich auch mal einen kleinen Lehrgang. – Es war mir gleichgültig, lediglich das Wörtchen *auch* hätte mich daran interessiert. – In den Nächten auf dem Zimmer bei Frau Falbe hatte ich mich – was oft genug zum Verzweifeln war – mit den Überresten meiner literarischen Produktion beschäftigt: ich hatte sie nach den Gesichtspunkten ordnen wollen, unter denen mir ihre Unterbringung in den »sogenannten literarischen Zeitschriften« der Szene in Leipzig oder Dresden möglich erschien. Mein Bestreben war es dabei, aus meinem Stückwerk möglichst viele Texte auszusondern, die für sich allein stehen konnten, die zumindest als für sich lesbare Fragmente gelten konnten (gewissermaßen als *unab-*

schließbare Texte!) ... meiner Ansicht nach war man damit sogar ziemlich nahe bei den neuesten Texttheorien, vielleicht stimmte es, daß die Neostrukturalisten das Fragment als den einzig zeitgemäßen Text erkannt hatten? – Womöglich mußte ich sogar einige der längeren Stücke in mehrere Einzelteile auflösen, das mühsam Zusammengesetzte wieder zerstückeln ...

Und dann mußte ich die Texte in den Zeitschriften unterbringen, in möglichst vielen Zeitschriften zugleich, in allen Zeitschriften, ich hatte vor, mit meinen Texten eine kleine Überschwemmung auszulösen unter den inoffiziellen Zeitschriften. Und mit dem Hinweis darauf konnte ich sie dann noch einmal im Westen anbieten!

Vielleicht war das ein konstruktiver Plan zu nennen! Es bedurfte dazu der Kenntnis einiger Adressen (sie klemmten im Polsterspalt des roten Sessels von Frau Falbe) und einiger Informationen über die verlegerischen und redaktionellen Praktiken im Westen ... und aller Voraussicht nach brauchte man dazu noch eine vermittelnde Person, die sich in diesen Praktiken auskannte. – Aber ich mußte freilich erst über genügend Texte verfügen (ich hatte von einer Überschwemmung gesprochen!) ... an diesem Punkt schien mir das Unternehmen vorerst zu stocken.

Ich war bei einer entscheidenden Frage angelangt: Sollte ich beim Nachdenken über mein Vorhaben Feuerbach einbeziehen oder nicht? – Wenn ich es nicht tat, wenn ich also ganz wie ein *Autor* handelte – autonom, rücksichtslos ... selbstsicher? –, war ich auf lückenhafte Kenntnisse angewiesen, auf Informationen aus der Szene, wo jeder selbst im dunkeln tappte, und sogar auf Gerüchte. Ich konnte an die falschen Adressen geraten, ins Leere laufen, mußte vielleicht viele Umwege gehen. Der Literaturbetrieb im Westen war ungeheuer abhängig von den Wellenbewegungen der Mode; wenn dort im Herbst die Frühjahrskollektionen kreiert wurden, konnte dasjenige noch völlig danebenliegen, was sich ein halbes Jahr später am besten verkaufte . . . also mußten Leute gefunden werden, möglichst schon im Herbst, die den Lesern erklärten, welche Art von Literatur für sie im Frühjahr unverzichtbar sei . . . und so gab es im Frühling und im Herbst eine ständig zunehmende Anzahl von literarischen Werken oder Literatursorten, die man unbedingt gelesen haben mußte . . . die Folge davon war, daß die Leser – anfangs vielleicht noch gutwillig – die Literatur insgesamt für überflüssig hielten: sie hatten schließlich ihre Erfahrungen mit der Marktwirtschaft . . .

Außerdem – dies resultierte zwingend aus den vorausgegangenen Gedanken – hatte der Westen überhaupt keine eigene Meinung zur Literatur; er war völlig abhängig von den Witterungsbedingungen, die aus dem Osten heranzogen. Schon daß man die Literatur im Westen dauernd mit klimatischen Verhältnissen verglich, zeugte davon . . . erst wenn man das Klima im Westen absorbiert hatte, gab man es für das eigene aus . . . und suchte damit rückwirkend den Osten zu bevormunden. – Es gab im Westen niemanden – von unauffälligen Ausnahmen abgesehen –, der nicht widerstandslos die Urteile nachbetete, die schlußendlich die Urteile des MfS (beziehungsweise des KGB) über literarische Qualität waren. Es war einer unserer besten Schachzüge, die Literatur von »überwiegend sozialismusfremder, pessimistischer Aussage« (wie bei uns die Inoffizielle Literatur beschrieben wurde) mit dem Merkmal »mangelnder literarischer Qualität« zu koppeln: und die Mumien der westlichen Literaturtheorie glaubten diesem Urteil . . . sie hatten freilich gar keine andere Möglichkeit, denn ihr offizieller Diskurs beschäftigte sich mit offizieller Literatur, also mit jener, die *wir* ihnen, ausgewählt und vorgeformt, servierten.

Meine Gedanken kehrten zu meinem Vorhaben zurück: Wenn ich Feuerbach dagegen in diese Pläne einweihte, konnte mir mancher Umweg erspart bleiben . . . immerhin war ich einer der ältesten Autoren der IL, allzuoft wollte ich nicht mehr in die Irre gehen. Der Major wußte unfehlbar, bei wem und wie man ansetzen mußte (und wenn nicht, dann gab es auch dafür Sachverständige). Aber ich hatte keine Ahnung, wie weit ich mich in diesem Fall unterordnen mußte ... aller Voraussicht nach ganz! Zweifellos würde er verlangen, daß ich meine Texte für die Zeitschriften zuerst ihm vorlegte (oder den Sachverständigen). Wann, so fragte ich mich, hörte ich dabei auf, der Autor meiner eigenen Texte zu sein?

(Es waren dies Überlegungen, die er an den verschiedensten Orten angestellt hatte: in der S-Bahn, im Café auf der Frankfurter Allee, auf den täglichen und nächtlichen Wanderungen durch die Straßen ... und unterhalb des öffentlichen Verlaufs dieser Straßen, und auf seiner Gemüsekiste an der Betonwand im Keller. Es war zu bemerken, wie die Schlußfolgerungen aus den Überlegungen mit den Ortschaften wechselten: oben bei Tageslicht – wenn man es so nennen konnte in diesem grauen verrauchten und verregneten Berliner Frühjahr – neigte er eher dazu, sich unterzuordnen und seine Texte – vorausgesetzt, er konnte sie zusammentragen – begutachten zu lassen. Auf seinem Kellerplatz dann wieder waren seine Gedanken rebellischer, und er schien entschlossen, das Vorhaben ganz für sich in die Tat umzusetzen ... als ob solche Möglichkeiten nicht längst der Vergangenheit angehörten.

Übrigens staunte C. darüber, mit welcher Besorgnis diese Figur über die Schicksale ihres literarischen Lebens nachdachte. – Hatte er nicht genug geschrieben, waren seine beiden Schreibtische – oben in der Wohnung und draußen in dem Zimmer bei seiner Wirtin – nicht übersät von beschriebenem Papier? Notizen, Entwürfe, von Streichungen durchsetzte Schmierzettel ... später waren sie in Reinschriften verwandelt worden, und manchmal hatte er sogar Durchschläge angefertigt, obwohl dies keineswegs konform ... nicht erlaubt ... beinahe streng verboten war. Die Frage war kurz und bündig: Warum sollten nicht Teile aus diesen Berichten in die Texte einfließen, welche den Zeitschriften zugedacht waren?

Sie mußten noch etwas *verfremdet* werden ... wenn sie dies nicht schon zur Genüge waren ... und sie konnten als »Fragmente«, als nicht abschließbare Bewußtseinsprotokolle ohne weiteres hingehen. Dann allerdings mußte er den Major aus dem Vorhaben ausschließen. – Denn schließlich tun auch wir nichts anderes, dachte C., als Bewußtseinsformen aufzuzeichnen ... und zu archivieren. Deformationen von Bewußtsein, wie sie sich zeigen ... und vielleicht erst, nachdem wir sie hervorgelockt haben ... und sichtbar werden, diese kurzen Bewegungen der unteren Gesichtshälfte. Und warum eigentlich soll der Major nichts davon wissen?)

Irgendwann war ich dann doch bereit, dem Oberleutnant meine Idee auseinanderzusetzen, vorsichtig zumindest, vielleicht konnte er Verständnis aufbringen, wenn ich ihm sagte, ich müsse weitgehend freie Hand haben. Die Vorteile für ihn selbst waren nicht zu unterschätzen: er mußte durch mich an eine Reihe von Kontakten geraten, denen er bisher vergeblich nachgelaufen war: es ging hier um die Verbindungen der Berliner Szene zu ähnlichen Gruppierungen in den südlichen Bezirken ... und einer der Vorteile für mich war dabei: wenn ich dort zu tun hatte, ergab sich die Gelegenheit, einmal wieder die Kleinstadt A. aufzusuchen ...

Aber plötzlich erwies es sich als schwierig, den Oberleutnant anzutreffen, – meiner Erfahrung nach war es immer dann der Fall, wenn er mir aus irgendeinem Grund grollte. Ich lief ihm hinterdrein und er mir ... in der Regel wußte er das Versteckspiel so zu gestalten, daß ich der Verschwundene blieb, derjenige, der stets fehlte, wenn er gebraucht wurde. So war es auch in diesem Fall: kreidebleich tauchte ich aus dem Keller auf ... was bei dem Maiwetter übrigens nicht verwunderlich war: es regnete und war kalt, der Regen spülte Schmutz von allen Wänden, der Rauch, den der dauernde Niederschlag zwischen die Häuser drückte, bedeckte die Fassaden wieder mit Schmutz, der Regen wusch ihn herunter ... ich kam in das Café, der Kellner hatte sich wegen mir seit Stunden am Leben erhalten, eigens, um mir zu versichern, daß der schöne Blonde mit der silbergrauen Locke in der Stirn zwanzig Minuten an meinem Stammtisch gesessen und nach mir Ausschau gehalten habe ... das Spiel begann, das Feuerbach so lange fortzusetzen pflegte, bis sein Zorn verflogen war (und ich erschöpft ... diesmal war ich es ohne seine Mithilfe), oder bis ein anderes Problem den Vorrang gewann. – Ich war erschöpft, denn die Sache komplizierte sich dadurch, weil ich ihn nicht in meiner Wohnung antreffen wollte: er hätte sofort die Texte zu sehen verlangt, über die ich noch gar nicht verfügte. – Ich hatte miserable Vorarbeit geleistet, ich hatte nicht einmal eine Art Strategie, nach der ich vorgehen konnte ... und ich konnte mir seine Antworten schon vorstellen: Wie meinen Sie? Zuerst eine ganze Reihe von Gedichten in die nicht-offiziellen Zeitschriften? Das ist immerhin eine Idee, eine gute sogar. Und damit dann an die Redaktionen im Westen herantreten? Aber dazu brauchen Sie doch mindestens eine *Ansprechperson*! Sie haben dabei an die Kleine aus Westberlin gedacht, die dem Reader dauernd hinterherrennt? Sie haben es ja nicht einmal geschafft, ihren Namen herauszukriegen ...

Warum also suchte ich nach Feuerbach und holte mir den Hund in den kalten Straßen ... und warum ging ich ihm aus dem Weg? Ich brauchte ihn nur oben in der Wohnung zu erwarten ... immer wieder, wenn ich in meine Straße kam, sah ich, daß oben hinter den Fenstern Licht brannte.

Das Licht! Es war tagelang ein beinahe irrsinniges Spiel

abgelaufen mit diesem Licht. Ich hatte es zum ersten Mal brennen sehen, als ich nach meinem Aufenthalt bei Frau Falbe in meine Wohnung zurück wollte. Wahrscheinlich hatte ich mir schon an diesem Abend eine Erkältung zugezogen, während des langen Herumsitzens auf dem Bahnhofsvorplatz, als ich den überlangen »Vorlauf« aus A. abgefangen und kraft meiner Machtfülle (ich war die Hauptabteilung XX) in seine Provinz zurückgeschickt hatte. Ich war überzeugt gewesen, daß Feuerbachs Lehrgang zu Ende war ... als ich in meiner Straße eintraf, hätte ich gewettet, daß er oben vor meinem Schreibtisch stand ... und ich verwünschte die Nachteile einer mietfreien Wohnung. Mitten im Zimmer stand er da oben, wie ich ihn kannte, er setzte sich nie, als wären meine Stühle verseucht; er hatte eine gute Nase für meine Empfindlichkeiten und wußte, wie nervös es mich machte, wenn er stehenden Fußes auf mich einredete. Ich war gleich im Keller verschwunden und hatte dort die Nacht abgewartet; nach einigen Stunden war ich hinaufgegangen, um das Licht zu löschen und zu schlafen; und ich hatte sehr schlecht geschlafen, alle paar Stunden war ich erwacht, in Schweiß gebadet und in dem Glauben, Feuerbach sei eingetreten und habe sich an meinem Schreibtisch zu schaffen gemacht. Am nächsten Tag war ich wieder zu Frau Falbe gefahren (und hätte beschwören mögen, daß das Licht aus war, als ich ging); bei Frau Falbe ließ ich mir einen starken Grog mischen, dann versuchte ich noch ein paar Stunden zu schlafen. Als ich am Abend wieder in der Stadt war, brannte das Licht in der Wohnung erneut. Ich ging hinauf (zitternd vor Wut oder Angst ... noch immer erkältet, sagte ich mir), um mich mit ihm zu konfrontieren, er war nicht da. Danach schlief ich (endlich schlief ich wirklich) die ganze Nacht bei eingeschalteter Beleuchtung, damit er glauben mußte, ich sei noch nicht gekommen ... am Morgen ging ich so früh wie möglich weg, das Licht hatte ich brennen lassen, jedenfalls hätte ich darauf geschworen, daß es brannte, als ich wegging. Und als ich am Abend zurück war, bot mir das brennende Licht keine Garantie dafür, daß er *nicht* in meiner Wohnung auf mich wartete ... ich löschte das Licht und schlief in dem dunklen Zimmer, unruhig und von der Grippe geplagt, um ihn anzulocken. Gegen Mitternacht erwachte ich schweißüberströmt und blickte auf die Uhr, die Uhr stand ... gegen zwei war ich noch nicht wieder eingeschlafen, ich glaubte das Geräusch der häßlich über die sandbedeckten Fliesen schürfenden Haustür zu hören, was bei geöffnetem Fenster möglich war ... gegen zwei Uhr mußte es deshalb sein, weil sie für gewöhnlich noch länger als eine Stunde in dem Café auf der Frankfurter Würfelspiele veranstalteten, hinter verschlossener Tür freilich, was sonst nicht erlaubt war ... es ging bei diesen Spielen um hohe Summen, und Kellner und Büffetier wurden dabei munter. – Ich zog mich blitzschnell an und machte mich auf den Weg in den Keller, bei vollem Risiko, ihm auf der Treppen zu begegnen. Als ich nach Stunden wieder oben war, brannte das Licht, ich hatte es aber gelöscht, nach meinem vergeblichen Blick auf die Armbanduhr, ich hätte darauf schwören können. – Ich schlief wieder bei Frau Falbe, die S-Bahnfahrt überstand ich zähneklappernd und voll einer Müdigkeit, wie ich sie selbst aus einer Zeit nicht kannte, in der ich noch gearbeitet hatte, und wem ich bisher noch nicht aufgefallen war, dem fiel ich jetzt auf, sagte ich mir. Ich verbrauchte Frau Falbes Kaffee und all ihre Vorräte an Schmerz- und Grippetabletten ... als ich am Abend wieder zu meiner Dienstwohnung fuhr (und von der Straße aus das Licht brennen sah), war ich fest entschlossen, Feuerbach auf der Treppe zusammenzuschlagen, wenn er mir entgegenkam ... es geschah nicht, ich fuhr wieder zu Frau Falbe, wo ich zu dem Schluß gelangte, ich habe mir nur eingebildet, in meiner Wohnung gewesen zu sein.

Jetzt stand ich unten auf der Straße, meinem Haus gegenüber, starrte hinauf und sagte mir, ich wisse eigentlich gar nicht genau, ob ich im vierten oder im fünften Stock wohne, und wisse nicht genau, welche Fenster die meinen waren ... es mußten jene sein, die oberhalb der Regenrinne in Form kleiner Giebel aus dem Dach herausragten; und der größte Teil dieser Fenster lag um die Hausecke, sie gingen also auf die W. Straße hinaus ... und in diesem Augenblick fielen mir die wohlgesetzten Worte des »Chefs« ein, des Potentaten von A., der gemeint hatte: Man sieht am besten aus dem Dunkel ins Licht ...

Ob dies wohl auch innerhalb des Wahns zutraf? Vielleicht sah man auch im Dunkel des Wahns ab und zu in ein Licht ... und vielleicht war dies eine Art lichter Wahn. Der Chef hatte mir, in seiner saloppen Weise, nicht nur einmal gesagt, er werde mich vermissen; jetzt hatte ich Lust, ihn wieder mit mir zu beglücken, natürlich nur vorübergehend, so lange dieses Gefühl in mir anhielt, das ich schlecht beschreiben konnte, wenn ich es nicht einfach meine Enttäuschung über die Stadt Berlin nennen wollte.

Berlin war für mich eine Stadt der Depression geworden ... wahrscheinlich mußte ich es so ausdrücken. Ich hatte den Eindruck, von ihrer rauhen beziehungsweise herzlichen Vitalität sei nicht mehr viel zu bemerken, die Stadt war nur noch geschwätzig, es war in der Stadt eine Form von nichtssagendem Gerede aufgekommen, das so klang, als könne es sich nicht mehr lange so fortsetzen, als könne es nach ihm überhaupt nicht mehr so weitergehen, und, es war nicht zu verkennen, ich war davon infiziert: ich spürte es täglich, wenn ich über meine Textversuche gebeugt war. – Das Herz der Stadt war gebrochen, es war nicht genau zu erkennen, was daran schuld war, und es war meiner Ansicht nach seit Beginn des Jahres so ... der Frühling war ohne Wärme in die Stadt gekommen, und es blieb so, – es fanden keine Veranstaltungen mehr statt, wie die im April vor einem Jahr in Rummelsburg, daß es auch zwei Jahre her sein konnte, ließ ich jetzt außer acht, alle schienen ratlos vor sich hin zu brüten, wie ich ... Nebel, Nässe und Rauch schlurften durch die Straßen wie graue konturlose Gespensterbanden, die zerschlissenen Nächte senkten sich wie unfarbenes schmutzgetränktes Fahnentuch herab, die ganze Stadt keuchte und röchelte unter einer unbesiegbaren Hongkong-Grippe. Indessen saß ich oben in meiner Wohnung und versuchte mich am vierten oder fünften Aufguß meines letzten Berichts über den Vorgang: Reader ... es sollte der letzte werden über diesen Autor, der eine neue Art von Vielrederei in der Szene ins Leben gerufen hatte, und dies noch verbunden mit salbungsvollem Gehabe. Ich war im Begriff, ein Gespräch zu erfinden, das ich mit angehört haben wollte ... ich hatte niemals ein Gespräch wahrgenommen, nichts gesehen noch gehört, in meinen vergangenen Berichten hatte ich gerade dies ausdrücklich vermerkt, nun mußte ich es durchbrechen, nun tippte ich auf der Schreibmaschine die verschiedensten Varianten auf das Papier, in denen er seiner Gewohnheit untreu wurde ... es mußte glaubwürdig klingen, es war, so stellte ich fest, ungemein schwierig, eine nicht zu realitätsferne Verleumdung auf das Papier zu breiten, die Sprache war dazu scheinbar nicht mehr bereit, die Zeichen waren denkbar ungeeignet, die Wörter stammten deutlich aus der Zeit *nach* der Verleumdung – wie Becketts Wörter zum Beispiel –, sie arbeiteten nicht mehr mit, wenn man in die Zeit davor zurück wollte ...

Ich hatte einige Tage überlegt, worum es in dem Gespräch gegangen sein konnte ... die größte Schwierigkeit war, ich durfte den Gesprächspartner nicht bekanntgeben, es war fast unmöglich, ein Gespräch zu erfinden, in welchem ich den Partner, oder die Partnerin, *nicht* mit einbrachte ... wie unglaubwürdig, zu schreiben, ich habe von ihr nur einen winzigen Teil des Hinterkopfs sehen können.

Und wovon sollte das Gespräch handeln . . . Vorsicht, der will ja wirklich in den Westen!, darauf sollte es hinauslaufen (das Beispiel stammte vom »Chef« aus A.) . . . Der will ja wirklich, dies habe ich ermittelt! – Es war natürlich zuwenig, Reader mußte zumindest noch gesagt haben, es sei an der Zeit, sich unter die Botschaftsflüchtlinge zu mischen! – Aller Voraussicht nach mußte ich ihm erst einmal durch die Stadt folgen, bis dorthin, wo er hauste, denn ich hatte nie ein privates Wort von ihm gehört; soviel ich wußte, hauste er irgendwo in *Weißensee*, oder in einer Gegend südlich dieses Stadtteils, gar nicht so weit entfernt von meiner Dienstwohnung . . .

Aber die Grippe mit dem asiatischen Namen (der offenbar ihren Ausgangsort bezeichnen sollte) hielt mich in den Klauen, die Typen der Schreibmaschine verschwammen mir vor den Augen. Ich schaffte es nur noch bis hinaus zu Frau Falbe . . . immerhin schien die Grippe den Sexualtrieb nicht lahmzulegen, vielleicht bewirkte sie sogar das Gegenteil: die Grippe verheerte die Peripherie des Körpers und schränkte die Tüchtigkeit der inneren Organe ein, die der Selbsterhaltung dienten; den Empfindungshaushalt legte sie still bis auf die Funktionen, die schmerzerzeugend waren, und dazu gehörten offenbar die spürbaren Signale des Fortpflanzungsmechanismus. Permanent war es so, als ob der Rest intakter Hirnzellen kurz vor dem Kollaps der allgemeinen Lebensfähigkeit das schon erliegende Herz noch einmal veranlaßte, Blut in den männlichen Schwellkörper zu pumpen, so daß die Samenstränge sich noch einmal schmerzlich spannten. Die Hongkong-Grippe schien den maskulinen Menschen auf einen simplen Sperma-Automaten herabzustufen . . . und wie es hieß, kündigte sich die Krankheit bei Frauen mit einem wehenartigen Ziehen im Unterleib an.

Feuerbach hatte später behauptet, die Bezeichnung *Hongkong-Grippe* sei ein staatlich verordneter Euphemismus.

Sie heiße eigentlich *Peking-* oder *Shanghai-Grippe*, und doch habe dies nichts mit dort herrschender Überbevölkerung zu tun.

Frau Falbe hatte übrigens zu mir gesagt, ich könne ruhig versuchen, sie anzustecken, sie sei nicht so empfindlich gegen einen Schnupfen . . . daran dachte ich unentwegt, während ich über der Schreibmaschine brütete. Wie oft hatte ich schon neu angesetzt, der Papierkorb war voll von zerknüllten Seiten, auf denen ich mich bei dem Wort *Kellersprache* unterbrochen hatte . . . einerseits sollte es den Stil des Autors S. R. bezeichnen, andererseits glaubte ich mit dem Wort die *Studentin* heraushalten zu können.

(Auch im Keller, ja, auch im Keller hatte das Licht gebrannt. Die Glühbirne, die er selbst eingeschraubt hatte, neben der Betonmauer am Ende seines unterirdischen Wegs, sie hatte ihm, zu seinem Entsetzen, schon vor der letzten Biegung mit ihrer trüben Helligkeit geleuchtet . . . Eigentlich könne er nur selbst vergessen haben, sie zu löschen, dachte er; manchmal war die Zeit zu knapp, noch einmal zurückzulaufen, wenn das Licht des folgenden Gangstücks schon angezündet war. Sonst war alles wie immer, die Luft feucht-kühl, mit jenem etwas beißenden Geschmack, den die Atmosphäre von der ewig neu bleibenden Betonmauer aufnahm . . . so, wie die Luft des ganzen Lands einen scharfen Geruch aus dem Beton einer ewig neu bleibenden Mauer bezog . . . unversehrt seine Holzkiste an der Wand, unversehrt der riesige Phallus an der Wand, unversehrt die Angst, hier unten lange schon frequentiert zu sein. – Vor dieser Wand, dachte er, sei das Zentrum der Hongkong-Grippe. Dort habe er sie sich weggeholt, als er eines Nachts regendurchnäßt vom *Alexanderplatz* gekommen war, nachdem die S-Bahn über alle Maßen lange auf dem Bahnhof *Warschauer Straße* stand und er im Keller noch eine oder zwei Stunden hatte warten wollen, weil er oben in seiner Wohnung Licht gesehen hatte ... Feuerbach müsse ihn mit dem Auto überholt haben und warte schon oben in der Wohnung; er hatte das Gefühl, seinen Führungsoffizier an diesem Abend beleidigt zu haben, nun wollte er erst ein paar Tage vergehen lassen, bevor er ihn wieder traf ... seine Uhr zeigte auf eins, nachmittags oder nachts.

Und hier unten war der Geschmack der Grippe ... wenn es diesen nicht gab, so hätte er ihn jetzt erfinden können: er war in seinem Körper, ein Volumen von kaltem, ätzendem Beton, er kroch aus seinem Körper herauf und teilte seiner Mundhöhle den grauen Zementgeschmack mit, und ein Gefühl, mit den Zähnen unaufhörlich knirschende Viren zermahlen zu müssen: hier vor dem Beton war der Hort des Virus, der die Stadt in fließenden Rotz verwandelt hatte ... das erste Symptom der Krankheit war die Depression.)

Ich übertippte das Wort *Kellersprache* mit einer Reihe des Zeichens »x« und schrieb darüber: *Sprache der Depression* ... sofort erschien es mir ebenso falsch. Im gleichen Moment wurde an meiner Wohnungstür geschlossen, der Riegel schnappte zurück, ich hörte den weichen Schritt Feuerbachs auf dem langen schmalen Korridor. – Machen Sie bloß das Fenster auf, schrie er, Sie sind ja unsichtbar vor Qualm! – Und schon war er dabei, das Fenster selbst aufzureißen, er griff sich einen Stapel Papier vom Schreibtisch und trieb damit in wilden Schwüngen die Luft auf das offene Fenster zu, sie enthielt tatsächlich mehr Zigarettenrauch als Sauerstoff.

Sie leben ja noch, sagte ich, am liebsten würde ich Sie umarmen ... Das machen Sie lieber nicht, ich bin erkältet, sagte er. Sie haben sich wieder da draußen bei der Alten versteckt, hol Sie der Teufel! Kommen Sie, ich lade Sie ein, ich will meine Beförderung feiern.

Ach, sagte ich, Sie wollen ins Café ... dort herrscht die Hongkong-Grippe!

Unsinn, versetzte er, wir gehen gleich rüber in die kleine Kneipe, wie heißt sie ... Wagner-Eck, ich bin erkältet und muß Schnaps trinken, von Sekt habe ich erst mal genug.

Sie hindern mich daran, meinen Bericht zu schreiben. Können Sie das verantworten?

Ihren Bericht! rief er. Reißen Sie ihn in so kleine Fetzen wie möglich, werfen Sie ihn zum Fenster raus. Nein, fressen Sie ihn lieber, und scheißen Sie ihn wieder aus, damit er im Klo landet, Ihr Bericht! Spucken Sie auf Ihren Bericht! Man will von uns keinen Bericht mehr! Stehen Sie endlich von Ihrem Tisch auf, ich ersticke in Ihrer Bude!

Es war ein Anfall, den ich nicht unbedingt für bare Münze nehmen mußte, einen Tag später konnte er seine Meinung schon wieder geändert haben. Manchmal zeigte dergleichen auch an – allerdings in nicht so überzeugender Form –, daß für Feuerbach eine Sache (eine Ermittlungssache?) abgeschlossen war: die Lächerlichkeiten, die wir herausgefunden zu haben glaubten, lagen nun entweder in einem Archiv oder auf dem Tisch einer anderen Instanz: wenn Letzteres zutraf, erfuhr ich nie ein Ergebnis von Feuerbach (ich konnte nur hoffen, daß es nicht die Staatsanwaltschaft war ... Feuerbach hatte in meiner ersten Zeit alles getan, daß mir ein solcher Gedanke gar nicht erst kam) ... jetzt tankte er in solchen Fällen stets ein paar Tage lang Alkohol und war die Großzügigkeit selbst ... Er feiert sein schlechtes Gewissen, sagte ich mir dann. – Aber es konnte leicht geschehen, daß er denselben Bericht, den ich eben noch hatte wegwerfen sollen, im Verlauf der Woche von mir verlangte, manchmal noch am gleichen Tag ... Können Sie einmal daran denken, daß nicht jedes Wort von mir der reine Befehl ist? sagte er dann. – Ich zog das Blatt aus der Maschine, knüllte es nur leicht zusammen und warf es in den Papierkorb. Als wir gingen, raffte er noch einige Zettel, die Berichtsfragmente, von meinem Tisch, faltete sie sehr unachtsam zusammen und stopfte sie in die Hosentasche (er trug auch jetzt nur den karierten Anzug, darüber hing wehend der rotbraun gemusterte Schal; im Flur sah ich, daß er seinen hauchdünnen Staubmantel einfach auf den Boden geworfen hatte, er war fast weiß und selbstverständlich ein Westprodukt ... und damit wollte er ins Wagner-Eck!); die Papiere sahen ihm ein Stück aus der Hosentasche ... Weg mit dem Zeug, wir brauchen es nicht mehr, rief er; er mußte schon einiges getrunken haben ... Besser, wenn er sie mitnimmt, dachte ich, so ist es vielleicht sogar viel besser!

Im Treppenhaus fing er an, ein Lied zu pfeifen, und zwar so laut, daß es mir unheimlich wurde, denn es war schon nach dreiundzwanzig Uhr; ich beeilte mich, da im Wagner-Eck voraussichtlich um zwölf geschlossen wurde.

Dort wollte ich die Theke ansteuern, da ich keinen freien Tisch entdeckte, aber Feuerbach winkte mir, er hatte noch zwei unbesetzte Stühle gefunden. Kaum hatten wir Platz genommen, als die drei Mann zahlten, zu denen wir uns gesellt hatten, und zwar vorn an der Theke, dann gingen sie mit finsteren Gesichtern. Von den übrigen Tischen herüber kamen Blicke, mißgelaunt und verwundert ... ich ahnte schon, daß es hier nicht gutgehen konnte. Das Wagner-Eck war eine sogenannte *Stampe*, in der reinrassiges Proletariat verkehrte. Die Bezeichnung war offenbar von dem Verhalten abgeleitet, bei dem man auf einem Bein am Tresen stand, den Unterschenkel des zweiten Beins um das Standbein gewickelt, in dichtgedrängter Reihe, und trotz stundenlangen Ausharrens mit immerwährender Ungeduld, und dabei Bier um Bier oder Bier und Klaren (in der Sprache der Stammkunden auch Bier mit Kompott) kippte, bis der Wirt mit stoischer Miene alle Gläser wegräumte und keins mehr eingoß. – Zwei Bier, zwei Korn! rief Feuerbach in Richtung Theke. – Immer mit der Ruhe! kam von dort die Erwiderung, uns nützten keinerlei mimische Fertigkeiten, wir waren durchschaut ... hätte Feuerbach wenigstens *Bier und Körner* verlangt, es wäre noch hingegangen. – Der Oberleutnant verstand die Situation trotz seiner Trunkenheit und flüsterte mir zu: Wenn die bei uns wären, hätten wir kaum Probleme, sie sind die geborenen Aufklärer, die Genossen von der herrschenden Klasse ... – Er hatte so lautstark geflüstert, daß ich fürchtete, er werde noch das ganze Lokal leer flüstern; ich unterbrach ihn und fragte, wozu er eigentlich befördert worden sei. – Er lachte und sagte, er sei degradiert worden, doch das verrate er nur mir, und er wisse, warum ... Und du wirst dir meine Worte merken müssen, mein Junge, auch wenns dir schwerfällt. Und es wird nichts davon aufgeschrieben, verstanden!

Die Getränke kamen, er stürzte die seinen hinunter, und bevor der Wirt sich entfernte, bestellte er eine neue Lage, was dieser mit drohender Miene zur Kenntnis nahm.

Aber lange werde ich nicht degradiert bleiben, mein Junge!

Da ich mich auf betroffenes Dreinsehen beschränkte, fragte er: Was wollten Sie überhaupt bei der Alten da draußen, bei Ihrer Frau Falbe?

Darauf war ich vorbereitet, meine Antwort kam ohne Verzug: Ich will ihr einen alten Stuhl abkaufen, einen großen Polstersessel, der mir gefällt. Er ist noch sehr gut erhalten, ich habe kein einziges eigenes Möbelstück ...

Da kann man nichts machen, wenn Sie das wollen. Und dazu brauchen Sie fünf Wochen?

Außerdem habe ich Gedichte geschrieben, Lyrik und Prosa, ich hätte Ihnen da einen ganz guten Vorschlag zu machen ...

Er glaubte mir natürlich kein Wort und sagte kopfschüttelnd: Die meiste Zeit aber waren Sie da draußen eingetrieft. Und Sie haben wieder nicht nach dem Sprößling gefragt ... kein Wort über Harry Falbe. Über diese dünne Sprosse, Sie wissen schon, wen ich meine!

Doch, sagte ich, er ist nicht ihr Sprößling, er ist ...

Das weiß ich, fuhr er dazwischen, das wissen wir alles viel besser. Und die Alte wird es Ihnen nicht verraten. Und sie weiß natürlich auch nicht, wo der Kerl steckt, und sie weiß nicht, was dahintersteckt . . . Sie und die Alte, ihr wißt alle beide nichts . . . Er hielt inne, weil sich der Wirt über den Tisch beugte und die Gläser abstellte, um sodann mit derben Bleistiftstrichen am Rand von Feuerbachs Bierdekkel ihre Anzahl zu vermerken. Es war ein Strich zuviel, doch konnte es die verunglückte Variante eines Strichs sein, da der Wirt gleichzeitig, über unseren Köpfen, ein volles tropfendes Tablett in der Waage zu halten hatte . . . Sehr zum Wohl, sagte der Wirt. – Noch mal dasselbe, erwiderte Feuerbach; der Wirt entfernte sich schlurfend.

Ich sagte, ich sei nicht dazu gekommen . . .

Wozu? fragte Feuerbach.

Ich sei zu oft auch in der Stadt gewesen und habe mir Lesungen angehört, es habe zu viele sogenannte Veranstaltungen gegeben . . .

Lassen Sie das *sogenannte* weg, knurrte er, wir müssen mit den Leuten jetzt anders umgehen!

Und dann habe ich einen bestimmten Verdacht in der Szene, er betrifft den Vorgang: Reader. Seitdem die Aktivitäten auf seinem Gebiet nachlassen, habe ich einen Verdacht. Ich glaube, der Mann bereitet sich auf etwas vor . . . Ich versuchte es vorsichtig zu formulieren: Wahrscheinlich auf einen anderen Wirkungskreis . . .

Sie sind ja scharf gewesen wie ein Schießhund! höhnte Feuerbach.

Ich habe das Gefühl, er wird sich mit den Bürgerbewegungen einlassen, oder mit ganz anderen Gruppen noch . . .

Und dann wird er noch in der Botschaft von Albanien verschwinden, ich weiß. Mit was für Bewegungen soll er sich denn einlassen, denken Sie, die lassen sich mit *ihm* ein? Aber bleiben Sie ruhig weiter dran, die Sache mit dem Harry Falbe ist uns sowieso aus den Händen geglitten.

Zielperson an der Ampel aus den Augen verloren, versuchte ich mir mit einem uralten Firmenwitz zu helfen.

Viel schlimmer, sagte er, wissen Sie, wo der kleine Dürre sitzt . . . in der Hannoverschen Straße! Und wissen Sie, was er da drin macht?

Er wird auf die Ausreise warten, sagte ich möglichst unbeteiligt, oder er wird noch wirklich verhungern.

Er erpreßt uns! Er will es jedenfalls versuchen. Er hat schon seit einer ganzen Weile Material gesammelt und versteckt . . . nicht nur Material, wo der Deckname Harry Falbe druntersteht, er hat noch ganz anderes in der Tasche, wo noch ganz andere Decknamen drunterstehen . . . Ihren natürlich nicht, den hatten Sie noch gar nicht unten in A., aber sonst, sage ich Ihnen . . . Als ich schwieg, fuhr er fort: Ich weiß gar nicht, ob ich Ihnen das erzählen darf, Sie werden es sowieso vergessen, oder Sie werden es nicht glauben. Haben Sie noch nie den Namen Oberst Falbe gehört . . . die Alte wird Ihnen natürlich nichts erzählt haben. Der war im Ausland tätig, unter anderem in Westberlin. Und es heißt immer, daß der Harry im Gefängnis geboren ist, er weiß es selber nicht anders. Dabei ist er Anfang August einundsechzig in Ostberlin abgeliefert worden, der Sohn vom Oberst, und der Oberst ist danach spurlos verschwunden . . . Feuerbach holte wieder einen Moment Luft; seine Stimme lallte inzwischen ein wenig.

Wir wissen nicht, ob die Alte ihm irgendwas erzählt hat . . . vielleicht nicht, sie ist ja nicht die Mutter! Und wir können sie ja auch nicht einfach umlegen . . . Feuerbach lachte etwas künstlich, es sollte ein Witz sein.

Wir haben trotzdem den längeren Atem, sage ich Ihnen, auch wenn schon eine ganze Reihe die Hosen voll haben. Ja, es gibt plötzlich viele, die die Hosen voll haben. Und wir wissen nicht, ob er . . . ob der Harry der Alten etwas erzählt hat . . . Es erschien mir jetzt ein wenig wirr, was der Major erzählte.

Und mit welchen Unterlagen sitzt der Harry jetzt in der Ständigen Vertretung? fragte ich.

Das werden wir vielleicht erst erfahren, wenn es zu spät ist, wenn es drüben in der Zeitung steht, sagte Feuerbach. Denn ich sage Ihnen, wir werden Sie alle gehen lassen müssen, und vielleicht die in Prag und in Budapest auch. Denn da sind auch welche ... können Sie sich vorstellen, was passiert, wenn das Schule macht? Sie werden noch eine Weile schmoren müssen, und dann können sie schubweise alle ziehen, was bleibt uns übrig, die Sache haben wir verloren. Und ich meinen Dienstgrad ... vorläufig! Wir lassen sie alle raus und den Harry mit. Aber glauben Sie mir, wir haben noch einen Trumpf in der Hand ... oder werden ihn bald haben!

Ich konnte ihn wieder nur fragend anstarren, denn erneut war der Wirt an unserem Tisch.

Wissen Sie denn nicht, flüsterte Feuerbach, daß er sein Kind auf dem Gewissen hat?

Scheinbar hatte mich die Hongkong-Grippe so fest im Griff, daß ich zu keinem Erschrecken mehr fähig war; ich hüllte mich in Schweigen und fragte mich, ob in meinem starren Innern etwas wie Erleichterung gewesen war.

Er muß den Kleinen um die Ecke gebracht haben, seinen Sohn, oder den von seiner Freundin, der im Gefängnis auf die Welt gekommen ist ... ist das nicht der reinste Wiederholungszwang? Jedenfalls ist das Kind weg ... spurlos. Wir haben den Beweis noch nicht hundertprozentig, wir haben das Wurm noch nicht gefunden. Aber wir haben kaum Zeit, wir müssen den Beweis finden, oder erfinden, egal, denn wenn der Harry erst drüben ist, dann setzt er sich ab. Aber nicht, ehe er sein Material an den Mann gebracht hat ... der ist gar nicht so dumm, der kleine Harry ...

Ist es dasselbe Kind, für das ich früher mal ... fragte ich.

Tatsächlich, Sie begreifen ... es ist dasselbe Kind. Sie haben die Vaterschaft unterschrieben und nie gezahlt. Der

Vater Staat hat für Sie gezahlt . . . ach, Sie haben doch noch einen Rest von Erinnerungsvermögen. Und wenn Sie jetzt den Beweis hätten, daß der Harry das Wurm schon kurz nach der Geburt beseitigt hat, bräuchten Sie nicht mal die Begräbniskosten zu zahlen.

Das Kind war doch eine Erfindung, sagte ich, schon damals, als es mein Kind gewesen sein sollte . . . glauben Sie immer noch an diesen Wahnsinn?

Sie haben das damals immer ziemlich unklar gelassen . . . ganz wie ein Künstler eben, versetzte er. Ich weiß, Sie haben das Kind nie gesehen . . . ich habs auch nicht. Trotzdem haben Sie damals unterschrieben, und auch die Unterlagen aus dem Gefängnis sind da. In diesem Land kann doch ein Kind nicht einfach verschwinden. Aber es ist egal, wenn wir dem Harry Falbe beweisen können, daß es da war, noch besser, daß er es beseitigt hat, dann wäre das für uns ein Geschenk! Wissen Sie, wie laut wir schreien werden, im Fernsehen, in der Presse, daß die bundesdeutsche Vertretung einen Mörder deckt und hinausschleust! So weit muß es nämlich kommen! Und Sie . . . schreiben Sie ruhig weiter Ihre Berichte, bleiben Sie dran . . . wie nennt sich der neueste Kindergarten in der Berliner Szene, wann steigt der nächste Auflauf. Aber lassen Sie die Wörter weg, wie *Zusammenrottung, feindliche Tätigkeit, geplante Provokation* . . . wir müssen in nächster Zeit human aussehen.

Der Wirt kam an den Tisch und legte einen Zettel ab, auf dem die Rechnung stand; es war eine jämmerlich kleine Summe, das zusätzlich angezeichnete Bier war nicht berechnet . . . und dann trug der Wirt sein Tablett zu anderen Tischen und stellte gefüllte Gläser vor den Gästen ab; es war eine deutliche Herausforderung. Auf dem Rückweg schlurfte er wieder heran und nannte die Summe noch einmal wörtlich, die auf dem Zettel stand. – Bitte . . . sagte Feuerbach, wir hätten gern noch eine Runde. – Es ist Ausschankschluß, erwiderte der Wirt und wiederholte den geforderten Betrag. – Wir schauten beide gleichzeitig auf die Uhr, bei mir war es um drei, bei Feuerbach fünf vor zwölf ... der Oberleutnant hatte mir viel erzählt in einer reichlichen Dreiviertelstunde.

Gut, sagte er friedlich, dann trinken wir vorn an der Theke noch eins ... Dabei legte er das Geld auf den Tisch, zwei Mark mehr als verlangt. – Zwecklos! sagte der Wirt und gab ihm auf den Pfennig heraus. Es ist Ausschankschluß. – Feuerbach strich die Münzen irritiert zusammen, die als Trinkgeld gedacht waren, dann sagte er zu mir: Geben Sie mir Ihre Uhr, die ist doch von Harrys Freundin? Ich werde sie brauchen.

Ich verkniff mir die Frage, wo Harrys Freundin sei, band die Uhr vom Gelenk und reichte sie ihm; er verwahrte sie in der Innentasche seiner Anzugjacke. Dann trank er sein Bier auf einen Zug leer und erhob sich; ich hatte das meine halbvoll stehenlassen, denn er zerrte mich zum Tresen. – Noch zwei Bier, zwei Korn ... bitte!, in Feuerbachs Stimme war ein leicht vibrierender Unterton.

Wir sind hier nicht im Gesangverein, sagte breit der Wirt. Zum letzten Mal, es ist Ausschankschluß ... Dabei ließ er kaltschnäuzig ein frisches Bier unter dem Zapfhahn einlaufen, strich penibel den Schaum ab und reichte es einem Individuum, das einen Schritt weiter an einem der Stehtische vor dem Büffet lehnte ... Hier sind nur noch Verwandte und Bekannte von mir, erläuterte der Wirt, wir sind hier in Familie.

Ich will sofort noch ein Bier! stieß der Oberleutnant hervor; es war jenes Zischen, das mir schon bekannt war. Und er machte den Fehler, seinen Dienstausweis auf die Schanksäule zu knallen ... Da! Damit Sie wissen, mit wem Sie es zu tun haben. Ich kann Ihre Höhle schließen lassen, wenn ich will! – Ohne sich die Hände abzutrocknen, nahm der Wirt das Dokument mit spitzen Fingern und hielt es sich ausnehmend lange vor die bebrillten Augen, Flüssigkeit tropfte ihm von den geröteten Händen. Er legte es sanft auf das Metall zurück: Und wenn Sie der Kaiser von China sind! Sie haben hier randaliert, Sie haben bei mir Lokalverbot, ab sofort ... Und du auch! wandte er sich mit blitzschneller Drehung des Kopfes an mich. Er zeigte mit beiden parallel ausgestreckten Zeigefingern zur Tür: Verlassen Sie meine Versorgungseinrichtung!

Im Raum war eisiges Schweigen eingetreten, alles starrte auf uns; ich hatte die Mäntel schon vom Ständer genommen und riß den Major am Ärmel; draußen kam es mir vor, als hätte ich ihm das Leben gerettet. – Gutgut, sagte er keuchend, als ich ihn noch immer nicht losließ, ich gehe nur wegen dir, denn gleich hätte ich das Schwein erwürgt!

Auf diese Weise landeten wir doch noch auf der *Frankfurter Allee* ... während des Wegs die dunkle Parallelstraße entlang, bis nach vorn zur *Magdalenenstraße*, zitterte Feuerbach am ganzen Körper (er hatte den Mantel nicht angezogen, sondern wie einen Sack über die Schulter geworfen), erst als wir letztere hinuntergingen, schien er wieder Kraft zu schöpfen ... als spüre er die große Stille der wuchtigen Gebäude mit den vergitterten Fenstern, die rechter Hand lagen. Er schritt mit wieder sicherem, leichtem Schwanken, dabei fielen ihm meine Berichtsfragmente aus der Hosentasche; ich lief hinter ihm her und sammelte sie wieder ein.

Auch das Café war schon geschlossen, doch Feuerbach, mit zornigem Getrommel an der Tür, verschaffte uns Einlaß. Wir betraten den stark verrauchten Raum, in dem einige jüngere Männer, etwa unseres Alters, an den Tischen saßen, meist zu zweit, und sich gegenseitig anschwiegen (um diese Zeit, eine knappe Stunde nach Feierabend war hier selten so wenig Betrieb; aber es paßte zu der allgemeinen Lage). Wir nahmen in der Nähe des Büffets Platz, wo ich noch nie gesessen hatte, der Major bestellte, und wir schwiegen ebenfalls ... und jetzt erst erkannte ich, daß Feuerbach völlig betrunken war. Und dann legte er mir den Arm um die Schultern und bat: Kommen Sie noch mit ... wir gehen zu mir ... wir trinken noch was ... aber lieber bei mir zu Hause, kommen Sie mit? – Als ich nickte, sagte er: Hier ist es zum Kotzen ... ich kann es nicht sehen ... wie sie hier alle durchhängen, wie sie hier alle eintriefen ... ich kann es einfach nicht mehr sehen.

Ich wollte es nicht glauben, daß er seinen Vorschlag ernst gemeint habe; und er schien ihn schon wieder vergessen zu haben, als wir unten am S-Bahnhof *Frankfurter Allee* anlangten. Grußlos stieg er in ein Taxi und riß die Tür ins Schloß. Ich blieb auf dem Trottoir zurück ... Bis morgen! rief ich, er war eine zusammengesunkene Gestalt hinter der Scheibe des Rücksitzes, vielleicht hatte er mich verstanden. Dann fuhr ich mit einem zweiten Taxi zu meiner Wohnung ... hinter den Fenstern in der fünften Etage brannte das Licht.

Die Depression in der Stadt ließ scheinbar niemanden aus, nur ich hörte langsam auf, ihr zu opfern, mein Schädel begann sich aufzuhellen, auch das Wetter wollte etwas wärmer werden. – Übrigens war *Depression* kein Begriff, der im Osten zu Hause war, er stammte aus dem Westteil der Stadt, aber auch dort hatte er nur zufällig Eingang gefunden, seine Ausprägung mußte ursprünglich aus Bundesdeutschland kommen, aus saturierten Gegenden; wenn ich seinen Quell genauer lokalisieren wollte, dachte ich an das autobahnumzirkelte Nürnberg. In Ostberlin war der Begriff von der Szene etabliert worden (er war ein Kulturgut), und wir von der Firma, die wir nicht zu weit hinter dem Mond sein wollten, gebrauchten ihn ebenfalls.

Ich hatte das Wort mit spitzer Stimme aus einem winzigen Mund gehört, der von Zeit zu Zeit blutrot geschminkt war, so daß er den einzigen Schmuck an einer dunkel gekleideten, jungenhaften Person darstellte, er traf mich von der Seite, aus zwei, drei Metern Entfernung: Sie käme bald nicht mehr, denn die Depression fiele schon aus den Wolken, hier in dem Chaos (womit die Polis Berlin, Hauptstadt der DDR, gemeint war). – Ihr Gesprächspartner hüllte sich in Schweigen, es war der Schriftsteller S. R., der sie stehenließ, da er zum Aufbruch gerüstet war.

Feuerbach ließ sich nicht blicken, ich langweilte mich (bei nachlassender Hongkong-Grippe) und nahm wieder meine ziellosen Reisen durch die Stadt auf ... zum wiederholten Mal kam ich auf den Gedanken, nach A. zu fahren, versuchte es auch zweimal: in Leipzig erwischte sie mich, die Depression (sie war auch hier, und vielleicht noch schlimmer), und ich kehrte wieder um ... dann trieb ich mich in den Kneipen herum, auf den Treffs der Szene wurde es mir zunehmend öder, allzu häufig traf ich auf die Ansicht, die Lesungen des Schriftstellers S. R. (der für uns eine Kenn-Nummer neben der Bezeichnung OV: Reader hatte) seien früher noch etwas gewesen ... das stimmte, ich wäre nicht überrascht gewesen, wenn man den OV inzwischen im Archiv hätte suchen müssen, als geschlossene Akte ...

Es versetzte mir beinahe den zweiten depressiven Schub ... mit Wehmut dachte ich daran zurück, wie der gesamte Berliner Untergrund auf seine Lesungen gewartet hatte, und ich hatte ebenfalls gewartet (doch nicht nur, weil ich *ihn* hören wollte) ... es waren immer sehr viele weibliche Gäste zu ihm gekommen, auf Frauen wirkte er besonders stark ... und bösartig hatte ich gedacht, genau dies habe unter den Neostrukturalisten einen geheimen Neid auf totalitäre Schriftführerpersönlichkeiten hervorgerufen, dieses ewig dunkel lackierte Timbre in Stimme und Kleidung. Es war natürlich nicht so, ich hätte es nur gern so gesehen, Reader war ein Typ, der sich das Image eines Schreibneurotikers geschaffen hatte, der den Eindruck zu wecken verstand, er *müsse* die Welt mit seinem Werk überfluten (ich hatte fast jede Idee von ihm), dabei war stets etwas rätselhaft

Hilfloses um ihn, etwas Ferngesteuertes in den Augen hinter der Isaak-Babel-Brille, immer war er geschniegelt, seine obere Schale bestand aus einem kragenlosen schwarzen Hemd russischen Zuschnitts, leicht funkelnd, es mußte ein sehr teures spaltbares Material sein, unten trug er wahrscheinlich eine schwarze Hose, über schwarze Schuhe fallend (ich sah ihn zumeist nur sitzend, verdeckt von Publikum); er war eine im großen und ganzen perfekte Kreation. Und ich war hinter der Studentin her, die immer an ihm dran klebte, kontrastierend mit ihrem blütenweißen Gesicht . . . inzwischen hielt ich sie, aufgrund von Andeutungen Feuerbachs, eher für eine Journalistin. Es war ein Nebenaspekt, der die Dame in der sanften Lederjacke (Feuerbach hätte *Lady* gesagt) noch interessanter machte. Ich war schon glücklich, wenn sie nicht unfreundlich war . . . ich übernahm fast jede Eigenheit von Reader.

Als seine Wirkung in der Szene nachließ (und damit auch meine Wirkung in der Firma nachließ), überlegte ich, ob etwas herauszufinden oder etwas zu erfinden sei, was ihm schaden (und mir nützen) könne, – in der Szene gab es dafür keinen Ansatz, ich mußte in seinen privaten Bereich eindringen, ich mußte erst einmal ermitteln, wo er wohnte. War es nicht so, daß man mich beinahe dazu aufgefordert hatte . . . Was soll uns diese dauernde Literaturkritik? Dies war, quasi, eine solche Aufforderung, wenn ich nicht irrte. Allerdings war mir eine Geschichte in Richtung Ständige Vertretung plötzlich zu heiß, vielleicht gab es andere Dinge, die unangenehm wurden, wenn wir sie wußten: kleine bis mittlere Geldsachen, Devisenvergehen, Schecks . . . Dinge, an denen wir alle nicht vorbeikamen, die jedoch, richtig angepackt, zersetzend sein konnten. Die Zersetzung war es, an der wir einen Narren gefressen hatten, an Gerichtsprozeduren und andere Grobschlächtigkeiten mochten wir gar nicht denken . . . die Zersetzung, es mochte noch so widersprüchlich klingen, war das wahrhaft Kreative.

Es war nicht schwer herauszufinden, wo er wohnte; er kam nicht aus Berlin, war zugezogen, natürlich nicht ausgesprochen legal, weshalb er eine Hinterhauswohnung bewohnte – zwischen Altbauten, die, erfahrungsgemäß, reich unterkellert waren –, in einer ziemlich abseitigen Gegend, Nähe *Storkower Straße*, wohin ich bei meinem Training fast hätte laufen können. Nun verschlug es mich in dieses Viertel, das reich industrialisiert war und wo das Pflaster mancher Straßen unter so dicken Schlammschichten lag, daß man sich auf dem Land wähnte. – Eines Abends in seinem Hinterhof lag ich in einem besonders finsteren Winkel auf der Lauer, hinter dem Abstellplatz der Mülltonnen, und fürchtete, der Ort im Verein mit seiner Temperatur werde mir einen Rückfall in die Hongkong-Grippe bescheren. Meine Blicke zielten auf ein erhelltes Küchenfenster im dritten Stock, ich wollte unbedingt noch einmal die Studentin sehen, sie hatte sich vor einer Stunde schon an dem Fenster vorbeibewegt, wie ich glaubte. Ich wußte, daß sie regelmäßig den Grenzübergang *Friedrichstraße* benutzte (und höchst selten im Osten ... bei Reader! ... übernachtete); bis dorthin war es eine beträchtliche Strekke, sie mußte bald herauskommen: ich trug die japanische Quartz-Uhr, nicht weil ich mich durch sie ausgezeichnet fühlte, sondern weil mir Feuerbach mein gewöhnliches Chronometer abgenommen hatte. Endlich kam sie herunter, in Begleitung von Reader (er in völlig normalen Pantoffeln); als sie im Ausgang erschienen, wurde ich Zeuge eines ziemlich heftigen Streits zwischen ihnen, von dem ich leider nur das wenigste verstand. Die Auseinandersetzung wurde hauptsächlich von ihr geführt, in verhaltenem Fauchen, er flüsterte fast und beschränkte sich auf Ermahnungen zur Ruhe; sie warf ihm *elitäres Verhalten* vor, da er seine Unterschrift unter eine *Petition* verweigerte; er begründete seine Weigerung damit, daß die Erklärung im Westen veröffentlicht werden sollte. Es war einer jener Standard-Konflikte, deren wir schon überdrüssig waren ... ich dachte daran, daß in letzter Zeit ganze Serien von Petitionen die Runde gemacht hatten, die ich auf meinen Spaziergängen durch die Szene alle unterschrieben hatte; ich erinnerte schon Minuten später nicht mehr, welche Anliegen darin verfochten worden waren, wahrscheinlich las ich die Texte gar nicht durch (wenn ich nicht irrte, hatte es sogar einen *Brief an Gorbatschow* oder an *Schewardnadse* gegeben).

In ihren Augen sei er nicht feige, so ging der Streit weiter, aber sein elitäres Verhalten führe objektiv zu Feigheit und Opportunismus ... Abgesehen davon, daß er meinte, er kenne sich hier besser aus, sah ich ihn nur den Kopf schütteln, daß die Brillengläser blitzten, was dem Ganzen den Anschein von Heftigkeit verlieh. Sie drehte endlich beleidigt ab und durchquerte den Hof in Richtung Straße, er versuchte sie nicht zurückzuhalten, er verschwand so schnell im Haus, daß ich glaubte, er sei froh, sie losgeworden zu sein. Sie ging dicht an mir vorbei, ich hielt die Luft an; als ich das Haustor klappen hörte, folgte ich ihr.

Auf der Straße suchte ich sie zuerst mit Blicken: es war erstaunlich, mit welch sicheren Schritten sie die schlecht beleuchteten, menschenleeren Häuserschluchten dieses Viertels durchmaß, – sie schien wirklich nicht sehr ängstlich zu sein. – Vielleicht meinte sie, daß ihr in Westberlin viel mehr passieren könne ... ich ging in weitem Abstand hinter ihr, zuerst so leise wie möglich; wenn ich dachte, sie müsse sich gleich umwenden, drückte ich mich in einen Hauseingang ... doch dann folgte ich ihr immer offener, schließlich war ich, in gleichbleibendem Tempo in ihrem Rücken, wie ein Automat, der von ihr selbst gesteuert wurde ... sehr schnell lernte ich, mich ihrer Gangart anzupassen, und ich hatte nicht das Gefühl, mich vor ihr verstecken zu müssen, auch wenn ich unbestimmt spürte, daß sie meinen Schritten lauschte ...

* * *

In den dunklen, von Schmutz und Erosion verschwollenen Straßen kam mir plötzlich der Gedanke, daß ich vor der Aufgabe meiner nächsten Zeit stand: die Frau zu beschatten, die ich die *Studentin* nannte! – Die Idee kam mir in der merkwürdigen Situation, in der ich mich in eine Türnische preßte und, den Bürgersteig entlang spähend, wartete, daß sie wieder ausreichend Vorsprung gewann . . . und ich hatte sogleich das Gefühl, daß ich dieser Aufgabe gewachsen war. Ich hatte das Gefühl vielleicht zum ersten Mal in meinem Leben . . .

(Er hatte die Idee zum ersten Mal noch vor Beginn des Frühjahrs, eines Abends, als er Feuerbach auf dem S-Bahn-steig am Alexanderplatz hatte stehenlassen – es war ein Affront! – und zurückfuhr . . . es konnte sein, daß er bei einem überlangen Halt des Zuges in der Station Warschauer Straße – oder Ostkreuz – ausgestiegen und durch die Straßen gewandert war . . . noch einmal durch den Regen, der nur langsam nachließ. Und jeder weiblichen Person, die ihm begegnete, war er vorsichtig eine Strecke gefolgt, – bis er wußte, es war nicht die *Studentin.* Aber er hatte den Reiz gespürt, den obszönen Reiz einer selbstzerstörerischen Überhebung, der in der Aufnahme einer solchen Verfolgung lag . . . und als er vor seinem Haus ankam, durchnäßt und erfüllt von einer niedrigen Befriedigung, und Licht in seinen Fenstern gewahrte, zeigte ihm die Uhr, daß es tief in der Nacht war . . .)

Und sogar die Bezeichnung, unter der ich sie in meinem Kopf registriert hatte – und auch in zumindest einem meiner Berichte –, war unfehlbar gut: sie kam herüber, um ihre Studien zu treiben, als Journalistin, als Redakteurin, viel eher wahrscheinlich noch auf eigenes Geheiß . . . aus Westberlin, wo es am langweiligsten war, womöglich das verwöhnte Küken einer wohlhabenden Familie aus dem noblen Grunewald, das den Kopf voll hatte von linken Statements und der Idee, im Osten sei die Genesung, lächerlich genug . . . so kam sie, mit einer fünfundzwanziger Packung HB im Handtäschchen, und manchmal vielleicht mit einem Krümel Haschisch, und einer Menge von Agitationswörtern im Gehirn: Immanent-elitär-autoritär-antiautoritär-spontan-nichtimmanent . . . und noch mehr aus diesem Umkreis, und sie fiel auf die sogenannte Szene herein und glaubte, etwas über die *Alternative DDR* studieren zu können: ins Wagner-Eck würde es sie niemals verschlagen. Wenn sie den Mut gehabt hätte, mich kennenzulernen, wäre sie womöglich sehr erstaunt gewesen: mir war es egal, ob das Land eine Alternative war oder nicht, mir war es ganz recht, daß *unsere Republik* so existierte, wie sie war, und von Jahr zu Jahr stärker dastand unter den Völkern, aber ich wollte trotzdem ein Reisevisum in den Westen, wenn auch nur befristet, ganz im Gegensatz zu S. R. unterschrieb ich jede Petition, es kümmerte mich dabei keine Gefahr für Freiheit oder Besitztum, und ich war für jede Mahnwache zu haben, wenn ich mich nur nicht selber hinstellen mußte, aber stattfinden sollte sie . . . Demonstrationen, ich fand sie ausgezeichnet, ich war sehr dafür, daß man sich zusammensetzte und ganz spontan ihre konkrete Durchführung ins Auge faßte, ich war immer für Organisation, merkte mir in dieser Beziehung jedes Datum, obwohl ich sonst mit allen Zeitabläufen auf Kriegsfuß stand. – Leider zeigte sie niemals Neigung, sich mit mir einzulassen, sie klebte an S. R.; es hatte jetzt ein Zerwürfnis zwischen den beiden gegeben, von dem ich hoffte, daß es von Dauer sei . . . es schien sie ihm eher fester zu verbinden.

Feuerbach hatte mich kaum noch in der Pflicht, ohne eindeutige Aufgabe hing ich noch mehr in der Luft, sein »Bleiben Sie dran« war eine müde Redensart. – Also konnte ich ihr nachspüren: es war mir immer deutlicher geworden, daß ich in den nächsten Wochen, Monaten . . . im anstehenden Quartal ihr Schatten sein mußte. Und wollte . . . und so ging sie vor mir her, ohne den Schritt zu beschleunigen: mein ganz privater Vorgang! Und wenn ich genau überlegte, so hatte ich mir damals auch den Vorgang: Reader selbst ausgesucht, – auch Reader war mir vorneweg, in der Literatur ...

Und es war natürlich das große Staunen über den »Stellenwert der Literatur«, den sie im Osten entdeckt hatte. Waren die Linken aus dem Westen nicht alle irgendwie an solchen Werten interessiert? Natürlich, sie waren es, aus alternativen Gründen ... im Westen hörte man allenthalben von diesem hohen Stellenwert: es war ihr nichts übriggeblieben, auch sie hatte ihn entdecken müssen, in der Tat, in Ostberlin hatte die Literatur einen höheren Stellenwert als ein neues, alternatives Shampoo ... unglaublich! Und die Parteiideologen peinigten die Literatur mit allen erdenklichen Mitteln, nur damit ihr der hohe Stellenwert erhalten blieb ... er war die reine Alternative, in jeder Beziehung, dieser Osten. – Was hätte sie gesagt, wenn sie einen Liebhaber der Literatur wie den »Chef« in A. kennengelernt hätte, der fähig war, ganze Industriebetriebe zu sabotieren, nur um einigen Literaten in seiner Stadt das Dasein zu ermöglichen, und nicht mal den besten?

Es wurde Zeit, daß ich mir ein gewisses Repertoire sagbarer Sätze über Literatur sicherte, denn noch hatte ich die Absicht, eines Tages mit ihr zu *sprechen* ... wenn wir uns in einer Unterhaltung näherkamen, mußte ich eine Meinung über Literatur nachweisen können, und nicht nur, um gegen S. R. nicht allzu stark abzufallen. Im Grunde war mir die Daseinsberechtigung der Literatur (und noch mehr ihr Stellenwert) vollkommen gleichgültig, wenn es nicht um meine eigenen Texte ging. Doch es waren keine eigenen Texte da ... wären sie dagewesen, hätte ich Papier und Stift benötigt, mehr nicht. Ich dachte dabei gar nicht an die Sachverständigen, oder an Publikationsmöglichkeiten ... oh, ich besaß sogar eine Schreibmaschine, eine Dauerleihgabe der Sachverständigen, doch das alles konnte nicht genügen. Vor der Studentin mußte ich mehr darstellen ... mir fielen die Neostrukturalisten ein! Ich konnte dieselben zwar ablehnen, aber etwas wissen mußte ich über sie! – Aber ich hatte Zeit (ich sprach den Satz genauso gedehnt und sonnig lächelnd aus, wie dies jeder Firmenangehörige mindestens einmal in der Woche tat: Wir haben Zeit ... wir haben viel Zeit!) ... ich hatte die Aufgabe übernommen, ihr den ganzen in Aussicht stehenden Sommer lang nachzulaufen, und während ich diese Wege absolvierte, konnte ich nachdenken über Literatur ... bisher hatte ich nur herumgesessen, in einer vielleicht pränatalen Haltung, jetzt war ich aufgewacht und konnte beginnen zu laufen. Ich konnte mir Sätze zurechtlegen für den Ernstfall. Einer davon hieß: Die Wortausschüttungen des Autors S. R. seien mir immer schon *elitär* erschienen. Sie würden die Lektüre einer ganzen Reihe von Büchern voraussetzen, welche hierzulande gar nicht habhaft seien. Er – M. W., Verfasser von siebzehn links und rechts des eisernen Vorhangs publizierten Gedichten – leide zum Beispiel außerordentlich darunter, bestimmte Werke nicht rezipieren zu können ... – Ach so? mußte ihre Antwort lauten, welche Bücher brauchen Sie denn? – Und der Kontakt wäre hergestellt.

Am S-Bahnhof *Storkower Straße* hatte ich sie ziehen lassen. Ich hatte an den schier perversen Weg durch die nicht enden wollende Fußgängerbrücke gedacht, die über den Gleiskörper hinweg zum Bahnsteig führte. Ein Verfolger in diesem schnurgeraden Glas- und Betonkanal, in dem es nach Staub und Urin roch, als wäre dies der Geruch der Ewigkeit, und wo die Schritte wie in einem Gruselfilm hallten, mußte ihr wohl doch Angst einflößen ... und womöglich wäre sie gerannt, um die Leute an der S-Bahn um Hilfe zu bitten. Ich hätte mir einiges verdorben ... es war erst gegen elf, sie fuhr dem Nachtlärm Berlins entgegen, beim Umsteigen in *Ostkreuz* spätestens hatte sie mich vergessen. Und ich ging auf die Suche nach einer Bushaltestelle, um noch hinaus zu Frau Falbe zu fahren.

Wenn ich an diesen Abend zurückdachte, konnte ich mir ein unheimliches Gefühl nicht verhehlen. Die Vorstellung, einer jungen Frau durch die Nacht zu folgen, war, milde ausgedrückt, dubios ... und es blieb so, auch wenn »ich« der Verfolger war. Ich sagte mir, ich habe mich so noch nicht gekannt ... und ich wußte nicht, was daraus entstanden wäre. Kein Gedanke daran, daß ich über sie hätte herfallen können. Kein Gedanke? Es waren Momente auf diesem Weg, in denen ich mir genau dies vorgestellt hatte.

Es konnte überhaupt nicht ausbleiben, daß man im Zuge einer solchen Aktion an derartige Dinge dachte! Es wäre das todsichere Mittel gewesen, meinen heißgeliebten Posten endlich zu verlieren (auch wenn sie mich gedeckt hätten, damit nicht die ganze Firma in Mißkredit geriet) ... aber es gab wahrlich Möglichkeiten, die weniger aufwendig waren, und solche, an die sich nicht ein »Lehrgang« von einigen Jahren anschloß. – Dennoch war ich mit der Erinnerung an diese Vorstellung am nächsten Tag aufgewacht (bei schönstem Frühlingswetter, fern von Hongkong-Grippe und Depression) ... und ich wußte, dieser Gedanke würde bleiben. Solange es nur der Gedanke war, konnte mir nichts geschehen, denken konnte man alles, man mußte es sogar ... doch was wußte ich von den Steigerungsmöglichkeiten dieses »Ich«, das der Schatten war auf den Wegen der Studentin? Fast begann ich die nächste Gelegenheit zu fürchten ... zum Glück ergab sie sich nicht so schnell; sie hielt aus in Westberlin, der Streit mit Reader mußte nachhaltiger gewesen sein.

Ehe ich sie wiedersah, hatte ich schon Feuerbach getroffen (er war und blieb eine Hoffnung für mich: in seiner Gegenwart gewann ich immer wieder Abstand zu Gedanken, die schlicht und einfach unpraktisch waren) ... ich hatte versucht, ihn an meine Reiseabsichten zu erinnern, die mir wieder in den Sinn kamen, seit ich mir vorstellen konnte, auf den Spuren der Studentin auch im Grunewald zu wandeln. Aber Feuerbach war keine Hilfe, irgendwie schien er unter einem seltsamen Schock zu stehen, er war so wenig gesprächsbereit wie nie zuvor, aus heiterem Himmel gebrauchte er barbarische Ausdrücke wie »Scheiß-Literatur«, »Scheiß-Untergrund«, »Scheiß-DDR« ... ich pflichtete ihm fleißig bei, in der Hoffnung, die Rede auf Westberlin zu lenken; er sagte zwar nicht »Scheiß-Westberlin«, aber ein vernünftiger Satz war ihm nicht zu entlokken; es wurde mir, was nur selten vorkam, langweilig in seiner Gegenwart. Ich fragte ihn, ob er informiert sei, daß *Reader* langsam auf ziemlichen Widerstand stoße, man hielte ihn für zu abgehoben, wahrscheinlich habe sich sogar seine Freundin, die Studentin, von ihm getrennt, sie komme jedenfalls kaum noch aus Westberlin herüber. – Er zuckte mit den Achseln, nach meinem Eindruck eine Winzigkeit zu schnell: Auch das sei ihm völlig scheißegal ... Er sah mit einem Mal beklommen aus: Wir kommen mit der Scheiße in der Ständigen Vertretung nicht weiter! – Wahrscheinlich, sagte er, sind wir irgendwie selber schon Scheiße ...

Dies war vor dem Sommer mein letztes Gespräch mit dem Major ... es hatte zur Folge, daß ich mich auf ziemlich krasse Weise losgelassen fühlte ... im Stich gelassen, entwurzelt. Sein früheres zynisches Grinsen hatte ich oft genug als störend empfunden, aber es bezog mich ein, ich war über den Punkt seiner Verachtung informiert; in vielen Fällen teilte ich seine Verachtung nicht, aber sein Hohn suchte meine Zustimmung; wenn ich den Ärger verschluckt hatte, war er mir sogar *väterlich* vorgekommen ... jetzt vermißte ich sein Grinsen. – Wieder kam ich auf die Idee, nach A. zu fahren (ich hatte Zeit!) – waren es zwei oder schon drei Jahre, in denen ich meine Mutter nicht gesehen hatte; ich konnte es mir einfach nicht ausrechnen, ich konnte bei diesem Gedanken gar nicht verweilen –, und ich wäre sofort gefahren, wenn nicht die Studentin gewesen wäre: immer, wenn ich schon fest entschlossen war, kam sie plötzlich für einen Tag ... ohne meine Verfolgungsjagden wäre ich nicht *ich* gewesen.

Es gab in diesem Sommer ein bis zwei Monate, die mich an die Zeit gemahnten, in der ich in der Wäscherei REWATEX – Betriebsteil *Chausseestraße*, gegenüber der Bertolt-Brecht-Buchhandlung – als Heizer gearbeitet hatte, nur daß ich jetzt nicht so betäubt von Müdigkeit durch den Tag wankte, nur daß ich nicht in der Frühe zwischen drei und vier von Frau Falbe geweckt wurde. – Berlin wurde von einer ähnlichen Serie von Glutwellen überrannt und lahmgelegt, aber ich hatte die Möglichkeit, in meinen Kellergängen Zuflucht zu suchen. Kunst und Literatur schienen besonders unter der Hitze zu leiden, es war nichts los in der Szene; was man Veranstaltungen nannte (ein paar Ausstellungen, Lesungen, viel Gerede, das von Stöhnen unterbrochen war ... der Vorgang: Reader hatte Sommerpause; und ich ahnte, daß er in dieser Zeit schon auf dem Weg in die ewigen Jagdgründe war), die mühsam organisierten Kundgebungen der Inoffiziellen Kultur wurden in wildgrüne Gartengrundstücke nach Randberlin verlegt, in die Nähe von Badeseen, und die Treffs glichen Picknicks oder Camping-Turbulenzen. Da ich mich zum Badeleben nicht durchringen konnte, verlor ich ein wenig den Kontakt ... wenn ich doch dabeiwar, stellte ich meist fest, daß die Studentin fehlte. Vermutlich lagen ihr die Ortschaften zu weit entfernt vom Grenzübergang; wenn sie aber kam, mußte sie am Spätnachmittag schon wieder aufbrechen; zu einer Zeit, da es aufgefallen wäre, hätte ich mich ihr im Abstand von einer halben Minute angeschlossen. Ich war vorsichtig und ließ mir Zeit, sporadisch richtete ich es so ein, daß ich ihren Weg kreuzte ... ich wollte sehen, ob sie mich zumindest grüßte; ich kam nicht dahinter, ob ihr Blick einmal mit Bewußtsein an mir hängengeblieben war. – Schon im August schien der Sommer sein Pulver verschossen zu haben, der Monat schickte sich an, kühl und regnerisch zu werden, – und nun setzte ich wieder mit aller Konsequenz ein.

Während der heißen Wochen war mir, im Keller, genug Muße geblieben, darüber nachzudenken, was ich eigentlich tat. Ich hatte schon den roten Sessel vor der Betonwand unterhalb der *Normannenstraße* stehen . . . vor Sommerbeginn hatte ich ihn Frau Falbe abgekauft, für ein Trinkgeld (sie wollte ihn mir schließlich schenken), gerade noch rechtzeitig vor dem Einfall der stärksten Hitze, wenig später wäre der Transport des Monstrums in den S-Bahnen zum Debakel geworden . . . jetzt hatte ich es bequem vor der Mauer, bei kühlem Kellergeruch thronte ich in dem Sessel wie ein breiter Gott (und wie ein Höllenfürst, wenn verdichtet die Dünste toter Ausscheidungen aus der Stadt heranzogen), die Arme ausgestreckt auf den Armstützen, Kopf und Rücken aufrecht an der Rückenlehne, die Füße auf der Gemüsekiste und über mir das phallische Symbol an der Wand, hinter der die Kühlaggregate schnurrten: wo ein begrenztes Stück *westlicher Wohlstandsgesellschaft* strahlte, welches das *Ministerium* sich schon im Diesseits eingerichtet hatte . . . und unter dem Hintern hatte ich die Papiere, die zwischen den Polstern steckten. Freilich waren sie kein besonders brisanter Besitz – dies war höchstens die Tatsache, daß ich sie nicht abgeliefert hatte; doch ich war ein ebenso zuverlässiges Archiv wie ein Akt in der Firma, für mich waren die gespeicherten Erkenntnisse sogar noch zeitloser –, und doch erinnerte mich das Faktum an Harry Falbe. Dieser war mit einem Bündel von Unterlagen in die Ständige Vertretung geflüchtet, nach Feuerbachs Worten war er entschlossen, dem gottgleichen Staat die Freiheit für sich abzupressen. Ich hätte es ihm nicht zugetraut, aber in seinem fadenscheinigen Körper steckte Zähigkeit, in seinem Schädel – in dem eiförmigen Albinokopf mit den roten Kaninchenaugen, wie Feuerbach ihn einmal beschrieben hatte – war Unternehmungsgeist und List, – die anderen in der Botschaft waren rein und gewaltlos, wie es sich für Leute mit leeren Händen gehörte, aber Harry hatte dazugelernt bei der Firma und ein Druckmittel mitgenommen, das ihm bei seiner Ankunft im Westen vielleicht noch ein Kleingeld einbringen konnte.

Auf mich hatte man besser aufgepaßt, was wußte ich schon für Decknamen (ich wußte nicht einmal, wie der Major wirklich hieß) . . . ich hatte meinen Reader gehabt und einige Operativvorgänge mehr in dieser Richtung, meine Hauptaufgabe hatte darin bestanden, das Durcheinander in der Hauptabteilung XX heillos zu machen . . . manchmal litt ich unter der Zwangsvorstellung, man habe mich als ein Figurenbeispiel für den Kehraus in Gang gesetzt (ich hatte mir nichts vorzuwerfen), und manchmal gewann ich den Eindruck, mein Dienst bestünde darin, die Inoffizielle Kultur missionarisch zu unterwandern, um ihr die Liebe meiner Firma zur Literatur zu infiltrieren (wo ich aufgetaucht war, brauchte sich keiner meiner Auftraggeber etwas vorzuwerfen) . . . und nie hatte mir ein Einfall in den Kopf gewollt, mit dem ich mehr als Gelächter erzeugen konnte bei meinen Führungskräften. – Und mir wollte kein Einfall in den Kopf, wie ich aus der Geschichte etwas machen konnte, die ich für mich schon längst den *OV: Studentin* nannte. – Es gehörte zum billigsten Trainingsprogramm für täppische Neuanwerbungen, was ich tat: eine junge Frau aus Westberlin auf ihren Wegen durch Ostberlin zu beschatten und sich die Nummern der von ihr besuchten Häuser aufzuschreiben, ohne daß sie es merkte. Eine Karriere à la Harry Falbe war dabei für mich nicht drin . . .

Ich sagte mir, es sei etwas anderes, was den alten Hasen

Cambert reizte. Ich war gewillt, dem Major gegenüber – falls er noch einmal mit einem Auftrag oder Vorschlag in dieser Richtung käme – auch weiterhin so zu tun, als fühle ich mich für solche Fälle gänzlich ungeeignet . . . als sei ich dafür einfach zu überempfindlich. Männer observieren, völlig in Ordnung, die besseren Hälften aus der Szene beschnüffeln, wenn sie ostwärts angesiedelt waren, noch mehr in Ordnung, es gab sogar Frauen, bei denen ich Vertrauen genoß, – aber irgendein exaltiertes Persönchen aus dem Grunewald: unmöglich, da konnte ich nur untergehen . . . oder vielmehr auffliegen, was nicht unbedingt das Gegenteil war. Ich entschloß mich, dies Feuerbach so mitzuteilen.

Ohne Auftrag, ohne Erwartungsdruck machte sich das Ganze für mich viel besser! Und wenn ich eines Tages genug Stoff hatte, konnte ich es ihm auf den Schreibtisch blättern . . . nicht weil ich eine Uhr geschenkt haben wollte, ich rechnete mit dem Vorschlag, nun den OV auch im Westen weiterzuverfolgen. – Außerdem kam ich – wenn ich die Arbeit ruhig und aus eigenem Antrieb machte (umsichtig, wie man es bezeichnete) – viel besser hinter die Spezifik, die in einem solchen Geschehen lag.

Ich kam auf die Idee, daß ich die Studentin auf eine sehr eigentümliche Weise lieben mußte und ihr deshalb hinterherlief . . . bisher hatte ich keine Berichte darüber angefertigt, ich wollte mir erst über die theoretische Sachlage Klarheit verschaffen. Andernfalls war zu befürchten, daß mir die Aufzeichnungen zu psychologischen Abhandlungen mißrieten. Mit den Berichten konnte ich beginnen (im Herbst vielleicht?), wenn ich nur noch die *Frau* im Auge hatte . . . ich mußte eine weibliche Figur verfertigen, die in das Konzept der Firma paßte! Der Reiz war für mich dabei der Anschein, daß ich sie buchstäblich am Schreibtisch erfinden oder entwerfen mußte. – Der Firma einen Menschen zu machen . . . und nicht einen von *unseren Men-*

schen, davon es Millionen gab, mit denen wir uns nicht recht ins Geschick setzen konnten ... der Firma einen Menschen zu produzieren, das war die größte Leistung, die ein Mitarbeiter erbringen konnte (und es war schließlich der Beweis, daß wir mit all unseren überzogen klingenden Behauptungen unfehlbar im Recht waren), der Firma einen Menschen in die Hand zu geben, der ein Beispiel war ... ich wußte doch, wie sich das Individuum, besonders das junge, stets dem Bild anzugleichen sucht, das man sich von ihm gemacht hat ...

Die Frau: das waren völlig andere Oberschenkel als die männlichen ... vielleicht erschienen sie schwächer, doch ließen sie sich viel schwieriger öffnen als die männlichen, aufgrund wahrscheinlich stabilerer Verankerungen im Bekken ... völlig andere Gesäßrundungen als die meinen, die Düfte, die den zwischen diesen Rundungen verborgenen Eingängen entsprangen, waren völlig andere. Ihr Anderssein war um eine noch weitere Dimension anders, weil es aus dem freien Westen kam und in Westberlin gediehen war, in einer edlen Gegend im Grunewald. Und auch ihre Hände waren ganz andere Hände, ihre Arme waren anders, ihre Muskulatur war aus einem anderen, viel feineren Stoff als alle sonst, die ich kannte ... ihre DNS war eine absolute West-DNS. – Sie trug nicht zwei Brüste mit handtellergroßen Brustwarzen flach auf dem Oberkörper, sondern hatte dort winzige gespitzte Drüsen aus unbekanntem Material; sie litt anscheinend ein wenig (auf sehr selbstbewußte Weise) an der fehlenden Fülle dieser Formen, aber dies lag in der Absicht der Naturgottheit, die sie geformt hatte in der etwas exzentrischen Idee, daß weniger Fülle die Kraft der Wünsche haltbarer in der Tiefe des Leibs versenkt. Und darunter folgte ein Bauch, der an seiner jüngsten Stelle unter einem Haarteil auslief und verschwand (die Farbe war rätselhaft, weil die künstliche Kopfhaarfarbe keinen Schluß zuließ), und dort unter dem Haar löste sich alles auf (wie unter dem Kopfhaar) in reinen Geist, der überzeitlich und darum unzeitgemäß war. Und der Verstand, der auf diesem Leib saß, war fließend und konnte deshalb vielleicht nicht so genannt werden; man hatte ihn von Anfang an mit Freiheit beschenkt (wenn alles mit rechten Dingen zugegangen war in ihrem Fall), weshalb er auch die härteste Logik aufzuweichen vermochte.

Wenn ich ihr nachging durch die dunklen Straßen, ein Schatten in den Schattengewölben der Nachtstadt, schien sie so unbesorgt, daß ich am liebsten umgekehrt wäre und sie gelassen hätte: ich mußte alles aufbieten, was ich gelernt hatte: wenn es sich um die Erfüllung unserer Aufgaben handelte, kannten wir keine Verwandten.

So, wie ich sie sah, die *Frau*, war sie freilich ein erdenklich unnahbares Wesen, – und sie war dabei in ihrer in den Schläfen bloßliegenden Arglosigkeit viel stärker als ich. Ich konnte nicht anders, ich mußte die Frau mit einem obszönen Gedanken umgeben, wenn ich ihrer habhaft werden wollte.

Mit dem Gedanken, sie eines Abends einzuholen und niederzustrecken auf den kalten Stein im schmutzigen Halblicht der Fußgängerbrücke über der S-Bahn *Storkower Straße* (wenn der Bahnhof unten leer war, so daß ich freie Hand hatte), sie in den östlichen Staub dieses Betonkanals zu werfen, damit sie endlich in der Wirklichkeit lag, und ihr die Beine zu spreizen . . .

Denken darf man alles, sagten die Chefs in der Sicherheit, man muß es sogar . . . Vielleicht sagten sie sogar, es sei die *Pflicht* des Schriftstellers, *alles* zu denken . . .

Man sieht am besten, wenn man aus der Dunkelheit ins Licht blickt, sagte man in der Sicherheit. – Das war richtig, es wurde jetzt Zeit für mich, damit anzufangen: nachzudenken darüber, wie mein Leben drüben in der westlichen Welt aussehen würde . . . als Literat! Kontakt aufzunehmen und nachzudenken . . . noch hier aus dem Verschwommenen mußte man auf dieses Leben blicken ... vorsorgen, vorbeugen. – Der Chef in A., ich erinnerte mich, hatte sich dazu geäußert, vor zwei, wenn nicht vor drei Jahren schon, und heute klang es, als habe er damals längst geahnt, daß es Zeit wurde für uns, an das Dasein nach uns zu denken. Obwohl es damals noch keine Botschaftsbesetzungen gab – zumindest war noch nichts davon durchgesickert, auch im Weichbild der Sicherheit wußte man nichts, es war nur ein kleiner Stab von OibE's damit betraut –, es gab noch keine *Basisgruppen* der feindlich-negativen Kräfte, noch keine *Sammlungsbewegungen*, noch kaum den spürbaren Aufruhr im *Warschauer Pakt*. – Es war mir, als hätte er gesagt, man müsse überlegen, wie man in einer veränderten Welt leben kann, – und vorsichtshalber hinzugefügt: Man muß an alles denken dürfen.

Was zum Beispiel ist ein Schreiber auf der anderen Seite? hatte er gefragt. Nehmen wir die Schreiber im Westen, was ist ein Schriftsteller dort? Marktabhängiger Zulieferer der Mediengesellschaft! Er ist dort etwas wie ein Friseur, nichts weiter ... ein Friseur, der die Denkübungen seiner Kunden begleitet und sie gegebenenfalls bestätigt. Zwar wäscht man den Kunden in aller Form die Köpfe, aber man läßt sie dabei ungeschoren, die Kunden und ihre Denk- und Sprechübungen. Da können wir doch wohl mit Fug und Recht behaupten, daß wir etwas tiefer waschen, ein wenig tiefer unter die Kopfhaut! Ja, ein Frisiersalon, das ist der Westen mit seiner freien Literatur, und besonders sind das die Bundesrepublik und die Selbständige Einheit Westberlin. Es erstaunt mich immer, sagte der Chef, daß dort noch niemand einen Nobelpreis für Friseure bekommen hat! Übertreibe ich ... vielleicht ein bißchen. Ob Sies glauben wollen oder nicht, ich würde an Ihrer Stelle vorsichtig sein mit meiner Hoffnung auf die freie Literatur des Westens.

Ich weiß, daß man hier bei uns auf die Zensur flucht ... nicht nur die nicht-offizielle Literatur, das machen sie alle.

Alle fühlen sie sich in die Enge getrieben von dieser Kultur-
politik, von dieser Zensur, von diesen Idioten da oben im
Kulturministerium ... das letztere zitiere ich übrigens nur!
Und besonders wir, *wir* sollen dran schuld sein, dabei
haben wir doch sehr eigene Gedanken ... und nicht nur
auf literarischem Gebiet. Wenn Sie jemand kennen, dem
das Material fehlt für seine neue Dachrinne ... schicken
Sie ihn zu uns! Wir haben unsere eigenen Gedanken ...
abweichende Gedanken, ich sage Ihnen, wir wären alle
Abweichler gewesen für unseren lieben Herrgott *Berija*, der
längst in der Hölle schmort ... und das wären wir noch für
Andropow gewesen. Und was jetzt so übermäßig stabil
aussieht, ich möchte es nicht in zehn Jahren sehen. Was
würde es Ihnen schon ausmachen, noch zehn Jahre zu
warten, oder sagen wir, noch drei, vier Jahre? Das ist doch
keine Zeit für *Literatur*! Wie kann ein Schriftsteller in so
engen Zeitbegriffen denken ... für uns, sage ich Ihnen,
existieren solche Zeiträume gar nicht.

Ich frage Sie noch einmal, was ist ein Schriftsteller da
drüben? In dieser Hektik, ich weiß, wovon ich rede. Die
müßten doch da drüben alle *Zeitschrifter* heißen, so viele
Zeitschriften wollen da bedient werden. Aber Spaß beiseite, was wäre denn ein Schreiber ohne uns ... nach uns?
Nach uns werden sie alle Zeitschriftenbesteller werden, die
Herren Schriftsteller, um auf dem *laufenden* zu sein ... ja,
laufend werden sie der Zeit hinterherlaufen. Aber Zeit
können Sie da drüben bestellen, soviel Sie wollen, Sie kriegen einfach keine, denn sie ist auf unserer Seite. Spaß
beiseite, was ist denn ein Schriftsteller *nach uns*? Und nicht
nur ein Schriftsteller, alle anderen ebenfalls ... was ist
überhaupt einer nach uns?

Jetzt klinge ich vielleicht so, als halte ich uns für die
Erfinder einer ganz speziellen Art von Volk ... das sind
wir vielleicht tatsächlich. Was werden sie alle nach uns
machen, wenn wir sie nicht mehr unterdrücken und zen-

sieren, frage ich mich verzweifelt. Was tut einer ohne seinen Schöpfer. *Schöpfer* ... wenn Ihnen das zu toll klingt, sagen Sie ruhig Geburtshelfer ... Aufbauhelfer, wie Sie wollen.

Ich sage Ihnen, sie werden plötzlich alle auf die Idee kommen, daß sie entbehrlich geworden sind, die Damen und Herren von der schreibenden Zunft, und nicht nur die. Ja genau, und das wollten wir verhindern! Wir haben sie doch alle *gemacht*, und unentbehrlich gemacht! Sie haben völlig recht, wenn Sie sagen, damit haben wir uns im Grunde selber unentbehrlich gemacht ... hahah! (Er lachte.) Genauso unentbehrlich wie die Dichter!

(Es war eine der gewöhnlichen Suaden, die der Chef vor ihm ausgegossen hatte, vor zwei oder drei Jahren, einer der Vorträge mit Ausblick in die Zukunft, nur hatte er nie gewußt, was er damit sollte. Seitdem war die Zeit vorangeeilt, plötzlich begannen ihn die Sätze wieder zu beschäftigen; sie beschäftigten C. den ganzen Sommer über, während er der Studentin nachging, und es war ihm, als ob ihr seine Gedanken – die Gedanken des Chefs – noch über die Grenze nachfolgten, es war, als ob sie von seinen Erklärungen, von den Erklärungen des Chefs, noch weiter beschattet werde auf Westberliner Gebiet.

Später im Jahr ...

(Ich greife vor, zeitliche Gründe zwingen mich, dem Ablauf vorzugreifen.)

... wurde C. von diesen Gedankengängen abrupt abgeschnitten durch ein Zusammentreffen mit dem Major Feuerbach, das nur ein paar Minuten dauerte. Das Wiedersehen war mit einem gehörigen Schreck verbunden, Feuerbach saß in C.s Wohnung hinter dem Schreibtisch, es war um die Mittagszeit, und tippte etwas auf der Schreibmaschine. – Starren Sie mich nicht so blöd an, sagte er, ich komme gerade vorbei und muß schnell ein paar Sätze aufschreiben. – Er hackte noch einige Zeilen in größter Eile, dann zog er das Blatt aus der Maschine, faltete es zusammen und verschwand.

Aus ungenannter Quelle erfuhr C. – im Winter des Jahres –, was geschehen war. Der Major hatte einen Brief an Cindy, an Harry Falbes Freundin, nach A. gesandt, da diese sich irgendwie versteckt hielt und zu Hause nicht anzutreffen war. Der Brief war auf C.s Maschine geschrieben und mit seiner Unterschrift – mit der Unterschrift von M. W. – versehen; er enthielt die Aufforderung an die Adressatin, sie möge sich an einem dafür geeigneten Ort – vorgeschlagen wurde das Bahnhofslokal von A. – mit M. W. treffen, er habe für sie eine Nachricht von Harry Falbe. Um die Authentizität des Briefs zu beweisen, war die Armbanduhr beigelegt, die Cindy dem Absender vermacht und die Feuerbach ihm abgenommen hatte. Sie folgte der Aufforderung, begab sich zu dem Treffpunkt und konnte festgenommen werden.)

Während meines letzten Zusammenseins mit Frau Falbe, das zu den intimen zählte – falls einige der vergangenen so genannt werden konnten –, geschah es mir zum wiederholten Mal, daß mir die Vorstellung von der Studentin dazwischenkam; lange drängte sie sich vor den Körper der Frau, die ich vor mir hatte, nur zum Schluß hin setzte sich der reale Anblick durch. – Ich hatte meine Vermieterin gebeten – es mußte gegen Ende Mai gewesen sein –, mir den roten Sessel zu verkaufen, der in meinem Zimmer stand, und sie hatte erst nach einigem Zögern zugestimmt. Ich gab ihr das Geld, es war nur eine symbolische Summe, die sie annahm, nachdem ich es abgelehnt hatte, mir das Möbelstück schenken zu lassen. Ich beschloß, in dieser Nacht auf dem Zimmer bei ihr zu schlafen, da ich für den Transport am nächsten Tag an Ort und Stelle sein wollte. Doch zum Schlafen war es noch zu früh, ich gedachte, noch einmal in die Stadt zu fahren ... Und dann werden Sie nicht mehr kommen! sagte Frau Falbe, die noch in der Tür stand, als warte sie auf einen erklärenden Satz von mir. – Wie kommen Sie auf die Idee? fragte ich erstaunt. Ich werde schon heute abend wiederkommen. – Ich dachte nur so, sagte sie, ich dachte, irgendwas ist damit vorbei, wenn der Sessel verschwunden ist . . .

Später war ich zwischen den U-Bahnhöfen *Dimitroffstraße* und *Schönhauser Allee* durch die Stadt gegangen . . . es hatte mich nur so weit weggetrieben von Frau Falbe, weil ich auf die Müdigkeit wartete . . . war in Seitenstraßen geraten, und plötzlich sah ich, wie einige Leute aus einem Haus traten, in dem ich schon oft gewesen war, und darunter sah ich ein paar Gesichter, die zu den bekanntesten der Szene zählten; es dämmerte schon, ich wechselte die Straßenseite, um nicht bemerkt zu werden, denn ich erwartete jeden Augenblick die Studentin . . . und da kam sie auch schon heraus, sie verabschiedete sich von einer Gruppe der anderen und ging auf dem Bürgersteig davon. Ich folgte ihr, – in einer vielleicht zu geringen Entfernung. Auf der Schönhauser ging sie abwärts in Richtung Bahnhof Dimitroffstraße. Ich hielt mich hinter ihr, mich ihrem Schritttempo anpassend, einen Abstand zwischen fünfzig und achtzig Metern haltend, der jetzt wahrscheinlich wieder zu groß war . . . es war noch viel Betrieb auf der Schönhauser Allee; die Straßenleuchten waren aufgeflammt, es wurde dunkel. Kurz vor dem U-Bahnhof wurde ich von einer roten Ampel aufgehalten, sie hatte die Seitenstraße schon überquert und wurde nun ihrerseits aufgehalten durch die Ampel, die den Übergang zum Bahnhof in der Mitte der Allee blockierte. Bei mir leuchtete das grüne Signal, ich zögerte . . . sie kehrte plötzlich um und kam mir auf dem Fußgängerüberweg entgegen, einen Moment standen wir uns, nur durch wenige Meter getrennt, Auge in Auge gegenüber. Ich verspürte einen Anflug von Schwindel und Leere, drehte nach rechts ab und lief auf dem Bürgersteig der Seitenstraße weiter, hastig . . . nach wenigen Augenblicken schaute ich mich um und sah, daß sie mir nachkam, auf der anderen Seite der Seitenstraße, deren Namen ich nicht wußte. Ich beschleunigte meine Schritte noch mehr, bog bei der nächsten Gelegenheit wieder nach rechts ab, und gleich darauf bog ich noch einmal ab, ich wußte die Richtung nicht mehr, doch ich war ihr endlich entkommen ...

Nach diesem Vorfall kehrte ich in mein Zimmer bei Frau Falbe zurück und suchte meiner Verwirrung Herr zu werden. – Es gab keinen Zweifel, ich war vor ihr geflohen. Sie hatte den Spieß umgedreht und war auf einmal zu meiner Verfolgerin geworden!

Ich war ein aufgeklärter Mensch, und ich gehörte einer aufgeklärten Institution an ... jedenfalls war jeder anderslautende Gedanke absurd, ja unzulässig, – wir waren der harte Kern der Aufklärung, wir waren Schwert und Schild der Aufklärung ... wie konnte es geschehen, daß ich den kleinen Vorfall dennoch als ein Omen nahm? Ein Omen wofür ... ich hatte gesehen, daß ein Ding, an das wir nicht glaubten, plötzlich dagewesen war! Eine kleine Begebenheit, die größer werden konnte ... an die wir nicht glauben konnten, nicht glauben wollten, nicht glauben durften, sie war, ich täuschte mich gewiß nicht, an diesem Abend vorgefallen. Und wahrscheinlich war sie vorgefallen, weil ich an sie geglaubt hatte. Es war ein Zeichen dafür, daß uns irgend etwas in diesem Land zuwiderlief, und dafür, daß die Konstellationen nicht mehr so eindeutig waren, wie sie aussahen.

Lange schlief ich nicht in dieser Nacht und suchte nach Anzeichen dafür, daß meine Ahnungen (die mich nicht zum ersten Mal erreichten) begründet waren: die Botschaftsbesetzungen ... die Basisgruppen, davon immer neue entstanden ... die zunehmende Flucht der jungen Leute in die Kirchen ... die sogenannten Punks und Skins, die lautstärker werdenden Ausschreitungen auf den Sportplätzen ... die verheerend gewordene und kaum verdeckte

Gier nach harten Währungen, der alles beherrschende Handel damit ... die Ausreiseanträge, die geradezu Mode geworden waren. – Dennoch benahmen wir uns, als hätten wir uns unter diesen Bedingungen eingerichtet, ja, als hätten wir sie direkt vorausgesehen und bezögen sie in unser Tun und Lassen ein ... die Häuptlinge erschienen nicht nervöser als sonst, sie hatten schon immer von *höchster Wachsamkeit* gesprochen, die *gerade jetzt* geboten sei: und dieses »gerade jetzt« predigten sie, seit man denken konnte, mit immer gleicher Eindringlichkeit ... sie hatten es so lange gepredigt, bis diesem »gerade jetzt« zu glauben vollkommen unmöglich geworden war. – Es gab sogar Dinge, die den Anschein von Entlastung machten: die Kunst- und Literaturszene, auf die wir stets besonderes Augenmerk gehabt hatten, schien sich wahrhaftig entpolitisiert zu haben. Feuerbach, ich hörte ihn noch, konnte sich darüber erregen ... Die sind ja so lasch und gleichgültig geworden, schrie er, daß man sie alle in den Verband aufnehmen könnte! Oder sie könnten alle im Schuppen auf der Frankfurter sitzen, sie würden da gar nicht auffallen! Die ignorieren uns einfach ... die sind ja fast so wie wir! Die wollen uns den Job wegnehmen ... eines Tages müssen wir selber noch protestieren gehen ... Übrigens ist es schon soweit, wir müssen ihre Versammlungen jetzt schon mit immer mehr Leuten von uns auffüllen, damit sie überhaupt noch gefährlich aussehen. Mensch, sieht die Hauptabteilung zwanzig nicht schon aus wie ein Kasperltheater? Die wollen, daß wir geschlossen werden ... Mensch, Cambert, was halten Sie von einer Stellung als Versicherungsagent?

Aber vielleicht nicht hier, sondern drüben ... erwiderte ich.

Um Himmels willen, halten Sie bloß die Schnauze! Oder haben Sie etwa auch schon einen Haufen Kohle im Keller der Commerzbank?

(Am Vormittag erwachte er, bei geschlossener Jalousie,

in dem dunklen sauerstoffarmen Zimmer und spürte sofort, daß sich Frau Falbe im Raum aufhielt. Sie zog die Jalousie nicht hoch, sondern schaltete das Licht an, sie trug den Morgenrock, den sie bis zum Nachmittag immer trug; nach einer Weile wiederholte sie – er war noch schlaftrunken – ihre Klage vom vergangenen Abend: Nun werde er wohl nicht mehr kommen, wenn er den Sessel fortgeschafft habe! – Was hat das mit dem Sessel zu tun? fragte er. – Nun, es sei der Sessel ihres Mannes gewesen, ihre letzte Erinnerung, sie habe nicht einmal ein Bild von ihm. – Soll ich den Sessel hierlassen? hatte er gefragt. – Nein, das nicht . . . ich hätte ihn nie weggegeben, aber Sie . . . Sie kriegen ihn von mir. – Er sagte, daß er sie immer noch nicht verstehe, dabei richtete er sich auf. – Bei Ihnen habe ich nicht so viel Angst, es wird eine andere in dem Sessel sitzen. Die Angst hatte ich bei meinem Mann auch nicht . . . jedenfalls nicht, als er noch hier war. Und Sie sind genauso wie mein Mann. Sie wissen schon, was er für einer war . . . – C. hatte befürchtet, sie werde sagen: Sie sind bei derselben Firma wie mein Mann . . . Und er war mit einemmal völlig wach. Dann fiel ihm auf, daß wieder jener rauhe Unterton in ihre Stimme getreten war, den er inzwischen zur Genüge kannte. – Sie kam näher und setzte sich neben ihn auf den Rand der Liege: Ein Gedankenmensch war er, mein Mann . . . es war schlimm, was er sich dauernd ausgedacht hat. Er dachte immer nach in dem Sessel, und Sie, Sie machen es genauso . . . und dann habe ich ihn einmal erwischt! – Beim Nachdenken? fragte er. – Können Sie sich das nicht vorstellen? Natürlich . . . Sie zögerte: Natürlich beim *Wichsen*! – Sie hatte das Wort fast keuchend hervorgestoßen, als verbinde sich ihr damit ein Bild, vor dem sie erschauerte: Ich wußte es schon lange, daß er das tut . . . ich wollte ihn erwischen und zur Rede stellen. – Und was hat er gesagt? – Es war schlimm! erwiderte sie. Schlimm für ihn anscheinend . . . für mich gar nicht. – Als C. sie fragend anblickte, erklärte sie, noch immer mit ihrer rauhen Stimme: Vielleicht war es auch blöd, was er gesagt hat? Damit sind wir in der Opposition, sagte er, denn für uns heißen sie alle *Wichser*, die in der Opposition. Und dann . . . dann wollte er, daß ich es auch mache. – Und hast du es gemacht? fragte C. – Wenn ich es dir zeige, wirst du immer an mich denken, wenn du in dem Sessel sitzt . . .

Sie hatte sich ihrer Kleider entledigt und saß in dem Sessel, die Oberschenkel über die beiden Armstützen gelegt. Mit erstaunlich geübten, fast eleganten Bewegungen begann sie sich zwischen den Beinen zu streicheln, nachdem sie sich die Fingerspitzen der rechten Hand an den Lippen befeuchtet hatte, ihre linke Hand war hinter ihrem Rücken, zwischen dem sich anpressenden Körper und der Sessellehne, als suche sie so die schwierigen ruckartigen Regungen ihres Beckens zu unterstützen, das den reibenden Fingern der anderen Hand entgegenstrebte: als ob diese Finger dem geöffneten Schoß um Nuancen zu wenig zu Willen seien. Dabei entrangen sich ihr Wörter, die fast Schreie waren, nur mühsam zurückgehalten in ihrer Brust: Du wirst daran denken . . . du wirst immer daran denken! – Unversehens war sie, zum erstenmal, seit C. sie kannte, zum »Du« übergegangen.

Und inmitten ihrer aufgeregten Bewegungen hatte sie plötzlich ein Papier zwischen den Fingern der Hand, die hinter ihrem Rücken war; absichtslos scheinbar hatte sie es aus dem Polsterspalt des Sessels gezogen, wo noch mehr davon versteckt waren . . .)

Sie hatte es wohl gespürt, daß es irgend etwas gab, das mich hinderte, mich ganz, oder auch nur besonders nahe, mit ihr einzulassen . . . und es war nicht nur das schlechte, im Winter unbewohnbare Zimmer. Sie hatte sich daran gewöhnt, daß ich noch die andere Wohnung hatte, aber nun übernachtete ich auch in der warmen Jahreszeit immer seltener bei ihr, ich wußte selbst nicht genau, woran es

lag. – Es war mir gescheitert, was ich vorgehabt hatte: das
Zimmer für die Arbeit an meinen literarischen Texten zu
nutzen ... und außerdem verdächtigte ich sie plötzlich,
daß sie während meiner Abwesenheit in meinen Papieren
etwas suchte ... wahrscheinlich fragte sie sich längst, wer
das sein könne, die *Studentin*; zum Glück hatte ich stets
dafür gesorgt, daß jeder verfängliche Satz (über meine Beziehungen zur Firma) vom Schreibtisch verschwunden war,
wenn ich fortging. Das Zimmer taugte nicht als Versteck
(für Feuerbach war es natürlich ein leichtes, es herauszufinden) ... es nützte mir überhaupt kein Versteck, mein
Talent zum Gedichteschreiben hatte sich derart versteckt,
daß ich es beinahe schon vergaß. – Als ich den Sessel auf
einen ausgeliehenen Sackkarren stemmte, schaute mir
Frau Falbe zu, mit so erschrockenen und verwirrten Augen,
daß ich ihr das Versprechen gab, so bald als möglich wie-
derzukommen ... Bestimmt diese Woche noch! sagte ich. –
Es war zu sehen, daß sie mir nicht glaubte ... Sie wissen,
Sie können bei mir das Zimmer zu jeder Zeit haben, sagte
sie. – Ich ahnte nicht, wie bald ich auf das Angebot würde
zurückkommen müssen.

Seit dem Frühjahr wurde ich das Gefühl nicht mehr los,
daß Feuerbach ein Zusammentreffen mit mir zu vermeiden suchte, – es war mir in seiner Gegenwart nie recht
geheuer gewesen, aber jetzt wurde es mir noch unheim-
licher. – Was konnte ich tun ... mich hinsetzen und überlegen, ob ich vollkommen verschwinden solle ... oder ob ich
mich noch auffälliger verhalten solle (was genaugenom-
men dasselbe war ... ebenso, wie Verfolger und Verfolgte
urplötzlich, und ohne daß sie sich in ihrem Wesen verändern mußten, die Rollen zu wechseln vermochten) ... sollte
ich mich noch provozierender verhalten? Provozierend gegen die Szene und die Firma zugleich: die kleine Verfol-
gungsjagd zwischen mir und der Studentin hätte sich doch
herumsprechen müssen ... nein, es geschah nicht, ich lebte

in der Simulation, ich lebte in einem Land voll von simulierter Konsequenz. – Irgendwer hätte mich doch rausschmeißen müssen nach dem Vorfall mit der Studentin, entweder die Szene oder die Firma! Offenbar war ich weder für die Firma noch für die Szene ein vernünftiger IM ...

Es war, als ob mir sogar die Stühle auswichen, auf die ich mich setzen wollte (mein schöner roter Sessel zum Beispiel) ... als ob die Leere, in der ich mich bewegte, gar keine Überlegungen ermöglichte, weil es in ihr keine Anhaltspunkte mehr gab, mit denen ich hätte beginnen können. Etwa so mußte einer sich vorkommen, der plötzlich nach Westdeutschland entlassen wurde: es gab dort alles, und deshalb gab es nichts ... es gab dort nur höflich lächelnde Behörden, die von einem nichts erwarteten und nicht begriffen, daß man von ihnen etwas erwartete. – Was sollte ich tun ... ich verglich mich mit einer Spinne, der auf einmal die Fähigkeit abhanden gekommen war, sich ihr Netz zu weben, – tatsächlich hatte ich das Gefühl, daß mir alle Fäden aus Information und Gegeninformation, die mich umsponnen hatten, zerrissen waren. Ich war über mich selbst nicht mehr informiert (niemand mehr informierte mich über mich selbst!), und dies war vielleicht das Erbärmlichste an diesem Zustand. – Die Information, sagte ich mir, sei meine Heimat gewesen. Sie löste sich plötzlich auf, wie das Biotop einer Spinne ... sie löste sich auf und verschwand wie ein ganzes Gesellschaftsgebilde, in dem ich fußte. – Und selbst meine Artikulationsmöglichkeiten lösten sich auf und schränkten sich ein, ich unterlag dem Eindruck, ein ganzes Jahr lang nur noch mit den dürftigsten Hilfszeitwörtern umgegangen zu sein: Was ist ... was war ... was wird ... was hatten wir zu sein?

Manchmal versprach ich mir Halt bei denen, die ich früher in der Regel aus »dienstlichen Gründen« aufgesucht hatte: ich mußte bemerken, daß man mich als Literaten kaum noch zu kennen schien. Immer wieder hatte ich

Fragen nach neuen Gedichten von mir negativ beantworten müssen ... ich gab vor, mich neu sammeln zu wollen, was ihnen wohl eine zu klassische Floskel war. Kaum erhielt ich noch Einladungen, die hektografierten Zettel mit den violetten, schlecht leserlichen, handschriftlich oder maschinell geschriebenen avantgardistischen Satzungetümen lagen nicht mehr in meinem Briefkasten ... allerdings hielt ich es auch für möglich, daß man sie mir wieder herausnahm. Ich stattete meine Besuche in der Szene auf gut Glück ab, des öfteren kam ich ungelegen, ich wurde wieder zu dem lästigen Anhängsel der Literatur, das ich vor der Veröffentlichung meiner siebzehn Gedichte gewesen war ... nur hatte mich damals die Kleinstadt davor bewahrt, unangekündigte Visiten zu machen, die meist eine halbe Stunde, manchmal aber auch eine bis zwei Stunden dauerten, während derer ich mich ausschwieg oder nur dumme Fragen stellte: Was ist? Was wird? Wie gehts, wer sind Sie, wen haben wir sonst noch hier?

Der Schriftsteller S. R. hatte die Form seiner Auftritte geändert (nicht allerdings seine äußere Erscheinung), er saß plötzlich mitten im Kreis der Unterhaltung, so daß es möglich war, ein Gespräch mit ihm zu beginnen ... mir allerdings war es nicht möglich, ich verfügte nicht über die diskursiven Voraussetzungen für ein Hin- und Hersprechen (ich war völlig entwaffnet); und ich hatte auch keine Lust dazu; und ich fürchtete fast, die Studentin dabeisitzen zu sehen und nun eine Unterhaltung beginnen zu *müssen*, ich fürchtete mich davor, eine Konsequenz aus meinen Wünschen zu ziehen ... zum Glück erschien sie nur selten. – Und wenn Reader eine seiner spärlich gewordenen Lesungen durchführte, schrieb ich darüber einen Bericht, in dem ich mir bissige Bemerkungen nicht verkneifen konnte: Seine Texte unterscheiden sich nicht mehr wesentlich voneinander; was er heute las, schmeckte wie mehrfach verwendetes Spülwasser ...

Und ich machte mich beizeiten davon, ich hatte mich zu diesem Zweck schon in der Nähe der Tür aufgehalten; dann murmelte ich, mir sei ein wenig übel geworden – was aber nicht an dem Gehörten liege! – und verschwand auf die Straße. Dort klemmte ich mich in einen Winkel und wartete auf die Studentin: ich wollte sehen, ob sie mit ihm fortging, oder sich allein auf den Weg zum Bahnhof machte. Meist war Letzteres der Fall, ich folgte ihr, beharrlich, in gleichbleibender Entfernung (die Rolle des verzweifelten Liebhabers war eine Glanzrolle, die jeder Mitarbeiter, der etwas auf sich hielt, perfekt beherrschte!) ... ich hatte schon ihr Schrittmaß angenommen, das fest und sicher war, und dabei schienen Festigkeit und Sicherheit im gleichen Maß auch in mir zusammenzufließen ... und so gingen wir im Gleichschritt voran, bis sie in einen Bahnhof der Stadtbahn eintauchte und mich verließ. – Zielperson an der U-Bahn *Rosa-Luxemburg-Platz* aus der Observation entlassen, notierte ich mir; ich trug einen winzigen Taschenkalender bei mir, in welchem schon etwa zwanzig ähnliche Sätze standen ... meist stand dort Grenzübergangsstelle Bahnhof *Friedrichstraße*.

Und dann trieb ich mich noch auf dem Bahnhofsvorplatz herum und wußte, daß es Wahnsinn war, was ich tat: ohne Auftrag stieg ich einer jungen Frau aus Westberlin hinterher ... ich hatte mich vollkommen in ihren Schatten verwandelt, und meinen Schatten hatte ich dabei verloren ... alles in der dünnen Hoffnung, man werde mir eines Tages die Genehmigung erteilen, sie drüben im Westen weiter zu beschatten. Es leuchtete mir ein, daß es Wahnsinn war ... es war ein Vorspiel ohne Folgen, eine Verfolgung ohne Folgen, und daß ich mir dies sagen konnte, blieb ebenso ohne Folgen. Und in meinem Sessel im Keller beendete ich das Vorspiel mit der Hand, dabei teils an sie, teils an Frau Falbe denkend ... und wußte doch, daß ich nur ein Schatten bleiben konnte, der Schattenmann der Studentin, auch wenn mir Frau Falbe die Chance gegeben hatte, dies zu ändern.

Und ich starrte in das Getriebe der dunklen Stadt und hörte sie summen und raunen ... ein Ton, den ich nicht vergessen konnte, und vielleicht war es nicht mehr das Summen der Depression. – In meiner Vorstellung sah ich die Studentin auf dem Bahnsteig warten, von dem die S-Bahn nach *Wannsee* abfuhr, inmitten der Menschenmenge unter dem schmutzigen und düsteren Bahnhofsdach, dessen Stirnseiten mit Baugerüsten überzogen waren: aber es wurde nicht gebaut, die Gerüste dienten dazu, den Grenzsoldaten einen Überblick zu verschaffen, die dort oben postiert waren ... sie standen dort seit einer Zeit, die für mich nicht mehr zu berechnen war, sie schliefen im Stehen oder im Auf- und Abwandeln und sahen dennoch unverwandt herunter, unaufhörlich, und für alle Zukunft weiter. – Immer wieder hatte ich den Erzählungen gelauscht, die in diesem Bahnhofsgebäude ihren Anfang nahmen: an der Seite, wo die Züge ein- und ausfuhren, befand sich unter der Dachrundung eine große Normaluhr, die entweder stehengeblieben war oder völlig falsch ging. Sie war schon lange außer Kraft gesetzt, diese Uhr, vielleicht seit jenem 13. August 1961 ... seit der Nacht, die auf diesen Sonntag folgte, lief sie nach eigenem Ermessen weiter, ganz und gar ausgerastet aus der MEZ, zu langsam, zu schnell, überhaupt nicht, völlig unbrauchbar für menschliches Ermessen. Die Tauben, die in der Bahnhofshalle hausten, hatten die Uhr in Besitz genommen, und sie benutzten sie als Ablage für ihren Kot, dessen langsam wachsende Krusten anfingen, das Uhrgehäuse ganz einzuschließen, die ätzend einsickernde, grauweiße Masse hatte das Laufwerk gelähmt und die Zeit in eine irreguläre und bedrohliche Instanz verwandelt. Unter ihr glich dieser Bahnhof einem Kriegsschauplatz ... es war der letzte Schauplatz des absterbenden kalten Krieges, überfüllt von flüchtenden und vertriebenen Menschen, und er war der rückständige Hort einer unmöglich gewordenen Zeit.

(Und er selbst hatte nach einer Zeit gelebt, wie sie von der irrsinnigen Uhr über diesem vorgeschobenen Posten des kalten Krieges verkündet wurde. Er war in dieser zerstörten Zeit zu Hause gewesen. Seit seiner Unterschrift auf einem mit wirren, vernetzten Formeln bedeckten Papier, seit er seinen von Müdigkeit beflügelten Schriftzug, unter Verleugnung des Namens, den ihm seine Vorfahren geliehen hatten, auf einen Kaufvertrag setzte, war er zum Verräter an der menschlichen Natur geworden, deren Wesen es war, begrenzt zu sein. – Überlegen Sie sich das in aller Ruhe, bevor Sie unterschreiben, wir haben Zeit, wir haben viel Zeit! Mit diesen Worten hatte ihm der Unbekannte das Papier zugeschoben, auf dem Erklärungen standen, Beistandserklärungen, Unterstützungserklärungen, Vaterschaftserklärungen für die künftigen Generationen des Staats, er hatte all diese Sätze wie unbestimmte Drohungen gelesen . . . getrieben von einer plötzlichen furchtbaren Hast, unterschrieb er, Finsternis war über ihn hergefallen, er hatte begonnen zu leben wie ein Schlafwandler, und in *Berichtszeiträumen*, es war ein Dasein, das darin bestand, fremde Lebenszeit auf dem Papier zu dokumentieren: sein »Ich« war dafür nicht vonnöten. Dieses erschien nur in Form einer flüchtig bekannten, zufällig anwesenden Figur mit dem Namen M. W., unter anderen flüchtig erscheinenden Personen, die danach in einen Berichtszeitraum eingefügt wurden, der nicht selten vage war, und manchmal ganz und gar erfunden, wenn es das Aufklärungsspiel erforderlich machte. Und zuweilen hatte er erfinden müssen, was dieser M. W. gesagt hatte: es war flaches, triviales Zeug, das die anderen entweder aufwiegelte oder beschwichtigte . . . immer so, wie es das Spiel erforderlich machte.)

Ende September – es war noch einmal sonnig und warm geworden, nachdem der Spätsommer unter Regengüssen erstorben war – rief mich ein winziger Zettel, der in meinem Briefkasten lag, in Feuerbachs Büro. Einige Tage lang war ich erst spätabends in die Wohnung gekommen; der Zettel war so winzig klein, Zeitungsrandgröße! – jetzt sparten sie schon mit Papier, wenn sie mir Nachrichten zukommen ließen –, daß ich ihn im Briefkasten nicht gesehen hatte: der Treff war für den 25. 9. vorgesehen, ich hatte den Schnipsel am Nachmittag des 29. 9. entdeckt ... nicht ins Café, in Feuerbachs Büro; seit einem halben Jahr gab es nicht mehr viel, worüber ich mich noch wunderte. – Als ich den Raum betrat, glaubte ich im ersten Augenblick, ich sei in das falsche Büro geraten, in ein anderes der gleichförmigen, nach außen als Wohnung getarnten Amtszimmer: hinter dem Schreibtisch saß ein mir unbekannter Mann, ein älteres Semester ... erst dann sah ich den Major, er lehnte neben der Tür an der Wand, grüßte nicht und sah blaß aus. Der Mann hinter dem Schreibtisch war breitschultrig und offenbar groß gewachsen, trotz seiner sicherlich mehr als sechzig Jahre und der leicht fülligen Figur sah er sportlich aus, unter dem grau gekräuselten, kurzen Haarschnitt blickte mir ein behäbiges Gesicht entgegen, das jetzt einen etwas angestrengten und entnervten Eindruck machte ... ich spürte sofort, diesem Schädel widersprach man nur unter größter Gefahr. Allein seine tiefe Baßstimme kam mir bekannt vor: Haben wir da endlich unseren jungen Freund, auf den wir schon eine kleine Ewigkeit warten? – Die Frage ging in Richtung Feuerbach, der bloß nickte. – Gut, sagte der Baß, dann brauche ich Sie nicht mehr, Kesselstein. Die notwendigen Modalitäten können Sie ihm später auseinandersetzen, treten Sie jetzt ab. – Die Tür klinkte sich leise ein, Feuerbach war draußen.

Was ich zu hören bekam, beanspruchte wenig Zeit, mir wurde gar nicht erst Platz angeboten: Ich sei abberufen ... hiermit! Ein anderer Tätigkeitsbereich, eine andere Abteilung! Irgendwie kennen Sie doch die Kleinstadt A., wahrscheinlich im Bezirk Leipzig, ja? Waren Sie schon mal dort, junger Freund? Dorthin werden Sie sich so schnell wie möglich begeben, umgehend, Sie werden dort von Ihren neuen Führungskadern erwartet. Leutnant Kesselstein hat andere Aufgaben, ist nicht mehr Ihr Kontaktmann. Alles verstanden? Haben Sie noch irgendwelche Papiere, die von uns sichergestellt werden müssen? Nein . . . gut, wir werden das sehen! Treffen Sie so schnell wie möglich Ihre Vorbereitungen . . .

Damit schlug er einen Akt auf dem Schreibtisch auf und fahndete in der Schublade nach einem Schreibwerkzeug . . . Ein Saustall ist das! sagte er; ich war für ihn nicht mehr vorhanden.

Für einige Sekunden stand ich wie vom Donner gerührt; ich wußte nicht, ob ich Erleichterung oder Panik verspürte . . . es war ein dünnes Summen oder Dröhnen in dem Gebäude, wie von einer schweren Maschine im Keller; vielleicht war es nur in meinem Gehör. – Der Mann am Tisch blickte von seinem Akt hoch, die leicht geöffneten Lippen waren kaum merklich in Bewegung, als rechne er lange Reihen von Ziffern zusammen . . . Was haben Sie auf dem Herzen, junger Freund? fragte er. – Ich entschuldigte mich und verließ das Büro.

Im Treppenhaus, eine halbe Etage tiefer, erwartete mich Feuerbach und packte mich am Ärmel: Na . . . scharf wie ein Schießhund, der Alte, nicht wahr? Los, geh ein Stück vorneweg, wir sehen uns im Schuppen auf der Frankfurter! – Ich war noch immer sprachlos, wollte mich frei machen, doch er ließ mich nicht: Warst du noch mal in der Wohnung? Nein . . . du bist wieder draußen in deinem Verschlag gewesen? Gut, du darfst eigentlich nicht mehr in die Wohnung. Geh heute noch hin, hol bis heute abend deine persönlichen Sachen da raus, du hast die Wohnung nicht mehr! Also bis gleich im Café.

Eine halbe Stunde saß ich in dem Café und wartete, wartete auf die Bedienung, der Schattenkellner kam nicht, der Büffetier schaute an mir vorbei ... und Feuerbach kam nicht. – Draußen auf der Allee fand das statt, was man Altweibersommer nannte. Das Sonnenlicht hatte sein Weiß verloren, es färbte sich blaugolden im Gewebe der Nikotingardine, ein stechendes Gemisch von Sonnenglanz und Auspuffrauch, so daß aus allen Richtungen blendendes Gegenlicht kam. Durch das Fenster herein stieß eine flimmernd abgegrenzte Wand von Helligkeit ... keine Wand, es war ein irreguläres, querstehendes Scheingehäuse voller Blendung und Staub und Rauchgewirbel, darin zusammengesackt eine Schattenkontur ausgespart blieb: der dunkle Umriß meines »Ich« ...

Dann erhob sich von einem der seitlichen Tische eine männliche Figur, ging durch den Lichtraum zum Büffet und murmelte etwas mit dem wieder aufgetauchten Kellner, der mich mit dem Blick fixierte. Der Kellner bewegte sich auf einen Tisch zu und legte mir einen Zettel vor: Wir haben hier seit einer kleinen Ewigkeit eine unbezahlte Rechnung von Ihnen, jetzt ist das Maß voll. Die Rechnung wird Ihnen von der Volkspolizei zugestellt, verlassen Sie das Lokal ... jetzt sofort und für immer!

Ich war auch diesmal wortlos gegangen, nachdem ich einen Blick auf den Zettel geworfen hatte: darauf war ein Betrag von knapp vierzig Mark mit einem Fragezeichen versehen, die Rechnung trug ein Datum aus dem Herbst des vergangenen Jahres.

Dann durchwühlte ich die Wohnung nach meinen sogenannten persönlichen Sachen: es waren einige Kleidungsstücke und eine Reihe von Büchern, die ich für vollzählig hielt, meine gesamte Habe füllte die beiden Reisetaschen gerade zur Hälfte. Ich hatte die Wohnung ein paar Tage nur zum Schlafen aufgesucht und mich um den Schreibtisch gar nicht gekümmert ... nun fand ich beinahe nichts Schriftliches mehr vor, ich war nicht erstaunt darüber. Ich durchsuchte alle Schubladen, es gab weder Notizen noch Briefe, keine anderen Aufzeichnungen (meine Manuskripte, oder was davon noch übrig war, lagen draußen bei Frau Falbe), selbst der Papierkorb war geleert, und mein Tagesabreißkalender fehlte. Ich fand lediglich ein uraltes NEUES DEUTSCHLAND und zwei Sportzeitungen, ein paar westdeutsche Literaturzeitschriften, die ich mir nur ausgeliehen hatte, waren verschwunden.

Ich schmiß den Schlüssel auf den Fußboden des langen, schlauchartigen Korridors, nahm meine beiden Taschen und ging. Nachdem ich die Tür hinter mir zugezogen hatte, entfernte ich mein Namensschild (lautend auf den Namen M. W.), das gleiche tat ich noch einmal unten am Hausbriefkasten; ich fuhr hinaus zu Frau Falbe.

In der von schwitzenden Menschen vollgestopften S-Bahn – ich hatte dennoch einen Sitzplatz – fühlte ich mich wie im Fieber; wenn die flackernden Fetzen der von Westen herüber durch die Baumlücken pfeilenden Abendsonnenstrahlen mein Gesicht trafen, hatte ich das Gefühl, mein Kopf werde wie von Ohrfeigen hin und her geworfen; ich spürte kaum noch mein Gewicht, ich hockte auf der Bank wie auf einem Luftpolster ... Was hätte ich dem Herrn hinter Feuerbachs Schreibtisch für eine Antwort geben müssen? fragte ich mich. – Es macht mir nichts aus, was Sie sagen oder veranlassen! hätte ich ihm entgegnen müssen. Die Firma ist meine Heimat, und ich bin mein eigener Spitzel. Und ich kann warten, ich habe Zeit, ich habe viel Zeit ...

Fortan wohnte ich in dem Zimmer bei Frau Falbe, und ich hatte es dort ruhig, wenn ich mich selbst in Ruhe ließ; bis in den Winter lebte ich – wenn ich meine Vermieterin nicht rechnete – ohne jeden Kontakt ... bis mich Feuerbach (oder *Kesselstein*, wie er jetzt genannt werden mußte) noch einmal zurückholte, – zurückholen wollte, was eine merkwürdige Episode war, die mir das Zeitempfinden erneut gründlich durcheinanderbrachte. Aber lassen Sie mich die Dinge in ihrer Reihenfolge behandeln . . .

Das Verhältnis zu Frau Falbe war sonderbar abgekühlt, ich fragte mich, woran es lag; scheinbar hatte sie sich gut damit eingerichtet, daß ich nur ein-, zweimal in der Woche kam, nun war ich plötzlich immer da, und ohne ihr etwas zu erklären; sie akzeptierte es, blieb aber oben in ihrer Wohnung. Ich sagte mir, es müsse für sie ein leichtes gewesen sein, in den Papieren zu lesen, die in dem roten Sessel versteckt waren, während meiner Abwesenheit, damals vor Ende Mai, als der Sessel noch hier war . . . vielleicht hatte sie inzwischen Verdacht geschöpft, vielleicht war ihr ein Licht aufgegangen. – Es kam zu verschiedenen Konflikten wegen meines Umgangs mit den Elektrogeräten, die sie mit Argwohn sah. Abgesehen von dem Tauchsieder, vor dem sie sich schon immer gefürchtet hatte, wie vor der Quelle eines unmittelbar bevorstehenden Wohnungsbrands – und womöglich war sie auch beleidigt, weil ich ihr Angebot nicht wahrnahm: Kommen Sie doch, und kochen Sie Ihren Kaffee bei mir auf dem Gasherd! –, besaß ich jetzt noch ein elektrisches Heizgerät, einen sogenannten Öl-Radiator, den ich mir Ende Oktober, als die Kälte in das Zimmer einzog, von meinen letzten Forum-Schecks im Intershop gekauft hatte. Leider hielt die Sicherung, die sich neben der Kellertreppe befand, längere Laufzeiten dieses Geräts nicht durch . . . und Frau Falbe beklagte sich über steigende Stromrechnungen; ich suchte dies durch erhöhte Mietzahlungen auszugleichen, was meinen Kontostand rapide schmelzen ließ. Frau Falbe – sie revanchierte sich für das erhöhte Mietgeld, indem sie mich zum Essen einlud; sie nutzte diese Gelegenheiten, um ihre Klagen in konzentrierter Form loszuwerden – begriff sehr schnell, daß ich finanzielle Schwierigkeiten erwartete, sie bot sich wieder an, mir eine Arbeitsstelle zu besorgen. – Sehr gern würde ich arbeiten, erwiderte ich (obwohl mir davor graute), aber es geht

jetzt nicht, ich muß mich erst um meine Texte kümmern
. . . Ein Buch müsse ich fertigmachen, sie wisse doch, daß
ich eigentlich Schriftsteller sei. – Ach nein, sagte sie, das
sind Sie bestimmt nicht. Ich kann mir schon denken, was
Sie schreiben müssen.

Ich lachte in mich hinein, als ich wieder in meinem
Zimmer war: es war seit langem das erste Mal, daß jemand
bestritt, daß ich »Schriftsteller« sei . . . und ich verspürte in
diesem Moment ein warmes, altbekanntes Gefühl: ich war
an die Zeit erinnert, in der ich in A. gesessen und stetig vor
mich hin geschrieben und gedacht hatte. Niemand kannte
mich als Lyriker, ich verbarg meine Gedichte sogar vor
meiner Mutter, und ich war ein wirklich geheimer, opposi-
tioneller Schriftsteller, der gegen seine ignorante Zeit
stand. – Als Frau Falbe ihren wütenden Satz zu mir gesagt
hatte, fühlte ich mich zum ersten Mal seit langer Zeit
wieder ernstgenommen.

Nun besann ich mich tatsächlich noch einmal auf mein
Projekt, den Inoffiziellen Literaturzeitschriften – davon immer mehr auftauchten; sie schossen aus dem Humus der
Ignoranz wie Pilze hervor – meine Gedichte beizubringen.
Innerhalb von zwei Wochen hatte ich sieben Texte verfer-
tigt . . . oder jedenfalls die Arbeit an ihnen abgebrochen, als
sie mir lesbar erschienen. Jetzt brauchte ich eine Schreibmaschine, damit die Manuskripte einigermaßen professio-
nell aussahen . . .

Daran dachte ich, als Frau Falbe erschien, mit ihrem
Morgenrock bekleidet . . . ich erkannte, daß es schon neun
Uhr am Vormittag war. – Sie habe sich gewundert, daß bei
mir noch das Licht an sei, sagte sie und fuhr mir mit den
Händen über die Schultern . . . ich blickte auf, das Zimmer
war eine mit dickem Rauch angefüllte Höhle, der schwache Lichtkegel der Schreibtischlampe zeichnete einen gelben Kreis auf den chaotischen Schreibtisch, der mit Papier,
schmutzigen Tassen und zwei qualmenden Aschenbe-

chern überlagert war, im Halbkreis um den Schreibtisch häufte sich zerknülltes Papier ... Sie werden hier eher ersticken als ein Buch fertigkriegen, sagte sie. Und Sie haben noch gar nicht geschlafen! – Sie sah mein zerwühltes Bett und bemerkte auf einmal, daß für sie keine Sitzgelegenheit da war. Sie unterbrach die streichelnden Bewegungen in meinem Nacken und fragte: Wo haben Sie eigentlich den Sessel von meinem Mann gelassen? – Ich überlegte, ob ich ihr die Wahrheit sagen könne: Er ist weg ... – Weg? Was soll das heißen? – Ich erklärte ihr, daß man mir den Sessel gestohlen hatte ... es war nicht gelogen; kurz nach meinem abrupten Auszug aus der Stadtwohnung hatte ich die in der Polsterspalte verborgenen Papiere in Sicherheit bringen wollen ... das riesige Möbel war fort, als habe es sich in Luft aufgelöst. Frau Falbe war tief beleidigt, sie ging und ließ sich für einige Tage nicht mehr sehen. – Doch sie hatte mich auf eine Idee gebracht: in der Wohnung in der Stadt war eine Schreibmaschine ... ich hatte sie stets als »meine Schreibmaschine« bezeichnet.

Jetzt wollte ich sie mir holen ... ich wollte den Naiven spielen und sagen: Ich will nur meine Schreibmaschine abholen ... Oder. Ich *soll* meine Schreibmaschine holen! – Ich verfluchte jetzt, daß ich den Schlüssel dagelassen hatte; für alle Fälle steckte ich meine Sammlung von Nachschlüsseln ein. – Aber als ich dort klingelte, erlebte ich eine Überraschung. Ich mußte ein zweites Mal klingeln und hörte endlich leise Schritte den Schlauch des Korridors entlangkommen ... ich wußte noch, man brauchte etwa fünfzehn Schritte bis zur Eingangstür. An dieser wurde geschlossen, sie öffnete sich, vor mir stand *Reader*. Wie immer von oben bis unten in Schwarz gekleidet, sogar die kunstledernen Hausschuhe waren schwarz. – Er blickte mich durch die kreisrunden Brillengläser kühl an: Sie wünschen?

Verzeihen Sie ... murmelte ich; es gab kein Anzeichen,

daß er mich irgendwie erkannte. Ich wollte meine . . .
Schreibmaschine abholen . . .

Ihre Schreibmaschine! sagte er.

Ja, sagte ich, ich möchte meine Schreibmaschine.

Ich verstehe Sie nicht . . .

Das macht nichts, sagte ich und hatte mich schon auf
den Absätzen umgedreht. – Haben Sie nicht auch meinen
roten Sessel in der Wohnung? brüllte ich aus der zweiten
Etage nach oben; aber dort war die Tür schon ins Schloß
gefallen.

Draußen in meinem Zimmer nahm ich die sieben Gedichte aus der Schublade, um sie in Schönschrift, jedes für
sich, auf das Papier zu malen, doch ich hatte nicht mehr
sieben leere Blätter zur Verfügung. Und ich hielt die Gedichte für einen Irrtum, sie erschienen mir vollkommen
unannehmbar.

Als der Oktober vorbei war, entschloß ich mich wieder
einmal, nach A. zu fahren; es war kalt geworden, und auch
der Öl-Radiator schaffte es nicht, das Zimmer zu erwärmen.
Und auch Frau Falbe behandelte mich frostig, denn ich war
ihr schon eine Monatsmiete schuldig, das Geld reichte gerade noch für eine Eisenbahnfahrt nach A. – An einem
Nachmittag, es dunkelte schon, war ich dabei, meine Habe
in die Taschen zu werfen, als es klingelte . . . nach Ablauf
etwa einer halben Stunde klingelte es wieder, diesmal mehrfach, ich ließ mich dazu verleiten, an die Tür zu gehen. Frau
Falbe war draußen, aschfahl und aufgelöst, sie schien zu
zittern: Kommen Sie, oben ist jemand da für Sie!

An ihrem Küchentisch saß Feuerbach und grinste mich
etwas verlegen an: Kann ich was dafür, daß du nicht die
Tür aufmachst . . .

Ich wußte nicht, ob es angebracht war, jetzt einen Wut-
anfall zu kriegen; nun denunzierte er mich noch vor meiner Wirtin . . . aber ich dachte daran, daß ich beinahe keinen Pfennig Geld mehr hatte.

Los, sagt er in seiner üblichen Art, red was, wohin können wir gehen, um zu sprechen . . . nicht in deiner Bude, da erfriert man das Leben. Also trief nicht ein und zieh dir was an und laß uns gehen!

In einer Kneipe des Viertels – wir stürzten eine Reihe von Schnäpsen in die Kehlen, und ich hatte das Gefühl, nach langer Zeit wieder etwas Wärme zu erfahren – setzte er mir folgendes auseinander:

Wir wußten genau, daß Sie nicht zurückgegangen sind nach A., das wußten wir von Anfang an. Und daß Sie sich in Ihren Eiskeller verkrochen haben, ehrlich gesagt, wir haben es nicht anders erwartet. Ich sage Ihnen, wir wären sogar enttäuscht gewesen, wenn Sie sich anders verhalten hätten. Wenn Sie so schnell auf unsere Fürsorge verzichtet hätten . . .

Und dann spulte er, Kesselstein, wie er neuerdings hieß, seinen Sermon ab, eine jener Wortfluten, wie ich sie von ihm kannte und wie ich sie vom Chef aus A. gekannt hatte, an deren Schluß man unwiderstehlich *hineingezogen* war:

Oh Gott, hab ich gedacht, was macht er jetzt wieder. Er sitzt in seinem Eisloch, und die Knochen frieren ihm ein. Was macht dieser arme Irre jetzt wieder für einen Blödsinn. Ich hab lange überlegt, was ich tun kann für Sie, auch mir fällt nicht immer gleich was ein, nun, schließlich fällt mir doch was ein, Cambert! Aber jetzt unterschreiben Sie bloß erst mal die Quittungen.

Keine Sorge, es sind alte Quittungen, ich habe sie schon ein Vierteljahr in der Tasche. Oder länger, ich bin in der Frage ein bißchen schlampig, und der Alte wird mich deswegen noch mal feuern. Wie lange haben wir uns nun nicht gesehen, seitdem kriegen Sie noch Geld von uns . . . ja, das muß sein, wir sind auch nur eine Behörde mit einem Haufen von Beamten. Und im voraus bezahlen wir nicht, das wissen Sie. Gut, vielleicht kriege ich auch mal einen Vorschuß für Sie hin . . .

Was haben Sie eigentlich immer so gemacht . . . Sie haben geschrieben, ich weiß, gibts denn neue Texte von Ihnen? Vorerst ein paar Seiten Gedichte . . . und wo wollen Sie die unterbringen? Darüber reden wir noch, ich muß Ihnen zuerst sagen, die verdammte Geschichte mit dem IMS Reader ist für Sie aus der Welt, man hat sich damit abgefunden, man hat sich darüber beruhigt, man . . . ich meine unsere Halbgötter aus dem Olymp. Was sollten sie auch machen, denn Sie, Cambert, haben vielleicht gar nicht das ganze Ausmaß des Schlamassels geahnt, als Sie hinter der kleinen Redakteurin her waren. Wie kommen Sie überhaupt auf »Studentin«, das Mäuschen ist eine ziemliche Kapazität! Wir haben auf Sie geglotzt, uns ist es kalt über den Rücken gelaufen. Wir dachten, was macht er da bloß, jetzt hat es ihn erwischt, den Cambert, wir mußten Sie einfach stoppen. Aber es war schon zu spät, Sie haben uns da eine ziemlich perfekte Geschichte vermasselt . . . die Kleine blieb einfach weg, und wir guckten in die Röhre!

Wir dachten, jetzt haut uns der Cambert alles kaputt . . . und ich mußte mich bei den Häuptlingen fast fußlig reden. Ich mußte ihnen den Lehrgang für Sie förmlich ausreden. Ich sagte, das lassen wir lieber mit dem Lehrgang, der Mann ist auf der Straße viel besser . . . und jetzt spinnt er bloß, der hat sich einfach verschossen in die Kleine. Ist ja auch kein Wunder . . . aber haben Sie wirklich nicht geahnt, daß sie die Kontaktperson für den Reader gewesen ist? Durch sie sollte der in Westberlin Fuß fassen, wir hatten die Legende perfekt im Griff . . . wir hätten ihn unter größten Schwierigkeiten ausreisen lassen, den ewig verhinderten Autor von Format . . . Sie haben uns durch Ihre dauernde Kritik, die uns schon an die Nerven ging, ganz schön weitergeholfen . . . Sie sind eben doch der bessere Autor. Aber durch die kleine Redakteurin hätten wir ihn in Westberlin mitten im Geschäft gehabt.

Und plötzlich kommen Sie und steigen ihr nach! Ich

dachte, jetzt ist der Cambert irre geworden, das kann doch nicht sein. Und sie kriegt das große Zittern, sie kriegt den Verfolgungswahn, sie verdächtigt Gott und alle Welt... sie verdächtigt sogar den Reader, der unsere todsichere Bank war, sie wirft ihm vor, er ist ein Spitzel, bloß weil er eine blöde Petition nicht unterschreibt. Und bleibt weg, bleibt in Westberlin, können Sie sich unsere Wut vorstellen?

Ich will nicht sagen, Sie sollen das jetzt wiedergutmachen, wir haben es schon vergessen. Sie haben mich nämlich auf eine Idee gebracht... ja, irgendwie finden Sie dann doch den richtigen Weg. Ich dachte, alle Wetter, der Cambert kommt doch immer mit dem Kopf durch die Wand. Kurz gesagt, wir haben jetzt Schwierigkeiten mit dem IM Reader ... und Sie müssen ihm auf den Zahn fühlen. Ob Sie gewollt haben oder nicht, Sie haben da eine Seite an ihm aufgedeckt... kurz und gut, er benimmt sich plötzlich so ähnlich wie Sie. Ja, auch er muß sich in seinen Operativen Vorgang verknallt haben ... ich sage Ihnen, das kommt öfter vor, als man denkt. Ich habe das schon immer gesagt, und ich hab versucht, das denen in den höheren Etagen klarzumachen. Wenn man aufklärt und immer weiter aufklärt, passiert es, und man sieht die Leute nur noch von ihrer rein menschlichen Seite ... von ihrer besten Seite, könnte man auch sagen. Und plötzlich kommen die Zweifel, was mache ich da eigentlich. Das ist jedem guten Mann schon passiert, da ist keiner gefeit ... plötzlich fragt man sich, ist mein Führungsoffizier nicht eine größere Sau als der oder die, die ich da im Visier habe. Da habe ich nun den Menschen von allen Seiten beleuchtet, fast durchleuchtet habe ich ihn, und plötzlich gefällt mir der Mensch ... und besonders, wenn er eine Frau ist. Und man weiß nicht mehr, auf welcher Seite man steht ... aber die Genossen Häuptlinge wollen oder können das nicht verstehen. Die kennen nur ihre Statements, man muß wissen, auf welcher Seite man zu stehen hat, Kopf und Faust der Partei, und so weiter. Ich habs denen schon immer gesagt, wenn sie mich mal gefragt haben, das dauernde Beschatten nützt nichts ... nicht observieren, sondern abservieren, hab ich gesagt, man muß diese Leute einfach früher abservieren.

Jetzt müssen wir also den Reader im Auge behalten ... drücken Sie es aus, wie Sie wollen, Sie müssen jetzt dem Spion nachspionieren. Da ist nicht viel Unterschied, Sie haben nicht mehr den OV: Reader, sondern OV: IM »Reader«... er will, sage ich Ihnen, mit aller Gewalt versuchen, die Kleine zurückzuholen, er schreibt Briefe, er schreibt Berichte, er redet sogar am Telefon mit ihr ... aber er tut es ohne uns! Ja, er gleicht Ihnen sehr, mein lieber Cambert... Er lachte (und beim Lachen war er wieder ganz Feuerbach).

Natürlich nicht äußerlich, Sie haben einfach mehr auf den Rippen, obwohl Sie jetzt abgenommen haben. Also, was ist, machen Sie den Job? Wir besorgen Ihnen inzwischen eine vernünftige Wohnung ... kommen Sie. Das Geld gebe ich Ihnen, wenn wir hier raus sind.

Im übrigen haben Sie recht, was er schreibt, ist nicht so besonders, sagte er zu mir, als wir draußen waren. Er übergab mir das Briefkuvert mit dem Geld: Zählen Sie nach ... das nächste kriegen Sie wieder eingezahlt, ist Ihre Kontonummer noch die alte ...

(Mit Ihnen wäre das bestimmt viel besser gelaufen, sagte Kesselstein. Aber leider sind Sie zu überempfindlich, wenns um weibliche Kontakte geht, leider, Sie sind eben so, das hat auch Vorteile, wir müssen die Leute so nehmen, wie sie sind. Auch das wollen die Chefs nicht immer verstehen. Aber schreiben, das bringen Sie besser als er! Er, dieser komische Reader, kümmert sich überhaupt nicht um Literatur, ich glaube, er liest nur Comics ... er bringt immer die Zeitebenen durcheinander, und schließlich läßt er sie ganz raus, die Zeit! Er sollte mal *Thomas Pynchon* lesen, »Gravity's Rainbow« ... Sie haben das bestimmt intus, ich hab es leider auch nur bis auf Seite siebzig oder achtzig geschafft ...

Ich hab es noch nicht einmal *gesehen*, erwiderte Cambert.)

Damit war ich wieder mitten drin in meiner Geschichte. Ich saß wieder im Café auf der *Frankfurter Allee*, als wäre nichts gewesen, der Kellner hatte mich wahrscheinlich verwechselt, oder Kesselstein hatte endlich die überfällige Rechnung bezahlt: ich blieb bei Kaffee und Kognak, was mir mehr innerliche Wärme zuführte als »Herrengedeck«; es ging alles so weiter, ich war wieder auf dem Weg. Nur war dieser etwas länger geworden, denn ich wohnte weiterhin bei Frau Falbe. Wie das gekommen war, wußte ich nicht ... ich wollte den Oberleutnant einfach nicht an eine Wohnung erinnern. Im Hausflur bei Frau Falbe wurde plötzlich der Sicherungskasten ausgewechselt, ich konnte den Radiator Tag und Nacht angestellt lassen ... die Stromrechnungen wurden meiner Vermieterin pünktlich bezahlt, beinahe überpünktlich, von irgendeinem Berliner Büro aus, desgleichen meine Miete, – das System funktionierte, aber sie, Frau Falbe, redete nicht mehr mit mir.

Woran die Texte des Schriftstellers S. R. (OV wie auch IM: Reader) erinnern sollten oder woran sie sich anlehnten, konnte ich besser beurteilen als der Oberleutnant. Der Titel seines Werks, von dem ich ungefähr zwanzig Fortsetzungen gehört hatte, war einem Roman von Beckett entlehnt: *Kurze Bewegungen der unteren Gesichtshälfte* ... allerdings war der zitierende Verfasser längst dazu übergegangen, das Attribut »kurz« in seinem Titel Lügen zu strafen. – Wenn ich nicht irrte, erschien die Formulierung gleich auf der ersten Seite eines Buchs von Beckett ... was mich daran interessierte, war übrigens der Anschein, daß sich Becketts Figuren stets schon am Ziel befanden, wenn der Text begann. Sie waren schon am Ende, obwohl sie sich dauernd bewegten, oder vorgaben, sich zu bewegen, oder auf die Bewegung warteten oder auf das Ende der Bewegung warteten: das Ende lag schon vor dem Beginn des Textes. Ein Zustand, dachte ich, den Reader gut gelernt und begriffen hat. Er hat bei Beckett eine zwar an den Haaren herbeigezogene, aber doch zutreffende Analogie gefunden für den Zustand der Behörde, die ihn beschäftigt. – Auch diese befand sich stets in Bewegung (war immer auf dem Weg, der das Ziel sei, wie der Oberleutnant es auszudrükken pflegte) ... nur war es hier keine literarische Phrase, sondern praktische Wahrheit: die Behörde hatte sich schon am Ende befunden, als sie begann sich zu bewegen. Die Behörde war das Ende (der Selbstzweck, das Ziel und das Ende), aus dem einfachen Grund, weil sie keine Möglichkeit sah, einer in ihrer Mitte kreisenden Figur einen Ausweg offenzulassen. Die Firma war das Ende, das nicht fertig werden durfte ...

Solche Dinge dachte ich, während ich durch die Keller wanderte, die in diesem Winter fast wärmer waren als zu Zeiten das Zimmer bei Frau Falbe. Und manchmal blieb ich im Keller vor der Wand stehen, welche die Wand von Readers Schreibzimmer war, wenn ich sie mir als eine lotrechte Verlängerung bis in den vierten oder fünften Stock hinauf dachte. Und wenn ich meiner Vorstellungskraft freien Lauf ließ, konnte ich ihn tippen hören ... durch das Summen der Stadt, das unauflöslich in allem Gestein war, durch das unaufhörliche Dröhnen der Metropole, das hier unten zu einem Schweigen geworden war, durch das undurchdringliche Schweigen, das hier unten zu einem Summen geworden war ... konnte ich sie hören, die Typen *meiner* Schreibmaschine (dieser firmeneigenen Maschine, die ich ein Jahr, oder länger, bedient hatte), ich konnte hören, wie sie tickten. Manchmal wie eine altmodische Uhr. Und ich konnte hören, wenn er wieder aufhörte: er ließ die Maschine kaum länger als eine Stunde ticken. Ich legte das Ohr an die feuchten Ziegel: da war das Summen der Stadt, das Summen der Stadt ging weiter, und wenn sich in meinem Gehör die

Stille über das Summen gelegt hatte, drang leise und abgehackt das Tippen und Ticken durch das Gestein herab . . . er tippte! Er begann ein neues Werk! Noch tippte er . . . jetzt hörte er auf! Und ich wußte nun, daß er den Anfang (und darin schon das Ende) auf dem Papier hatte, ich wußte, daß in wenigen Tagen seine neue Lesung stattfinden würde, den Ort mußte ich noch herausfinden, ich wußte, der Oberleutnant hatte ihn überredet, noch einmal zu beginnen. – Würde es erneut ein Lauffeuer werden, das sich durch alle Kavernen der träge gewordenen Szene fraß? Oder etwas Fließendes, eine Überschwemmung! dachte ich. Schon einmal war ein solches Unternehmen für fast ein Jahr aufgegangen, doch dann hatte die Szene wieder durchgeatmet.

Er habe eigentlich nicht gewollt, hatte mir der Oberleutnant erzählt, und man habe ihn ziemlich in die Kur nehmen müssen. Endlich aber sei er inspiriert worden von einem Satz aus den westlichen Literaturzeitschriften, die man von mir entliehen habe. Ob ich mich nicht an den Satz erinnern könne . . . Sie haben ihn in der betreffenden Zeitschrift unterstrichen und daneben hingeschrieben: Grauenvoll! Es handelt sich um einen Satz des Franzosen Gilles Deleuze . . .

An den Satz konnte ich mich nicht erinnern, nur, daß ich etwas – etwas mir völlig Unverständliches – in einer der Zeitschriften unterstrichen hatte, die man aus meiner ehemaligen Wohnung (jetzt die Wohnung des Autors S. R.) hatte mitgehen lassen . . . ich hatte sie mir selbst nur ausgeliehen, die Zeitschriften, man würde sie sicher demnächst zurückverlangen, wenn ich mich wieder in der Szene blicken ließ.

Ob denn jemand schon wisse, welchen Titel die neue Serie der Lesungen tragen solle, fragte ich Kesselstein. – Keine Ahnung, sagte er.

Ich gab dem Werk den Titel »Kurze Bewegungen der

unteren Gesichtshälfte. Hauptabteilung II« ... ob er so stimmte, fand ich nicht heraus, denn ich kam zu der ersten Lesung zu spät. Sie fand statt in einer Wohnung im fünften Stock eines Hauses in Berlin Mitte, die überheizt und voll besetzt war; ich hatte mich beim Hinaufsteigen zu lange an einem Treppenhausfenster verschnauft; als ich eingelassen wurde, begann er soeben, den Titel und eine vorangestellte kurze Einführung hatte ich versäumt. Er war wie immer ganz in Schwarz, die kreisrunden Brillengläser waren für einen Sekundenbruchteil auf mich gerichtet, als ich zu rauchen begann ... der Oberleutnant hatte mir eine der Zigarren geschenkt, die er manchmal paffte, um Leuten, die er nicht mochte, Schwefelgestank ins Gesicht zu blasen ... die Brillengläser blitzten mich an wie bösartige Scherben, Reader fuhr fort mit einem Zitat von *Deleuze*, das ich mir aufnotierte.

Denn es ist nur allzu wahr, daß man die Leute auf eine sichtbare Weise nur an den unsichtbaren und unspürbaren Dingen erkennt, die sie auf ihre Weise erkennen.

Ich dachte, vielleicht ist das Zitat nur etwas unglücklich übersetzt? – Ich schrieb hinter meine Notiz das Wort: *Grauenvoll!* – Dann wurde mir von der Zigarre schlecht, und ich verließ den Raum.

Auf seiner zweiten Veranstaltung, im fünften Stockwerk eines anderen Hauses, hatte sich nur etwa die Hälfte des Publikums eingefunden; zu der dritten kamen nur noch seine allertreuesten Anhänger, zu denen ich mich nun zählen durfte ... und auch die *Studentin* war beim dritten Mal weggeblieben. In meinem Bericht erlaubte ich mir die Randbemerkung, das Ganze habe kein Feuer, es sei ein fader Mehrfach-Aufguß, eine Art Spülwasser, das keine reinigende Wirkung mehr habe.

Und offenbar hatte er das selber begriffen – oder die kleine Redakteurin aus Westberlin hatte es ihm gesagt –, seine vierte Lesung fiel aus, obwohl er sie angekündigt hatte. – Der Erfolg des Unternehmens (der Erfolg der Kesselsteinschen Idee?) hielt sich also sehr in Grenzen.

In Grenzen! Das hieß, nun mußte der Schriftsteller S. R. weitergehen. *Nun mußte er weitergehen!* Weiter auf dem Weg . . . doch wie sah das Weitergehen aus? Er mußte natürlich über die Grenze gehen, über die Westgrenze, er war jetzt reif für den Westen. Aber wie kam einer – ein Typ wie er, der früher reihenweise die Auftritte im Westen ausgeschlagen hatte – plötzlich an einen Auftritt im Westen? Dafür war die Studentin da, aber auch sie mußte einen überzeugenden Grund sehen können. Sie mußte sehen, daß Reader (der Autor S. R.) nicht mehr weiterkam auf seinem Weg im Osten. Er mußte in eine Lage geraten sein, die man als nicht mehr, oder kaum noch, erträglich bezeichnen konnte: eine solche war für einen Typ, der so aufgebaut war wie Reader, der einzig überzeugende Grund, in den Westen zu gehen. Und wie kam man in eine solche Lage: zuerst brauchte man dafür einen Spitzel! Auf einen Spitzel reagierten die im Westen allergisch, wer einen Spitzel gehabt hatte, der kam mit einer Art Sicherheitsgarantie für seine gute Aufnahme in den Westen. Dahingehend hatte sich der Erfolgskurs im Westen verschoben: wenn man dort etwas darstellen wollte, mußte man – und möglichst nachweislich – einen Spitzel gehabt haben . . .

Diese Funktion hatte ich übernommen, ich war der Nachweis, daß er einen Spitzel gehabt hatte . . . und ich war abrufbar vorhanden, ich war nachweislich hinter ihm her gewesen, und hinter ihr, der Redakteurin, her gewesen, ich hatte die Nachweise dafür selbst geschaffen, ich hatte sie förmlich aufgebaut, auf mich konnte man mit Namen und Adresse zurückkommen, und mit dem Nachweis von siebzehn Gedichten zur Untermauerung meiner tatsächlichen Existenz. – Und eigentlich wußte ich nicht, wie lange ich dieser Funktion schon oblag . . .

In dieser Funktion wiederholte sich mir alles mehrfach, immer wieder war ich die Zirkel meiner Wege gegangen, schon so oft, daß ich oft genug das Gefühl hatte, der nicht enden wollenden Serie eines Déjà vu unterworfen zu sein ... immer weiter unterworfen diesem Weg, straßauf, straßab, unten entlang, oben entlang, immer wieder ... ich hatte jeden Stein schon gesehen, ich hatte jeden Namen registriert, jedes Wort schon vernommen, das aus den Gesichtern fiel ... es war Desensibilisierungsarbeit. Die Spitzeltätigkeit war ideologische Arbeit, ihr Wesen war es, so lange immer dasselbe aufzuklären, bis der Anschein des Abweichenden in die Unwirklichkeit zurückgetreten war. Die Spitzelarbeit war eine Art Werbung: sie bedeckte ihre Zielobjekte so lange mit immer denselben Attributen, bis die gegensätzlichen Attribute in den Schatten zurückgetreten waren ... dann wurde das Objekt von seinem Schatten abgeschnitten: und das ewige Leben des Objekts war sicher.

Die dauernden Wiederholungen dessen, was mir unterlief, in seine Zeitzugehörigkeiten einzuordnen, war mir völlig unmöglich geworden ... und es war auch nicht nötig, denn für jede Episode, die wir registrierten, erfanden wir ihre Ablaufzeit nachträglich hinzu.

Ich hatte dabei zunehmend das Gefühl, mit allem, was ich dachte, um Jahre (manchmal auch nur um ein Jahr!) hinterherzuhinken. Oftmals lebte ich unter dem Eindruck, die ganze Gesellschaft über mir, über mir im Summen und Dröhnen der Stadt, hinkte ebenso hinterher. Hinter wem oder was ... ich wußte es nicht. Und dieses Hinterherhinken (dieses Zuspätkommen im Leben ... meiner Ansicht nach stammte der Ausdruck von *Cervantes* und bezog sich auf den großen Don Quichotte), diese Angst, für das Zuspätkommen vom Leben bestraft zu werden wie ein Klippschüler, war der Grund für die Depression in der Stadt, die ich immer wieder spürte.

Immer häufiger hatte ich das Gefühl, das alles, was über unsere Lippen kam, zum dritten, zum fünften Mal gesagt war. – Wenn ich zum Beispiel dem Oberleutnant Kesselstein meinen Plan eröffnete, mit Gedichten, mit einem ganzen Gießbach von Gedichten (das Konvolut meiner verfügbaren Texte hatte sich inzwischen verdoppelt, es waren vierzehn Stück, und drei standen kurz vor ihrem Abschluß) die nicht-offiziellen Literaturzeitschriften zu überschwemmen . . . Und, sagte ich, diesmal unter dem Namen *Cambert* . . . denn diesem anderen Namen wird doch bald das Gerücht . . . oder der Nachweis . . . eines Spitzels vom MfS anhaften! – Und außerdem steigere das den Reiz des Neuanfangs . . . ich müsse mir also umgehend einen neuen Decknamen zulegen . . . Haben Sie einen Vorschlag? – Darauf wiegte der Major bedenklich den Kopf . . . Ein Neuanfang? sagte er. Sie denken immer nur an das Ziel, mein Lieber, ich glaube, Sie wollen zu weit hinauf. Dabei sollten Sie vielmehr an den Weg denken!

(Und C. glaubte, das gleiche sei ihm schon gestern gesagt worden, und er hielt es für möglich, daß dieses Gestern vor einem Jahr gewesen war: sie saßen in dem Café auf der Frankfurter am Fenster und schauten melancholisch auf die Straße hinaus, wo Fahrzeugströme in Schüben in Richtung Stadtmitte, in Richtung Westen, rasten und ein gasgesättigtes Gemisch von früher Dämmerung und Nebel gegen die große Scheibe warfen; es glich dem flauen Nachebben von Explosionen. Sie saßen jetzt wieder ziemlich oft in dem »Schuppen«, einträchtig auf dem Beobachtungsplatz am Fenster . . . Wir müssen unzertrennlich aussehen, dachte C. – Der Major versuchte ihn zu überreden, endlich *Herrengedeck* zu bestellen: Kaffee und Schnaps, das paßt irgendwie nicht zu uns!

Sie denken immer nur an das Ziel, sagte C. zu ihm.)

So ging es weiter, bis ich eines Tages durch Zufall dahinterkam, daß der Schriftsteller S. R. homoerotische Neigungen hatte ... oder sogar eine homosexuelle Veranlagung. – Reader ist ein Schwuler!, dies wäre in jeder anderen Sache ein besonders wertvolles Ermittlungsergebnis gewesen, weil es Angriffsflächen bot. – Mir fiel die Geschichte mit Harry Falbe ein: ihm hatte man es geradezu nachweisen oder einreden wollen, vielleicht, weil man glaubte, ihn damit erpressen zu können. Was ich über diese Sache gehört hatte, war mir kaum glaublich erschienen ... ich fragte mich nun, was ich mit meiner Erkenntnis im neuesten Fall anfangen konnte, jedenfalls verschwieg ich sie vorerst meinem Vorgesetzten. – Wahrscheinlich war diese Tatsache für ihn uninteressant, sie hätte vielleicht nicht mal Eingang in den rosa Schnellhefter gefunden, der einst über den OV angelegt worden war ... offensichtlich konnte sie nur für mich selbst etwas bedeuten. Seit einiger Zeit schien sich das Verhältnis der Redakteurin aus Westberlin zu Reader gebessert zu haben, sie kam wieder öfters herüber ... ich hatte keine Ahnung, wie dies unter dem neuen Gesichtspunkt zu bewerten sei. – Wußte sie überhaut von seinen homosexuellen Neigungen? fragte ich mich ... sie sprach nicht mit mir, ihre dunklen Augen studierten mich aus der Entfernung, in ihrem Blick glaubte ich ein verächtliches Interesse zu erkennen ... Als wäre *ich* der Schwule! dachte ich.

(Und was weiß sie von mir, was denkt sie über mich? fragte sich C. Dies etwa frage ich mich seit mindestens einem Jahr, so kommt es mir vor. Und irgendwann frißt er mich auf, dieser Vorgang, er hat mich wahrscheinlich schon aufgefressen. Seit gestern nun denke ich daran, aus der Geschichte mit diesem Reader auszusteigen ... aber denke ich nicht schon seit einem Jahr daran? Seit einem Gestern vor einem Jahr? Seitdem bin ich vielleicht ausschließlich hinter dem her, was »ich« in dieser Geschichte bin! – C. dachte: »Ich« bin derjenige, der nichts glaubt, außer daß alle Figuren dieser Geschichte an einem Schreibtisch erfunden sind . . . erfunden als Figuren, die den Staat vergöttern. Doch nun muß man sehen, daß diese Figuren das Spiel nicht mitspielen. – Sie müssen scheitern, weil sie den Staat vergöttern . . . und sie scheitern, und der vergötterte Staat mit ihnen. Und schließlich wollen sie über die Grenze, um Gott zu entkommen . . . Und auch »Ich« will abbrechen, dachte er.)

Einfach aufhören damit . . . manchmal starrte ich auf die Geschichte wie auf ein Tonband, das sich zum Schluß hin immer schneller abspulte . . . doch es wollte nicht aufhören zu spulen, es war ein Alptraum. Und schließlich war ich auf die Idee gekommen, mich einer kleinen *Zersetzungsmaßnahme* zu bedienen. Ich schrieb . . . auf der neuen elektrischen Schreibmaschine, die ich jetzt auf meinem Zimmer hatte, ein Westmodell, das sehr schön seriöse, nicht identifizierbare Typen druckte . . . einen Zettel, den ich der Redakteurin ins Handtäschchen schmuggelte. Darauf stand, sie möge sich nicht einwickeln lassen, ich könne ihr viel Interessantes über den Schriftsteller S. R. erzählen. Nur andeutungsweise: Ich wisse einschlägig, daß er ein homosexuell veranlagter Mensch sei, und dies sei für sie vielleicht signifikant für die Unklarheiten um ihn. Aber ich könne ihr noch mehr enthüllen. Als Treffpunkt dafür schlug ich, neben einem Termin, ein Lokal in der Hannoverschen Straße vor, gegenüber dem Gebäude der Ständigen Vertretung der Bundesrepublik Deutschland. – Auf eine Unterschrift verzichtete ich, ich setzte darunter: *Ein sehr guter Freund.*

Warum ich ausgerechnet die Gaststätte in der *Hannoverschen Straße* gewählt hatte, wußte ich nicht. Offenbar war es einer sentimentalen Erinnerung an die Zeit zuzuschreiben, in welcher ich noch, in bezug auf meinen Sexus, in Verhältnissen gelebt hatte, die für mich zufriedenstellend gewesen waren . . . in diesem Lokal hatte ich gesessen und an Frau Falbe gedacht. Manchmal überkam mich der Eindruck, dies sei erst gestern gewesen; und ich schnappte nach Luft, als läge die Stadt unter Hitzewellen begraben.

Ich hatte keine Vorstellung, wie die Studentin – ich nannte sie immer noch so, in Erinnerung an meinen privaten OV – die Nachricht aufgenommen haben konnte. Hatte sie den Zettel überhaupt gelesen? – Ich rechnete lediglich mit ihrer Neugier. – Als ich mich Mitte Dezember zu diesem Treff auf den Weg machte, schien Frau Falbe zu ahnen, daß ich zu »einer anderen« fahren wollte. Ich traf sie im Hausflur; wegen einer harmlosen Frage – sie merkte mir mein schlechtes Gewissen an – fing sie sofort Streit mit mir an. Ich entzog mich schnell und mußte den Auftritt ebenso schnell vergessen, denn ich war in Eile . . . auf dem Weg zur Hannoverschen Straße wurde ich verhaftet.

* * *

Ich blieb nur ein paar Wochen in der Zelle, in Einzelhaft, – es gibt über diese Zeit nicht viel zu sagen, wenn ich von wenigen Schrecksekunden absehe. Gegen Ende dieser Wochen leistete ich eine zweite Unterschrift, erneut ohne richtig durchzulesen, was ich unterschrieb. Es war eine Verpflichtungserklärung, Stillschweigen zu bewahren über alles, was ich in der Anstalt gesehen oder gehört hatte, untermauert war die Erklärung von den üblichen Androhungen von Strafe bei Nichteinhaltung der Verpflichtung. Das Schriftstück war im Grunde unnötig, denn gesehen und gehört hatte ich in dieser Zeit so gut wie nichts; alles, was sich abspielte, hätte genau so deutlich von meiner Vorstellungskraft hervorgerufen werden können. Als nach zweimal vierundzwanzig Stunden das ganz gewöhnliche Panikrasen vorbei war – Angst vor Prügel, Angst vor dem Nicht-wieder-raus-Kommen, Angst vor dem eigenen Wahnsinn –, lebte ich einen ruhigen, fast erholsamen Tag, jedenfalls einen ziemlich geregelten, und mir trat das bockige

Lächeln eines schweren Jungen ins Gesicht, der sich das Schweigen sauer verdient hatte, das ihn umgab. Ich sah nur den Mann, der mir zweimal am Tag den Fraß brachte und der auf alle meine Fragen reagierte wie ein Taubstummer, nämlich gar nicht. Er hieb mit dem Schlüsselbund an die Tür, ich trat bis zur Rückwand nach hinten, wie es Vorschrift war, dann schepperte die waagerecht nach innen fallende Klappe herein, auf welche Schüssel und Kaffeekanne gestellt wurden; die Klappe blieb offen, bis ich das leere Geschirr wieder daraufstellte. Ich sah ihn auch zur Freistunde, die mir eine Woche nach Einlieferung zugestanden wurde; zusammen mit drei anderen, die sich, die Hände an den Schießeisen, um die Ein- und Ausgänge verteilten, schaffte er mich zu einem Betongeviert, in dem ich zwanzig Minuten hin und her zu gehen hatte; über mir war das Gemäuer mit Maschendraht überzogen, der die bleigraue Himmelsdecke in winzige sechseckige Segmente auflöste. Am ersten Sonntag, eine Woche lang rechnete ich mir die Tage noch aus, klatschte mir der Taubstumme ein dickes, speckiges Buch auf den Betonfußboden der Zelle: *Die Nackten und die Toten* von Norman Mailer; es war zweifellos ein freundlicher Gruß von Kesselstein, der von diesem Autor schwärmte. – Er ist der Größte, pflegte er auszurufen, er ist der einzige, der Leute wie uns versteht. Leider muß man sich seine Bücher, die den Geheimdienst behandeln, rüberschmuggeln lassen aus dem Westen, was typisch ist für die Idioten im Kulturministerium. Seitdem ich *Mailer* kenne, liebe ich den CIA . . . und nicht den KGB, diesen Sauhaufen. Ein Geheimdienst und Glasnost, das mußt du dir mal vorstellen . . .

Feuerbach-Kesselstein suchte mich zweimal in der Zelle auf (und sorgte für Rauchware, was das Wichtigste war), – der zweite Besuch fällt wahrscheinlich nicht unter das verbale Stillhalteabkommen, das ich gleich danach unterschrieb. Er kam herein und warf mir sofort eine Packung

Zigaretten auf den Tisch. – Mensch, sagte er, man hört Sie ja schon oben auf dem Hof husten, rauchen Sie bloß wieder! Ah, Sie haben was zu lesen ... Sie können wohl nichts anderes ... was lesen Sie denn? Ah, Mailer (er sprach den Namen überenglisch aus, er klang wie das Wort *Meile*) ... das ist hier eigentlich gar nicht erlaubt, mir scheint, Sie haben schon wieder Privilegien. – Ich lese es schon zum zweiten Mal! sagte ich. Ich verlange sofort einen Rechtsanwalt! – Sie Arschloch, erwiderte er, glotzen Sie mich nicht so eisig an, was ist denn schon passiert. Wenn ich Ihnen den Anwalt besorge, dann wirds erst ernst. Den besorge ich Ihnen erst, wenn es darum geht, ob Sie bei uns einen längeren Intensiv-Lehrgang machen, aber das wird dann auf dem Gericht ausgehandelt, ganz wie es sich gehört. Ja, ich habe das auch schon machen müssen, das ist kein Urlaub, sage ich Ihnen. Ich würde an Ihrer Stelle lieber nach Hause gehen. Wollen Sie? Morgen bringt Ihnen der Bulle einen Wisch, wenn Sie den unterschreiben, dann gehen Sie demnächst raus. Und dann fahren Sie sofort nach A. und melden sich dort bei dem Chef ... nein, keine Angst, Sie werden nicht abgelegt! Die haben da unten jetzt so kleine Stoßtrupps aufgebaut, die werden Ordnungsgruppen genannt ... Arbeiterfaust, verstehen Sie, da können Sie mitmachen. Also Sie fahren ... geht das okay? Ich werd Sie schon wieder holen, wenn ich Sehnsucht nach Ihnen habe, Sie waren doch mein Kumpel! Fahren müssen Sie sowieso, denn wir geben Ihnen erst mal Berlin-Verbot, das kennen Sie doch. Wie haben Sie eigentlich Silvester verlebt? Ich jedenfalls ganz angenehm, im Schuppen auf der Frankfurter ... *Herrengedeck*, sage ich Ihnen nur.

Erst der Beginn der Silvesterknallerei, deren Explosionen matt herantönten, hatte mich darauf gebracht, daß die letzte Mitternacht des Jahres bevorstand. Als am Spätnachmittag das Licht in der Zelle anging, hörte ich die ersten Einschläge ... so jedenfalls klang der Kriegslärm. Ich hatte mich um einen Tag verschätzt und war zuerst erschrocken, dann war ich erleichtert, warum, wußte ich nicht, da ich meinen Abgang von hier noch nicht ahnte. – Merkwürdigerweise hatte ich die Knallerei zuerst mit der Wut des Majors in Zusammenhang gebracht, die ich wenige Tage zuvor erlebt hatte.

Es mußte gegen zehn gewesen sein, als der Kalfaktor vorbeikam, der Taubstumme, der wieder einmal Schicht hatte und durch den Türspion den einzigen Satz hereinrief, den ich von ihm hören sollte: Hallo . . . ich wünsche dir Lebenslänglich und drei Tage, Ganove! Wenn du in einer halben Stunde nicht schläfst, kriegst du von mir was aufs Dach! – Ich hörte ihn diese Worte nur einmal rufen, also nahm ich an, daß ich der einzige Insasse auf der Kelleretage war. Ich lag mit geschlossenen Augen auf der Pritsche, blinzelte nur ab und zu in die rote Lampe über der Tür und hörte auf das fern einherrasende Geflacker des Feuerwerks, das über Berlin, über Gesamtberlin, abgebrannt wurde. Dabei empfing mein Gehör hier unten wahrscheinlich nur das allerstärkste Getöse, den Rest verschluckten die Mauern, der Krach da draußen mußte höllisch sein. Manchmal flammte es rot oder grün im Geviert der Glasbausteine, die oben im Winkel mein Fenster waren . . . einer dieser Steine ließ sich schräg stellen, so daß sich ein winziger Luftspalt öffnete . . . und wenn ich die Augen wieder schloß, sah ich, wie man sich von beiden Seiten des Antifaschistischen Schutzwalls mit Leuchtkörpern befeuerte, ich sah, wie sich die brandgelben Schweife der Raketen in der rauchschwangeren Luft über der Mauer kreuzten und wie sich die farbigen Pilze ihrer Lichtkaskaden vereinigten . . . und mein Lachen erstickte in Hustenanfällen, als sei der schweflige Qualm der Silvesternacht bis zu mir in die Zelle gedrungen.

(Als er im Keller auf seiner Gemüsekiste saß, im Rücken das kühle Gefühl von Sicherheit, welches die massive Betonwand ausströmte, die Füße von sich gestreckt, links und rechts seine beiden gepackten Reisetaschen und über sich den stilisierten Phallus, erinnerte er sich an den ersten Auftritt Kesselsteins in der Zelle. Es war eine schaurige Erinnerung; er hätte sie nicht weitererzählen mögen, er konnte damit nur auf Unglauben stoßen . . .

(Cambert hatte sich schon immer gefragt, welchen Sinn es haben konnte, all diese Gedanken auszubreiten, diese Suaden und Erinnerungen, es war vielleicht die Frage nach einem sogenannten Ansprechpartner . . . *Ich habe dabei an Sie gedacht, mein entfernter Verwandter M. W., sagte er sich dann, an Sie als meinen Ansprechpartner in Sachen* Dekonspiration! – *Aber nach dem, was ich von Ihnen gehört habe, wende ich mich zuerst an Sie,* Frau Falbe! *Sie sind das Ohr, und ich habe Ihnen jedes Wort geglaubt. – Wo so viel Folgenlosigkeit herrscht wie in diesem Land, kann es gar nicht anders sein, als daß man sich auf einen Zustand nach dem bestehenden vorbereitet . . . Aber nun lassen Sie mich in meiner Erzählung fortfahren:)*

Er war schon in dem Dämmertreiben, das dem Schlaf vorausging, es mußte also zwischen zwölf und eins gewesen sein. Starr lag er auf der Pritsche, auf der oberen des Doppelgestells, wo man vom Spion aus schlechter einzusehen war, der allabendliche Gedankenstrom verschleierte sich, die Figuren in seinem Kopf wankten davon; an seinen unteren Lidrändern hing der düster rote Schimmer von der Nachtlampe über der Tür . . . plötzlich wurde wild an den Riegeln geschlossen: *Feuerbach* kam herein, der selbst den Schlüsselbund hatte; kurz vorher hatte C. im Halbschlaf ein lautes Wortgefecht am Ende des Zellentrakts gehört. Er bemerkte sofort, daß der Major fürchterlich betrunken war, die Zelle hatte sich augenblicklich mit dem sauren Geruch von Erbrochenem gefüllt. – Hier stinkts, brüllte Feuerbach und zertrümmerte mit dem Schlüsselbund die Glühbirne über der Tür, daß die Scherben bis zu C. hin spritzten; es war stockdunkel, als C. spürte, wie sich eine naßkalte klebrige Gestalt auf ihn stürzte. Warum er nicht gerufen oder geschrien hatte, wußte er nicht ... Gegen einen betrunkenen Freund durfte man niemand zu Hilfe rufen, selbst wenn es auf Leben und Tod ging, dachte er später. Und es war etwas von Mitleid in ihm gewesen mit dieser verwirrten, übelriechenden Gestalt. Feuerbach warf ihn in der Finsternis gegen die Wand und riß ihm die Hose herunter; er spürten einen harten kalten Stoß zwischen den Hinterbacken, es war Eisen, es war der Lauf von Feuerbachs Pistole, die ihre Mündung schmerzhaft in sein Inneres bohrte. – Soll ich, du Hund ... brüllte Feuerbach, es klang gurgelnd und kaum verständlich. Soll ich, du Aas ... soll ich dir ins Loch schießen, du schwules Aas? – Der Major brach in Gelächter aus und stieß mit der Pistole noch kräftiger zu ... dann ging sein Gelächter in merkwürdiges Schluchzen über, dazwischen lallte er unverständliche Beschimpfungen, die Bettstatt erzitterte; C. hatte wie gelähmt gelegen, jetzt versuchte er sich zu wehren, der Major ließ mit der Pistole ab und brachte ihn mit ein paar bösen Griffen zur Räson, die er trotz der Trunkenheit spielend beherrschte. Dann kroch er – wieder mit der Pistole agierend, die er C. in die Rippen stieß – auf das Bett und legte sich neben ihn. Er umschlang C. mit den Armen, die in der völlig durchweichten schmierigen Anzugjacke steckten, und preßte sein nasses kaltes Gesicht in C.s Genick, der sich von Alkoholgeruch und dem bitteren Dunst ausgespieener Magensäure eingehüllt fühlte. Feuerbachs ganzer Körper schüttelte sich in einer Mischung aus Schluchzen und Lachen ... Frag nie wieder nach Harry, du Miststück, nuschelte und speichelte er in C.s Nacken, frag nie wieder nach Harry, tu mir den Gefallen ... Wenige Augenblicke später war Feuerbach eingeschlafen und begann laut zu schnarchen.

Diese Nacht war so wüst und unglaubwürdig – übrigens mußte sie auf einen der Weihnachtsfeiertage gefallen sein –, daß C.s Erinnerung daran undeutlich geworden war. Es schien, als sei er nur von einem der häufigen Alpträume heimgesucht worden, die er im Gefängnis fürchten gelernt hatte und in denen meist Harry Falbe oder dessen Freundin Cindy vorkamen. – Er hatte den Rest der Nacht auf dem Drahtgeflecht der unteren Pritsche geschlafen, die ohne Matratze war, nur mit einer Decke umwickelt, die er dem grunzenden Major entrissen hatte. Am Morgen war Feuerbach verschwunden und die Zelle wieder abgeschlossen. Wie zum Beweis, daß die Szene jener Nacht Wirklichkeit gewesen war, schmerzte seine Darmöffnung noch eine Woche, wenn er sich entleeren mußte. Für die zerschlagene Glühbirne wurde er bei seiner Entlassung regreßpflichtig gemacht. Eine Erklärung für den Vorfall gab es nicht ... vielleicht war sein Führungsoffizier zum zweiten Mal degradiert worden.)

Ich konnte mich nicht darauf besinnen, überhaupt irgendwen nach Harry Falbe gefragt zu haben ... nie hatte ich über ihn Informationen besorgt, auch nicht über seine Freundin ... *meines Wissens* hatte ich keine Informationen besorgt, Kesselstein hatte es mir gelegentlich sogar zum Vorwurf gemacht. Im Gegenteil, ich hatte Harry geholfen, ich hatte es jedenfalls versucht ...

Einmal nur, an einem Nachmittag kurz vor Weihnachten, als ich mich auf den Weg zur *Hannoverschen Straße* machte, hatte ich Frau Falbe – scheinbar nur aus Verlegenheit, denn das Thema war seltsam ausgeklammert aus meinem Kopf – im Hausflur gefragt, ziemlich unüberlegt: Wissen Sie eigentlich etwas darüber, ob der Harry ein Kind gehabt hat?

Sie wischte die Treppenstufen und fuhr sofort von ihrer Arbeit auf. – Was ... schrie sie, danach haben Sie mich schon einmal gefragt! Wie soll er denn ein Kind gehabt haben, ihr habt doch immer behauptet, er ist ein Schwuler. Wie kann er denn da ein Kind gehabt haben? – In ihrer

Stimme war ein giftiges Kreischen, das ich von ihr noch nicht gehört hatte.

Theoretisch könnte er, sagte ich, außerdem, ich habs nicht behauptet . . .

Doch, schrie sie, doch! Sie sind auch einer davon, ihr seid alle von derselben Sorte, ihr habt schon meinen Mann fertiggemacht . . . das ganze Haus, die ganze Straße ist voll von eurer Sorte. Und jetzt wollt ihr den Harry fertigmachen . . . jetzt soll er ein Kind gehabt haben, damit ihr ihn erpressen könnt. Ich sage Ihnen was, Sie müssen hier ausziehen, am Monatsende will ich das Zimmer frei haben. Ich will euer Geld nicht . . .

Sie kochte vor Wut, und ich war auf einen tätlichen Angriff gefaßt. – Aber jetzt kriegt ihr den Harry nicht mehr, jetzt ist er im Westen, keifte sie weiter. Und bald wird es andersrum kommen, und der Harry wird euch alle anzeigen . . . er wird euch anzeigen, er weiß alles über euch!

Und dann verstieg sie sich zu einer Behauptung, die mir ungeheuerlich erschien. – Der Harry habe nämlich, sagte sie, Beweise dafür, daß sich die Bonzen von der Sicherheit schon Westkonten anlegen. – Für den Fall der Fälle, sagte sie, hätten sie Geld in den Westen geschafft, oder auf Banken in der Schweiz, Westgeld natürlich, harte Währung . . . woher sie das haben? Vielleicht den Leuten abgenommen, oder sie haben das Geld aufgekauft. Und der Harry habe das schriftlich und Unterlagen darüber gesammelt! – Ja, er weiß alles über euch, wiederholte sie.

Das ist gefährlich, so eine Behauptung, sagte ich zu ihr. Sprechen Sie lieber nicht davon, wer so etwas weiß, den lassen sie nicht frei herumlaufen . . .

Aber ich habs doch nur zu Ihnen gesagt, erwiderte sie erschrocken.

Ich hatte nichts davon gehört, daß einige der sogenannten Botschaftsflüchtlinge schon auf Transport geschickt worden waren, vielleicht war es mir nur entgangen. Und ich hatte nichts mitgekriegt von einem Protest hiesiger Behörden, daß die Ständige Vertretung der BRD angeblich einem Kindesmörder Asyl gewährt habe ... die Zeitungen hätten davon voll sein müssen. Also war Harry Falbe vielleicht noch hier ... ich wußte zuviel, und es war mir unheimlich. – Während der S-Bahnfahrt verließ mich das Unbehagen nicht; ich schob es auf den überraschenden Wutausbruch meiner Vermieterin ... erst durch die Festnahme wurden meine Gedanken daran unterbrochen.

Ich war also der einzige – oder fast der einzige –, der konkret von dem Kind wußte, das Cindy und Harry in die Welt gesetzt hatten. Ich hatte das Kind sogar mit eigenen Augen gesehen, ich war der einzige ... wenn ich von dem blassen, gesichtslosen Mädchen absah, das Harry in jener Nacht vor drei Jahren (oder waren es schon vier Jahre?) mit in die Wohnung seiner Freundin geschleppt hatte. Irgendwelche Behörden mußten es natürlich wissen, aber deren übergenaue Akten verstaubten in den Archiven ... die mußten doch froh sein, wenn niemals Ansprüche für ein irgendwann registriertes Kind gestellt wurden. Oder lagen die Behörden schon in der Agonie?

Vielleicht konnte ich mich in A. auf die Suche nach dem Mädchen machen, welches das Kind ebenfalls gesehen haben mußte ... Ja, ich ging schließlich nach A., um wieder hinter einem beliebigen Menschen her zu sein. – Was Kesselstein – damals noch Feuerbach – über Harry und das Kind geredet hatte, war mir sofort unsinnig und völlig unglaubhaft vorgekommen ... und er hatte gesprochen, als ob er sich selbst nicht trauen dürfe. Die Erfindung allerdings paßte zu ihm, dem begeisterten Leser amerikanischer Romane: Harry Falbe sollte sein Kind umgebracht haben, es sei auf alle Fälle spurlos verschwunden, das Kind ...

Wenn jemand wissen konnte, wo es geblieben war, dann konnte nur *ich* es wissen! Ich war es gewesen, der Harry eines frühen Morgens nach einer ausgedehnten Trinkerei das Versteck gezeigt hatte. Spurlos verschwinden konnte das Kind nur in den unterirdischen Kanälen auf dem Ruinengelände am Wald von A., nur dort konnte man ein totes oder lebendes Kind unauffindbar verstecken. Und ein Kind im Säuglingsalter konnte in diesem Höhlensystem kaum einige Tage überleben.

Ich konnte mich noch genau an Cindys Worte erinnern: Ein Kind für diesen Staat, es ist gar nicht wiedergutzumachen! – Sie hatten es nicht gutmachen können, aber sie hatten es wieder aus der Welt schaffen können.

Die Stadt mußte damals wie eine Höhle auf mich gewirkt haben, unterirdisch unter der geschlossenen dunkelbraunen Rauchdecke der Nacht, ich erinnerte mich, ein langer krummer Spitzel stand an der Ladentafel des Gemüsegeschäfts und soff Bier, und irgendein elegant gekleideter Chef regierte die Stadt aus dem Wohnzimmer seines Einfamilienhauses, und ich hatte schon damals den Wunsch gehabt, mich in die Erde zu verkriechen, die unterirdischen Gänge hinter der Stadt hatten mich von Kind an fasziniert ... und offenbar kannten solche Wünsche alle in der Stadt. – Ich hatte mich schon immer gewundert, wie der Staat, der mir vergleichsweise harmlos erschien, einen solchen Haß erzeugen konnte, wie ich ihn im Gesicht von Cindy gesehen hatte. Das Erstaunliche ... das Rätselhafte dieses Staats war nichts von dem, was andauernd in ihm beredet wurde: es waren nicht die Vorteile, die sich seine Bürger trotz der Mißhelligkeiten zu schaffen vermochten, die geheimen Vorteile und die öffentlichen (die sogenannten sozialen Errungenschaften), es war auch nicht seine Nachkriegssituation, an der er zäh festzuhalten wußte, nicht seine Servilität, seine Lügen, seine Ruhmsucht, seine Dummheit und Eitelkeit ... das Rätsel war der Haß, den er genährt hatte, der nicht sichtbar, stets zugedeckt war, gleichsam verschüttet von der erodierten Luft dieses Lands. Und den niemand bemerkte, weil es für ihn offenbar keinen zwingenden Grund gab. Schon wenn das Wort *Haß* ausgesprochen wurde, schrak man zusammen ... es war eine Gefühlsäußerung, welche bedingungslos nur den Feinden des Landes zugerechnet wurde. Und dennoch hatte er hier im Boden gekeimt, und unter der langweiligen und alltäglichen Schale war er gewachsen ... der Haß äußerte sich vorderhand in unendlichem Desinteresse, und er blühte unter der Depression. Tatsächlich, das Land war ein blühendes Land, wie seine offiziellen Vertreter verkündeten ... aber diese Blüte war giftig, sie war eine häßliche und zähe Schleimblüte mit tiefen Wurzeln, und sie war dem Auge verborgen. Die Gründe für diesen Haß waren nicht die unhaltbaren oder gebrochenen Versprechen der Regierung, nicht die Blindheit und das Kriechertum ihrer Repräsentanten, nicht die Wahlfälschungen, vielleicht noch nicht einmal die Mauer, die Polizei, die Parteibonzen mit ihrer Doppelmoral und Feigheit ... der Grund für diesen Haß waren *wir* (und ich zuckte bei dem Gedanken zusammen). – Wir, die kleinen und niederen, unscharfen, unermüdlichen Schatten, die den Leuten des Landes anhingen: wir waren die Nahrung für diesen Haß. Wir hatten keinem etwas getan ...

Wir hatten keinem etwas getan, aber wir hatten an der Seele des Menschen geschnüffelt. Wir hatten sie in taugliche und untaugliche Seelen eingeteilt ... in brauchbare für uns oder unbrauchbare (die Internierungslager für letztere waren nur auf dem Papier zu finden und lediglich für den Ernstfall gedacht ... ein Ernstfall aber war das Leben in diesem Land nicht).

Wir hatten keinem etwas getan, doch unser Schattendasein, unser Immerdasein, das wie das ungute, schlecht riechende, schlecht verdrängte Abbild der Seele jedes einzelnen war, unsere verheimlichte Existenz war der Auslöser und das Ziel für diesen Haß, wir waren der von jedem einzelnen draußen gehaltene Haß selbst. Wir waren der

Schatten des Lebens, wir waren der Tod . . . wir waren die fleischgewordene, schattenfleischgewordene Dunkelseite des Menschen, wir waren der abgespaltene Haß. »Ich« war der Haß . . .

Wir hatten keinem etwas getan, aber wir hatten die Menschen an die Wegscheide gestellt, wo wir sie abzählten: brauchbar für uns war nur der Spitzel . . .

Wir waren der Schatten der Existenz, wir waren der Genitiv des Menschen . . . wir waren die Praxis der durchzuführenden Zersetzungsmaßnahmen, wir waren die erreichten Ergebnisse des jeweiligen Operativen Vorgangs, die Festlegung des Lebens der Seele des Menschen, wir waren die Hand und der Kopf des Berichts der Berichte des Berichtens, wir waren die kurzen Bewegungen der unteren Gesichtshälfte.

War ich jetzt noch fähig, etwas an diesem Zustand zu ändern?

Nein, mußte ich mir sagen, aller Wahrscheinlichkeit war ich dazu nicht mehr fähig. Einen Versuch hatte ich gemacht: ich hatte mich vor der *Studentin* enttarnen wollen – vermutlich! –, mich und den Vorgang: Reader . . . inzwischen hielt ich es für möglich, daß ich gleichzeitig sein Vorgang gewesen war . . . es war mir fehlgeschlagen, es war mir aus der Hand genommen worden. Nun konnte ich nur noch warten . . . worauf? Worauf sie alle warteten, Kesselstein, Reader, die Literaten . . . sie alle blickten wie ich in irgendwelche dunklen, verworrenen Labyrinthe und erwarteten ihre Vertreibung aus der Finsternis. Die Literaten hatten auf nie dagewesene Weise resigniert . . . und die Mächtigen hatten ebenfalls resigniert . . . so hockten sie einträchtig beieinander und hielten sich gegenseitig an den schmutzigen Pfoten . . . und warteten. – Die Mächtigen hatten die Literaten enttäuscht, und die Literaten hatten die Mächtigen enttäuscht, sie hatten sich gegenseitig nichts vorzuwerfen. Und Reader hatte die gesamte inoffizielle Literatur enttäuscht und getäuscht ... und damit auch mich. Und mir damit einen großen Gefallen getan, indem er mich der Literatur zuordnete. Er hatte mich darauf verwiesen, zu warten wie die übrigen ... ich konnte sitzen bleiben und abwarten.

Irgendwo waren plötzlich Schritte in den Gängen gewesen. Es war nicht das erste Mal, daß ich sie zu hören glaubte, die Schritte von mehreren Leuten, seit einem Jahr schon hatte ich mich hier unten für frequentiert gehalten. Ich wußte, nicht erst von Kesselstein, daß es neuerdings sogenannte Ordnungsgruppen gab, einfache Schlägertrupps, die sich aus Kriminellen rekrutierten, denen Strafaufschub zugesichert war, solange sie funktionierten und aufräumten, wenn sich irgendwo eine Sammlungsbewegung zeigte. Ich schluckte meine letzten beiden Beruhigungstabletten und versank wieder in meine pränatale Haltung auf der Gemüsekiste ... es blieb dabei, die Schritte kamen näher. Ich schraubte die Vierzig-Watt-Birne aus der Fassung und warf sie gegen die Wand. Noch einmal setzte ich mich in der Dunkelheit und lauschte. Es war nur ein matter Knall gewesen, damit waren sie nicht zu erschrekken, die Schritte wurden deutlicher. Ich nahm die beiden Taschen und tastete mich dem Lichtschimmer entgegen, den ich in vielleicht hundert Metern Entfernung um die nächste Biegung blinken sah. – Dort mußte sich der Gang früher verzweigt haben, es war eine Trennwand eingezogen worden, aus der ein großes Stück herausgebrochen war: aus dieser Öffnung – ich hatte mich nie in das Loch hineingewagt – kam mir die dickste Finsternis entgegen und ein Geruch, der mir Grauen einflößte. Manchmal hatte ich ein rotes Glimmen in dieser Höhle zu sehen geglaubt, ich war auf den Gedanken gekommen, man habe dort die Bruchstücke meines roten Sessels versteckt, nachdem man ihn mir zerschnitten und durchsucht hatte. Jetzt war es in dem Loch stockschwarz, und es roch nach Fäkalien und Verwesung, nach verwesendem Fleisch, das sich in einem Bodensatz von Fäkalien auflöste. Und aus diesem Loch glaubte ich die Schritte zu hören . . . es tickte und tropfte darin, es tappte wie von Schritten in der Finsternis, sie kamen näher, und ihr Schlurfen hallte wider. Ich hatte plötzlich die Vorstellung, in jedem Augenblick müsse Harry Falbes Sohn am Rand der Öffnung erscheinen: inzwischen vier Jahre alt, blind, weiß wie Kreide und mit Schmutz und Schorf bedeckt. – So mußte er wieder auftauchen, ein Kaspar Hauser jener neuen Generation, die wir erzeugt hatten. – Die Tabletten wirkten noch nicht, mir wurde übel, und ich ergriff die Flucht. Die erste Kellertür, durch die ich hinauswollte, war verschlossen. Ich konnte sie nicht öffnen, ich rannte weiter. Die nächste Kellertür – es war die zum Keller des Hauses, in dem ich früher selbst gewohnt hatte – war offen . . . ich hatte sie in aller Gewissenhaftigkeit jeden Abend offengelassen, bis niemand mehr daran dachte, sie zu verschließen. Es war schon dunkel in der Straße, das Wetter kalt und verhangen, einzelne Schneeflocken fielen, der Frost brachte mich wieder zu Verstand. Oben, wo ich einst gewohnt hatte, in der vierten oder fünften Etage, brannte das Licht.

* * *

Ich fuhr mit meinen Taschen nach A., schon im Eisenbahnabteil begann mir die Zeit in Berlin aus dem Gedächtnis zu schwinden. Es war, als ob ich an eine Reihe schnell sich verwirrender, kaum überblickbarer Ereignisse zurückdachte, die eigentlich nicht mit meiner Beteiligung geschehen waren. Und deshalb lichtete sich diese Reihe und wurde immer lückenhafter . . . ich hatte nur in der Nähe gestanden, für andere nicht sichtbar, umhüllt von einer diffusen Sphäre aus Schatten, aus der ich in einen Lichtraum schaute: darin wimmelte es von Bewegungen, die ich nicht begriff . . . Ich habe von außerhalb in ein erleuchtetes Zimmer gesehen, dachte ich, dessen geschlossene Fenster

nichts vom Wortlaut der darin geführten Gespräche nach
außen übertrugen. Und alle Figuren, die ich in Berlin getroffen hatte, denen ich nachgegangen war, von deren end-
losen Reden ich nur die ekstatischen Mundbewegungen
wahrgenommen hatte, all diese Leute waren mir mit der
Zeit verlorengegangen. – Ich konnte plötzlich nur noch mit
sonderbar altmodischen und literarischen Begriffen denken: Die Geschichte von Cindy und Harry und ihrem Kind
... war sie vielleicht eine Tragödie? Ich wäre zufrieden
gewesen, wenn ich mir die Frage hätte bejahen können.
Gegen Tragödien war einfach nichts zu machen ... es hatte
keinen Zweck, sich irgendeine Schuldfrage zu stellen. Jetzt
noch nicht ...

Auf jeden Fall wollte ich nach dem blassen jungen Mädchen suchen, das Herta geheißen hatte, wie mir jetzt einfiel.
Es bestand kein Zweifel, daß auch diese Herta das Kind
mindestens einmal *gesehen* hatte. An ihr Gesicht konnte
ich mich nicht erinnern ... wenn ich es mir vorzustellen
versuchte, vermischte es sich mir wie selbstverständlich
mit dem der *Studentin*. Auch diese Herta war dunkelhaarig
und schmal, ihrer Gestalt haftete etwas ähnlich Verschwin-
dendes an. Ihr Gesicht erschien mir in der Erinnerung
ebenso weiß und klein, es war von der gleichen merkwürdig offenen Ausdruckslosigkeit, für die mir nur das Wort
nackt eingefallen war. Sie konnte noch geprägt werden,
dachte ich, sie konnte noch verwandelt werden in ein Abbild der *Studentin* ...

Meine Mutter zeigte sich schier überfordert von meinem
Eintreffen in A., ihre Überraschung war von beinahe er-
schreckendem Ausmaß, denn sie war überzeugt gewesen,
ich habe mich seit Jahren in Westdeutschland aufgehalten.
In größeren, aber fast regelmäßigen Abständen waren ihr
aus verschiedenen Städten Briefe zugestellt worden – aus
Stuttgart, Mannheim, Frankfurt, die meisten aus Westberlin –, frankiert mit bundesdeutschen Briefmarken und den

Poststempeln der jeweiligen Städte versehen. In ihren Antwortbriefen habe sie anfangs nachgefragt, ob es ihr möglich sei, mich zu besuchen, sie habe es bald aufgegeben, da ich wegen Zeitmangels stets abgewehrt hätte. – Die Briefe, die sie mir zeigte, waren, ich erkannte es auf einen Blick, auf *meiner* Schreibmaschine geschrieben, der letzte sogar mit einer elektrischen Maschine, wie ich sie in Frau Falbes Zimmer benutzt hatte. Und die Briefe waren unterschrieben von einem Sachverständigen, der meine Unterschrift perfekt beherrschte. – Meine Mutter war sehr gealtert, nervös geworden, etwas hinfällig, ich hielt es für besser, sie bei ihrem Glauben zu lassen. Meine so unverhoffte Rückkehrmöglichkeit erklärte ich ihr mit den vorteilhaften Umständen eines gewissen literarischen Erfolgs ... irgendwann, sagte ich zu ihr, würde ich allerdings noch einmal reisen müssen, um in Westberlin meine Studien fortzusetzen.

Es verging mehr als eine Woche, ehe ich mich in die Straßen von A. wagte; über die aktuellen Zustände im Land informierten mich notdürftig Zeitungen, der kaum brauchbare Fernseher meiner Mutter und das Radio. Es wurde viel darüber geredet, daß es um den 15. bis 17. Januar, rund um die alljährlich stattfindenden Kundgebungen zu Ehren von Rosa Luxemburg und Karl Liebknecht, erneut zu Tumulten gekommen war, diesmal nicht nur in Berlin, sondern auch in Leipzig und anderen Städten. Erneut seien ungenehmigte Transparente entfaltet worden, habe es Sprechchöre gegeben, die die Freiheit der Andersdenkenden forderten, wieder seien viele dieser sogenannten Gegen-Demonstranten verhaftet worden. – Und die Westsender brachten immer wieder die Behauptung auf, daß Botschaftsflüchtlinge in der Ständigen Vertretung in Ostberlin säßen, nicht nur dort, auch in den bundesdeutschen Konsulaten in Prag, Warschau, Budapest ... die Lage in den Botschaftsgebäuden müsse schon jetzt als prekär bezeichnet werden. – Schon jetzt! dachte ich. Warten wir auf den Frühling, wenn die Ostdeutschen reiselustig werden. – Die innerterritorialen Medien hüllten sich in unverbrüchliches Schweigen.

In A. selbst schien sich nichts geändert zu haben, wie gewöhnlich war die Stadt am Abend mit einer hermetischen Glocke von Industriequalm überzogen, und in den Straßen gerann der Nebel. Jetzt wurden noch weniger Lampen angezündet, aus Gründen der Energieersparnis, und um achtzehn Uhr löschte man auch die Beleuchtung der Schaufenster, die Stadt erschien ohne Leben.

Der »Chef«, bei dem ich mich sofort hatte melden sollen, war abgelöst (abgelöst, beurlaubt, versetzt, es war nicht herauszukriegen); er habe jetzt eine kulturpolitische Aufgabe, hieß es; ich erfuhr irgendwann, daß er der Leiter der Arbeitsgemeinschaft »Schreibender Eisenbahner« in der Kreisstadt war. – Sein Ladenhorcher war trotz seiner zwei Meter Länge nicht zu entdecken, dann hieß es, er habe eine Reise nach Ungarn angetreten.

Der neue Chef, der jetzt im Sessel des alten saß, empfing mich zwar erstaunt, aber ausnehmend freundlich. Er war ein mittelgroßer, leicht behäbiger Mann, ungefähr sechzig, sein Gang war schon etwas gebeugt ... oder vielmehr geduckt, mit einer verborgenen Sicherheit in den Sprunggelenken. Aus seinem breiten Gesicht strahlte die Gewißheit, daß er dem Ziel seiner Laufbahn nahe war.

Sie können froh sein, daß Sie jetzt hier bei uns sind, sagte er aufgeräumt zu mir (ich schwieg; ich stellte mich auf eine Suada ein); es war im Rathaus auf Zimmer siebzehn.

Lassen Sie sich bloß nicht verrückt machen, fuhr er fort, denken Sie nicht so viel nach, machen Sie erst mal eine Pause. Denken Sie nicht immer an Berlin, Sie sehen ganz abgekämpft aus, als wären Sie immer noch halb in Berlin. Das hat sich erledigt, jetzt werden Sie sich erst mal erholen, wir haben Zeit. Bei uns ist es ruhig, wir haben da draußen ein paar Jungs, die sorgen für Ordnung. Die werden die andern abdrängeln, wenn sie zu laut werden. Denken Sie immer daran, die Geschichte arbeitet für uns, wir haben Zeit...

Er war an das doppelflüglige Fenster getreten, schob die Gardine ein wenig beiseite und sah auf die Straße: Wir stehen hier nicht so direkt beim Fenster, nicht wie die da oben in den Städten. Berlin, Leipzig, Rostock, da fängts jetzt bald an zu kochen, da will man gar nicht so hinsehen. Denken Sie daran, wir haben viel Zeit hier unten, wir lassen uns was einfallen...

ANMERKUNG

Für Anregungen bzw. schriftliche oder mündliche Äußerungen, die ich im vorliegenden Buch verwendet und, den literarischen Zwecken des Textes gemäß, zum Teil unwesentlich verändert habe, danke ich: IM Maximilian, IM Gerhard sowie einigen Unbekannten. Abgesehen davon sind alle im Buch vorkommenden Personen frei erfunden. Ähnlichkeiten mit lebenden Personen sind zufällig und nicht beabsichtigt.

Der Verfasser

WOLFGANG HILBIG
Sein Werk bei S. Fischer und Fischer Taschenbuch

Im S. Fischer Verlag erschienen:

Grünes grünes Grab
Erzählungen

Alte Abdeckerei
Erzählung

Eine Übertragung
Roman

In der Reihe Collection S. Fischer erschienen:

abwesenheit
Lyrik (Band 2308)

die versprengung
Lyrik (Band 2350)

Die Weiber
Erzählung (Band 2355)

Im Fischer Taschenbuch Verlag sind lieferbar:

Aufbrüche
Erzählungen (Band 11143)

Alte Abdeckerei
Erzählung (Band 11479)

Eine Übertragung
Roman (Band 10933)

WOLFGANG HILBIG
Grünes grünes Grab
Erzählungen
150 Seiten. Gebunden
DM 29,80
ISBN 3-10-033616-9

Erzwungener Stillstand, Aufbruch und Veränderung sind
die Themen von Wolfgang Hilbigs neuem Erzählzyklus.
Seine vier Prosaarbeiten beschreiben Deutschland vor,
während und kurz nach der Wiedervereinigung. Durch
überraschende Volten gewinnt Hilbig seinem gewichtigen
Gegenstand immer wieder ironische Untertöne ab.

»Hilbigs so bilderreiche Sprache ist von Erfahrung gesät-
tigt, angereichert mit der Wut, die aus der Ohnmacht
stammt, durchdrungen von dem Willen, jeden Kompro-
miß, jede Konzession zu vermeiden, radikal das zu schreiben, was er schreiben muß.«
Martin Lüdke, Die Zeit

»Wolfgang Hilbig ist mit seinen sprachmächtigen Erzählungen dem geschichtlichen Bewußtsein unmittelbar auf
den Fersen.«
Walter Hinck, Frankfurter Allgemeine Zeitung

ULRICH WOELK
Rückspiel
Roman
304 Seiten. Gebunden
DM 36,–
ISBN 3-10-092247-6

Die Hochzeit endet mit einem Eklat. Nur wenige Worte
braucht es, um die angespannte Atmosphäre zur Explosion
zu bringen: Auf seine »Jugendsünden« während der Stu-
dentenproteste Ende der sechziger Jahre angesprochen,
fällt der Bräutigam gründlich aus der Rolle und beschimpft
seinen ehemaligen Lehrer als alten Nazi, der einen Schüler
in den Tod getrieben habe. Ein politischer Generationskon-
flikt bricht auf, der – wie Stirner, der jüngere Bruder des
Bräutigams, weiß – auch private Ursachen hat. Als scheinbar Unbeteiligter und scheinbar nur aus Neugier spürt
Stirner den Gründen des Streites nach, der sowohl in der
Zeit des Nationalsozialismus als auch in jenem legendären
Jahr 1968 wurzelt.
Ulrich Woelks *Rückspiel* handelt vom Schicksal einer Generation – jener, die auf die Studentenbewegung folgte.
Ulrich Woelks Prosa ist immer sinnlich und konkret, er
verwandelt, was er zu erzählen hat, in lebendige Handlung
und Szenen. Sein Buch kombiniert virtuos Lese-Spannung
mit ungewöhnlichen Ausdrucksmitteln, eine intensive
und präzise Sprache mit hinreißender Erzählfreude.

»So klug und so komisch zugleich unterhalten neuere
deutsche Prosaautoren ihre Leser selten.«
Annette Meyhöfer, Der Spiegel

Wolfgang Hilbig erzählt die Geschichte des Stasi-Spitzels M.W., der den Decknamen »Cambert« trägt. In den letzten Jahren der DDR gehört er zu den übereifrigen Informanten des Ministeriums für Staatssicherheit (MfS), der manchmal aber auch seine eigenen Wege geht. Scheinbar ist er auf einen Autor namens »Reader« angesetzt. Da dieser Reader nie den Versuch macht, seine Texte zu veröffentlichen, läßt sich der Verdacht, sie könnten »feindlich-negative« Ziele haben, nur schwer erhärten. Camberts Observationen laufen offensichtlich ins Leere, er hat das Gefühl, seine Observations-Person werde im MfS als unwichtig betrachtet. Daraus folgt der Verdacht, auch seine Arbeit als Informant, ja seine Person selbst werde als Nebensache angesehen.

Die Handlung läßt den Leser nach und nach erkennen, daß dieser Spitzel selbst Schriftsteller ist. Offenbar gibt es zwischen der Tätigkeit eines Autors und der eines geheimdienstlichen Informanten überraschende Gemeinsamkeiten.

Hilbigs Thema ist die Verwicklung von Geist und Macht, er untersucht sie anhand eines Falles, in welchem – Beispiele dafür finden sich in der jüngsten deutschen Geschichte – ein Literat zum Spitzel der Staatsmacht geworden ist. Hilbig denkt diesen Fall konsequent zu Ende und gewinnt ihm immer neue sarkastische Wendungen und prächtige Pointen ab.